D0802519

Afin de vous informer de toutes ses publications, Marabout édite des catalogues régulièrement mis à jour. Vous pouvez les obtenir gracieusement auprès de votre libraire habituel.

Guy de Maupassant

CONTES
FANTASTIQUES
COMPLETS

*Edition établie, présentée et annotée
par Anne Richter*

INTRODUCTION

Guy de Maupassant
ou le fantastique involontaire

> « Je ne peux plus vouloir ; mais quelqu'un
> veut pour moi ; et j'obéis. »
> Guy de Maupassant, *Le horla.*
> « Ses yeux si vifs, si perçants, étaient
> comme dépolis. »
> José Maria de Hérédia.

L'homme aux yeux dépolis

*Comme on aurait tort de croire que Maupassant est un
auteur facile ! Qu'il est un écrivain anecdotique, mondain,
superficiel ! qu'il fut un faiseur d'historiettes assez salées,
rapidement enlevées, vite lues, tôt oubliées ! Combien il serait
injuste de le lire uniquement par gourmandise, de l'apprécier
seulement comme une recette judicieusement dosée : une préparation épicée, agrémentée de pointes d'érotisme, de sadisme
et d'insolite.*

*A fréquenter assidûment les centaines de récits qu'il écrivit
en une dizaine d'années, entre 1880 et 1890, dans une sorte
de fièvre de création fébrile et continue (il fut avant tout, ce
snob, cet homme à femmes, un bourreau de travail), à suivre
attentivement la courbe étonnamment brutale d'une carrière
foudroyante, on demeure étourdi. On reste accroché à ces*

brefs mystères de dix pages, agrippé à ces bouées jetées dans un tourbillon... D'où vient la magie de ces textes habiles, perfides, ravissants, où l'on risque l'enlisement à chaque ligne ? D'où surgit le danger de ces petites phrases vives, perçantes comme des lames, haletantes comme le souffle d'un homme qui affronte l'indicible ? Où nous emporte ce maelström d'images périlleuses et fugaces ? La raison de ce mouvement tourbillonnant, de ce style en secousses, à l'allure ondoyante, parfois somnambulique, on la devine aisément : cette vie, cette œuvre ne furent qu'un vertige, mais un vertige concerté, subi d'un œil critique, jugé avec un mélange surprenant de violence et de froideur ; elles furent toujours porteuses d'une petite mort sourde qui grandit chaque jour en elles, gavée régulièrement de sa ration quotidienne de visions et de passions, soufferte dans un état d'ubiquité étrange, on dirait presque : avec une sorte de complaisance.

Que cache la duplicité de cet homme troublé, de cette œuvre troublante ? Une nécessité s'impose tout de suite : il faut débarrasser Guy de Maupassant de sa légende, de ses légendes qu'il entretint lui-même avec une sorte de plaisir rageur (pour mieux se dérober, pour mieux se défendre ?). En écoutant cette voix railleuse, frémissante, faussement désinvolte, ou la voix cassée, la voix blanche des mauvais jours, en parcourant cette œuvre si gaie et si triste, si gourmande et si désespérée, en contemplant ce visage apparemment si ouvert (l'œil très clair, le nez très catégorique, la lèvre très insolente), on comprend qu'il ne faut pas se fier aux apparences et qu'il est difficile de saisir les traits véritables de cette nature dissimulée. En vérité, il faudrait pouvoir évoquer Maupassant comme il parlait de ses personnages, il faudrait retrouver son style rapide, intense, inquiet, capable de traduire de façon si légère et si claire les conflits intérieurs les plus pesants et les plus obscurs. Il faudrait posséder le secret de sa drôlerie cinglante, de ses folles outrances, de sa banalité aiguë — dire ses sursauts, ses ho !, ses ha !, ses exubérances et ses torpeurs hantées. Oui, il faudrait tout cela pour pouvoir le décrire, car il exige des contrastes et des variantes, cet homme versatile et *profond, faible et téméraire.*

Lui, le beau Guy : le canotier insouciant du dimanche, chapeau de pêcheur sur le crâne et tricot rayé, fier de ses bras musclés, de sa moustache frôleuse, entouré d'un essaim de gentilles butineuses, des filles piquantes et légères qu'il couvre de sobriquets à la fois sarcastiques et tendres : les mouches, les sauterelles, les grenouilles. Tel quel, hantant les rives d'Argenteuil, d'Asnières, de Chatou, de Poissy, il a l'air de sortir d'un tableau impressionniste plutôt que d'un conte d'Edgar Poe.

Lui encore, le snob à l'élégance douteuse, à « la coquetterie de portefaix et de garçon boucher », le dandy aux idées courtes et aux dents longues, « l'homme-fille » tournoyant au vent changeant des modes et des caprices, l'artiste arrivé ployant sous le poids de la gloire et des conquêtes.

Mais lui aussi : l'enfant de parents désunis, sujet à d'incompréhensibles et brusques mutismes, qui garde toujours devant les yeux « deux ou trois choses que d'autres n'eussent point remarquées, assurément », mais qui sont entrées en lui « comme de longues et minces piqûres inguérissables » (Menuet). Maupassant le solitaire, le jeune homme pauvre aux laborieux exercices de style, l'amant délaissé, le malade aux terreurs incessantes. Un arriviste, un obsédé, un abruti, il fut tout cela aux yeux impitoyables du monde, mais si l'on veut bien le considérer à l'abri des brocards et même de l'avis intelligent de ses contemporains, des biographes et des médecins, de tous les gens avertis, consciencieux et posés qui jetèrent sur son cas un regard de spécialiste, si l'on accepte le risque de plonger sans hésiter dans l'univers clos du Horla, si l'on ose essayer de lire ce livre avec des yeux étonnés et neufs, (on devrait parfois oublier que certains auteurs sont célèbres), si l'on veut bien abandonner, au seuil de cette œuvre bouleversante, toute référence, toute idée préconçue, on découvre ceci : un artiste extrêmement humain, extraordinairement habité, engagé dans une lutte sans merci contre un envoûtement progressif. Un homme qui garda, la plupart du temps, face à ses contemporains, la bouche cousue, dont le rire sonnait étrangement, dont la conversation était prudente, et ne servait souvent qu'à donner le change à lui-même, comme aux autres. Ceux qui l'ont approché dans le monde ont été frappés par l'extrême circonspection du personnage, par son attitude défiante, fermée, voire détachée : « Il ne dit que les choses nécessaires et parle rarement de lui... Il n'appartient à aucune coterie, aucune bande... Il ne s'occupe pas des autres... Il n'a pas la maladie du confrère ; les succès de Daudet et de Zola ne l'empêchent pas de dormir la nuit. » (Georges de Porto-Riche, Sous mes yeux.) Trompeuse impassibilité qui passa souvent pour de l'arrogance : elle amena même Porto-Riche à affirmer de façon péremptoire que Guy de Maupassant, qui écrit si paisiblement, ne saurait perdre son sang-froid, et « ne connaît pas l'exaltation » !

Aujourd'hui encore, on le prend souvent pour un autre : on a insisté sur les moindres détails de ses frasques les plus grossières, de ses expériences érotiques les plus scabreuses ; mais qu'en fut-il de l'homme retiré entre ses quatre murs, seul avec lui-même, son travail, ses hantises ? Personne, ou presque, n'en dit rien. Celui-là était un inconnu, un homme farouche et désemparé. Préoccupé d'étranges choses, rapporte Tassart, son fidèle valet. Marchant de long en large devant sa table, ou caressant longuement, dans la pénombre, la fourrure de ses chats, pour en faire jaillir des étincelles. Ou entreprenant, dans la maison, la chasse à d'imaginaires araignées. Ou demeurant prostré au fond de son fauteuil, tous volets clos, en pleine journée. Ou écrivant, dans un élan de sincérité : « Je suis de la famille des écorchés. Mais cela, je ne le dis pas, je ne le montre pas, je le dissimule même très bien, je crois. On me pense sans doute un des hommes les plus indifférents du monde... » (Lettre à Mme X..., datée de 1890.)

Evoquer Maupassant fantastique, c'est rechercher ce visage sombre. C'est dépouiller le personnage de sa peau de taureau fringant, de ses réactions d'« industriel des lettres », c'est aller à la découverte de l'homme aux yeux dépolis. C'est traquer celui que personne, en fait, ne fréquenta, que l'écrivain s'efforça de dissimuler à tous les yeux, même aux regards de ses *intimes. Cependant, il s'aperçut vite qu'« ils étaient deux en lui » et il n'ignora pas qu'à brève ou longue échéance, l'un ou l'autre remporterait la victoire. S'il s'efforça de jouer sa comédie dans la vie, il se trahit à tout moment dans son œuvre : cette personnalité seconde, elle se révèle à chaque page, en filigrane, quand ce n'est pas ouvertement, de façon ravageuse. Son ombre s'étend, au cours des années, de plus en plus nette, de plus en plus menaçante. L'emprise grandissante du fantastique, ce fut vraiment, dans la vie de Guy de Maupassant, le voyage au bout de la nuit, l'expérience baudelairienne du gouffre. Une cécité psychique qui s'accompagna d'une cécité physique, l'une entraînant l'autre et les deux s'unissant pour plonger le romancier dans l'égarement le plus complet. Dans cette tragique histoire, il fut vraiment le dupeur dupé : il est probable qu'au départ, il chercha, comme on l'a affirmé, à fabriquer du fantastique à la manière d'Edgar Poe ou de Théophile Gautier, il est possible que certaines de ses nouvelles se souviennent de J.K. Huysmans, de contes anglais, américains ou russes, qu'il chercha d'abord à augmenter sa recette en appâtant le lecteur ; cette ruse convient assez bien à son côté « maquignon normand ». Il est également vrai qu'il appartint à une génération nerveuse, déçue, désenchantée, celle de la seconde moitié du siècle, qui connut le « Paris-Sodome », la mort des idéaux politiques, le pouvoir oppresseur de l'argent. Vrai aussi : la plupart des écrivains de l'époque furent des « contempteurs du monde moderne », la vision fantastique provient chez eux « d'un refus plus ou moins conscient d'accepter le monde tel qu'il est ». (Pierre-Georges Castex,* Le conte fantastique en France.)*

Pourtant, quoi qu'on ait pu dire et quoi qu'il ait pu lui-même penser, il est certain que Maupassant n'a pas choisi son fantastique, du moins pas celui-là, plus vécu qu'imaginé, auquel il a été livré, pieds et poings liés, qu'il a subi de la façon la plus contraignante. Le surnaturel qu'il aimait, celui auquel aspiraient parfois ses nerfs surmenés, c'est l'étincelante féerie du Songe d'une nuit d'été *qui ravit son enfance ; c'est aussi un songe plus intime sinon plus modeste, « le rabâchage de son propre cœur », le rêve éveillé qu'entretient en nous le prestige du passé, la manie doucement mélancolique et fiévreuse d'aller « remuer la pièce aux vieux objets ».*

« En regardant le feu pendant des heures et des heures, le passé renaît comme si c'était d'hier. On ne sait plus où l'on est ; le rêve vous emporte ; on retrace sa vie entière. » (Vieux objets.) *Cette rumination des êtres et des choses idéalisées, elle convient surtout aux jeunes gens qui savent s'abandonner « d'une façon puérile et charmante » à ces errances extatiques. « On dirait que des portes depuis longtemps fermées s'ouvrent dans la mémoire. »* (Malades et médecins.) *Les romantiques ont décrit tant et plus le curieux phénomène de la paramnésie qui correspond à une découverte des profondeurs insoupçonnées du temps, à un retour impromptu, un subit épanouissement du passé au cœur de l'instant présent ; au sein d'une vision mystérieusement harmonieuse, deux zones temporelles se rejoignent. Cette superposition accidentelle et saisissante, Maupassant l'a évoquée à sa façon, où l'on reconnaît le climat des réminiscences baudelairiennes. Le goût de l'ailleurs, l'aspiration à une harmonie sublime qui ne cessèrent de l'habiter, l'amenèrent à écrire des récits imprégnés d'une atmosphère insolite très particulière, récits peu connus et pour cause : ce fantastique d'atmosphère demeure chez lui l'exception, il reste allusif, intermittent, comme furtif : une poudre d'or nimbant en de rares moments le réel et l'éclairant discrètement. Cette atmosphère surnaturelle, radicalement différente du fantastique obsessionnel qui envahira et assombrira rapidement l'univers de l'écrivain, illumine de son étrangeté impondérable quelques nouvelles à la grâce un peu triste ; le passé, à force de précision et d'intensité, s'y substitue au présent qu'il supplante et efface,* (Le portrait, Menuet), *ou l'imagination projette, au contraire, le spectateur halluciné dans un temps révolu resté indéfini* (A vendre), *à moins qu'elle ne bascule dans un espace hors de l'espace où les minutes ne coulent plus, où l'on accède à une intemporalité bienheureuse. Du cœur de ce paradis retrouvé où le*

*merveilleux remplace le fantastique, surgit le mirage de la
demeure imaginaire, fabuleusement orientale ; une perfection
géométrique et sereine — luxe, calme et volupté : « Je voudrais vivre comme une brute dans un pays clair et chaud. J'y
habiterais une demeure vaste et carrée, comme une immense
caisse éclatante au soleil. De la terrasse, on voit la mer, où
passent ces voiles blanches, en forme d'ailes pointues, des
bateaux grecs ou musulmans. Les murs du dehors sont presque sans ouvertures. Un grand jardin où l'air est lourd sous le
parasol des palmiers forme le milieu de ce logis oriental. Un
jet d'eau monte sous les arbres et s'émiette en retombant dans
un large bassin de marbre dont le fond est sablé de poudre
d'or. Je m'y baignerais à tout moment, entre deux pipes,
deux rêves ou deux baisers. » (Sur l'eau.)*

*Cet âge d'or de la rêverie, « le seul âge heureux de
l'existence », il faut pourtant constater « combien il fuit
vite ». Les châteaux en Orient durent l'espace d'un instant.
Maupassant ne s'accommodera jamais de cette fragilité du rêve
et cherchera obstinément à rattraper le fil des songes interrompus ; dans sa logique aberrante, le mythe du délire suave,
le culte des paradis artificiels et la poursuite du dérèglement
de tous les sens n'ont pas d'autre but. Il s'agit de retrouver le
monde « où tout arrive », l'impondérable légèreté du dormeur
délivré de lui-même, « une nouvelle manière de voir, de juger,
d'apprécier les choses de la vie » (Rêves). La liberté facile et
les palais en Orient peuvent être rejoints par des chemins
détournés ; ils sont aussi le privilège des drogués et des fous.
Maupassant a vanté les délices de l'éthéromanie et a entrepris
à plusieurs reprises l'éloge de la folie ; « les fous sont heureux », s'exclame-t-il dans* Madame Hermet, *car ils ont
échappé aux entraves du réel. « Pour eux, l'impossible
n'existe plus, l'invraisemblable disparaît, le féerique devient
constant et le surnaturel familier... Ils ne font point d'efforts
pour vaincre les événements, dompter les résistances, renverser les obstacles. Il suffit d'un caprice de leur volonté illusionnante pour qu'ils soient princes, empereurs ou dieux,
pour qu'ils possèdent toutes les richesses du monde, toutes les*

choses savoureuses de la vie, pour qu'ils jouissent de tous les plaisirs, pour qu'ils soient toujours forts, toujours beaux, toujours jeunes, toujours chéris ! »

Quelle atroce supercherie, cette éternelle jouvence ! La sordide réalité de la folie viendra bientôt la contredire et la détruire. Le merveilleux d'évasion fera place dès lors au fantastique d'invasion, l'art implacable qui fera voler l'idylle en éclats.

Ce fantastique que Maupassant n'a pas choisi, il n'y a pas non plus préparé son lecteur : de prime abord, son réalisme paraît sans faille, totalement fermé à l'imaginaire. Le coup de maître de Boule-de-suif, cette première et magistrale réussite, inspirée par une des soirées qu'organisait Zola à Médan, c'est avant tout l'apothéose d'un certain naturalisme. Nul mieux que Maupassant n'a magnifié l'univers des sens, le monde des sensations limité à ses étroites saveurs, borné aux voluptés tangibles et immédiates. Nul n'a évoqué avec plus d'ardeur concrète l'alacrité des paysages et la beauté des femmes. Un regard plus attentif découvre pourtant la singularité de ces visages et de ces perspectives. Une sorte de menace pèse toujours sur cette grâce, la volupté est irrémédiablement troublée par l'aiguillon d'une subite tristesse et l'amertume fugitive finira par devenir omniprésente. Les horizons lascifs s'obscurcissent rapidement, se figent, se convulsionnent. Le matérialisme angoissé du romancier s'exacerbe et s'ouvre à la vision fantastique, à la peur sans nom que suscite l'approche de la mort. Non, Maupassant n'invente jamais rien. Il demeure enfoncé dans la matière la plus opaque, la plus brutale, la moins rêvée qui soit, et il s'y meurtrit, s'y débat, s'y enlise. On pourrait dire, paradoxalement, que son fantastique naît d'un manque d'imagination absolu ; il est suscité par l'infirmité flagrante de son esprit et de ses sens qui ne peuvent traverser l'enveloppe matérielle et périssable des choses et demeurent terrifiés par la chute finale : tout ce qui vit tombe dans la mort. A son regard obtus et enfiévré, à son esprit emmuré, le délire offre l'échappatoire, le saut au-dessus du gouffre inexorable.

La volupté et la peur

*Ces dispositions morbides furent-elles déterminées par l'ac-
tion du mal qui couvait en lui ? On a dit bien des choses à ce
sujet : que la folie de l'auteur du Horla fut un accident. Une
tare héréditaire. La conséquence d'une vie épuisante. Que
son œuvre fut engendrée par sa folie ou, au contraire, que sa
folie fut fille de son œuvre.*

*La paralysie générale fut-elle la seule cause de la surexcita-
tion physique et mentale, de la folle et sombre activité qui
s'empara de cet être solidement charpenté ? Les douleurs
qu'elle entraîna furent-elles les seules raisons de l'humeur
excessivement morose de l'écrivain ? Ou, au contraire,
l'exacerbation consciente et organisée du système nerveux à
laquelle il s'est entraîné à des fins de création esthétique, a-
t-elle créé, favorisé, hâté un déséquilibre mortel ? Question
aussi pertinente qu'insoluble · les germes de son œuvre,
Maupassant les portait sans doute en lui en même temps que
ceux de sa maladie, ils ont grandi ensemble, ennemis et
complices, si profondément mêlés qu'il est difficile sinon
impossible de départager leur action réciproque. On peut
affirmer tout au plus que l'art est parfois une tare étrange : si
l'œuvre de beauté ne garantit pas toujours, comme le prétendait le poète, une joie éternelle, elle s'impose parfois comme
la consécration d'un mal persistant : il arrive qu'elle s'ali-
mente à des sources surprenantes, elle peut vivre d'une défaillance ou d'une mort. Telle fut l'origine équivoque de l'œuvre
fantastique de Maupassant : il y eut en effet chez lui une
prédisposition très ancienne à voir les choses autrement, à les
sentir autrement, d'une façon étrangère au commun. Non que
ses idées, ses sentiments, ses sensations soient rares ou origi-
naux, ils sont, au contraire, on l'a vu, fort ordinaires, mais ils
sont chargés d'une intensité peu commune. Maupassant, dès
sa prime jeunesse, a toujours été, devant le spectacle du
monde, plus gai ou plus triste que les autres. Sa réaction aux
émotions primordiales fut plus vive, plus pressante, plus
oppressante. Très tôt, une empreinte décisive le marque qui*

*deviendra chez lui le prélude à toute inspiration fantastique :
l'empreinte de la volupté et de la peur.*

La peur, c'est une histoire ancienne et triste comme l'enfance perdue : il faut, pour pouvoir la conter, remonter aux premières années, évoquer le visage de la mère, Laure Le Poittevin, cette femme raffinée, intransigeante, hypersensible, que rebuta rapidement la veulerie indolente de son époux. Guy enfant est témoin des violentes querelles qui opposent l'un à l'autre ses parents. Gustave trompe Laure, son impulsivité se heurte à l'orgueil ulcéré de la jeune femme, leurs disputes dégénèrent en pugilats ; Gustave jette Laure sur le sol et la roue de coups. Devant ce spectacle odieux et incompréhensible, le petit garçon est pris d'effroi. Jamais il n'oubliera l'horreur qui l'envahit alors et, des années après, fera revivre douloureusement cette scène : « Saisissant sa femme par le cou, il se mit à la frapper avec l'autre main, de toute sa force, en pleine figure. Le chapeau de maman tomba, ses cheveux dénoués se répandirent : elle essayait de parer les coups, mais elle n'y pouvait parvenir, et papa, comme un fou, frappait, frappait... Quant à moi, mon cher, il me semblait que le monde allait finir, que les lois éternelles étaient changées. J'éprouvais le bouleversement qu'on a devant les choses surnaturelles, devant les catastrophes monstrueuses, devant les irréparables désastres. Ma tête d'enfant s'égarait, s'affolait. Et je me mis à crier de toute ma force, sans savoir pourquoi, en proie à une épouvante, une douleur, un effarement épouvantable... Huit jours plus tard, j'entrai au collège. Hé bien, mon cher, c'était fini pour moi, j'avais vu l'autre face des choses, la mauvaise, je n'ai plus aperçu la bonne depuis ce jour-là... Je n'ai plus eu de goût pour rien, d'amour pour personne... » (Garçon, un Bock !)

Désormais, il est un être frappé par le malheur, mais en même temps, touché par le surnaturel. Il porte une « marque de peur » indélébile. Il a vu l'envers des choses, leur face noire, terrible, incroyablement menaçante. La mésentente de ses parents l'affronte, de façon péremptoire et prématurée, aux forces déchaînées du mal. Face à l'hostilité du monde, il est envahi par le sentiment de sa propre impuissance. Dès cette époque où l'univers quotidien, autour de l'enfant, s'écroula, le fantastique morbide le guetta comme une proie. Non, « ce n'est pas lui qui va vers l'horrible ; c'est l'horrible qui va vers lui » (Paul Morand, Vie de Guy de Maupassant). Le démon de l'étrange lui sauta à la gorge et ne le lâcha plus. Ce drame initial suscita en lui l'éveil d'un sixième sens, celui du monstrueux. Dans la faille creusée par la fine lame du désespoir, la vision fantastique s'insinua, prépara son terrain, son triomphe, sa tyrannie. La peur, en lui, soudain, qui se leva, cette première impression de déréliction, d'abandon, d'atroce mystère, instaura le règne despotique de la solitude. Les puissances scandaleuses et sans cesse confirmées de la violence et de la mort firent le reste ; elles érodèrent précocement une pensée encore fragile, atteignirent sans peine les fondements d'un esprit sans défense, suscitant un délabrement général des sentiments, une courbature de tout l'être. Maupassant n'échappera plus à la fascination du mal qui s'imposa à lui sans ménagement, ne se lassera pas de constater son omniprésence, de dénombrer ses mondes interdits. Dès lors, il présida à son propre envoûtement, décida sa propre condamnation ; il devint un aliéné subjugué par un autre luimême, un rêveur qui se voit rêvant, craint ce moi sauvage qui divague sans parvenir, pour autant, à le contrôler. L'image fantastique jaillit de cette lutte intérieure, de la volonté tour à tour refoulée et exaltée de dévaster ce monde indigne — en même temps que de la peur d'être réduit, d'être anéanti par le double menaçant : le songe incoercible.

Sous ce soleil noir, Maupassant aborde l'adolescence. C'est, malgré tout, un garçon plein de vie, le sang créole de son père coule dans ses veines, et si la peur s'est lovée en lui comme une bête rongeuse, d'autres instincts combattent cette nuisance. Les femmes l'attirent, mais avant les femmes, il est dominé par l'amour de la mer : « Enfant, j'éprouvais une véritable volupté à m'attarder tout seul au bord de l'océan », dira-t-il à Gisèle d'Estoc. Sur sa plage du Nord, il cherche le sommeil et la paix que lui refusa la maison paternelle ; dans *la mer, il voit ce miroir baudelairien de l'âme où voguent les aspirations infinies. Mais si son âme appareille pour des contrées lointaines, ses sens de quinze ans le ramènent sur les galets ; il y cherche la proximité des baigneuses dont la chair ensoleillée allume ses désirs. C'est dans cet état d'effervescence latente qu'il fait, sur cette même plage d'Etretat, une rencontre capitale pour l'avenir de ses nouvelles fantastiques, celle d'un poète anglais dont la notoriété s'entourait à l'époque d'une auréole de scandale, dont il préfacera plus tard les* Poèmes et ballades, *et qu'il aida à sauver des eaux, un matin où il faillit se noyer. Le baigneur imprudent l'invita chez lui en guise de remerciement, mais auparavant, il se présenta : c'était Algernon Charles Swinburne. Le jeune Maupassant lui reconnut aussitôt le prestige du bizarre : il se dégageait du personnage une séduction équivoque dont Guy devina vaguement l'élément dépravé. Cette atmosphère inquiétante, loin de rebuter le jeune garçon, évoqua aussitôt, pour son imagination à l'affût, des raffinements subtils dont il n'avait pas encore exploré les arcanes mais qui exaltaient déjà sa concupiscence. Le poète apparut à ses yeux ravis « comme une sorte d'Edgar Poe idéaliste et sensuel ». Il pénétra dans le chalet de Powel, l'hôte de Swinburne, comme dans un temple de la magie noire. Tout l'y émut, l'impressionna, toucha en lui une fibre inconnue mais qu'il pressentit déjà profonde : « C'est alors que j'ai pensé, en le regardant pour la première fois, à une sorte d'apparition fantastique. Tout ce personnage presque surnaturel était agité de secousses nerveuses... Le charme extraordinaire de son intelligence me séduisit aussitôt... Les opinions des deux amis jetaient sur les choses une espèce de lueur troublante, macabre, car ils avaient une manière de voir et de comprendre qui me les montrait comme deux visionnaires malades, ivres de poésie perverse et magique. Des ossements humains traînaient sur les tables, parmi eux, une main d'écorché, celle d'un parricide, paraît-il, dont le sang et les muscles séchés restaient collés aux os blancs. On me montra des dessins et des photographies fantastiques, tout un mobilier de bibelots incroyables. » (Préface aux* Poèmes* et ballades *de A.C. Swinburne.)*

Voilà accomplie la jonction définitive de la volupté et de la peur. Swinburne demeurera dans la vie et l'œuvre de Guy de Maupassant, de façon plus singulière sans doute que Flaubert, un passant considérable. Sur la nature impressionnable et hésitante du jeune artiste, l'esthétisme pervers de l'Anglais agit comme un révélateur. A cette attirance quasiment physique des mondes interdits, se joignit en effet l'admiration éprouvée pour une œuvre aux troubles beautés. La poésie de Swinburne se déploie au regard subjugué de Maupassant « comme un grand nuage tournoyant plein de visions impures », elle emplit ses sens de son parfum délétère. Louant Notre-Dame des douleurs, *il exalte son mystérieux sujet « plein d'incompréhensibles terreurs » et classe l'auteur des* Poèmes et ballades *parmi « ces poètes déments épris d'inaccessibles jouissances » dont « la poésie bizarre, haute, infinie » disparaît parfois « dans la demi-obscurité de la pensée ». Ces vers sulfureux lui confirmèrent de façon persuasive qu'il y avait « peut-être des péchés à découvrir... des actions qui sont délicieuses » (Dolorès, in* Poèmes et ballades). *Si le jeune homme marque encore un certain retrait vis-à-vis d'un art qu'il qualifie de « terrible » et « monstrueux », sa curiosité ne tardera pas à vaincre sa répugnance. Lorsqu'il tempère son enthousiasme d'un jugement moral en avouant que les* Poèmes et ballades *appartiennent à « la plus idéalement dépravée, exaltée, impurement passionnée des écoles littéraires », il s'empresse d'ajouter aussitôt que l'œuvre est « admirable d'un bout à l'autre ». Sans atermoyer davantage, il passera bientôt à l'action, n'hésitant pas à concrétiser, au nom d'un nihilisme provocant, ses rêves les plus scabreux. Il ne reverra plus jamais Swinburne, mais il en gardera un souvenir tangible : la sanglante main d'écorché, ornement du salon d'Etretat, qui devint le legs poétique des deux visionnaires. Cet appendice étrange, avant de passer dans l'histoire littéraire, fut suspendu par Guy dans son alcôve : la mise en scène, à elle seule, implique tout un programme de délectable turpitude. L'attachement que Maupassant manifeste pour le macabre objet et le soin particulier dont il entoure son exposition prouvent assez combien il lui accordait de symbole. Swinburne lui a transmis son goût maniaque des « bibelots incroyables », et le jeune homme demeure ébloui par l'intrigante lueur qui enveloppait l'univers magique du chalet de Powel.*

A ce culte ostentatoire de l'érotisme macabre, se mêle pourtant encore un humour farceur. Si l'auteur de La main d'Ecorché *est sur le point de se prendre à son propre jeu, son défi à la mort se réduit, vers cette époque, à une sorte de satanisme de carnaval et les agressives débauches dont il se vante procèdent d'un dilettantisme quelque peu puéril. Quand il écrit* Le docteur Héraclius Gloss *et* La main d'écorché, *Guy n'est encore qu'un étudiant noceur gonflé de théories nouvellement acquises et d'instincts récemment débridés. Les deux récits ne sont remarquables que dans la mesure où ils marquent les débuts du conteur. Le ton humoristique et parodique prédomine dans* Héraclius *et le récit (dont le héros est pourtant déjà un fou) se termine en mascarade, dans une atmosphère de mystification mi-plaisante, mi-tragique. Le sentiment d'une amertume prégnante y plane déjà çà et là, l'idée naissante du vide de toute chose, de la vanité absolue de la pensée et de l'action.*

Quant à La main d'écorché, *plusieurs années après la première rédaction de la nouvelle, Maupassant éprouvera le besoin d'en remanier complètement l'intrigue et l'on comprend la raison de ces variantes : la première version était largement imaginaire, encombrée d'artifices et d'images littéraires. Les années passant, l'écrivain a eu l'occasion de vivre son sujet. Il ne fabrique plus du fantastique, il le subit. Il a approfondi son thème, l'a chargé de l'indispensable résonance d'une expérience intime. Fait caractéristique : plus il avancera à l'intérieur de la vision fantastique, moins il aura recours à la fiction ; il s'en tiendra à la seule réalité, sa réalité, plus insolite, plus émouvante que toutes les fables. Il renforcera sans faiblir cette démarche, retraçant sa propre histoire, ses échecs, sa déchéance, de façon toujours plus précise, plus tragique, plus dépouillée.*

Les grandes images

> « Les grandes images qui disent les profon-
> deurs humaines, les profondeurs que l'hom-
> me sent en lui-même. »
>
> Gaston Bachelard,
> *La terre et les rêveries du repos.*

*Des thèmes vieux comme le monde, la femme, l'eau, la peur,
le double, acquièrent, en passant par le feu de son écriture,
une vigueur nouvelle, ils retrouvent une actualité palpitante ;
c'est que Maupassant y risque sa vie. Toutes les images de
son lancinant univers possèdent une incontestable dimension
intérieure. Le danger les anime, les fait vivre et vibrer. Elles
semblent appartenir au quotidien le plus futile et atteignent,
avec une apparente désinvolture — effet suprême de l'art — la
profondeur existentielle où s'exprime la part secrète et contraignante de l'être. Sans affectation, sans « littérature », elles
rejoignent les régions du subconscient où s'inscrivent les
exigences les plus vives et les plus singulières. La rigoureuse
sobriété du style cerne l'énigme omniprésente, ramène le
spectateur désabusé à son obsession majeure : l'écoute de « la
maigre petite voix » criant « l'avortement de la vie », la
description « d'un monde vieilli » où l'« on est floué partout ».*

*Parmi ces ébauches imparfaites, ces mensonges de l'exis-
tence, la plus grande erreur et la plus séduisante, aux yeux de
Maupassant, c'est la femme. Il entretient avec elle des rapports véhéments, l'entoure d'une sorte d'adulation frénétique
à laquelle succède immanquablement, « le désir satisfait ayant
supprimé l'inconnu » (Celles qui osent), un mépris écœuré. Il
se reconnaît en elle, sans se complaire pour autant dans ce
reflet brisé. Il ressemble, en vérité, à une sorte d'androgyne
raté qui, à chaque instant, cherche à se rejoindre, et, en
s'acharnant, se divise et se déchire. Il le déclare lui-même ;
l'homme et la fille se disputent en lui, son moi féminin exalte
ce que son moi masculin rejette : la part du rêve, de l'intui-
tion, de la douceur, ce qu'il appelle de façon si particulière*

son âme. *Grande image destituée, idole brisée, la femme est livrée dans son œuvre à toutes les profanations, aux dégradations les plus inattendues, les plus insolites et les plus monstrueuses. On déteste souvent ce dont on ne peut se passer. Si Maupassant abusa des « créatures », des demi-mondaines et même des mondaines à part entière, il ne semble avoir véritablement admis la compagne qu'à l'intérieur de son style, de ses images, des rares minutes heureuses où elle consentait à devenir ange, odalisque ou fée. Il affirme, ce champion de l'amour physique : « La vraie femme que j'aime, moi, c'est l'Inconnue, l'Espérée, la Désirée, celle qui hante mon cœur sans que mes yeux aient vu sa forme. » On ne saurait plus clairement s'exprimer ; l'élue, ce n'est pas la femme en chair et en os, mais la femme avec majuscules. Autant dire aucune.*

Avec une violence rancunière, à tout propos et même hors de propos, il dénonce l'impossible amour, le jeu des miroirs déformants auquel se prêtent si naïvement les amants. Tout se passe, dans cet univers érotique aveuglé, comme si le monde était divisé entre deux pôles opposés, inconciliables, totalement contradictoires : le pôle masculin, et le pôle féminin. Monde de la discorde, figé dans un parti pris de solitude et d'agression : « quel que soit l'amour qui les soude l'un à l'autre, l'homme et la femme sont toujours étrangers d'âme, d'intelligence, ils restent deux belligérants ; ils sont d'une race différente ; il faut qu'il y ait toujours un dompteur et un dompté, un maître et un esclave ; tantôt l'un, tantôt l'autre ; ils ne sont jamais deux égaux » (La bûche).

En dépit de cette éternelle volonté de puissance, source d'un irréductible antagonisme, une invincible attirance continue néanmoins à animer les couples, le désir irrépressible et fou de vaincre la solitude, de réduire les antinomies, de retrouver la communion avec l'autre moitié du monde. A la fois attiré et rebuté par son adversaire, projetant sur la femme, dans un processus de transfert caractéristique, sa propre psychose de violence et d'échec, possédé par la peur mais aussi par le désir de céder, Maupassant renforce l'image de l'autre, *de l'entité effrayante et fascinante, d'une féminité tentatrice mais vile, aliénante, trompeuse, identifiée au mal et à la mort : « Elle est perfide, bestiale, immonde, impure ; elle est la femme de perdition, l'animal sensuel et faux chez qui l'âme n'est point, chez qui la pensée ne circule jamais comme un air libre et vivifiant : elle est la bête humaine : moins que cela : elle n'est qu'un flanc, une merveille de chair douce et ronde qu'habite l'infamie. » (Fou ?)*

Si le début de ces liaisons dangereuses est parfois « étrange et délicieux », toutes les relations amoureuses finissent par être dominées par l'obsession quasi janséniste de la mort, par la conviction du divorce de la chair et de l'esprit ; il y a, chez ce jouisseur éperdu, une réelle inaptitude à adhérer au charnel autrement qu'en état de délire. S'il y succombe perpétuellement, il n'y consent pas un seul instant. Il y aurait en fait beaucoup à dire concernant la maturité sexuelle et affective de l'auteur de Bel-Ami *: son art d'aimer est singulièrement infantile, son affectivité totalement égocentrique. La légende du mâle triomphant qu'il favorisa complaisamment résiste peu à l'examen. Les aventures féminines de Maupassant furent presque toutes désastreuses et les attitudes de ses héros se révélèrent aussi peu conquérantes que possible : dans ces amours féroces, le mâle est vaincu d'avance, il est « martyr, livré à des lionnes » ; selon une arithmétique implacable, « neuf fois sur dix, c'est l'homme qui est séduit, capté, accaparé, enlacé de liens terribles... il est la proie, la femme est le chasseur... (elle joue avec lui) comme les chats avec les souris »* (Pétition d'un viveur malgré lui).

Troublante, paralysante, hallucinante ; telle apparaît la femme. L'extase qu'elle provoque est toujours une chute hors de soi-même, un enlisement, une illusion fatale : « L'ai-je aimée ? Non, non, non. Elle m'a possédé âme et corps, envahi, lié. » (Fou ?) Cette mante religieuse bouleverse son partenaire, le pille, le saccage jusqu'à la dévastation totale. Dans le gynécée de Maupassant, la femme-vampire est d'ailleurs supplantée par la femme-objet, ou mieux encore, l'objet-femme : pérennité de la chose exquise. Que sa maîtresse garde sans cesse « ce regard ardent et anéanti » qui l'illumine et la désarme à l'instant du plaisir, qu'elle se borne à rester une chair douce et merveilleusement apathique comblerait le puéril idéal de cet amant si peu aimant. Que la femme devienne image, fleur ou chevelure est encore plus souhaitable, car elle demeure alors cet instrument passif dont il est délectable de se servir à la seule fin d'une jouissance solitaire et rêveuse. D'insidieuses métamorphoses, des fascinations sournoises, d'obscurs fétichismes hantent pareils songes sensuels, égotistes et insatiables. A l'intérieur de ces transfigurations, l'imagination réductrice et l'imagination amplificatrice alternent leur action ; l'ardente promeneuse qui traverse les pages fantastiques de L'inconnue « a un étrange regard opaque et vide, sans pensée et si beau ». Elle apparaît comme un gouffre saisissant dont on ne peut éviter l'attirance, son coup d'œil semble « vous laisser quelque chose sur la peau, une sorte de glu, comme s'il eût projeté sur les gens un de ces liquides épais dont se servent les pieuvres pour obscurcir l'eau et endormir leurs proies ».

La passion prend ici l'allure d'un envoûtement qui arrache l'être à sa propre conscience et le plonge dans un ravissement maléfique. Elle a un effet double et contradictoire : augmentant d'une part l'acuité sensorielle, exaltant et épanouissant les sensations les plus subtiles, elle dévie en même temps les perceptions, les fixe sur un seul objet et les entraîne de la sorte vers l'hallucination : l'Inconnue semble grandir et s'éloigner aux yeux de l'homme qu'elle obsède, elle devient soudain « une femme ensorcelée » et inaccessible. Pour accomplir ce prodige, les puissances hypertrophiantes de l'imagination fantastique se sont emparées d'un détail physique anodin ; sur le corps de la femme, « une tache noire, entre les épaules... une grande tache en relief, très noire » stupéfie l'amant impressionnable. La marque est aussitôt assimilée à « un talisman mystérieux », révélant l'identité secrète d'« une de ces magiciennes des Mille et Une Nuits, un de ces êtres dangereux et perfides qui ont pour mission d'entraîner les hommes en des abîmes inconnus ».

Plus tragique est l'aventure de La chevelure où se mêlent

confusément, mais de manière excessivement intense, l'obsession de la femme, un désir maladif de possession totale, la nostalgie du passé et la fascination de la mort. Ce sentiment complexe crée, chez le héros, « le besoin confus, singulier, continu, sensuel, de tromper ses doigts dans ce ruissellement charmant de cheveux morts ». La chevelure *constitue en fait la prolongation et l'aggravation du fétichisme morbide de* La main d'écorché, *où l'on percevait encore le canular, un goût assez juvénile de la provocation. Dans* La chevelure, *le drame se durcit en même temps qu'il se simplifie. L'obsession devient beaucoup plus réelle, sinon plus réaliste, le délire paraît* « pour ainsi dire palpable ».

Le fantastique opère la même réduction de l'image féminine dans Un cas de divorce : *un homme déçu par sa femme trop* « idéalement désirée » *la remplace et la trompe... avec des fleurs, qu'il cultive en des serres jalousement closes. Rêvant d'une félicité* « plus belle, plus noble, plus variée », *il en vient à aimer les fleurs* « non point comme des fleurs, mais comme des êtres matériels et délicieux », *il passe le plus clair de son temps avec ces créatures hybrides,* « prodigieuses, invraisemblables », « dans les serres où il les cache, ainsi que des femmes de harem ».

Ce refus de la femme dans son individualité et son autonomie conduit Maupassant, de façon logique, au refus de la vie. Son érotisme d'abjection et de mort aboutit à un antinaturalisme où perce de façon très visible l'influence de Baudelaire. Il n'est pas une des Maximes consolantes *sur l'amour qui ne devait ravir l'auteur de* L'inutile beauté *et le culte des paradis artificiels, la jouissance de la laideur, le goût équivoque des fétiches unissent les deux écrivains dans un même vertige esthétique. Maupassant possède aussi ses fleurs du mal ; il évoque des créatures funèbres flirtant avec la mort, la blonde apparition qui terrorise le propriétaire d'un vieux château normand et abandonne sur le dolman de l'hôte* « de longs cheveux... enroulés aux boutons » (Apparition). *Il imagine son horrible* Mère aux monstres, *pour qui la procréation est un moyen facile de satisfaire son goût du lucre, qu'un instinct dévié pousse à tromper de la façon la plus odieuse la nature, « cette trompeuse ». Il anime tout un peuple de « tombales », de libertines, d'hystériques : images doucereuses et infernales.*

Il en est d'autres néanmoins dans cet univers habité par la dualité : les plus belles, les plus riches, celles qui procèdent d'une sensibilité raffinée et nuancée, ce sont les images d'eau. L'univers onirique de Maupassant est envahi par les eaux. Je mets à dessein le substantif au pluriel, car il s'agit bien d'eaux nombreuses, imprévisibles, éminemment changeantes, et comme l'œuvre de notre auteur est inséparable de sa vie, c'est d'abord sa vie que l'eau cerne. De la mer violente et grise d'Etretat au cours sinueux et doux de la Seine, du mystère des marais normands au transparant miracle de la Méditerranée, Guy a toujours recherché les proximités aquatiques. Cette réaction instinctive exprime d'abord un évident désir de retour aux sources, de rêve en vase clos, originel et sécurisant. Les visions d'eaux claires, diurnes, ensoleillées apaisent, il est bon de s'y abandonner, de s'y rafraîchir, de s'y assoupir. Maupassant loue la mer « endormie, épaisse et bleue aussi, bleue d'un bleu transparent, liquide, où la lumière coulait, la lumière bleue jusqu'aux roches du fond » (Blanc et bleu). Il évoque le charme des randonnées en barque, des marches solitaires, « au bord de la mer calme. Quelle ivresse ! quelle ivresse ! Elle entre en vous par les yeux, avec la lumière, par la narine, avec l'air léger, par la peau, avec les souffles du vent ». (A vendre.)

Image caractéristique d'une imagination fantastique essentiellement absorbante : pur de toute abstraction, le rêve, ici, est matière, absorption complète du paysage réel qui s'intègre à la personne même du rêveur. Maupassant boit et mange l'objet de sa contemplation, se l'assimile de façon si complète et si radicale qu'il devient dès lors littéralement impossible de dissocier le spectacle du spectateur. Dans Mont-Oriol, il décrira de façon plus complète encore cette admirable osmose : « J'ai tout le bois dans les yeux ; il me pénètre, m'envahit, coule dans mon sang : il me semble aussi que je le mange, qu'il m'emplit le ventre ; je deviens bois moi-même. »

Cependant, la démarche récurrente de l'imagination peut imprimer aussi au rêve le mouvement contraire : il devient alors vue double et perçante qui pénètre les choses, troue la surface de l'eau et découvre le mystère de ses profondeurs. L'ambivalence de ce thème privilégié apparaît de façon caractéristique dans une des nouvelles les plus intéressantes de La maison Tellier, intitulée Sur l'eau ; on y voit nettement comment l'eau, après avoir été invitation à jouir, devient, de façon brusque et inquiétante, invitation à mourir. Un soir d'été où l'air est « calme et doux », d'étranges choses peuvent se tramer dans la limpidité. Toutes les raisons semblent pourtant réunies afin que les moments passés sur la rivière ne laissent au canotier qu'un souvenir heureux : « Le lune resplendissait, le fleuve brillait... » Cependant, le rameur se sent envahi « par une étrange agitation nerveuse » qui excite en lui « des imaginations fantastiques ». La rivière si légère est à présent « pleine d'êtres étranges » qui nagent autour de lui et le tirent par les pieds, « au fond de l'eau noire ». Cet élément obscur, grouillant, innommable, revient constamment submerger les moments dépressifs de l'auteur. Les ondes claires du début finissent toujours par s'obscurcir ; elles sont chargées d'un poids indéfinissable et charrient secrètement la mort. Elles forment le « lac de ténèbres et d'horreur » que tout fantastique porte en lui, s'identifient avec ces « images de la discorde intime » dont Gaston Bachelard a dit « qu'elles procèdent d'un matérialisme manichéen où la substance de toute chose devient le lien d'une lutte, serrée, d'une fermentation d'hostilité » (L'eau et les rêves).

Les bords paisibles de la Seine sont-ils troublés, dès cette époque, par le horla ? Cette ténébreuse histoire constitue, en tout cas, une des premières évocations de la force aliénante qui terrassera, quelque dix ans plus tard, le narrateur avouant d'ores et déjà : « Jamais aussi bien que ce jour-là, je ne saisis l'opposition des deux êtres qui sont en nous, l'un voulant, l'autre résistant et chacun l'emportant tour à tour. » (Sur l'eau).

Nous voici affrontés à la redoutable image du double.

Certes, Maupassant ne l'a pas inventée ; elle gît depuis les temps les plus reculés dans la mémoire des hommes, hante les récits magiques de toutes les civilisations primitives, traverse maintes fois les rêves illuminés des romantiques allemands, à inspiré Goethe, Wilde, Stevenson, Musset... La science n'ignore pas non plus le phénomène : l'autoscopie (se trouver devant soi) est considérée par les médecins comme un cas clinique d'hystérie. Pourtant, si cette projection dramatique du moi relève parfois de la pathologie, elle peut aussi être éclairante, voire bénéfique. Chaque créateur, au moment de la création, la vit avec plus ou moins d'intensité ; tout artiste, en cet instant crucial, est mis en présence de son double. Maupassant, pour sa part, combattit toujours cet autre lui-même. Ce fut sans doute une des raisons pour lesquelles il lui conféra tant de vigueur ; je n'ai jamais rêvé, je ne suis pas l'autre, « nous ne savons rien, nous ne voyons rien, nous ne pouvons rien, nous n'imaginons rien » (Sur l'eau). Le négativisme vindicatif, l'espèce de credo à rebours qu'il ne cessa de proclamer est significatif. Le meilleur fantastique, ce surgissement scandaleux et inattendu, est toujours pressenti par ceux qui n'y croient pas. Profitant d'une quelconque faiblesse de l'individu, il impose et expose au grand jour la « deuxième âme », celle que l'artiste, mieux que quiconque, a appris à craindre et à invoquer : « Il semble avoir deux âmes, l'une qui note, explique, commente chaque sensation de sa voisine, de l'âme naturelle, commune à tous les hommes ; et il vit condamné à être toujours, en toute occasion, un reflet de lui-même et un reflet des autres, condamné à se regarder sentir, agir, aimer, penser, souffrir, et à ne jamais souffrir, penser, aimer, sentir comme tout le monde, bonnement, franchement, simplement, sans s'analyser soi-même après chaque joie et après chaque sanglot... Il souffre d'un mal étrange, d'une sorte de dédoublement de l'esprit, qui fait de lui un être effroyablement vibrant, machiné, compliqué et fatigant pour lui-même. »(Sur l'eau.)

Cette répercussion esthétique de la vie, cet épuisant écho, la vision fantastique l'aggrave encore davantage. Le fantasti-

*que, en fait, est l'art d'aliénation par excellence, aucun art ne
ressemble plus dangereusement à une maladie. L'artiste
nourri par ses fantasmes peut tout aussi bien, un jour ou
l'autre, être étranglé par eux. En amplifiant systématiquement
ses angoisses, en tentant « d'aiguiser (ses) organes, de les
exciter pour leur faire percevoir par moments l'invisible »*
(Lettre d'un fou), *Maupassant marchait sur la corde raide.
Son drame fut de s'entourer « comme poussé par une force
maligne, d'une aura particulièrement favorable au dévelop-
pement de son mal » (Pierre-Georges Castex,* Le conte fantastique en France*). Ce faisant, il se condamnait non seulement
à une maladie mortelle, mais d'abord à l'isolement le plus
complet et le plus irrémédiable ; solitude et peur mêleront
leurs pouvoirs sans cesse grandissants en un esprit dévasté,
d'autant plus ébranlé qu'il accueillit en alliées ces forces
destructrices, qu'il en vanta au début les séductions et les
vertus.*

*Pour cet homme hypersensible, la solitude est, en effet, au
départ, un luxe nécessaire, « une sorte de bain frais et cal-
mant, un bain de silence, d'isolement et de repos »* (Jour de
fête). *Tout promiscuité un peu prolongée agit sur lui comme
une diversion, une agression, une souffrance... Mais l'isolement n'arrange que momentanément les choses. Le libre
exercice de la pensée solitaire devient rapidement licence,
exaltation, « qui touche à la folie ». Où donc échapper à soi-
même ? Dans la nuit, sur l'eau, dans le désert, en Algérie, en
Bretagne comme sur la Côte d'Azur, le voyageur sent monter
en lui dans le silence « cet appel intime, profond, désolé... La
voix de ce qui se passe, de ce qui fuit, de ce qui trompe ». Il
sent mordre la bête tenace, la vieille et fidèle peur. E.
Maynial, dans* La vie et l'œuvre de Guy de Maupassant, *a
analysé avec une belle perspicacité les formes diverses que
revêtit l'effroi dans cette œuvre subjuguée : de « la peur
panique des premiers âges du monde » (La peur, Le loup,
L'horrible), à la peur incarnée et identifiée (Lui ?, Le horla,
Qui sait ?), l'écrivain s'est livré à une « description minutieuse
et implacable de toutes les phases de la terreur. »*

Mais alors même qu'il atteignait la peur de la peur, ce paroxysme du terrible, il aimait encore ce poison d'un amour avide et violent, comme on aime ce qui vous tue, car il fut malgré tout pour lui le meilleur des ennemis, le moyen le plus sûr d'accéder à l'insolite. Sans cette mise en condition, cet indispensable tonique, aurait-il atteint ce point extrême de tension des sens et de l'esprit où il devenait capable d'appréhender la vibration subtile de la matière, le frisson surnaturel des choses, leur vertigineux silence ? Sans nul doute, la peur fait partie intégrante de cette faculté « rare et redoutable, cette excitabilité nerveuse et maladive de l'épiderme et de tous les organes qui fait une émotion des moindres impressions physiques et qui, suivant les températures de la brise, les senteurs du sol et la couleur du jour, impose des souffrances, des tristesses et des joies » (La vie errante).

Le foudroiement ne se fit pas attendre, qui vint payer cette illumination douloureuse. Le poison absorbé à doses trop fortes et trop répétées suscita, avec les années, l'effet contraire à celui qui était recherché ; la peur exaltante devint peu à peu une maîtresse tyrannique, un dégradant handicap, une angoisse aveuglante et dépersonnalisante : « une décomposition de l'âme, un spasme affreux de la pensée et du cœur » (La peur). *Une « vie double et mystérieuse » ronge désormais minute après minute l'être conscient et le réduit peu à peu à néant. Lui, Le horla, Qui sait ?, retracent les étapes de cette lutte inégale. Lui ? raconte encore l'histoire d'un autre, le narrateur s'y pose en observateur désengagé, mais dans les deux autres récits, l'auteur se borne à relever sur sa propre personne les indices d'une désintégration notoire. L'autre a vaincu, s'est installé en triomphateur dans la place. Non content d'avoir réduit l'adversaire à l'état de fantôme, de l'avoir vidé de sa propre substance, Le horla efface l'univers autour de lui :* Qui sait ?, *la dernière nouvelle fantastique, et l'une des plus belles, est avant tout un compte rendu tragique. Le narrateur y considère avec une effrayante passivité le monde environnant qui se dérobe, le désert qui l'entoure soudain : il ne franchira plus ce cercle magique.*

« *Est-ce vrai que des choses pareilles arrivent ? Que l'on meurt ainsi ?* » (Sur l'eau). *En se cognant à cette vision sans issue, on a envie de répéter, avec la voix du pauvre Guy, cette question sans remède. Devant le mur de la folie et de la mort, on comprend mieux combien le fantastique fut ici une aventure aussi extraordinaire qu'involontaire. Cette longue dépossession, cette fin atroce, nul ne les aurait certes jamais recherchées. Commencée comme une farce, un défi au bourgeois, une concession au goût du jour — en somme, une grosse blague et une bonne affaire — l'histoire se termine en tragédie. En s'engageant dans ce rôle-là, Maupassant ignorait qu'on ne simule que ce qu'on est. Il en prit conscience quand il n'était plus temps de reculer. Il mit crânement dans sa marche forcée le meilleur et le pire de lui-même, toutes ses impulsions, toute sa vigilance. Il n'y ménagea ni ses forces, ni son adresse, ni son courage, y versa la quintessence de ses voluptés et de son désespoir. J'ai dit les vertus dynamiques et concrètes de son imagination parcimonieuse et dévorante. Si l'œuvre bénéficia magnifiquement de cette effervescence, ces qualités ruineuses suscitèrent la perte de l'homme. Enseveli sous ses grandes et lourdes images, il fut l'absorbant absorbé. Son naufrage, il l'a décrit avec du sang noir, imprégné d'un pessimisme d'autant plus virulent qu'il fut sommaire :* « La vie ! La vie ! Qu'est-ce que cela ?... C'est si triste, si triste. » (La Vie errante.)

Telle fut toujours son ultime constatation. Les événements ont suivi la pente des petites idées mortellement amères qui fourmillaient dans son cerveau. On l'a souvent affirmé, Maupassant n'a pas attendu Schopenhauer pour douter des hommes et de la vie, et s'il prit connaissance de cette grande œuvre morose comme on découvre l'Amérique, avec un enthousiasme débordant, s'il n'en retient que les formules les plus grosses et les plus faciles, il n'eut nul besoin de les apprendre par cœur. Il les reconnaissait de loin : son nihilisme élémentaire, né d'impressions peu neuves, peu nombreuses, peu variées, fut si vécu ! Angoisse et jubilation, soleil et charogne, rêve et sanie... Dans le vent, tant de roses pour que disparaisse enfin « l'affreuse odeur qui s'exhale des chambres de trépassés » (Sur l'eau). *Son amour éperdu, brutal et buté de toutes les choses belles, éphémères, tachées d'ambiguïté, Maupassant ne le dépassa jamais. Il sombra d'un coup dans le matérialisme fantastique banal et génial dont il nourrit jusqu'au bout une vision étroite et passionnée de la vie.*

Anne RICHTER

LA MAIN D'ÉCORCHÉ

Il y a huit mois environ, un de mes amis, Louis R..., avait
réuni, un soir, quelques camarades de collège ; nous buvions
du punch et nous fumions en causant littérature, peinture, et
en racontant, de temps à autre, quelques joyeusetés, ainsi que
cela se pratique dans les réunions de jeunes gens. Tout à
coup la porte s'ouvre toute grande et un de mes bons amis
d'enfance entre comme un ouragan. « Devinez d'où je viens »,
s'écrie-t-il aussitôt. « Je parie pour Mabille », répond l'un ;
« Non, tu es trop gai, tu viens d'emprunter de l'argent,
d'enterrer ton oncle, ou de mettre ta montre chez ma tante »,
répond un autre ; « Tu viens de te griser, riposte un troisième, et comme tu as senti le punch chez Louis, tu es monté
pour recommencer. — Vous n'y êtes point, je viens de P...
en Normandie, où j'ai été passer huit jours et d'où je rapporte
un grand criminel de mes amis que je vous demande la
permission de vous présenter. » A ces mots, il tira de sa
poche une main d'écorché ; cette main était affreuse, noire,
sèche, très longue et comme crispée, les muscles, d'une force
extraordinaire, étaient retenus à l'intérieur et à l'extérieur par
une lanière de peau parcheminée, les ongles jaunes, étroits,
étaient restés au bout des doigts ; tout cela sentait le scélérat
d'une lieue. « Figurez-vous, dit mon ami, qu'on vendait
l'autre jour les défroques d'un vieux sorcier bien connu dans

toute la contrée ; il allait au sabbat tous les samedis sur un manche à balai, pratiquait la magie blanche et noire, donnait aux vaches du lait bleu et leur faisait porter la queue comme celle du compagnon de saint Antoine. Toujours est-il que ce vieux gredin avait une grande affection pour cette main, qui, disait-il, était celle d'un célèbre criminel supplicié en 1736, pour avoir jeté, la tête la première, dans un puits sa femme légitime, en quoi faisant je trouve qu'il n'avait pas tort, puis pendu au clocher de l'église le curé qui l'avait marié. Après ce double exploit, il était allé courir le monde et dans sa carrière aussi courte que bien remplie, il avait détroussé douze voyageurs, enfumé une vingtaine de moines dans un couvent et fait un sérail d'un monastère de religieuses. — Mais que vas-tu faire de cette horreur ? nous écriâmes-nous. — Eh parbleu, j'en ferai mon bouton de sonnette pour effrayer mes créanciers. — Mon ami, dit Henri Smith, un grand Anglais très flegmatique, je crois que cette main est tout simplement de la viande indienne conservée par un procédé nouveau, je te conseille d'en faire du bouillon. — Ne raillez pas, Messieurs, reprit avec le plus grand sang-froid un étudiant en médecine aux trois quarts gris, et toi, Pierre, si j'ai un conseil à te donner, fais enterrer chrétiennement ce débris humain, de crainte que son propriétaire ne vienne te le redemander ; et puis, elle a peut-être pris de mauvaises habitudes cette main, car tu sais le proverbe : « Qui a tué tuera. » — « Et qui a bu boira », reprit l'amphitryon. Là-dessus il versa à l'étudiant un grand verre de punch, l'autre l'avala d'un seul trait et tomba ivre-mort sous la table. Cette sortie fut accueillie par des rires formidables, et Pierre élevant son verre et saluant la main : « Je bois, dit-il, à la prochaine visite de ton maître », puis on parla d'autre chose et chacun rentra chez soi.

Le lendemain, comme je passais devant sa porte, j'entrai chez lui, il était environ 2 heures, je le trouvai lisant et fumant. « Eh bien, comment vas-tu ? lui dis-je. — Très bien, me répondit-il. — Et ta main ? — Ma main, tu as dû la voir à ma sonnette où je l'ai mise hier soir en rentrant, mais à ce propos figure-toi qu'un imbécile quelconque, sans doute pour me faire une mauvaise farce, est venu carillonner à ma porte vers minuit ; j'ai demandé qui était là, mais comme personne ne me répondait, je me suis recouché et rendormi. »

En ce moment, on sonna, c'était le propriétaire, personnage grossier et fort impertinent. Il entra sans saluer. « Mon sieur, dit-il à mon ami, je vous prie d'enlever immédiatement la charogne que vous avez pendue à votre cordon de sonnette sans quoi je me verrai forcé de vous donner congé. — Monsieur, reprit Pierre avec beaucoup de gravité, vous insultez une main qui ne le mérite pas, sachez qu'elle a appartenu à un homme fort bien élevé. » Le propriétaire tourna les talons et sortit comme il était entré. Pierre le suivit, décrocha sa main et l'attacha à la sonnette pendue dans son alcôve. « Cela vaut mieux, dit-il, cette main, comme le « Frère, il faut mourir » des Trappistes, me donnera des pensées sérieuses tous les soirs en m'endormant. » Au bout d'une heure je le quittai et je rentrai à mon domicile.

Je dormis mal la nuit suivante, j'étais agité, nerveux ; plusieurs fois je me réveillai en sursaut, un moment même je me figurai qu'un homme s'était introduit chez moi et je me levai pour regarder dans mes armoires et sous mon lit ; enfin, vers 6 heures du matin, comme je commençais à m'assoupir, un coup violent frappé à ma porte, me fit sauter du lit ; c'était le domestique de mon ami, à peine vêtu, pâle et tremblant. « Ah Monsieur ! s'écria-t-il en sanglotant, mon pauvre maître qu'on a assassiné. » Je m'habillai à la hâte et je courus chez Pierre. La maison était pleine de monde, on discutait, on s'agitait, c'était un mouvement incessant, chacun pérorait, racontait et commentait l'événement de toutes les façons. Je parvins à grand'peine jusqu'à la chambre, la porte était gardée, je me nommai, on me laissa entrer. Quatre agents de la police étaient debout au milieu, un carnet à la main, ils examinaient, se parlaient bas de temps en temps et écrivaient ; deux docteurs causaient près du lit sur lequel Pierre était étendu sans connaissance. Il n'était pas mort, mais il avait un aspect effrayant. Ses yeux démesurément ouverts, ses prunelles dilatées semblaient regarder fixement avec une indicible épouvante une chose horrible et inconnue, ses doigts étaient crispés, son corps, à partir du menton, était recouvert d'un drap que je soulevai. Il portait au cou les marques de cinq doigts qui s'étaient profondément enfoncés dans la chair, quelques gouttes de sang maculaient sa chemise. En ce moment une chose me frappa, je regardai par hasard la sonnette de son alcôve, la main d'écorché n'y était plus. Les médecins l'avaient sans doute enlevée pour ne point impressionner les personnes qui entreraient dans la chambre du blessé, car cette main était vraiment affreuse. Je ne m'informai point de ce qu'elle était devenue.

Je coupe maintenant, dans un journal du lendemain, le récit du crime avec tous les détails que la police a pu se procurer. Voici ce qu'on y lisait :

« Un attentat horrible a été commis hier sur la personne d'un jeune homme, M. Pierre B..., étudiant en droit, qui appartient à une des meilleures familles de Normandie. Ce jeune homme était rentré chez lui vers 10 heures du soir, il renvoya son domestique, le sieur Bonvin, en lui disant qu'il était fatigué et qu'il allait se mettre au lit. Vers minuit, cet homme fut réveillé tout à coup par la sonnette de son maître qu'on agitait avec fureur. Il eut peur, alluma une lumière et attendit ; la sonnette se tut environ une minute, puis reprit avec une telle force que le domestique, éperdu de terreur, se précipita hors de sa chambre et alla réveiller le concierge, ce dernier courut avertir la police et, au bout d'un quart d'heure environ, ces derniers enfonçaient la porte.

» Un spectacle horrible s'offrit à leurs yeux, les meubles étaient renversés, tout indiquait qu'une lutte terrible avait eu lieu entre la victime et le malfaiteur. Au milieu de la chambre, sur le dos, les membres raides, et la face livide, les yeux effroyablement dilatés, le jeune Pierre B... gisait sans mouvement ; il portait au cou les empreintes profondes de cinq doigts. Le rapport du docteur Bourdeau, appelé immédiatement, dit que l'agresseur devait être doué d'une force prodigieuse et avoir une main extraordinairement maigre et nerveuse, car les doigts qui ont laissé dans le cou comme cinq trous de balles s'étaient presque rejoints à travers les chairs. Rien ne fait soupçonner le mobile du crime, ni quel peut en être l'auteur. »

On lisait le lendemain dans le même journal :

« M. Pierre B..., la victime de l'effroyable attentat que nous racontions hier, a repris connaissance après deux heures de soins assidus donnés par M. le docteur Bourdeau. Sa vie n'est pas en danger, mais on craint fortement pour sa raison ; on n'a aucune trace du coupable. »

En effet, mon pauvre ami était fou ; pendant sept mois, j'allai le voir tous les jours à l'hospice, mais il ne recouvra pas une lueur de raison. Dans son délire, il lui échappait des paroles étranges et, comme tous les fous, il avait une idée fixe, et se croyait toujours poursuivi par un spectre. Un jour, on vint me chercher en toute hâte en me disant qu'il allait plus mal, je le trouvai à l'agonie. Pendant deux heures, il resta fort calme, puis tout à coup, se dressant sur son lit malgré nos efforts, il s'écria en agitant les bras et comme en proie à une épouvantable terreur : « Prends-la ! prends-la ! Il m'étrangle, au secours, au secours ! » Il fit deux fois le tour de la chambre en hurlant, puis il tomba mort, la face contre terre.

Comme il était orphelin, je fus chargé de conduire son corps au petit village de P... en Normandie, où ses parents étaient enterrés. C'est de ce même village qu'il venait, le soir où il nous avait trouvés buvant du punch chez Louis R... et où il nous avait présenté sa main d'écorché. Son corps fut enfermé dans un cercueil de plomb, et quatre jours après, je me promenais tristement avec le vieux curé qui lui avait donné ses premières leçons, dans le petit cimetière où l'on creusait sa tombe. Il faisait un temps magnifique, le ciel tout bleu ruisselait de lumière, les oiseaux chantaient dans les ronces du talus, où bien des fois, enfants tous deux, nous étions venus manger des mûres. Il me semblait encore le voir se faufiler le long de la haie et se glisser par le petit trou que je connaissais bien, là-bas, tout au bout du terrain où l'on

enterre les pauvres, puis nous revenions à la maison, les joues
et les lèvres noires du jus des fruits que nous avions mangés ;
et je regardai les ronces, elles étaient couvertes de mûres ;
machinalement j'en pris une, et je la portai à ma bouche ; le
curé avait ouvert son bréviaire et marmottait tout bas ses
oremus, et j'entendais au bout de l'allée la bêche des fos-
soyeurs qui creusaient la tombe. Tout à coup, ils nous
appelèrent, le curé ferma son livre et nous allâmes voir ce
qu'ils voulaient. Ils avaient trouvé un cercueil. D'un coup de
pioche, ils firent sauter le couvercle et nous aperçûmes un
squelette démesurément long, couché sur le dos, qui, de son
œil creux, semblait encore nous regarder pour nous défier ;
j'éprouvai un malaise, je ne sais pourquoi j'eus presque peur.
« Tiens ! s'écria un des hommes, regardez donc, le gredin a
un poignet coupé, voilà sa main. » Et il ramassa à côté du
corps une grande main desséchée qu'il nous présenta. « Dis
donc, fit l'autre en riant, on dirait qu'il te regarde et qu'il va
te sauter à la gorge pour que tu lui rendes sa main. — Allons
mes amis, dit le curé, laissez les morts en paix et refermez ce
cercueil, nous creuserons autre part la tombe de ce pauvre
monsieur Pierre. »

Le lendemain tout était fini et je reprenais la route de Paris
après avoir laissé cinquante francs au vieux curé pour dire
des messes pour le repos de l'âme de celui dont nous avions
ainsi troublé la sépulture.

(1875.)

LE DOCTEUR HÉRACLIUS GLOSS

I

CE QU'ÉTAIT, AU MORAL,
LE DOCTEUR HÉRACLIUS GLOSS

C'était un très savant homme que le docteur Héraclius Gloss.
Quoique jamais le plus petit opuscule signé de lui n'eût paru
chez les libraires de la ville, tous les habitants de la docte cité
de Balançon regardaient le docteur Héraclius comme un
homme très savant.

Comment et en quoi était-il docteur ? Nul n'eût pu le dire.
On savait seulement que son père et son grand-père avaient
été appelés docteurs par leurs concitoyens. Il avait hérité de
leur titre en même temps que de leur nom et de leurs biens ;
dans sa famille on était docteur de père en fils, comme, de
père en fils, on s'appelait Héraclius Gloss.

Du reste, s'il ne possédait point de diplôme signé et contre-
signé par tous les membres de quelque illustre faculté, le
docteur Héraclius n'en était pas moins pour cela un très digne
et très savant homme. Il suffisait de voir les quarante rayons
chargés de livres qui couvraient les quatre panneaux de son
vaste cabinet, pour être bien convaincu que jamais docteur

plus érudit n'avait honoré la cité balançonnaise. Enfin, chaque fois qu'il était question de sa personne devant M. le Doyen ou M. le Recteur, on les voyait toujours sourire avec mystère. On rapporte même qu'un jour M. le Recteur avait fait de lui un grand éloge en latin devant Mgr l'Archevêque ; le témoin qui racontait cela citait d'ailleurs comme preuve irrécusable ces quelques mots qu'il avait entendus :

« *Parturiunt montes, nascitur ridiculus mus.* »

De plus, M. le Doyen et M. le Recteur dînaient chez lui tous les dimanches ; aussi personne n'eût osé mettre en doute que le docteur Héraclius Gloss ne fût un très savant homme.

II

CE QU'ÉTAIT, AU PHYSIQUE, LE DOCTEUR HÉRACLIUS GLOSS

S'il est vrai, comme certains philosophes le prétendent, qu'il y ait une harmonie parfaite entre le moral et le physique d'un homme, et qu'on puisse lire sur les lignes du visage les principaux traits du caractère, le docteur Héraclius n'était pas fait pour donner un démenti à cette assertion. Il était petit, vif et nerveux. Il y avait en lui du rat, de la fouine et du basset, c'est-à-dire qu'il était de la famille des chercheurs, des rongeurs, des chasseurs et des infatigables. A le voir, on ne concevait pas que toutes les doctrines qu'il avait étudiées pussent entrer dans cette petite tête, mais on s'imaginait bien plutôt qu'il devait, lui-même, pénétrer dans la science, et y vivre en la grignotant comme un rat dans un gros livre. Ce qu'il avait surtout de singulier, c'était l'extraordinaire minceur de sa personne ; son ami le doyen prétendait, peut-être non sans raison, qu'il avait dû être oublié, pendant plusieurs siècles, entre les feuillets d'un in-folio, à côté d'une rose et d'une violette, car il était toujours très coquet et très parfumé. Sa figure surtout était tellement en lame de rasoir que les branches de ses lunettes d'or, dépassant démesurément ses tempes, faisaient assez l'effet d'une grande vergue sur le mât d'un navire. « S'il n'eût été le savant docteur Héraclius, disait parfois M. le Recteur de la faculté de Balançon, il aurait fait certainement un excellent couteau à papier. »

Il portait perruque, s'habillait avec soin, n'était jamais malade, aimait les bêtes, ne détestait pas les hommes et idolâtrait les brochettes de cailles.

III

À QUOI LE DOCTEUR HÉRACLIUS EMPLOYAIT LES DOUZE HEURES DU JOUR

A peine le docteur était-il levé, savonné, rasé et lesté d'un petit pain au beurre trempé dans une tasse de chocolat à la vanille, qu'il descendait à son jardin. Jardin peu vaste comme tous ceux des villes, mais agréable, ombragé, fleuri, silencieux, je dirais réfléchi, si j'osais. Enfin qu'on se figure ce que doit être le jardin idéal d'un philosophe à la recherche de la vérité, et on ne sera pas loin de connaître celui dont le docteur Héraclius Gloss faisait trois ou quatre fois le tour au pas accéléré, avant de s'abandonner aux quotidiennes brochettes de cailles du second déjeuner. Ce petit exercice, disait-il, était excellent au saut du lit ; il ranimait la circulation du sang, engourdie par le sommeil, chassait les humeurs du cerveau et préparait les voies digestives.

Après cela le docteur déjeunait. Puis, aussitôt son café pris, et il le buvait d'un trait, ne s'abandonnant jamais aux somnolences des digestions commencées à table, il endossait sa grande redingote et s'en allait. Et chaque jour, après avoir passé devant la faculté, et comparé l'heure de son oignon Louis XV à celle du hautain cadran de l'horloge universitaire, il disparaissait dans la ruelle des Vieux Pigeons dont il ne sortait que pour rentrer dîner.

Que faisait donc le docteur Héraclius Gloss dans la ruelle des Vieux Pigeons ? Ce qu'il y faisait, bon Dieu !... il y cherchait la vérité philosophique — et voici comment.

Dans cette petite ruelle, obscure et sale, tous les bouquinistes de Balançon s'étaient donné rendez-vous. Il eût fallu des années pour lire seulement les titres de tous les ouvrages inattendus, entassés de la cave au grenier dans les cinquante baraques qui formaient la ruelle des Vieux Pigeons.

Le docteur Héraclius Gloss regardait ruelle, maisons, bouquinistes et bouquins comme sa propriété particulière.

Il était arrivé souvent que certain marchand de bric-à-brac, au moment de se mettre au lit, avait entendu quelque bruit dans son grenier, et montant à pas de loup, armé d'une gigantesque flamberge des temps passés, il avait trouvé... le docteur Héraclius Gloss — enseveli jusqu'à mi-corps dans des piles de bouquins, tenant d'une main un reste de chandelle qui lui fondait entre les doigts, et de l'autre feuilletant un antique manuscrit d'où il espérait peut-être faire jaillir la vérité. Et le pauvre docteur était bien surpris, en apprenant que la cloche du beffroi avait sonné neuf heures depuis longtemps et qu'il mangerait un détestable dîner.

C'est qu'il cherchait sérieusement, le docteur Héraclius ! Il connaissait à fond toutes les philosophies anciennes et modernes ; il avait étudié les sectes de l'Inde et les religions des nègres d'Afrique ; il n'était si mince peuplade parmi les barbares du Nord ou les sauvages du Sud dont il n'eût sondé les croyances ! Hélas ! Hélas ! plus il étudiait, cherchait, furetait, méditait, plus il était indécis : « Mon ami, disait-il un soir à M. le Recteur, combien sont plus heureux que nous les Colomb qui se lancent à travers les mers à la recherche d'un nouveau monde ; ils n'ont qu'à aller devant eux. Les difficultés qui les arrêtent, ne viennent que d'obstacles matériels qu'un homme hardi franchit toujours ; tandis que nous, ballottés sans cesse sur l'océan des incertitudes, entraînés brusquement par une hypothèse comme un navire par l'aquilon, nous rencontrons tout à coup, ainsi qu'un vent contraire, une doctrine opposée, qui nous ramène, sans espoir, au port dont nous étions sortis. »

Une nuit qu'il philosophait avec M. le Doyen, il lui dit : « Comme on a raison, mon ami, de prétendre que la vérité habite dans un puits... Les seaux descendent tour à tour pour la pêcher et ne rapportent jamais que de l'eau claire... Je vous laisse deviner, ajouta-t-il finement, comment j'écris le mot *Sots*. »

C'est le seul calembour qu'on l'ait jamais entendu faire.

IV

À QUOI LE DOCTEUR HÉRACLIUS EMPLOYAIT LES DOUZE HEURES DE LA NUIT

Quand le docteur Héraclius rentrait chez lui, le soir, il était généralement beaucoup plus gros qu'au moment où il sortait. C'est qu'alors chacune de ses poches, et il en avait dix-huit, était bourrée des antiques bouquins philosophiques qu'il venait d'acheter dans la ruelle des Vieux Pigeons ; et le facétieux recteur prétendait que, si un chimiste l'eût analysé à ce moment, il aurait trouvé que le vieux papier entrait pour deux tiers dans la composition du docteur.

A sept heures, Héraclius Gloss se mettait à table, et tout en mangeant, parcourait les vieux livres dont il venait de se rendre acquéreur.

A huit heures et demie le docteur se levait magistralement, ce n'était plus alors l'alerte et sémillant petit homme qu'il avait été le jour, mais le grave penseur dont le front plie sous le poids de hautes méditations, comme un portefaix sous un fardeau trop lourd. Après avoir lancé à sa gouvernante un

majestueux « je n'y suis pour personne » il disparaissait dans
son cabinet. Une fois là, il s'asseyait devant sa table de travail
encombrée de livres et... il songeait. Quel étrange spectacle
pour celui qui eût pu voir alors dans la pensée du docteur !... Défilé monstrueux des Divinités les plus contraires
et des croyances les plus disparates, entrecroisement fantastique de doctrines et d'hypothèses. C'était comme une arène où
les champions de toutes les philosophies se heurtaient dans un
tournoi gigantesque. Il amalgamait, combinait, mélangeait le
vieux spiritualisme oriental avec le matérialisme allemand, la
morale des Apôtres avec celle d'Epicure. Il tentait des combinaisons de doctrines comme on essaye dans un laboratoire
des combinaisons chimiques, mais sans jamais voir bouillonner à la surface la vérité tant désirée — et son bon ami le recteur soutenait que cette vérité philosophique éternellement
attendue, ressemblait beaucoup à une pierre philosophale...
d'achoppement.

A minuit le docteur se couchait — et les rêves de son
sommeil étaient les mêmes que ceux de ses veilles.

V

COMME QUOI M. LE DOYEN ATTENDAIT TOUT DE L'ÉCLECTISME, LE DOCTEUR DE LA RÉVÉLATION ET M. LE RECTEUR DE LA DIGESTION

Un soir que M. le Doyen, M. le Recteur et lui étaient réunis
dans son vaste cabinet, ils eurent une discussion des plus
intéressantes.

« Mon ami, disait le doyen, il faut être éclectique et
épicurien. Choisissez ce qui est bon, rejetez ce qui est mauvais. La philosophie est un vaste jardin qui s'étend sur toute
la terre. Cueillez les fleurs éclatantes de l'Orient, les pâles
floraisons du Nord, les violettes des champs et les roses des
jardins, faites-en un bouquet et sentez-le. Si son parfum n'est

pas le plus exquis qu'on puisse rêver, il sera du moins fort
agréable, et plus suave mille fois que celui d'une fleur unique
— fût-elle la plus odorante du monde. — Plus varié certes,
reprit le docteur, mais plus suave non, si vous arrivez à
trouver la fleur qui réunit et concentre en elle tous les
parfums des autres. Car, dans votre bouquet, vous ne pourrez
empêcher certaines odeurs de se nuire, et, en philosophie,
certaines croyances de se contrarier. Le vrai est un — et avec
votre éclectisme vous n'obtiendrez jamais qu'une vérité de
pièces et de morceaux. Moi aussi j'ai été éclectique, maintenant je suis exclusif. Ce que je veux, ce n'est pas un à-peu-
près de rencontre, mais la vérité absolue. Tout homme intelligent en a, je crois, le pressentiment, et le jour où il la
trouvera sur sa route il s'écriera : « la voilà ». Il en est de
même pour la beauté ; ainsi moi, jusqu'à vingt-cinq ans je
n'ai pas aimé ; j'avais aperçu bien des femmes jolies, mais
elles ne me disaient rien — pour composer l'être idéal que
j'entrevoyais, il aurait fallu leur prendre quelque chose à
chacune, et encore cela eût ressemblé au bouquet dont vous
parliez tout à l'heure, on n'aurait pas obtenu de cette façon la
beauté parfaite qui est indécomposable, comme l'or et la
vérité. Un jour enfin, j'ai rencontré cette femme, j'ai compris
que c'était elle — et je l'ai aimée. » Le docteur un peu ému
se tut, et M. le Recteur sourit finement en regardant M. le
Doyen. Au bout d'un moment Héraclius Gloss continua :
« C'est de la révélation que nous devons tout attendre. C'est
la révélation qui a illuminé l'apôtre Paul sur le chemin de
Damas et lui a donné la foi chrétienne... — ... qui n'est pas
la vraie, interrompit en riant le recteur, puisque vous n'y
croyez pas — par conséquent la révélation n'est pas plus sûre
que l'éclectisme. — Pardon mon ami, reprit le docteur, Paul
n'était pas un philosophe, il a eu une révélation d'à-peu-près.
Son esprit n'aurait pu saisir la vérité absolue qui est abstraite.
Mais la philosophie a marché depuis, et le jour où une
circonstance quelconque, un livre, un mot peut-être, la révé-
lera à un homme assez éclairé pour la comprendre, elle
l'illuminera tout à coup, et toutes les superstitions s'effaceront

devant elle comme les étoiles au lever du soleil. — Amen, dit le recteur, mais le lendemain vous aurez un second illuminé, un troisième le surlendemain, et ils se jetteront mutuellement à la tête leurs révélations, qui, heureusement, ne sont pas des armes fort dangereuses. — Mais vous ne croyez donc à rien ? » s'écria le docteur qui commençait à se fâcher. « Je crois à la Digestion, répondit gravement le recteur. J'avale indifféremment toutes les croyances, tous les dogmes, toutes les morales, toutes les superstitions, toutes les hypothèses, toutes les illusions, de même que, dans un bon dîner, je mange avec un plaisir égal, potage, hors-d'œuvre, rôtis, légumes, entremets et dessert, après quoi je m'étends philosophiquement dans mon lit, certain que ma tranquille digestion m'apportera un sommeil agréable pour la nuit, la vie et la santé pour le lendemain. — Si vous m'en croyez, se hâta de dire le doyen, nous ne pousserons pas plus loin la comparaison ».

Une heure après comme ils sortaient de la maison du savant Héraclius, le recteur se mit à rire tout à coup et dit : « Ce pauvre docteur ! si la vérité lui apparaît comme la femme aimée, il sera bien l'homme le plus trompé que la terre ait jamais porté. » Et un ivrogne qui s'efforçait de rentrer chez lui se laissa tomber d'épouvante en entendant le rire puissant du doyen qui accompagnait en basse profonde le fausset aigu du recteur.

VI

COMME QUOI LE CHEMIN DE DAMAS DU DOCTEUR
SE TROUVA ÊTRE LA RUELLE DES VIEUX PIGEONS,
ET COMMENT LA VÉRITÉ L'ILLUMINA SOUS LA
FORME D'UN MANUSCRIT MÉTEMPSYCOSISTE

Le 17 mars de l'an de grâce dix-sept cent — et tant — le docteur s'éveilla tout enfiévré. Pendant la nuit, il avait vu plusieurs fois en rêve un grand homme blanc, habillé à l'antique qui lui touchait le front du doigt, en prononçant des paroles inintelligibles, et ce songe avait paru au savant Héraclius un avertissement très significatif. De quoi était-ce un avertissement ?... et en quoi était-il significatif ?... le docteur ne le savait pas au juste, mais néanmoins il attendait quelque chose.

Après son déjeuner il se rendit comme de coutume dans la ruelle des Vieux Pigeons, et entra, comme midi sonnait, au n° 31, chez Nicolas Bricolet, costumier, marchand de meubles antiques, bouquiniste et réparateur de chaussures anciennes, c'est-à-dire savetier, à ses moments perdus. Le docteur comme mû par une inspiration monta immédiatement au grenier, mit la main sur le troisième rayon d'une armoire Louis XIII et en retira un volumineux manuscrit en parchemin intitulé :

MES DIX-HUIT METEMPSYCOSES.
HISTOIRE DE MES EXISTENCES DEPUIS L'AN 184
DE L'ERE APPELEE CHRETIENNE.

Immédiatement après ce titre singulier, se trouvait l'introduction suivante qu'Héraclius Gloss déchiffra incontinent :

« Ce manuscrit qui contient le récit fidèle de mes transmigrations, a été commencé par moi dans la cité romaine en l'an CLXXXIV de l'ère chrétienne, comme il est dit ci-dessus.

» Je signe cette explication destinée à éclairer les humains sur les alternances des réapparitions de l'âme, ce jourd'hui, 16 avril 1748, en la ville de Balançon où m'ont jeté les vicissitudes de mon destin.

» Il suffira à tout homme éclairé et préoccupé des problèmes philosophiques de jeter les yeux sur ces pages pour que la lumière se fasse en lui de la façon la plus éclatante.

» Je vais, pour cela, résumer, en quelques lignes la substance de mon histoire qu'on pourra lire plus bas pour peu qu'on sache le latin, le grec, l'allemand, l'italien, l'espagnol et le français ; car, à des époques différentes de mes réapparitions humaines, j'ai vécu chez ces peuples divers. Puis j'expliquerai par quel enchaînement d'idées, quelles précautions psychologiques et quels moyens mnémotechniques, je suis arrivé infailliblement à des conclusions métempsycosistes.

» En l'an 184, j'habitais Rome et j'étais philosophe. Comme je me promenais un jour sur la voie Appienne, il me vint à la pensée que Pythagore pouvait avoir été comme l'aube encore indécise d'un grand jour près de naître. A partir de ce moment je n'eus plus qu'un désir, qu'un but, qu'une préoccupation constante : me souvenir de mon passé. Hélas ! tous mes efforts furent vains, il ne me revenait rien des existences antérieures.

» Or un jour je vis par hasard sur le socle d'une statue de Jupiter placée dans mon atrium, quelques traits que j'avais gravés dans ma jeunesse et qui me rappelèrent tout à coup un événement depuis longtemps oublié. Ce fut comme un rayon de lumière ; et je compris que si quelques années, parfois même une nuit, suffisent pour effacer un souvenir, à plus forte raison les choses accomplies dans les existences antérieures, et sur lesquelles a passé la grande somnolence des vies intermédiaires et animales, doivent disparaître de notre mémoire.

» Alors je gravai mon histoire sur des tablettes de pierre, espérant que le destin me la remettrait peut-être un jour sous les yeux, et qu'elle serait pour moi comme l'écriture retrouvée sur le socle de ma statue.

» Ce que j'avais désiré se réalisa. Un siècle plus tard, comme j'étais architecte, on me chargea de démolir une vieille maison pour bâtir un palais à la place qu'elle avait occupée.

» Les ouvriers que je dirigeais m'apportèrent un jour une pierre brisée couverte d'écriture qu'ils avaient trouvée en creusant les fondations. Je me mis à la déchiffrer — et tout en lisant la vie de celui qui avait tracé ces signes, il me revenait par instant comme des lueurs rapides d'un passé oublié. Peu à peu le jour se fit dans mon âme, je compris, je me souvins. Cette pierre, c'était moi qui l'avais gravée !

» Mais pendant cet intervalle d'un siècle qu'avais-je fait ? qu'avais-je été ? sous quelle forme avais-je souffert ? rien ne pouvait me l'apprendre.

» Un jour pourtant j'eus un indice, mais si faible et si nébuleux que je n'oserais l'invoquer. Un vieillard qui était mon voisin me raconta qu'on avait beaucoup ri dans Rome, cinquante ans auparavant (juste neuf mois avant ma naissance) d'une aventure arrivée au sénateur Marcus Antonius Cornélius Lipa. Sa femme, qui était jolie, et très perverse, dit-on, avait acheté à des marchands phéniciens un grand singe qu'elle aimait beaucoup. Le sénateur Cornélius Lipa fut jaloux de l'affection de sa moitié pour ce quadrumane à visage d'homme et le tua. J'eus en écoutant cette histoire une perception très vague que ce singe-là, c'était moi, que sous cette forme j'avais longtemps souffert comme du souvenir d'une déchéance. Mais je ne retrouvai rien de bien clair et de bien précis. Cependant je fus amené à établir cette hypothèse qui est du moins fort vraisemblable.

» La forme animale est une pénitence imposée à l'âme pour les crimes commis sous la forme humaine. Le souvenir des existences supérieures est donné à la bête pour la châtier par le sentiment de sa déchéance.

» L'âme purifiée par la souffrance peut seule reprendre la forme humaine, elle perd alors la mémoire des périodes animales qu'elle a traversées puisqu'elle est régénérée et que cette connaissance serait pour elle une souffrance imméritée. Par conséquent l'homme doit protéger et respecter la bête comme on respecte un coupable qui expie et pour que d'autres le protègent à son tour quand il réapparaîtra sous cette forme. Ce qui revient à peu de chose près à cette formule de la morale chrétienne : « Ne fais pas à autrui ce que tu ne voudrais pas qu'on te fît ».

» On verra par le récit de mes métempsycoses comment j'eus le bonheur de retrouver mes mémoires dans chacune de mes existences ; comment je transcrivis de nouveau cette histoire sur des tablettes d'airain, puis sur du papyrus d'Egypte, et enfin beaucoup plus tard sur le parchemin allemand dont je me sers encore aujourd'hui.

» Il me reste à tirer la conclusion philosophique de cette doctrine.

» Toutes les philosophies se sont arrêtées devant l'insoluble problème de la destinée de l'âme. Les dogmes chrétiens qui prévalent aujourd'hui enseignent que Dieu réunira les justes dans un paradis, et enverra les méchants en enfer où ils brûleront avec le diable.

» Mais le bon sens moderne ne croit plus au Dieu à visage de patriarche abritant sous ses ailes les âmes des bons comme une poule ses poussins ; et de plus la raison contredit les dogmes chrétiens.

» Car le paradis ne peut être nulle part et l'enfer nulle part :

» Puisque l'espace illimité est peuplé par des mondes semblables au nôtre ;

» Puisqu'en multipliant les générations qui se sont succédé depuis le commencement de cette terre par celles qui ont pullulé sur les mondes innombrables habités comme le nôtre, on arriverait à un nombre d'âmes tellement surnaturel et impossible, le multiplicateur étant infini, que Dieu infailliblement en perdrait la tête, quelque solide qu'elle fût, et le Diable serait dans le même cas, ce qui amènerait une perturbation fâcheuse ;

» Puisque, le nombre des âmes des justes étant infini, comme le nombre des âmes des méchants et comme l'espace, il faudrait un paradis infini et un enfer infini, ce qui revient à ceci : que le paradis serait partout, et l'enfer partout, c'est-à-dire nulle part.

» Or la raison ne contredit pas la croyance métempsycosiste :

» L'âme passant du serpent au pourceau, du pourceau à l'oiseau, de l'oiseau au chien, arrive enfin au singe et à l'homme. Puis toujours elle recommence à chaque faute nouvelle commise, jusqu'au moment où elle atteint la somme de la purification terrestre qui la fait émigrer dans un monde supérieur. Ainsi elle passe sans cesse de bête en bête et de sphère en sphère, allant du plus imparfait au plus parfait pour arriver enfin dans la planète du bonheur suprême d'où une nouvelle faute peut de nouveau la précipiter dans les régions de la suprême souffrance où elle recommence ses transmigrations.

» Le cercle, figure universelle et fatale, enferme donc les vicissitudes de nos existences de même qu'il gouverne les évolutions des mondes. »

VII

COMME QUOI L'ON PEUT INTERPRÉTER DE DEUX MANIÈRES UN VERS DE CORNEILLE

A peine le docteur Héraclius eut-il terminé la lecture de cet étrange document qu'il demeura roide de stupéfaction — puis il l'acheta sans marchander, moyennant la somme de douze livres onze sous, le bouquiniste le faisant passer pour un manuscrit hébreu retrouvé dans les fouilles de Pompei.

Pendant quatre jours et quatre nuits, le docteur ne quitta pas son cabinet, et il parvint, à force de patience et de dictionnaires, à déchiffrer, tant bien que mal, les périodes allemande et espagnole du manuscrit ; car s'il savait le grec, le latin et un peu l'italien, il ignorait presque totalement l'allemand et l'espagnol. Enfin, craignant d'être tombé dans les contre-sens les plus grossiers, il pria son ami le recteur, qui possédait à fond ces deux langues, de vouloir bien relire sa traduction. Ce dernier le fit avec grand plaisir ; mais il resta trois jours entiers avant de pouvoir entreprendre sérieusement son travail, étant envahi, chaque fois qu'il parcourait la version du docteur, par un rire si long et si violent, que deux fois il en eut presque des syncopes. Comme on lui demandait la cause de cette hilarité extraordinaire : « La cause ? répondit-il, d'abord il y en a trois : 1º la figure

désopilée de mon excellent confrère Héraclius : 2° sa traduction désopilante qui ressemble au texte approximative-
ment comme une guitare à un moulin à vent ; et, 3° enfin,
le texte lui-même qui est bien la chose la plus drôle qu'il soit
possible d'imaginer. »

O recteur obstiné ! rien ne put le convaincre. Le soleil
serait venu, en personne, lui brûler la barbe et les cheveux
qu'il l'aurait pris pour une chandelle !

Quant au docteur Héraclius Gloss, je n'ai pas besoin de
dire qu'il était rayonnant, illuminé, transformé — il répétait à
tout moment comme Pauline :

« Je vois, je sens, je crois, je suis désabusé »

et, chaque fois, le recteur l'interrompait pour faire remarquer
que désabusé devait s'écrire en deux mots avec un *s* à la fin :

« Je vois, je sens, je crois, je suis *des abusés.* »

VIII

COMME QUOI, POUR LA MÊME RAISON QU'ON
PEUT ÊTRE PLUS ROYALISTE QUE LE ROI ET PLUS
DÉVÔT QUE LE PAPE, ON PEUT ÉGALEMENT DE-
VENIR PLUS MÉTEMPSYCOSISTE QUE PYTHAGORE

Quelle que soit la joie du naufragé qui, après avoir erré
pendant de longs jours et de longues nuits par la mer immense, perdu sur un radeau fragile, sans mât, sans voile, sans
boussole et sans espérance, aperçoit tout à coup le rivage tant
désiré, cette joie n'était rien auprès de celle qui inonda le
docteur Héraclius Gloss, lorsque après avoir si longtemps
ballotté par la houle des philosophies, sur le radeau des

incertitudes, il entra enfin triomphant et illuminé dans le port de la métempsycose.

La vérité de cette doctrine l'avait frappé si fortement qu'il l'embrassa d'un seul coup jusque dans ses conséquences les plus extrêmes. Rien n'y était obscur pour lui, et, en quelques jours, à force de méditations et de calculs, il en était arrivé à fixer l'époque exacte à laquelle un homme, mort en telle année, réapparaîtrait sur la terre. Il savait, à peu de chose près, la date de toutes les transmigrations d'une âme dans les êtres inférieurs, et, selon la somme présumée du bien ou du mal accompli dans la dernière période de vie humaine, il pouvait assigner le moment où cette âme entrerait dans le corps d'un serpent, d'un porc, d'un cheval de fatigue, d'un bœuf, d'un chien, d'un éléphant ou d'un singe. Les réapparitions d'une même âme dans son enveloppe supérieure se succédaient à intervalles réguliers, quelles qu'eussent été ses fautes antérieures.

Ainsi, le degré de punition, toujours proportionné au degré de culpabilité, consistait, non point dans la durée plus ou moins longue de l'exil sous des formes animales, mais dans le séjour plus ou moins prolongé que faisait cette âme dans la peau d'une bête immonde. L'échelle des bêtes commençait aux degrés inférieurs par le serpent ou le pourceau pour finir par le singe « qui est un homme privé de la parole » disait le docteur ; — à quoi son excellent ami le recteur répondait toujours qu'en vertu du même raisonnement Héraclius Gloss n'était pas autre chose qu'un singe doué de la parole.

IX

MÉDAILLES ET REVERS

Le docteur Héraclius fut bien heureux pendant les quelques jours qui suivirent sa surprenante découverte. Il vivait dans une jubilation profonde — il était plein du rayonnement des difficultés vaincues, des mystères dévoilés, des grandes espérances réalisées. La métempsycose l'environnait comme un ciel. Il lui semblait qu'un voile se fût déchiré tout à coup et que ses yeux se fussent ouverts aux choses inconnues.

Il faisait asseoir son chien à table à ses côtés, il avait avec lui de graves tête-à-tête au coin du feu — cherchant à surprendre dans l'œil de l'innocente bête, le mystère des existences précédentes.

Il voyait pourtant deux points noirs dans sa félicité : c'étaient M. le Doyen et M. le Recteur.

Le doyen haussait les épaules avec fureur toutes les fois qu'Héraclius essayait de le convertir à la doctrine métempsycosiste, et le recteur le harcelait des plaisanteries les plus déplacées. Cela surtout était intolérable. Sitôt que le docteur développait sa croyance, le satanique recteur abondait dans son sens ; il contrefaisait l'adepte qui écoute la parole d'un grand apôtre, et il imaginait pour toutes les personnes de leur entourage les généalogies animales les plus invraisemblables : « Ainsi, disait-il, le père Labonde, sonneur de la cathédrale, dès sa première transmigration, n'avait pas dû être autre chose qu'un melon », — et depuis il avait du reste fort peu changé, se contentant de faire tinter matin et soir la cloche sous laquelle il avait grandi. Il prétendait que l'abbé Rosencroix, le premier vicaire de Sainte-Eulalie, avait été indubitablement une corneille qui abat des noix, car il en avait conservé la robe et les attributions. Puis, intervertissant les rôles de la façon la plus déplorable, il affirmait que Maître Bocaille, le pharmacien, n'était qu'un ibis dégénéré, puisqu'il était contraint de se servir d'un instrument pour infiltrer ce remède si simple que, suivant Hérodote, l'oiseau sacré s'administrait lui-même avec l'unique secours de son bec allongé.

X

COMME QUOI UN SALTIMBANQUE
PEUT ÊTRE PLUS RUSÉ QU'UN SAVANT DOCTEUR

Le docteur Héraclius continua néanmoins sans se décourager la série de ses découvertes. Tout animal avait pour lui désormais une signification mystérieuse : il cessait de voir la bête pour ne contempler que l'homme qui se purifiait sous cette enveloppe, et il devinait les fautes passées au seul aspect de la peau expiatoire.

Un jour qu'il se promenait sur la place de Balançon, il aperçut une grande baraque en bois d'où sortaient des hurlements terribles, tandis que sur l'estrade un paillasse désarticulé invitait la foule à venir voir travailler le terrible dompteur apache Tomahawk ou le Tonnerre Grondant. Héraclius se sentit ému, il paya les dix centimes demandés et entra. O Fortune protectrice des grands esprits ! A peine eut-il pénétré dans cette baraque qu'il aperçut une cage énorme sur laquelle étaient écrits ces trois mots qui flamboyèrent soudain devant ses yeux éblouis : « Homme des bois ». Le docteur ressentit tout à coup le tremblement nerveux des grandes secousses morales et, flageolant d'émotion, il s'approcha. Il vit alors un singe gigantesque tranquillement assis sur son derrière, les jambes croisées à la façon des tailleurs et des Turcs, et, devant ce superbe échantillon de l'homme à sa dernière transmigration, Héraclius Gloss, pâle de joie, s'abîma dans une méditation puissante. Au bout de quelques minutes, l'homme des bois, devinant sans doute l'irrésistible sympathie subitement éclose dans le cœur de l'homme des cités qui le regardait obstinément, se mit à faire à son frère régénéré une si épouvantable grimace que le docteur sentit ses cheveux se dresser sur sa tête. Puis, après avoir exécuté une voltige fantastique, absolument incompatible avec la dignité d'un homme, même absolument déchu, le citoyen aux quatre mains se livra à l'hilarité la plus inconvenante à la barbe du docteur. Ce dernier cependant ne trouva point choquante la gaieté de cette victime d'erreurs anciennes ; il y vit au contraire une similitude de plus avec l'espèce humaine, une probabilité plus grande de parenté, et sa curiosité scientifique devint tellement violente qu'il résolut d'acheter à tout prix ce maître grimacier pour l'étudier à loisir. Quel bonheur pour lui ! quel triomphe pour la grande doctrine ! s'il parvenait enfin à se mettre en rapport avec la partie animale de l'humanité, à comprendre ce pauvre singe et à se faire entendre de lui.

Naturellement le maître de la ménagerie lui fit le plus grand éloge de son pensionnaire ; c'était bien l'animal le plus intelligent, le plus doux, le plus gentil, le plus aimable qu'il eût vu dans sa longue carrière de montreur d'animaux féroces ; et, pour appuyer son dire, il s'approcha des barreaux et y introduisit sa main que le singe mordit aussitôt par manière de plaisanterie. Naturellement encore, il en demanda un prix fabuleux qu'Héraclius paya sans marchander. Puis, précédé de deux portefaix pliés sous l'énorme cage, le docteur triomphant se dirigea vers son domicile.

XI

OÙ IL EST DÉMONTRÉ QU'HÉRACLIUS GLOSS N'ÉTAIT POINT EXEMPT DE TOUTES LES FAIBLESSES DU SEXE FORT

Mais plus il approchait de sa maison, plus il ralentissait sa marche, car il agitait dans son esprit un problème bien autrement difficile encore que celui de la vérité philosophique ; et ce problème se formulait ainsi pour l'infortuné docteur : « Au moyen de quel subterfuge pourrai-je cacher à

ma bonne Honorine l'introduction sous mon toit de cette
ébauche humaine ? » Ah, c'est que le pauvre Héraclius qui
affrontait intrépidement les redoutables haussements d'épaules
de M. le Doyen et les plaisanteries terribles de M. le Recteur,
était loin d'être aussi brave devant les explosions de la bonne
Honorine. Pourquoi donc le docteur craignait-il si fort, cette
petite femme encore fraîche et gentille qui paraissait si vive et
si dévouée aux intérêts de son maître ? Pourquoi ? Demandez
pourquoi Hercule filait aux pieds d'Omphale, pourquoi Sam-
son laissa Dalila lui ravir sa force et son courage, qui
résidaient dans ses cheveux, à ce que nous apprend la Bible.

Hélas ! un jour que le docteur promenait dans les champs
le désespoir d'une grande passion trahie (car ce n'était pas
sans raison que M. le Doyen et M. le Recteur s'étaient si fort
amusés aux dépens d'Héraclius certain soir qu'ils rentraient
chez eux), il rencontra au coin d'une haie, une petite fille
gardant des moutons. Le savant homme qui n'avait pas
toujours exclusivement cherché la vérité philosophique et qui
d'ailleurs ne soupçonnait pas encore le grand mystère de la
métempsycose, au lieu de ne s'occuper que des brebis,
comme il l'eût fait certainement, s'il avait su ce qu'il ignorait,
hélas ! se mit à causer avec celle qui les gardait. Il la prit
bientôt à son service et une première faiblesse autorisa les
suivantes. Ce fut lui qui devint en peu de temps le mouton de
cette pastourelle, et l'on disait tout bas que si, comme celle
de la Bible, cette Dalila rustique avait coupé les cheveux du
pauvre homme trop confiant, elle n'avait point, pour cela,
privé son front de tout ornement.

Hélas ! ce qu'il avait prévu se réalisa et même au-delà de
ses appréhensions ; à peine eut-elle vu l'habitant des bois,
captif dans sa maison de fil de fer, qu'Honorine s'abandonna
aux éclats de la fureur la plus déplacée, et, après avoir accablé
son maître épouvanté d'une averse d'épithètes fort malson-
nantes, elle fit retomber sa colère contre l'hôte inattendu qui
lui arrivait. Mais ce dernier, n'ayant pas, sans doute, les
mêmes raisons que le docteur pour ménager une gouvernante
aussi malapprise, se mit à crier, hurler, trépigner, grincer des

dents ; il s'accrochait aux barreaux de sa prison avec un si furieux emportement accompagné de gestes tellement indiscrets à l'adresse d'une personne qu'il voyait pour la première fois que celle-ci dut battre en retraite, et aller, comme un guerrier vaincu, s'enfermer dans sa cuisine.

Ainsi, maître du champ de bataille et enchanté du secours inattendu que son intelligent compagnon venait de lui fournir, Héraclius le fit emporter dans son cabinet où il installa la cage et son habitant, devant sa table au coin du feu.

XII

COMME QUOI DOMPTEUR ET DOCTEUR NE SONT NULLEMENT SYNONYMES

Alors commença un échange de regards des plus significatifs entre les deux individus qui se trouvaient en présence ; et chaque jour, pendant une semaine entière, le docteur passa de longues heures à converser au moyen des yeux (du moins le croyait-il) avec l'intéressant sujet qu'il s'était procuré. Mais cela ne suffisait pas ; ce qu'Héraclius voulait, c'était étudier l'animal en liberté, surprendre ses secrets, ses désirs, ses pensées, le laisser aller et venir à sa guise, et par la fréquentation journalière de la vie intime le voir recouvrer les habitudes oubliées, et reconnaître ainsi à des signes certains le souvenir de l'existence précédente. Mais pour cela il fallait que son hôte fût libre, partant que la cage fût ouverte. Or cette entreprise n'était rien moins que rassurante. Le docteur avait beau essayer de l'influence du magnétisme et de celle des gâteaux et des noix, le quadrumane se livrait à des manœuvres inquiétantes pour les yeux d'Héraclius, chaque fois que celui-ci s'approchait un peu trop près des barreaux. Un jour enfin, ne pouvant résister au désir qui le torturait, il s'avança brusquement, tourna la clef dans le cadenas, ouvrit la porte toute grande et, palpitant d'émotion, s'éloigna de quelques pas, attendant l'événement, qui du reste ne se fit pas longtemps attendre.

Le singe étonné hésita d'abord, puis, d'un bond, il fut dehors, d'un autre, sur la table dont, en moins d'une seconde il eut bouleversé les papiers et les livres, puis d'un troisième saut il se trouva dans les bras du docteur, et les témoignages de son affection furent si violents que, si Héraclius n'eût porté perruque, ses derniers cheveux fussent assurément restés entre les doigts de son redoutable frère. Mais si le singe était agile, le docteur ne l'était pas moins : il bondit à droite, puis à gauche, glissa comme une anguille sous la table, franchit les fauteuils comme un lévrier, et, toujours poursuivi, atteignit enfin la porte qu'il ferma brusquement derrière lui ; alors pantelant, comme un cheval de course qui touche au but, il s'appuya contre le mur pour ne pas tomber.

Pendant le reste du jour Héraclius Gloss fut anéanti ; il ressentait en lui comme un écroulement, mais ce qui le préoccupait le plus, c'est qu'il ignorait absolument de quelle façon son hôte imprévoyant et lui-même pourraient sortir de leurs positions respectives. Il apporta une chaise près de la porte infranchissable et se fit un observatoire du trou de la serrure. Alors il vit, ô prodige ! ! ! ô félicité inespérée ! ! ! l'heureux vainqueur étendu dans un fauteuil et qui se chauffait les pieds au feu. Dans le premier transport de la joie, le docteur faillit entrer, mais la réflexion l'arrêta, et, comme illuminé d'une lumière subite, il se dit que la famine ferait sans doute ce que la douceur n'avait pu faire. Cette fois l'événement lui donna raison, le singe affamé capitula ; comme au demeurant, c'était un bon garçon de singe, la réconciliation fut complète, et, à partir de ce jour, le docteur et lui vécurent comme deux vieux amis.

XIII

COMME QUOI LE DOCTEUR HÉRACLIUS GLOSS SE
TROUVA EXACTEMENT DANS LA MÊME POSITION
QUE LE BON ROY HENRI IV, LEQUEL AYANT OUÏ
PLAIDER DEUX MAISTRES ADVOCATS ESTIMAIT
QUE TOUS DEUX AVAIENT RAISON

Quelque temps après ce jour mémorable, une pluie violente
empêcha le docteur Héraclius de descendre à son jardin
comme il en avait l'habitude. Il s'assit dès le matin dans son
cabinet et se mit à considérer philosophiquement son singe
qui, perché sur un secrétaire, s'amusait à lancer des boulettes
de papier au chien Pythagore étendu devant le foyer. Le
docteur étudiait les gradations et la progression de l'intellect
chez ces hommes déclassés, et comparait le degré de subtilité
des deux animaux qui se trouvaient en sa présence. « Chez le
chien, se disait-il, l'instinct domine encore tandis que chez le
singe le raisonnement prévaut. L'un flaire, écoute, perçoit
avec ses merveilleux organes, qui sont pour moitié dans son
intelligence, l'autre combine et réfléchit. » A ce moment le
singe, impatienté de l'indifférence et de l'immobilité de son
ennemi, qui, couché tranquillement, la tête sur ses pattes, se
contentait de lever les yeux de temps en temps vers son
agresseur si haut retranché, se décida à venir tenter une
reconnaissance. Il sauta légèrement de son meuble et s'avança
si doucement, si doucement qu'on n'entendait absolument que
le crépitement du feu et le tic-tac de la pendule qui paraissait
faire un bruit énorme dans le grand silence du cabinet. Puis,
par un mouvement brusque et inattendu, il saisit à deux
mains la queue empanachée de l'infortuné Pythagore. Mais ce
dernier, toujours immobile, avait suivi chaque mouvement du
quadrumane : sa tranquillité n'était qu'un piège pour attirer à
sa portée son adversaire jusque-là inattaquable, et au moment

où maître singe, content de son tour, lui saisissait l'appendice caudal, il se releva d'un bond et avant que l'autre eût eu le temps de prendre la fuite, il avait saisi dans sa forte gueule de chien de chasse, la partie de son rival qu'on appelle pudiquement gigot chez les moutons. On ne sait comment la lutte se serait terminée si Héraclius ne s'était interposé ; mais quand il eut rétabli la paix, il se demandait en se rasseyant fort essoufflé, si, tout bien considéré, son chien n'avait pas montré en cette occasion plus de malice que l'animal appelé « malin par excellence » ; et il demeura plongé dans une profonde perplexité.

XIV

COMMENT HÉRACLIUS FUT SUR LE POINT DE MANGER UNE BROCHETTE DE BELLES DAMES DU TEMPS PASSÉ

Comme l'heure du déjeuner était arrivée, le docteur entra dans sa salle à manger, s'assit devant sa table, introduisit sa serviette dans sa redingote, ouvrit à son côté le précieux manuscrit, et il allait porter à sa bouche un petit aileron de caille bien gras et bien parfumé, lorsque, jetant les yeux sur le livre saint, les quelques lignes sur lesquelles tomba son regard étincelèrent plus terriblement devant lui que les trois mots fameux écrits tout à coup par une main inconnue sur la muraille de la salle de festin d'un roi célèbre appelé Balthazar.

Voici ce que le docteur avait aperçu :

« ... Abstiens-toi donc de toute nourriture ayant eu vie, car manger de la bête, c'est manger son semblable, et j'estime aussi coupable celui qui, pénétré de la grande vérité métempsycosiste, tue et dévore des animaux, qui ne sont autre chose que des hommes sous leurs formes inférieures, que l'anthropophage féroce qui se repaît de son ennemi vaincu. »

Et sur la table, côte à côte, retenues par une petite aiguille d'argent, une demi-douzaine de cailles, fraîches et dodues, exhalaient dans l'air leur appétissante odeur.

Le combat fut terrible entre l'esprit et le ventre, mais, disons-le à la gloire d'Héraclius, il fut court. Le pauvre homme, anéanti, craignant de ne pouvoir résister longtemps à cette épouvantable tentation, sonna sa bonne et, d'une voix brisée, lui enjoignit d'avoir à enlever immédiatement ce mets abominable, et de ne lui servir désormais que des œufs, du lait et des légumes. Honorine faillit tomber à la renverse en entendant ces surprenantes paroles, elle voulut protester, mais devant l'œil inflexible de son maître elle se sauva avec les volatiles condamnés, se consolant néanmoins par l'agréable pensée que, généralement, ce qui est perdu pour un n'est pas perdu pour tous.

« Des cailles ! des cailles ! que pouvaient bien avoir été les cailles dans une autre vie ? » se demandait le misérable Héraclius en mangeant tristement un superbe chou-fleur à la crème qui lui parut, ce jour-là, désastreusement mauvais ; — quel être humain avait pu être assez élégant, délicat et fin pour passer dans le corps de ces exquises petites bêtes si coquettes et si jolies ? — ah, certainement ce ne pouvaient être que les adorables petites maîtresses des siècles derniers... et le docteur pâlit encore en songeant que depuis plus de trente ans il avait dévoré chaque jour à son déjeuner une demi-douzaine de belles dames du temps passé.

XV

COMMENT MONSIEUR LE RECTEUR INTERPRÈTE LES COMMANDEMENTS DE DIEU

Le soir de ce malheureux jour, M. le Doyen et M. le Recteur vinrent causer pendant une heure ou deux dans le cabinet d'Héraclius. Le docteur leur raconta aussitôt l'embarras dans lequel il se trouvait et leur démontra comment les cailles et autres animaux comestibles étaient devenus tout aussi prohibés pour lui que le jambon pour un juif.

M. le Doyen qui, sans doute, avait mal dîné perdit alors toute mesure et blasphéma de si terrible façon que le pauvre docteur qui le respectait beaucoup, tout en déplorant son aveuglement, ne savait plus où se cacher. Quant à M. le Recteur, il approuva tout à fait les scrupules d'Héraclius, lui représentant même qu'un disciple de Pythagore se nourrissant de la chair des animaux pouvait s'exposer à manger la côte de son père aux champignons ou les pieds truffés de son aïeul, ce qui est absolument contraire à l'esprit de toute religion, et il lui cita à l'appui de son dire le quatrième commandement du Dieu des chrétiens :

> *« Tes père et mère honoreras*
> *Afin de vivre longuement.*

« Il est vrai, ajouta-t-il, que pour moi qui ne suis pas un croyant, plutôt que de me laisser mourir de faim, j'aimerais mieux changer légèrement le précepte divin, ou même, le remplacer par celui-ci :

> *Père et mère dévoreras*
> *Afin de vivre longuement. »*

XVI

COMMENT LA 42ᵉ LECTURE DU MANUSCRIT JETA UN JOUR NOUVEAU DANS L'ESPRIT DU DOCTEUR

De même qu'un homme riche peut puiser chaque jour dans sa grande fortune de nouveaux plaisirs et des satisfactions nouvelles, ainsi le docteur Héraclius, propriétaire de l'inestimable manuscrit, y faisait de surprenantes découvertes chaque fois qu'il le relisait.

Un soir, comme il allait achever la 42ᵉ lecture de ce document, une illumination subite s'abattit sur lui, aussi rapide que la foudre.

Ainsi que nous l'avons vu précédemment, le docteur pouvait savoir à peu de chose près, à quelle époque un homme disparu achèverait ses transmigrations et réapparaîtrait sous sa forme première ; aussi fut-il tout à coup foudroyé par cette pensée que l'auteur du manuscrit pouvait avoir reconquis sa place dans l'humanité.

Alors, aussi enfiévré qu'un alchimiste qui se croit sur le point de trouver la pierre philosophale, il se livra aux calculs les plus minutieux pour établir la probabilité de cette supposition, et après plusieurs heures d'un travail opiniâtre et de savantes combinaisons métempsycosistes, il arriva à se convaincre que cet homme devait être son contemporain, ou, tout au moins, sur le point de renaître à la vie raisonnante. Héraclius, en effet, ne possédant aucun document capable de lui indiquer la date précise de la mort du grand métempsycosiste, ne pouvait fixer d'une façon certaine le moment de son retour.

A peine eut-il entrevu la possibilité de retrouver cet être qui pour lui était plus qu'un homme, plus qu'un philosophe, presque plus qu'un Dieu, qu'il ressentit une de ces émotions profondes qu'on éprouve quand on apprend tout à coup qu'un père qu'on croyait mort depuis des années est vivant et près de vous. Le saint anachorète qui a passé sa vie à se nourrir de l'amour et du souvenir du Christ, comprenant subitement que son Dieu va lui apparaître n'aurait pas été plus bouleversé que le fut le docteur Héraclius Gloss lorsqu'il se fut assuré qu'il pouvait rencontrer un jour l'auteur de son manuscrit.

XVII

COMMENT S'Y PRIT LE DOCTEUR HÉRACLIUS GLOSS POUR RETROUVER L'AUTEUR DU MANUSCRIT

Quelques jours plus tard, les lecteurs de l'*Etoile de Balançon* aperçurent avec étonnement, à la quatrième page de ce journal, l'avertissement suivant : « Pythagore — Rome en l'an 184 — Mémoire retrouvée sur le socle d'une statue de Jupiter — Philosophe — Architecte — Soldat — Laboureur — Moine — Géomètre — Médecin — Poète — Marin — Etc. Médite et souviens-toi. Le récit de ta vie est entre mes mains.

» Ecrire poste restante à Balançon aux initiales H.G. »

Le docteur ne doutait pas que si l'homme qu'il désirait si ardemment venait à lire cet avis, incompréhensible pour tout autre, il en saisirait aussitôt le sens caché et se présenterait devant lui. Alors chaque jour avant de se mettre à table il allait demander au bureau de la poste si on n'avait pas reçu de lettre aux initiales H.G. ; et au moment où il poussait la porte sur laquelle étaient écrits ces mots : « Poste aux lettres, renseignements, affranchissements », il était certes plus ému qu'un amoureux sur le point d'ouvrir le premier billet de la femme aimée.

Hélas, les jours se suivaient et se ressemblaient désespérément ; l'employé faisait chaque matin la même réponse au docteur, et, chaque matin, celui-ci rentrait chez lui plus triste et plus découragé. Or le peuple de Balançon étant, comme tous les peuples de la terre, subtil, indiscret, médisant et avide de nouvelles, eut bientôt rapproché l'avis surprenant inséré dans l'*Etoile* avec les quotidiennes visites du docteur à l'administration des Postes. Alors il se demanda quel mystère pouvait être caché là-dedans et il commença à murmurer.

XVIII

OÙ LE DOCTEUR HÉRACLIUS RECONNAÎT AVEC STUPÉFACTION L'AUTEUR DU MANUSCRIT

Une nuit, comme le docteur ne pouvait dormir, il se releva entre une et deux heures du matin pour aller relire un passage qu'il croyait n'avoir pas encore très bien compris. Il mit ses savates et ouvrit la porte de sa chambre le plus doucement possible pour ne pas troubler le sommeil de toutes les catégories d'hommes-animaux qui expiaient sous son toit. Or, quelles qu'eussent été les conditions précédentes de ces heureuses bêtes, jamais certes elles n'avaient joui d'une tranquillité et d'un bonheur aussi parfaits, car elles trouvaient dans cette maison hospitalière bon souper, bon gîte, et même le reste, tant l'excellent homme avait le cœur compatissant. Il parvint, toujours sans faire le moindre bruit, jusqu'au seuil de son cabinet et il entra. Ah, certes, Héraclius était brave, il ne redoutait ni les fantômes ni les apparitions ; mais quelle que soit l'intrépidité d'un homme, il est des épouvantements qui trouent comme des boulets les courages les plus indomptables, et le docteur demeura debout, livide, terrifié, les yeux hagards, les cheveux dressés sur le crâne, claquant des dents et secoué de la tête aux talons par un épouvantable tremblement devant l'incompréhensible spectacle qui s'offrit à lui.

Sa lampe de travail était allumée sur sa table, et, devant son feu, le dos tourné à la porte par laquelle il entrait, il vit... le docteur Héraclius Gloss lisant attentivement son manuscrit. Le doute n'était pas possible... C'était bien lui-même... Il avait sur les épaules sa longue robe de chambre en soie antique à grandes fleurs rouges, et, sur la tête, son bonnet grec en velours noir brodé d'or. Le docteur comprit que si cet autre lui-même se retournait, que si les deux Héraclius se regardaient face à face, celui qui tremblait en ce moment dans sa peau tomberait foudroyé devant sa reproduction. Mais alors, saisi par un spasme nerveux, il ouvrit les mains, et le bougeoir qu'il portait roula avec bruit sur le plancher. — Ce fracas lui fit faire un bond terrible. L'autre se retourna brusquement et le docteur effaré reconnut... son singe. Pendant quelques secondes ses pensées tourbillonnèrent dans son cerveau comme des feuilles mortes emportées par l'ouragan. Puis il fut envahi tout à coup par la joie la plus véhémente qu'il n'eût jamais ressentie, car il avait compris que cet auteur, attendu, désiré comme le Messie par les Juifs, était devant lui — c'était son singe. Il se précipita presque fou de bonheur, saisit dans ses bras l'être vénéré, et l'embrassa avec une telle frénésie que jamais maîtresse adorée ne fut plus passionnément embrassée par son amant. Puis il s'assit en face de lui de l'autre côté de la cheminée, et, jusqu'au matin, il le contempla religieusement.

XIX

COMMENT LE DOCTEUR SE TROUVA PLACÉ DANS LA PLUS TERRIBLE DES ALTERNATIVES

Mais de même que les plus beaux jours de l'été sont parfois brusquement troublés par un effroyable orage, ainsi la félicité du docteur fut soudain traversée par la plus affreuse des suggestions. Il avait bien retrouvé celui qu'il cherchait, mais hélas ! ce n'était qu'un singe. Ils se comprenaient sans nul doute, mais ils ne pouvaient se parler : le docteur retomba du ciel sur la terre. Adieu ces longs entretiens dont il espérait tirer tant de profit, adieu cette belle croisade contre la superstition qu'ils devaient entreprendre tous deux. Car, seul, le docteur ne possédait pas les armes suffisantes pour terrasser l'hydre de l'ignorance. Il lui fallait un homme, un apôtre, un confesseur, un martyr — rôles qu'un singe, hélas, était incapable de remplir. — Que faire ?

Une voix terrible cria dans son oreille : « Tue-le. »

Héraclius frissonna. En une seconde il calcula que s'il le tuait, l'âme dégagée entrerait immédiatement dans le corps d'un enfant près de naître. Qu'il fallait lui laisser au moins vingt années pour parvenir à sa maturité. Le docteur aurait alors soixante-dix ans. Cependant cela était possible. Mais alors retrouverait-il cet homme ? Puis sa religion défendait de supprimer tout être vivant sous peine de commettre un assassinat : et son âme, à lui Héraclius, passerait après sa mort dans le corps d'une bête féroce comme cela arrivait pour les meurtriers. — Qu'importe ? il serait victime de la science — et de la foi ! Il saisit un grand cimeterre turc suspendu dans une panoplie, et il allait frapper, comme Abraham sur la montagne, quand une réflexion arrêta son bras.. Si l'expiation de cet homme n'était pas terminée, et si, au lieu de passer dans le corps d'un enfant, son âme retournait pour la seconde fois dans celui d'un singe ? Cela était possible, même vraisemblable — presque certain. Commettant de la sorte un crime inutile, le docteur se vouait sans profit pour ses semblables à un terrible châtiment. Il retomba inerte sur son siège. Ces émotions répétées l'avaient épuisé, et il s'évanouit.

XX

OÙ LE DOCTEUR A UNE PETITE CONVERSATION AVEC SA BONNE

Quand il rouvrit les yeux, sa bonne Honorine lui bassinait les tempes avec du vinaigre. Il était sept heures du matin. La première pensée du docteur fut pour son singe. L'animal avait disparu. « Mon singe, où est mon singe ? s'écria-t-il. — Ah bien oui, parlons-en, riposta la servante-maîtresse toujours prête à se fâcher, le grand mal quand il serait perdu. Une

jolie bête, ma foi ! Elle imite tout ce qu'elle voit faire à
Monsieur ; ne l'ai-je pas trouvée l'autre jour qui mettait vos
bottes, puis ce matin, quand je vous ai ramassé là, et Dieu
sait quelles maudites idées vous trottent par la tête depuis
quelque temps et vous empêchent de rester dans votre lit, ce
vilain animal, qui est plutôt un diable sous la peau d'un singe,
n'avait-il pas mis votre calotte et votre robe de chambre et il
avait l'air de rire en vous regardant, comme si c'était bien
amusant de voir un homme évanoui ? Puis, quand j'ai voulu
m'approcher, cette canaille se jette sur moi comme s'il voulait
me manger. Mais, Dieu merci, on n'est pas timide et on a
encore le poignet bon ; j'ai pris la pelle et j'ai si bien tapé sur
son vilain dos qu'il s'est sauvé dans votre chambre où il doit
être en train de faire quelque nouveau tour de sa façon. —
Vous avez battu mon singe ! hurla le docteur exaspéré,
apprenez, Mademoiselle, que désormais j'entends qu'on le
respecte et qu'on le serve comme le maître de cette maison.
— Ah bien oui, il n'est pas seulement le maître de la maison,
mais voilà longtemps qu'il est déjà le maître du maître »,
grommela Honorine, et elle se retira dans sa cuisine, con-
vaincue que le docteur Héraclius Gloss était décidément fou.

XXI

COMMENT IL EST DÉMONTRÉ QU'IL SUFFIT D'UN AMI TENDREMENT AIMÉ POUR ALLÉGER LE POIDS DES PLUS GRANDS CHAGRINS

Comme l'avait dit le docteur, à partir de ce jour le singe
devint véritablement le maître de la maison, et Héraclius se
fit l'humble valet de ce noble animal. Il le considérait pendant
des heures entières avec une tendresse infinie ; il avait pour
lui des délicatesses d'amoureux ; il lui prodiguait à tout
propos le dictionnaire entier des expressions tendres ; lui ser-

rant la main comme on fait à son ami ; lui parlant en le regardant fixement ; expliquant les points de ses discours qui pouvaient paraître obscurs ; enveloppant la vie de cette bête des soins les plus doux et des plus exquises attentions.

Et le singe se laissait faire, calme comme un Dieu qui reçoit l'hommage de ses adorateurs.

Ainsi que tous les grands esprits qui vivent solitaires parce que leur élévation les isole au-dessus du niveau commun de la bêtise des peuples, Héraclius s'était senti seul jusqu'alors. Seul dans ses travaux, seul dans ses espérances, seul dans ses luttes et ses défaillances, seul enfin dans sa découverte et son triomphe. Il n'avait pas encore imposé sa doctrine aux foules, il n'avait pu même convaincre ses deux amis les plus intimes, M. le Recteur et M. le Doyen. Mais à partir du jour où il eut découvert dans son singe le grand philosophe dont il avait si souvent rêvé, le docteur se sentit moins isolé.

Convaincu que la bête n'est privée de la parole que par punition de ses fautes passées et que, par suite du même châtiment, elle est remplie du souvenir des existences antérieures, Héraclius se mit à aimer ardemment son compagnon et il se consolait par cette affection de toutes les misères qui venaient le frapper.

Depuis quelque temps en effet la vie devenait plus triste pour le docteur. M. le Doyen et M. le Recteur le visitaient beaucoup moins souvent et cela faisait un vide énorme autour de lui. Ils avaient même cessé de venir dîner chaque dimanche, depuis qu'il avait défendu de servir sur sa table toute nourriture ayant eu vie. Le changement de son régime était également pour lui une grande privation qui prenait, par instants, les proportions d'un chagrin véritable. Lui qui jadis attendait avec tant d'impatience l'heure si douce du déjeuner, la redoutait presque maintenant. Il entrait tristement dans sa salle à manger, sachant bien qu'il n'avait plus rien d'agréable à en attendre et il y était hanté sans cesse par le souvenir des brochettes de cailles qui le harcelait comme un remords, hélas ! ce n'était point le remords d'en avoir tant dévoré, mais plutôt le désespoir d'y avoir renoncé pour toujours.

XXII

OÙ LE DOCTEUR DÉCOUVRE QUE SON SINGE LUI RESSEMBLE ENCORE PLUS QU'IL NE PENSAIT

Un matin, le docteur Héraclius fut réveillé par un bruit inusité ; il sauta du lit, s'habilla en toute hâte et se dirigea vers la cuisine où il entendait des cris et des trépignements extraordinaires.

Roulant depuis longtemps dans son esprit les plus noirs projets de vengeance contre l'intrus qui lui ravissait l'affection de son maître, la perfide Honorine, qui connaissait les goûts et les appétits de ces animaux, avait réussi, au moyen d'une ruse quelconque, à ficeler solidement le pauvre singe aux pieds de sa table de cuisine. Puis, lorsqu'elle se fut assurée qu'il était bien fortement attaché, elle s'était retirée à l'autre bout de l'appartement, et, s'amusant à lui montrer le régal le plus propre à exciter ses convoitises, elle lui faisait subir un épouvantable supplice de Tantale qu'on ne doit infliger dans les enfers qu'à ceux qui ont énormément péché ; et la perverse gouvernante riait à gorge déployée et imaginait des raffinements de torture qu'une femme seule est capable de concevoir. L'homme-singe se tordait avec fureur à l'aspect des mets savoureux qu'on lui présentait de loin, et la rage de se sentir lié aux pieds de la table massive lui faisait exécuter de monstrueuses grimaces qui redoublaient la joie du bourreau tentateur.

Enfin, juste au moment où le docteur, maître jaloux, apparut sur le seuil, la victime de cet horrible guet-apens réussit, par un effort prodigieux à rompre les cordes qui le retenaient, et sans l'intervention violente d'Héraclius indigné, Dieu sait de quelles friandises se serait repu ce nouveau Tantale à quatre mains.

XXIII

COMMENT LE DOCTEUR
S'APERÇUT QUE SON SINGE
L'AVAIT INDIGNEMENT TROMPÉ

Cette fois la colère l'emporta sur le respect, et le docteur saisissant à la gorge le singe-philosophe l'entraîna hurlant dans son cabinet et lui administra la plus terrible correction qu'ait jamais reçue l'échine d'un métempsycosiste.

Lorsque le bras fatigué d'Héraclius desserra un peu la gorge de la pauvre bête, coupable seulement de goûts trop semblables à ceux de son frère supérieur, elle se dégagea de l'étreinte du maître outragé, sauta par-dessus la table, saisit sur un livre la grande tabatière du docteur et la précipita tout ouverte à la tête de son propriétaire. Ce dernier n'eut que le temps de fermer les yeux pour éviter le tourbillon de tabac qui l'aurait certainement aveuglé, mais quand il les rouvrit, le coupable avait disparu, emportant avec lui le manuscrit dont il était l'auteur présumé.

La consternation d'Héraclius fut sans limite — et il s'élança comme un fou sur les traces du fugitif, décidé aux plus grands sacrifices pour recouvrer le précieux parchemin. Il parcourut sa maison de la cave au grenier, ouvrit toutes les armoires, regarda sous tous les meubles. Ses recherches demeurèrent absolument infructueuses. Enfin, il alla s'asseoir désespéré sous un arbre dans son jardin. Il lui semblait depuis quelques instants recevoir de petits corps légers sur le crâne, et il pensait que c'étaient des feuilles mortes détachées par le vent quand il vit une boulette de papier qui roulait devant lui dans le chemin. Il la ramassa — puis l'ouvrit. Miséricorde ! c'était une des feuilles de son manuscrit. Il leva la tête, épouvanté, et il aperçut l'abominable animal qui préparait tranquillement de nouveaux projectiles de la même espèce —

et, ce faisant, le monstre grimaçait un sourire de satisfaction si épouvantable que Satan certes n'en eut pas de plus horrible quand il vit Adam prendre la pomme fatale que depuis Eve jusqu'à Honorine les femmes n'ont cessé de nous offrir. A cet aspect une lumière affreuse se fit soudain dans l'esprit du docteur, et il comprit qu'il avait été trompé, joué, mystifié de la façon la plus abominable par ce fourbe couvert de poil qui n'était pas plus l'auteur tant désiré que le Pape ou que le Grand Turc. Le précieux ouvrage eût disparu tout entier si Héraclius n'avait aperçu près de lui une de ces pompes d'arrosage dont se servent les jardiniers pour lancer l'eau dans les plates-bandes éloignées. Il s'en saisit rapidement, et, la manœuvrant avec une vigueur surhumaine, fit prendre au perfide un bain tellement imprévu que celui-ci s'enfuit de branche en branche en poussant des cris aigus, et tout à coup, par une ruse de guerre habile, sans doute pour obtenir un instant de répit, il lança le parchemin lacéré en plein visage de son adversaire : alors quittant rapidement sa position, il courut vers la maison.

Avant que le manuscrit n'eût touché le docteur, ce dernier roulait sur le dos les quatre membres en l'air, foudroyé par l'émotion. Quand il se releva, il n'eut pas la force de venger ce nouvel outrage, il rentra péniblement dans son cabinet et constata, non sans plaisir, que trois pages seulement avaient disparu.

XXIV

EURÊKA

La visite de M. le Doyen et de M. le Recteur le tira de son affaissement. Ils causèrent tous trois pendant une heure ou deux sans dire un seul mot de métempsycose ; mais au moment où ses deux amis se retiraient, Héraclius ne put se contenir plus longtemps. Pendant que M. le Doyen endossait sa grande houppelande en peau d'ours, il prit à part M. le Recteur qu'il redoutait moins et lui conta tout son malheur. Il lui dit comment il avait cru trouver l'auteur de son manuscrit, comment il s'était trompé, comment son misérable singe l'avait joué de la façon la plus indigne, comment il se voyait abandonné et désespéré. Et devant la ruine de ses illusions Héraclius pleura. Le recteur ému lui prit les mains ; il allait parler quand la voix grave du doyen criant : « Ah çà, venez-vous, Recteur », retentit sous le vestibule. Alors celui-ci, donnant une dernière étreinte à l'infortuné docteur, lui dit en souriant doucement comme on fait pour consoler un enfant méchant : « Là, voyons, calmez-vous, mon ami, qui sait, vous êtes peut-être vous-même l'auteur de ce manuscrit. »

Puis il s'enfonça dans l'ombre de la rue, laissant sur la porte Héraclius stupéfait.

Le docteur remonta lentement dans son cabinet murmurant entre ses dents de minute en minute : « Je suis peut-être l'auteur du manuscrit. » Il relut attentivement la façon dont ce document avait été retrouvé lors de chaque réapparition de son auteur ; puis il se rappela comment il l'avait découvert lui-même. Le songe qui avait précédé ce jour heureux comme un avertissement providentiel, son émotion en entrant dans la ruelle des Vieux Pigeons, tout cela lui revint clair, distinct, éclatant. Alors il se leva tout droit, étendit les bras comme un illuminé et s'écria d'une voix retentissante : « C'est moi, c'est moi. » Un frisson parcourut toute sa demeure, Pythagore aboya violemment, les bêtes troublées s'éveillèrent soudain et se mirent à s'agiter comme si chacune dans sa langue eût voulu célébrer la grande résurrection du prophète de la métempsycose. Alors, en proie à une émotion surhumaine, Héraclius s'assit, il ouvrit la dernière page de cette bible nouvelle, et religieusement écrivit à la suite toute l'histoire de sa vie.

XXV

EGO SUM QUI SUM

A partir de ce jour Héraclius Gloss fut envahi par un orgueil colossal. Comme le Messie procède de Dieu le père, il procédait directement de Pythagore, ou plutôt il était lui-même Pythagore, ayant vécu jadis dans le corps de ce philosophe. Sa généalogie défiait ainsi les quartiers des familles les plus féodales. Il enveloppait dans un mépris superbe tous les grands hommes de l'humanité, leurs plus hauts faits lui paraissant infimes auprès des siens, et il s'isolait dans une élévation sublime au milieu des mondes et des bêtes ; il était la métempsycose et sa maison en devenait le temple.

Il avait défendu à sa bonne et à son jardinier de tuer les animaux réputés nuisibles. Les chenilles et les limaçons pullulaient dans son jardin, et, sous la forme de grandes araignées à pattes velues, les ci-devant mortels promenaient leur hideuse transformation sur les murs de son cabinet ; ce qui faisait dire à cet abominable recteur que si tous les ex-pique-assiettes, métamorphosés à leur manière, se donnaient rendez-vous sur le crâne du trop sensible docteur, il se garderait bien de faire la guerre à ces pauvres parasites déclassés. Une seule chose troublait Héraclius dans son épanouissement superbe, c'était de voir sans cesse les animaux s'entre-dévorer, les araignées guetter les mouches au passage, les oiseaux emporter les araignées, les chats croquer les oiseaux, et son chien Pythagore étrangler avec bonheur tout chat qui passait à portée de sa dent.

Il suivait du matin au soir la marche lente et progressive de la métempsycose par tous les degrés de l'échelle animale. Il avait des révélations soudaines en regardant les moineaux picorer dans les gouttières ; les fourmis, ces travailleuses éternelles et prévoyantes lui causaient des attendrissements immenses ; il voyait en elles tous les désœuvrés et les inutiles qui, pour expier leur oisiveté et leur nonchalance passées, étaient condamnés à ce labeur opiniâtre. Il restait des heures entières, le nez dans l'herbe, à les contempler, et il était émerveillé de sa pénétration.

Puis comme Nabuchodonosor il marchait à quatre pattes, se roulait avec son chien dans la poussière, vivait avec ses bêtes, se vautrait avec elles. Pour lui l'homme disparaissait peu à peu de la création, et bientôt il n'y vit plus que les bêtes. Alors qu'il les contemplait, il sentait bien qu'il était leur frère ; il ne conversait plus qu'avec elles et lorsque, par hasard, il était forcé de parler à des hommes, il se trouvait paralysé comme au milieu d'étrangers et s'indignait en lui-même de la stupidité de ses semblables.

XXVI

CE QUE L'ON DISAIT AUTOUR DU COMPTOIR DE Mme LABOTTE, MARCHANDE FRUITIÈRE, 26, RUE DE LA MARAICHERIE

Mlle Victoire, cordon bleu de M. le Doyen de la faculté de Balançon, Mlle Gertrude, servante de M. le Recteur de ladite faculté et Mlle Anastasie, gouvernante de M. l'abbé Beaufleury, curé de Sainte-Eulalie, tel était le respectable cénacle qui se trouvait réuni un jeudi matin autour du comptoir de Mme Labotte, marchande fruitière, 26, rue de la Maraicherie.

Ces dames, portant au bras gauche le panier aux provisions, coiffées d'un petit bonnet blanc coquettement posé sur les cheveux, enjolivé de dentelles et de tuyautages et dont les cordons leur pendaient sur le dos, écoutaient avec intérêt Mlle Anastasie qui leur racontait comme quoi, la veille même, M. l'abbé Beaufleury avait exorcisé une pauvre femme possédée de cinq démons.

Tout à coup Mlle Honorine, gouvernante du docteur Héraclius, entra comme un coup de vent, elle tomba sur une chaise, suffoquée par une émotion violente, puis, quand elle vit tout le monde suffisamment intrigué, elle éclata : « Non c'est trop fort à la fin, on dira ce qu'on voudra : je ne resterai pas dans cette maison. » Puis cachant sa figure dans ses deux mains elle se mit à sangloter. Au bout d'une minute elle reprit, un peu calmée : « Après tout ce n'est pas sa faute à ce pauvre homme s'il est fou. — Qui ? demanda Mme Labotte. — Mais mon maître, le docteur Héraclius, répondit Mlle Honorine. — Ainsi c'est bien vrai ce que disait M. le Doyen que votre maître a perdu la tête ? interrogea Mlle Victoire. — Je crois bien ! s'écria Mlle Anastasie, M. le Curé affirmait l'autre jour à M. l'abbé Rosencroix que le docteur Héraclius était un vrai réprouvé ; qu'il adorait les bêtes, à l'exemple d'un certain M. Pythagore qui, paraît-il, est un impie aussi abominable que Luther. — Qu'y a-t-il de nouveau, interrompit Mlle Gertrude, que vous est-il arrivé ? — Figurez-vous, reprit Honorine en essuyant ses larmes avec le coin de son tablier, que mon pauvre maître a depuis bientôt six mois la folie des bêtes et il me jetterait à la porte s'il me voyait tuer une mouche, moi qui suis chez lui depuis près de dix ans. C'est bon d'aimer les animaux, mais encore est-il qu'ils sont faits pour nous, tandis que le docteur ne considère plus les hommes, il ne voit que les bêtes, il se croit créé et mis au monde pour les servir, il leur parle comme à des personnes raisonnables et on dirait qu'il entend au-dedans d'elles une voix qui lui répond. Enfin, hier au soir, comme je m'étais aperçue que les souris mangeaient mes provisions, j'ai mis une ratière dans le buffet. Ce matin voyant qu'il y avait une souris de prise, j'appelle le chat et j'allais lui donner cette vermine quand mon maître entra comme un furieux, il m'arracha la ratière des mains et lâcha la bête au milieu de mes conserves, et puis, comme je me fâchais, le voilà qui se retourne et qui me traite comme on ne traiterait pas une chiffonnière. » Un grand silence se fit pendant quelques secondes, puis Mlle Honorine reprit : « Après tout je ne lui en veux pas à ce pauvre homme, il est fou. »

Deux heures plus tard, l'histoire de la souris du docteur avait fait le tour des cuisines de Balançon. A midi, elle était l'anecdote du déjeuner des bourgeois de la ville. A huit heures M. le Premier, tout en buvant son café la racontait à six magistrats qui avaient dîné chez lui, et ces messieurs, dans des poses diverses et graves, l'écoutaient rêveusement, sans sourire et hochant la tête. A onze heures, le Préfet qui donnait une soirée s'en inquiétait devant six mannequins administratifs, et comme il demandait l'avis du recteur qui promenait de groupe en groupe ses méchancetés et sa cravate blanche, celui-ci répondit : « Qu'est-ce que cela prouve après tout, monsieur le Préfet, que si La Fontaine vivait encore, il pourrait faire une nouvelle fable intitulée « La souris du Philosophe », et qui finirait ainsi :

Le plus bête des deux n'est pas celui qu'on pense. »

XXVII

COMME QUOI LE DOCTEUR HÉRACLIUS NE PENSAIT NULLEMENT COMME LE DAUPHIN QUI, AYANT TIRÉ DE L'EAU UN SINGE,

... L'y replonge et va chercher
Quelqu'homme afin de le sauver.

Lorsque Héraclius sortit le lendemain, il remarqua que chacun le regardait passer avec curiosité et qu'on se retournait encore pour le voir. L'attention dont il était l'objet l'étonna tout d'abord ; il en chercha la cause et pensa que sa doctrine s'était peut-être répandue à son insu et qu'il était au moment d'être compris par ses concitoyens. Alors une grande tendresse lui vint tout à coup pour ces bourgeois dans lesquels il voyait déjà des disciples enthousiastes, et il se mit à saluer en souriant de droite et de gauche comme un prince au milieu de son peuple. Les chuchotements qui le suivaient lui paraissaient un murmure de louanges et il rayonnait d'allégresse en songeant à la confusion prochaine du recteur et du doyen.

Il parvint ainsi jusqu'aux quais de la Brille. A quelques pas, un groupe d'enfants s'agitait et riait énormément en jetant des pierres dans l'eau tandis que des mariniers qui fumaient leur pipe au soleil semblaient s'intéresser au jeu de ces gamins Héraclius s'approcha, puis recula soudain comme un homme qui reçoit un grand coup dans la poitrine. A dix mètres de la berge, plongeant et reparaissant tour à tour, un jeune chat se noyait dans la rivière. La pauvre petite bête faisait des efforts désespérés pour gagner la rive, mais chaque fois qu'elle montrait sa tête au-dessus de l'eau, une pierre lancée par un des garnements qui s'amusaient de cette agonie, la faisait disparaître de nouveau. Les méchants gamins luttaient d'adresse et s'excitaient l'un l'autre, et lorsqu'un coup bien frappé atteignait le misérable animal, c'étaient sur le quai une explosion de rire et des trépignements de joie. Soudain un caillou tranchant toucha la bête au milieu du front et un filet de sang apparut sur les poils blancs. Alors parmi les bourreaux éclata un délire de cris et d'applaudissements, mais qui se changea tout à coup en une effroyable panique. Blême, tremblant de rage, renversant tout devant lui, frappant des pieds et des poings, le docteur s'était élancé au milieu de cette marmaille comme un loup dans un troupeau de moutons. L'épouvante fut si grande et la fuite si rapide qu'un des enfants, éperdu de terreur, se jeta dans la rivière et disparut. Alors Héraclius défit promptement sa redingote, enleva ses souliers et, à son tour se précipita dans l'eau. On le vit nager vigoureusement quelques instants, saisir le jeune chat au moment où il disparaissait, et regagner triomphalement la rive. Puis il s'assit sur une borne, essuya, baisa, caressa le petit être qu'il venait d'arracher à la mort, et l'enveloppant amoureusement dans ses bras comme un fils, sans s'occuper de l'enfant que deux mariniers ramenaient à terre, indifférent au tumulte qui se faisait derrière lui, il partit à grands pas vers sa maison, oubliant sur la berge ses souliers et sa redingote.

XXVIII

Cette histoire lecteur vous démontrera comme,
Quand on veut préserver son semblable des coups,
Quand on croit qu'il vaut mieux sauver un chat qu'un hom-
me,
On doit de ses voisins exciter le courroux,
Comment tous les chemins peuvent conduire à Rome,
Et la métempsycose à l'hôpital des fous.

(L'Etoile de Balançon).

Deux heures plus tard une foule immense de peuple poussant des cris tumultueux se pressait devant les fenêtres du docteur Héraclius Gloss. Bientôt une grêle de pierres brisa les vitres et la multitude allait enfoncer les portes quand la gendarmerie apparut au bout de la rue. Le calme se fit peu à peu ; enfin la foule se dissipa ; mais jusqu'au lendemain deux gendarmes stationnèrent devant la maison du docteur. Celui-ci passa la soirée dans une agitation extraordinaire. Il s'expliquait le déchaînement de la populace par les sourdes menées des prêtres contre lui et par l'explosion de haine que provoque toujours l'avènement d'une religion nouvelle parmi les sectaires de l'ancienne. Il s'exaltait jusqu'au martyre et se sentait prêt à confesser sa foi devant les bourreaux. Il fit venir dans son cabinet toutes les bêtes que cet appartement put contenir, et le soleil l'aperçut qui sommeillait entre son chien, une chèvre et un mouton et serrant sur son cœur le petit chat qu'il avait sauvé.

Un coup violent frappé à sa porte l'éveilla, et Honorine introduisit un monsieur très grave que suivaient deux agents de la sûreté. Un peu derrière eux se dissimulait le médecin de la Préfecture. Le monsieur grave se fit reconnaître pour le commissaire de police et invita courtoisement Héraclius à le suivre ; celui-ci obéit fort ému. Une voiture attendait à la porte, on le fit monter dedans. Puis, assis à côté du commissaire, ayant en face de lui le médecin et un agent, l'autre s'étant placé sur le siège près du cocher, Héraclius vit qu'on suivait la rue des Juifs, la place de l'Hôtel-de-Ville, le boulevard de la Pucelle et qu'on s'arrêtait enfin devant un grand bâtiment d'aspect sombre sur la porte duquel étaient écrits ces mots « Asile des Aliénés ». Il eut soudain la révélation du piège terrible où il était tombé ; il comprit l'effroyable habileté de ses ennemis et, réunissant toutes ses forces, il essaya de se précipiter dans la rue ; deux mains puissantes le firent retomber à sa place. Alors une lutte terrible s'engagea entre lui et les trois hommes qui le gardaient ; il se débattait, se tordait, frappait, mordait, hurlait de rage ; enfin il se sentit terrassé, lié solidement et emporté dans la funeste maison dont la grande porte se referma derrière lui avec un bruit sinistre.

On l'introduisit alors dans une étroite cellule d'un aspect singulier. La cheminée, la fenêtre et la glace étaient solidement grillées, le lit et l'unique chaise fortement attachés au parquet avec des chaînes de fer. Aucun meuble ne s'y trouvait qui pût être soulevé et manié par l'habitant de cette prison. L'événement démontra, du reste, que ces précautions n'étaient pas superflues. A peine se vit-il dans cette demeure toute nouvelle pour lui que le docteur succomba à la rage qui le suffoquait. Il essaya de briser les meubles, d'arracher les grilles et de casser les vitres. Voyant qu'il n'y pouvait parvenir il se roula par terre en poussant de si épouvantables hurlements que deux hommes vêtus de blouses et coiffés d'une espèce de casquette d'uniforme entrèrent tout à coup suivis par un grand monsieur au crâne chauve et tout de noir habillé. Sur un signe de ce personnage, les deux hommes se précipitèrent sur Héraclius et lui passèrent en un instant la camisole de force ; puis ils regardèrent le monsieur noir. Celui-ci considéra un instant le docteur et se tournant vers ses acolytes : « A la salle des douches », dit-il. Héraclius alors fut emporté dans une grande pièce froide au milieu de laquelle était un bassin sans eau. Il fut déshabillé toujours criant, puis déposé dans cette baignoire ; et avant qu'il eût eu le temps de se reconnaître, il fut absolument suffoqué par la plus horrible avalanche d'eau glacée qui soit jamais tombée sur les épaules d'un mortel, même dans les régions les plus boréales. Héraclius se tut subitement. Le monsieur noir le considérait toujours ; il lui prit le pouls gravement puis il dit : « Encore une. » Une seconde douche s'écroula du plafond et le docteur s'abattit grelottant, étranglé, suffoquant au fond de sa baignoire glacée. Il fut ensuite enlevé, roulé dans des couvertures bien chaudes et couché dans le lit de sa cellule où il dormit trente-cinq heures d'un profond sommeil.

Il s'éveilla le lendemain, le pouls calme et la tête légère. Il, réfléchit quelques instants sur sa situation, puis il se mit à lire son manuscrit qu'il avait eu soin d'emporter avec lui. Le monsieur noir entra bientôt. On apporta une table servie et ils déjeunèrent en tête à tête. Le docteur, qui n'avait pas oublié son bain de la veille, se montra fort tranquille et fort poli ; sans dire un mot du sujet qui avait pu lui valoir une pareille mésaventure, il parla longtemps de la façon la plus intéressante et s'efforça de prouver à son hôte qu'il était aussi sain d'esprit que les sept sages de la Grèce.

Le monsieur noir offrit à Héraclius en le quittant d'aller faire un tour dans le jardin de l'établissement. C'était une grande cour carrée plantée d'arbres. Une cinquantaine d'individus s'y promenaient ; les uns riant, criant et pérorant, les autres graves et mélancoliques.

Le docteur remarqua d'abord un homme de haute taille portant une longue barbe et de longs cheveux blancs, qui marchait seul, le front penché. Sans savoir pourquoi le sort de cet homme l'intéressa, et, au même moment, l'inconnu, levant la tête, regarda fixement Héraclius. Puis ils allèrent l'un vers l'autre et se saluèrent cérémonieusement. Alors la conversation s'engagea. Le docteur apprit que son compagnon s'appelait Dagobert Félorme et qu'il était professeur de langues vivantes au collège de Balançon. Il ne remarqua rien de détraqué dans le cerveau de cet homme et il se demandait ce qui avait pu l'amener dans un pareil lieu, quand l'autre, s'arrêtant soudain, lui prit la main et, la serrant fortement, lui demanda à voix basse : « Croyez vous à la métempsycose ? » Le docteur chancela, balbutia ; leurs regards se rencontrèrent et pendant quelques secondes tous deux restèrent debout à se contempler. Enfin l'émotion vainquit Héraclius, des larmes jaillirent de ses yeux — il ouvrit les bras et ils s'embrassèrent. Alors les confidences commencèrent et ils reconnurent bientôt qu'ils étaient illuminés de la même lumière, imprégnés de la même doctrine. Il n'y avait aucun point où leurs idées ne se rencontrassent. Mais à mesure que le docteur constatait cette étonnante similitude de pensées, il se sentait envahi par un malaise singulier ; il lui semblait que plus l'inconnu grandissait à ses yeux, plus il diminuait lui-même dans sa propre estime. La jalousie le mordait au cœur.

L'autre s'écria tout à coup : « La métempsycose c'est moi ; c'est moi qui ai découvert la loi des évolutions des âmes, c'est moi qui ai sondé les destinées des hommes. C'est moi qui fus Pythagore. » Le docteur s'arrêta soudain plus pâle qu'un linceul. « Pardon, dit-il, Pythagore, c'est moi. » Et ils se regardèrent de nouveau. L'homme continua : « J'ai été successivement Philosophe, Architecte, Soldat, Laboureur, Moine, Géomètre, Médecin, Poète et Marin. — Moi aussi, dit Héraclius. — J'ai écrit l'histoire de ma vie en latin, en grec, en allemand, en italien, en espagnol et en français », criait l'inconnu. Héraclius reprit : « Moi aussi. » Tous deux s'arrêtèrent et leurs regards se croisèrent, aigus comme des pointes d'épées. « En l'an 184, vociféra l'autre, j'habitais Rome et j'étais philosophe. » Alors le docteur plus tremblant qu'une feuille par un vent d'orage, tira de sa poche son précieux document et le brandit comme une arme sous le nez de son adversaire. Ce dernier fit un bond en arrière. « Mon manuscrit », hurla-t-il ; et il étendit le bras pour le saisir. « Il est à moi », mugit Héraclius, et, avec une vélocité surprenante, il élevait l'objet contesté au-dessus de sa tête, le changeait de main derrière son dos, lui faisait faire mille évolutions plus extraordinaires les unes que les autres pour le ravir à la poursuite effrénée de son rival. Ce dernier grinçait des dents, trépignait et beuglait : « Voleur ! Voleur ! Voleur ! » A la fin il réussit par un mouvement aussi rapide qu'adroit à tenir par un bout le papier qu'Héraclius essayait de lui dérober. Pendant quelques secondes chacun tira de son côté avec une colère et une vigueur semblables, puis, comme ni l'un ni l'autre ne cédait, le manuscrit qui leur servait de trait d'union physique, termina la lutte aussi sagement que l'aurait pu faire le feu roi Salomon, en se séparant de lui-même en deux parties égales, ce qui permit aux belligérants d'aller rapidement s'asseoir à dix pas l'un de l'autre, chacun serrant toujours sa moitié de victoire entre ses mains crispées.

Ils ne se relevèrent point, mais ils recommencèrent à s'examiner comme deux puissances rivales qui, après avoir mesuré leurs forces, hésitent à en venir aux mains de nouveau.

Dagobert Félorme reprit le premier les hostilités. « La preuve que je suis l'auteur de ce manuscrit, dit-il, c'est que je le connaissais avant vous. » Héraclius ne répondit pas.

L'autre reprit : « La preuve que je suis l'auteur de ce manuscrit c'est que je pourrais vous le réciter d'un bout à l'autre dans les sept langues qui ont servi à l'écrire. »

Héraclius ne répondit pas. Il méditait profondément. Une révolution se faisait en lui. Le doute n'était pas possible, la victoire restait à son rival ; mais cet auteur qu'il avait appelé de tous ses vœux l'indignait maintenant comme un faux dieu. C'est que, n'étant plus lui-même qu'un dieu dépossédé, il se révoltait contre la divinité. Tant qu'il ne s'était pas cru l'auteur du manuscrit il avait désiré furieusement le voir ; mais à partir du jour où il était arrivé à se dire : « C'est moi qui ai fait cela, la métempsycose, c'est moi, » il ne pouvait plus consentir à ce que quelqu'un prît sa place. Pareil à ces gens qui brûlent leur maison plutôt que de la voir habitée par un autre, du moment qu'un inconnu montait sur l'autel qu'il s'était élevé, il brûlait le temple et le Dieu, il brûlait la métempsycose. Aussi, après un long silence, il dit d'une voix lente et grave : « Vous êtes fou. » A ce mot, son adversaire s'élança comme un forcené et une nouvelle lutte allait s'engager plus terrible que la première, si les gardiens n'étaient accourus et n'avaient réintégré ces deux rénovateurs des guerres religieuses dans leurs domiciles respectifs.

Pendant près d'un mois le docteur ne quitta point sa chambre ; il passait ses journées seul, la tête entre ses deux mains, profondément absorbé. M. le Doyen et M. le Recteur venaient le voir de temps en temps et, doucement, au moyen de comparaisons habiles et de délicates allusions, secondaient le travail qui se faisait dans son esprit. Ils lui apprirent ainsi comment un certain Dagobert Félorme, professeur de langues au collège de Balançon, était devenu fou en écrivant un traité philosophique sur la doctrine de Pythagore, Aristote et Platon, traité qu'il s'imaginait avoir commencé sous l'empereur Commode.

Enfin, par un beau matin de grand soleil, le docteur redevenu lui-même, l'Héraclius des bons jours, serra vivement les mains de ses deux amis et leur annonça qu'il avait renoncé pour jamais à la métempsycose, à ses explications animales et à ses transmigrations, et qu'il se frappait la poitrine en reconnaissant son erreur.

Huit jours plus tard les portes de l'hospice étaient ouvertes devant lui.

XXIX

COMMENT ON TOMBE PARFOIS
DE CHARYBDE EN SCYLLA

En quittant la maison fatale, le docteur s'arrêta un instant sur le seuil et respira à pleins poumons le grand air de la liberté.

Puis reprenant son pas allègre d'autrefois, il se mit en route vers son domicile. Il marchait depuis cinq minutes quand un gamin qui l'aperçut poussa tout à coup un sifflement prolongé, auquel répondit aussitôt un sifflement semblable parti d'une rue voisine. Un second galopin arriva immédiatement en courant, et le premier, montrant Héraclius à son camarade cria, de toutes ses forces : « V'là l'homme aux bêtes qu'est sorti de la maison des fous, » et tous deux, emboîtant le pas derrière le docteur, se mirent à imiter avec un talent remarquable tous les cris d'animaux connus. Une douzaine d'autres polissons se furent bientôt joints aux premiers et formèrent à l'ex-métempsycosiste une escorte aussi bruyante que désagréable. L'un d'eux marchait à dix pas devant le docteur, portant en guise de drapeau un manche à balai au bout duquel il avait attaché une peau de lapin trouvée sans doute au coin de quelque borne ; trois autres venaient immédiatement derrière, simulant des roulements de tambour, puis apparaissait le docteur effaré qui, serré dans sa grande redingote, le chapeau rabattu sur les yeux, semblait un général au milieu de son armée. Après lui la horde des garnements courait, gambadait, sautait sur les mains, piaillant, beuglant, aboyant, miaulant, hennissant, mugissant, criant cocorico, et imaginant mille autres choses joyeuses pour le plus grand amusement des bourgeois qui se montraient sur leurs portes. Héraclius, éperdu, pressait le pas de plus en plus. Soudain un chien qui rôdait vint à lui passer entre les jambes. Un flot de colère monta au cerveau du docteur et il allongea un si terrible coup de pied à la pauvre bête qu'il eût jadis recueillie, que celle-ci s'enfuit en hurlant de douleur. Une acclamation épouvantable éclata autour d'Héraclius qui, perdant la tête, se mit à courir de toutes ses forces, toujours poursuivi par son infernal cortège.

La bande passa comme un tourbillon dans les principales rues de la ville et vint se briser contre la maison du docteur ; celui-ci, voyant la porte entrouverte, s'y précipita et la referma derrière lui, puis toujours courant monta dans son cabinet, où il fut reçu par son singe qui se mit à lui tirer la langue en signe de bienvenue. Cette vue le fit reculer comme si un spectre se fût dressé devant ses yeux. Son singe, c'était le vivant souvenir de tous ses malheurs, une des causes de sa folie, des humiliations et des outrages qu'il venait d'endurer. Il saisit un escabeau de chêne qui se trouvait à portée de sa main et, d'un seul coup fendit le crâne du misérable quadrumane qui s'affaissa comme une masse aux pieds de son meurtrier. Puis, soulagé par cette exécution, il se laissa tomber dans un fauteuil et déboutonna sa redingote.

Honorine parut alors et faillit s'évanouir de joie en apercevant Héraclius. Dans son allégresse, elle sauta au cou de son seigneur et l'embrassa sur les deux joues, oubliant ainsi la distance qui sépare, aux yeux du monde, le maître de la domestique ; ce en quoi, disait-on, le docteur lui en avait jadis donné l'exemple.

Cependant la horde des polissons ne s'était point dissipée et continuait, devant la porte, un si terrible charivari qu'Héraclius impatienté descendit à son jardin.

Un spectacle horrible le frappa.

Honorine qui aimait véritablement son maître tout en déplorant sa folie, avait voulu lui ménager une agréable surprise lorsqu'il rentrerait chez lui. Elle avait veillé comme une mère sur l'existence de toutes les bêtes précédemment rassemblées en ce lieu, de sorte que, grâce à la fécondité commune à toutes les races d'animaux, le jardin présentait alors un spectacle semblable à celui que devait offrir, lorsque les eaux du Déluge se retirèrent, l'intérieur de l'Arche où Noé rassembla toutes les espèces vivantes. C'était un amas confus, un pullulement de bêtes, sous lesquelles, arbres, massifs, herbe et terre disparaissaient. Les branches pliaient sous le poids de régiments d'oiseaux, tandis qu'au-dessous chiens, chats, chèvres, moutons, poules, canards et dindons se roulaient dans la poussière. L'air était rempli de clameurs diverses, absolument semblables à celles que poussait la marmaille ameutée de l'autre côté de la maison.

A cet aspect, Héraclius ne se contint plus. Il se précipita

sur une bêche oubliée contre le mur et, semblable aux guer-
riers fameux dont Homère raconte les exploits, bondissant
tantôt en avant, tantôt en arrière, frappant de droite et de
gauche, la rage au cœur, l'écume aux dents, il fit un effroyable massacre de tous ses inoffensifs amis. Les poules effarées
s'envolaient par-dessus les murs, les chats grimpaient dans les
arbres. Nul n'obtint grâce devant lui ; c'était une confusion
indescriptible. Puis, lorsque la terre fut jonchée de cadavres, il
tomba enfin de lassitude et, comme un général victorieux,
s'endormit sur le champ de carnage.

Le lendemain, sa fièvre s'étant dissipée, il voulut essayer de
faire un tour par la ville. Mais à peine eut-il franchi le seuil
de sa porte que les gamins embusqués au coin des rues le
poursuivirent de nouveau en criant : « Hou hou hou, l'homme aux bêtes, l'ami des bêtes ! » et ils recommencèrent les
cris de la veille avec des variations sans nombre.

Le docteur rentra précipitamment. La fureur le suffoquait,
et, ne pouvant s'en prendre aux hommes, il jura une haine
inextinguible et une guerre acharnée à toutes les races d'animaux. Dès lors, il n'eut plus qu'un désir, qu'un but, qu'une
préoccupation constante : tuer des bêtes. Il les guettait du
matin au soir, tendait des filets dans son jardin pour prendre
des oiseaux, des pièges dans ses gouttières pour étrangler les
chats du voisinage. Sa porte toujours entrouverte offrait des
viandes appétissantes à la gourmandise des chiens qui passaient, et se refermait brusquement dès qu'une victime impru-
dente succombait à la tentation Des plaintes s'élevèrent bientôt de tous les côtés contre lui. Le commissaire de police vint
plusieurs fois en personne le sommer d'avoir à cesser cette
guerre acharnée. Il fut criblé de procès ; mais rien n'arrêta sa
vengeance. Enfin l'indignation fut générale. Une seconde
émeute éclata dans la ville, et il aurait été, sans doute,
écharpé par la multitude sans l'intervention de la force armée.
Tous les médecins de Balançon furent convoqués à la Préfecture, et déclarèrent à l'unanimité que le docteur Héraclius
Gloss était fou. Pour la seconde fois encore, il traversa la
ville entre deux agents de la police et vit se refermer sur ses

pas la lourde porte de la maison sur laquelle était écrit :
« Asile des Aliénés ».

XXX

COMME QUOI LE PROVERBE
« PLUS ON EST DE FOUS, PLUS ON RIT »
N'EST PAS TOUJOURS· EXACTEMENT VRAI

Le lendemain il descendit dans la cour de l'établissement, et la première personne qui s'offrit à ses yeux fut l'auteur du manuscrit métempsycosiste. Les deux ennemis marchèrent l'un vers l'autre en se mesurant du regard. Un cercle se fit autour d'eux. Dagobert Félorme s'écria : « Voici l'homme qui a voulu me dérober l'œuvre de ma vie, me voler la gloire de ma découverte. » Un murmure parcourut la foule. Héraclius répondit : « Voici celui qui prétend que les bêtes sont des hommes et que les hommes sont des bêtes. » Puis tous deux ensemble se mirent à parler, ils s'excitèrent peu à peu, et, comme la première fois, ils en vinrent bientôt aux mains. Les spectateurs les séparèrent.

A partir de ce jour, avec une ténacité et une persévérance merveilleuses, chacun s'attacha à se créer des sectaires, et, peu de temps après, la colonie tout entière était divisée en deux partis rivaux, enthousiastes, acharnés, et tellement irréconciliables qu'un métempsycosiste ne pouvait se croiser avec un de ses adversaires sans qu'un combat terrible s'ensuivit. Pour éviter de sanglantes rencontres, le directeur fut contraint d'assigner des heures de promenades réservées à chaque faction, car jamais haine plus tenace n'avait animé deux sectes rivales depuis la querelle fameuse des Guelfes et des Gibelins. Grâce, du reste, à cette prudente mesure, les chefs de ces clans ennemis vécurent heureux, aimés, écoutés de leurs disciples, obéis et vénérés.

Quelquefois pendant la nuit, un chien qui hurle en rôdant autour des murs, fait tressaillir dans leur lit Héraclius et Dagobert : c'est le fidèle Pythagore qui, échappé par miracle à la vengeance de son maître, a suivi sa trace jusqu'au seuil de sa demeure nouvelle, et cherche à se faire ouvrir les portes de cette maison où les hommes seuls ont le droit d'entrer.

(1875.)

SUR L'EAU

J'avais loué, l'été dernier, une petite maison de campagne au bord de la Seine, à plusieurs lieues de Paris, et j'allais y coucher tous les soirs. Je fis, au bout de quelques jours, la connaissance d'un de mes voisins, un homme de trente à quarante ans, qui était bien le type le plus curieux que j'eusse jamais vu. C'était un vieux canotier, mais un canotier enragé, toujours près de l'eau, toujours sur l'eau, toujours dans l'eau. Il devait être né dans un canot, et il mourra bien certainement dans le canotage final.

Un soir que nous nous promenions au bord de la Seine, je lui demandai de me raconter quelques anecdotes de sa vie nautique. Voilà immédiatement mon bonhomme qui s'anime, se transfigure, devient éloquent, presque poète. Il avait dans le cœur une grande passion, une passion dévorante, irrésistible : la rivière.

— Ah ! me dit-il, combien j'ai de souvenirs sur cette rivière que vous voyez couler là près de nous ! Vous autres, habitants des rues, vous ne savez pas ce qu'est la rivière. Mais écoutez un pêcheur prononcer ce mot. Pour lui, c'est la chose mystérieuse, profonde, inconnue, le pays des mirages et des fantasmagories, où l'on voit, la nuit, des choses qui ne sont pas, où l'on entend des bruits que l'on ne connaît point, où l'on tremble sans savoir pourquoi, comme en traversant un cimetière : et c'est en effet le plus sinistre des cimetières, celui où l'on n'a point de tombeau.

La terre est bornée pour le pêcheur, et dans l'ombre, quand il n'y a pas de lune, la rivière est illimitée. Un marin n'éprouve point la même chose pour la mer. Elle est souvent dure et méchante, c'est vrai, mais elle crie, elle hurle, elle est loyale, la grande mer ; tandis que la rivière est silencieuse et perfide. Elle ne gronde pas, elle coule toujours sans bruit, et ce mouvement éternel de l'eau qui coule est plus effrayant pour moi que les hautes vagues de l'Océan.

Des rêveurs prétendent que la mer cache dans son sein d'immenses pays bleuâtres, où les noyés roulent parmi les grands poissons, au milieu d'étranges forêts et dans des grottes de cristal. La rivière n'a que des profondeurs noires où l'on pourrit dans la vase. Elle est belle pourtant quand elle brille au soleil levant et qu'elle clapote doucement entre ses berges couvertes de roseaux qui murmurent.

Le poète a dit en parlant de l'Océan :

O flots, que vous savez de lugubres histoires !
Flots profonds, redoutés des mères à genoux,
Vous vous les racontez en montant les marées
Et c'est ce qui vous fait ces voix désespérées
Que vous avez, le soir, quand vous venez vers nous.

Eh bien, je crois que les histoires chuchotées par les roseaux minces avec leurs petites voix si douces doivent être encore plus sinistres que les drames lugubres racontés par les hurlements des vagues.

Mais puisque vous me demandez quelques-uns de mes souvenirs, je vais vous dire une singulière aventure qui m'est arrivée ici, il y a une dizaine d'années.

J'habitais, comme aujourd'hui, la maison de la mère Lafon, et un de mes meilleurs camarades, Louis Bernet, qui a maintenant renoncé au canotage, à ses pompes et à son débraillé pour entrer au Conseil d'Etat, était installé au village de C..., deux lieues plus bas. Nous dînions tous les jours ensemble, tantôt chez lui, tantôt chez moi.

Un soir, comme je revenais tout seul et assez fatigué, traînant péniblement mon gros bateau, un *océan* de douze pieds, dont je me servais toujours la nuit, je m'arrêtai quelques secondes pour reprendre haleine auprès de la pointe des roseaux, là-bas, deux cents mètres environ avant le pont du chemin de fer. Il faisait un temps magnifique ; la lune resplendissait, le fleuve brillait, l'air était calme et doux. Cette tranquillité me tenta ; je me dis qu'il ferait bien bon fumer une pipe en cet endroit. L'action suivit la pensée ; je saisis mon ancre et la jetai dans la rivière.

Le canot, qui redescendait avec le courant, fila sa chaîne jusqu'au bout, puis s'arrêta ; et je m'assis à l'arrière sur ma peau de mouton, aussi commodément qu'il me fut possible. On n'entendait rien, rien : parfois seulement, je croyais saisir un petit clapotement presque insensible de l'eau contre la rive, et j'apercevais des groupes de roseaux plus élevés qui prenaient des figures surprenantes et semblaient par moments s'agiter.

Le fleuve était parfaitement tranquille, mais je me sentis ému par le silence extraordinaire qui m'entourait. Toutes les bêtes, grenouilles et crapauds, ces chanteurs nocturnes des marécages, se taisaient. Soudain, à ma droite, contre moi, une grenouille coassa. Je tressaillis : elle se tut ; je n'entendis plus rien, et je résolus de fumer un peu pour me distraire. Cependant, quoique je fusse un culotteur de pipes renommé, je ne pus pas ; dès la seconde bouffée, le cœur me tourna et je cessai. Je me mis à chantonner ; le son de ma voix m'était pénible ; alors, je m'étendis au fond du bateau et je regardai le ciel. Pendant quelque temps, je demeurai tranquille, mais bientôt les légers mouvements de la barque m'inquiétèrent. Il me sembla qu'elle faisait des embardées gigantesques, touchant tour à tour les deux berges du fleuve ; puis je crus qu'un être ou qu'une force invisible l'attirait doucement au fond de l'eau et la soulevait ensuite pour la laisser retomber. J'étais ballotté comme au milieu d'une tempête ; j'entendis des bruits autour de moi ; je me dressai d'un bond : l'eau brillait, tout était calme.

Je compris que j'avais les nerfs un peu ébranlés et je résolus de m'en aller. Je tirai sur ma chaîne ; le canot se mit en mouvement, puis je sentis une résistance, je tirai plus fort, l'ancre ne vint pas ; elle avait accroché quelque chose au fond de l'eau et je ne pouvais la soulever ; je recommençai à tirer, mais inutilement. Alors, avec mes avirons, je fis tourner mon bateau et je le portai en amont pour changer la position de l'ancre. Ce fut en vain, elle tenait toujours ; je fus pris de colère et je secouai la chaîne rageusement. Rien ne remua. Je m'assis découragé et je me mis à réfléchir sur ma position. Je ne pouvais songer à casser cette chaîne ni à la séparer de l'embarcation, car elle était énorme et rivée à l'avant dans un morceau de bois plus gros que mon bras ; mais comme le temps demeurait fort beau, je pensai que je ne tarderais point, sans doute, à rencontrer quelque pêcheur qui viendrait à mon secours. Ma mésaventure m'avait calmé ; je m'assis et je pus enfin fumer ma pipe. Je possédais une bouteille de rhum, j'en bus deux ou trois verres, et ma situation me fit rire. Il faisait très chaud, de sorte qu'à la rigueur je pouvais, sans grand mal, passer la nuit à la belle étoile.

Soudain, un petit coup sonna contre mon bordage. Je fis un soubresaut, et une sueur froide me glaça des pieds à la tête. Ce bruit venait sans doute de quelque bout de bois entraîné par le courant, mais cela avait suffi et je me sentis envahi de nouveau par une étrange agitation nerveuse. Je saisis ma chaîne et je me raidis dans un effort désespéré. L'ancre tint bon. Je me rassis épuisé.

Cependant, la rivière s'était peu à peu couverte d'un brouillard blanc très épais qui rampait sur l'eau fort bas, de sorte que, en me dressant debout, je ne voyais plus le fleuve, ni mes pieds, ni mon bateau, mais j'apercevais seulement les pointes des roseaux, puis, plus loin, la plaine toute pâle de la lumière de la lune, avec de grandes taches noires qui montaient dans le ciel, formées par des groupes de peupliers d'Italie. J'étais comme enseveli jusqu'à la ceinture dans une nappe de coton d'une blancheur singulière, et il me venait des imaginations fantastiques. Je me figurais qu'on essayait de monter dans ma barque que je ne pouvais plus distinguer, et que la rivière, cachée par ce brouillard opaque, devait être pleine d'êtres étranges qui nageaient autour de moi. J'éprouvais un malaise horrible, j'avais les tempes serrées, mon cœur battait à m'étouffer ; et, perdant la tête, je pensai à me sauver à la nage ; puis aussitôt cette idée me fit frissonner d'épouvante. Je me vis, perdu, allant à l'aventure dans cette brume épaisse, me débattant au milieu des herbes et des roseaux que je ne pourrais éviter, râlant de peur, ne voyant pas la berge, ne retrouvant plus mon bateau, et il me semblait que je me sentirais tiré par les pieds tout au fond de cette eau noire.

En effet, comme il m'eût fallu remonter le courant au moins pendant cinq cents mètres avant de trouver un point libre d'herbes et de joncs où je pusse prendre pied, il y avait pour moi neuf chances sur dix de ne pouvoir me diriger dans ce brouillard et de me noyer, quelque bon nageur que je fusse.

J'essayai de me raisonner. Je me sentais la volonté bien ferme de ne point avoir peur, mais il y avait en moi autre chose que ma volonté, et cette autre chose avait peur. Je me demandai ce que je pouvais redouter ; mon *moi* brave railla mon *moi* poltron, et jamais aussi bien que ce jour-là je ne saisis l'opposition des deux êtres qui sont en nous, l'un voulant, l'autre résistant, et chacun l'emportant tour à tour.

Cet effroi bête et inexplicable grandissait toujours et devenait de la terreur. Je demeurais immobile, les yeux ouverts, l'oreille tendue et attendant. Quoi ? Je n'en savais rien, mais ce devait être terrible. Je crois que si un poisson se fût avisé de sauter hors de l'eau, comme cela arrive souvent, il n'en aurait pas fallu davantage pour me faire tomber raide, sans connaissance.

Cependant, par un effort violent, je finis par ressaisir à peu près ma raison qui m'échappait. Je pris de nouveau ma bouteille de rhum et je bus à grands traits. Alors une idée me vint et je me mis à crier de toutes mes forces en me tournant successivement vers les quatre points de l'horizon. Lorsque mon gosier fut absolument paralysé, j'écoutai. — Un chien hurlait, très loin.

Je bus encore et je m'étendis tout de mon long au fond du bateau. Je restai ainsi peut-être une heure, peut-être deux, sans dormir, les yeux ouverts, avec des cauchemars autour de moi. Je n'osais pas me lever et pourtant je le désirais violemment ; je remettais de minute en minute. Je me disais : « Allons, debout ! » et j'avais peur de faire un mouvement. A la fin, je me soulevai avec des précautions infinies, comme si ma vie eût dépendu du moindre bruit que j'aurais fait, et je regardai par-dessus le bord.

Je fus ébloui par le plus merveilleux, le plus étonnant spectacle qu'il soit possible de voir. C'était une de ces fantasmagories du pays des fées, une de ces visions racontées par les voyageurs qui reviennent de très loin et que nous écoutons sans les croire.

Le brouillard qui, deux heures auparavant, flottait sur l'eau, s'était peu à peu retiré et ramassé sur les rives. Laissant le fleuve absolument libre, il avait formé sur chaque berge une colline ininterrompue, haute de six ou sept mètres, qui brillait sous la lune avec l'éclat superbe des neiges. De sorte qu'on ne voyait rien autre chose que cette rivière lamée de feu entre ces deux montagnes blanches ; et là-haut, sur ma tête, s'étalait, pleine et large, une grande lune illuminante au milieu d'un ciel bleuâtre et laiteux.

Toutes les bêtes de l'eau s'étaient réveillées ; les grenouilles coassaient furieusement, tandis que, d'instant en instant, tantôt à droite, tantôt à gauche, j'entendais cette note courte, monotone et triste, que jette aux étoiles la voix cuivrée des crapauds. Chose étrange, je n'avais plus peur ; j'étais au milieu d'un paysage tellement extraordinaire que les singularités les plus fortes n'eussent pu m'étonner.

Combien de temps cela dura-t-il, je n'en sais rien, car j'avais fini par m'assoupir. Quand je rouvris les yeux, la lune était couchée, le ciel plein de nuages. L'eau clapotait lugubrement, le vent soufflait, il faisait froid, l'obscurité était profonde.

Je bus ce qui me restait de rhum, puis j'écoutai en grelottant le froissement des roseaux et le bruit sinistre de la rivière. Je cherchai à voir, mais je ne pus distinguer mon bateau, ni mes mains elles-mêmes, que j'approchais de mes yeux.

Peu à peu, cependant, l'épaisseur du noir diminua. Soudain je crus sentir qu'une ombre glissait tout près de moi ; je poussai un cri, une voix répondit ; c'était un pêcheur. Je l'appelai, il s'approcha et je lui racontai ma mésaventure. Il mit alors son bateau bord à bord avec le mien, et tous les deux nous tirâmes sur la chaîne. L'ancre ne remua pas. Le jour venait, sombre, gris, pluvieux, glacial, une de ces journées qui vous apportent des tristesses et des malheurs. J'aperçus une autre barque, nous la hélâmes. L'homme qui la montait unit ses efforts aux nôtres ; alors, peu à peu, l'ancre céda. Elle montait, mais doucement, doucement, et chargée d'un poids considérable. Enfin nous aperçûmes une masse noire, et nous la tirâmes à mon bord :

C'était le cadavre d'une vieille femme qui avait une grosse pierre au cou.

(1881 ?)

MAGNÉTISME

C'était à la fin d'un dîner d'hommes, à l'heure des interminables cigares et des incessants petits verres, dans la fumée et l'engourdissement chaud des digestions, dans le léger trouble des têtes après tant de viandes et de liqueurs absorbées et mêlées.

On vint à parler du magnétisme, des tours de Donato et des expériences du docteur Charcot. Soudain ces hommes sceptiques, aimables, indifférents à toute religion, se mirent à raconter des faits étranges, des histoires incroyables mais arrivées, affirmaient-ils, retombant brusquement en des croyances superstitieuses, se cramponnant à ce dernier reste de merveilleux, devenus dévots à ce mystère du magnétisme, le défendant au nom de la science.

Un seul souriait, un vigoureux garçon, grand coureur de filles et chasseur de femmes, chez qui une incroyance à tout s'était ancrée si fortement qu'il n'admettait point la discussion.

Il répétait en ricanant : « Des blagues ! des blagues ! des blagues ! Nous ne discuterons pas Donato qui est tout simplement un très malin faiseur de tours. Quant à M. Charcot, qu'on dit être un remarquable savant, il me fait l'effet de ces conteurs dans le genre d'Edgar Poe, qui finissent par devenir fous à force de réfléchir à d'étranges cas de folie. Il a constaté des phénomènes nerveux inexpliqués et encore inexplicables, il marche dans cet inconnu qu'on explore chaque jour, et ne pouvant toujours comprendre ce qu'il voit, il se souvient trop peut-être des explications ecclésiastiques des mystères. Et puis je voudrais l'entendre parler, ce serait tout autre chose que ce que vous répétez. »

Il y eut autour de l'incrédule une sorte de mouvement de pitié, comme s'il avait blasphémé dans une assemblée de moines.

Un de ces messieurs s'écria :

« Il y a eu pourtant des miracles autrefois. »

Mais l'autre répondit :

« Je le nie. Pourquoi n'y en aurait-il plus ? »

Alors chacun apporta un fait, des pressentiments fantastiques, des communications d'âmes à travers de longs espaces, des influences secrètes d'un être sur un autre. Et on affirmait, on déclarait les faits indiscutables, tandis que le nieur acharné répétait : « Des blagues ! des blagues ! des blagues ! »

A la fin il se leva, jeta son cigare, et les mains dans les poches : « Eh bien, moi aussi, je vais vous raconter deux histoires, et puis je vous les expliquerai. Les voici :

— Dans le petit village d'Etretat les hommes, tous matelots, vont chaque année au banc de Terre-Neuve pêcher la morue. Or, une nuit, l'enfant d'un de ces marins se réveilla en sursaut en criant que son « pé était mort à la mé ». On calma le mioche, qui se réveilla de nouveau en hurlant que son « pé était neyé ». Un mois après, on apprenait en effet la mort du père enlevé du pont par un coup de mer. La veuve se rappela les réveils de l'enfant. On cria au miracle, tout le monde s'émut, on rapprocha les dates, et il se trouva que l'accident et le rêve avaient coïncidé à peu près ; d'où l'on conclut qu'ils étaient arrivés la même nuit, à la même heure. Et voilà un mystère du magnétisme.

Le conteur s'interrompit. Alors un des auditeurs, fort ému, demanda : « Et vous expliquez ça, vous ?

— Parfaitement, Monsieur, j'ai trouvé le secret. Le fait m'avait surpris et même vivement embarrassé ; mais moi, voyez-vous, je ne crois pas par principe. De même que d'autres commencent par croire, je commence par douter ; et quand je ne comprends nullement, je continue à nier toute communication télépathique des âmes, sûr que ma pénétration seule est suffisante. Eh bien, j'ai cherché, cherché, et j'ai fini, à force d'interroger toutes les femmes des matelots absents, par me convaincre qu'il ne se passait pas huit jours sans que l'une d'elles ou l'un des enfants rêvât et annonçât à son réveil que le « pé était mort à la mé ». La crainte horrible et constante de cet accident fait qu'ils en parlent toujours, y pensent sans cesse. Or, si une de ces fréquentes prédictions coïncide, par un hasard très simple, avec une mort, on crie aussitôt au miracle, car on oublie soudain tous les autres songes, tous les autres présages, toutes les autres prophéties de malheur, demeurés sans confirmation. J'en ai pour ma part considéré plus de cinquante dont les auteurs, huit jours plus tard, ne se souvenaient même plus. Mais, si l'homme, en effet, était mort, la mémoire se serait immédiatement réveillée, et l'on aurait célébré l'intervention de Dieu selon les uns, du magnétisme selon les autres. »

Un des fumeurs déclara :

« C'est assez juste, ce que vous dites là, mais voyons votre seconde histoire.

— Oh ! ma seconde histoire est fort délicate à raconter. C'est à moi qu'elle est arrivée, aussi je me défie un rien de ma propre appréciation. On n'est jamais équitablement juge et partie. Enfin la voici :

J'avais dans mes relations mondaines une jeune femme à laquelle je ne songeais nullement, que je n'avais même jamais regardée attentivement, jamais remarquée, comme on dit.

Je la classais parmi les insignifiantes, bien qu'elle ne fût pas laide ; enfin elle me semblait avoir des yeux, un nez, une bouche, des cheveux quelconques, toute une physionomie terne ; c'était un de ces êtres sur qui la pensée ne semble se poser que par hasard, ne se pouvoir arrêter, sur qui le désir ne s'abat point.

Or, un soir, comme j'écrivais des lettres au coin de mon feu avant de me mettre au lit, j'ai senti au milieu de ce dévergondage d'idées, de cette procession d'images qui vous effleurent le cerveau quand on reste quelques minutes rêvassant, la plume en l'air, une sorte de petit souffle qui me passait dans l'esprit, un tout léger frisson du cœur, et immédiatement, sans raison, sans aucun enchaînement de pensées logique, j'ai vu distinctement, vu comme si je la touchais, vu des pieds à la tête, et sans un voile, cette jeune femme à qui je n'avais jamais songé plus de trois secondes de suite, le temps que son nom me traversât la tête. Et soudain je lui découvris un tas de qualités que je n'avais point observées, un charme doux, un attrait langoureux ; elle éveilla chez moi cette sorte d'inquiétude d'amour qui vous met à la poursuite d'une femme. Mais je n'y pensai pas longtemps. Je me couchai, je m'endormis. Et je rêvai.

Vous avez tous fait de ces rêves singuliers, n'est-ce pas, qui vous rendent maîtres de l'impossible, qui vous ouvrent des portes infranchissables, des joies inespérées, des bras impénétrables ?

Qui de nous, dans ces sommeils troublés, nerveux, haletants, n'a tenu, étreint, pétri, possédé avec une acuité de sensation extraordinaire, celle dont son esprit était occupé ? Et avez-vous remarqué quelles surhumaines délices apportent ces bonnes fortunes du rêve ! En quelles ivresses folles elles vous jettent, de quels spasmes fougueux elles vous secouent, et quelle tendresse infinie, caressante, pénétrante elles vous enfoncent au cœur pour celle qu'on tient défaillante et chaude, en cette illusion adorable et brutale, qui semble une réalité !

Tout cela, je l'ai ressenti, je l'ai ressenti avec une inoubliable violence. Cette femme fut à moi, tellement à moi que la tiède douceur de sa peau me restait aux doigts, l'odeur de sa peau me restait au cerveau, le goût de ses baisers me restait aux lèvres, le son de sa voix me restait aux oreilles, le cercle de son étreinte autour des reins, et le charme ardent de sa tendresse en toute ma personne, longtemps après mon réveil exquis et décevant.

Et trois fois en cette même nuit, le songe se renouvela.

Le jour venu, elle m'obsédait, me possédait, me hantait la tête et les sens, à tel point que je ne restais plus une seconde sans penser à elle.

A la fin, ne sachant que faire, je m'habillai et je l'allai voir. Dans son escalier, j'étais ému à trembler, mon cœur battait : un désir véhément m'envahissait des pieds aux cheveux.

J'entrai. Elle se leva toute droite en entendant prononcer mon nom ; et soudain nos yeux se croisèrent avec une surprenante fixité. Je m'assis.

Je balbutiai quelques banalités qu'elle ne semblait point écouter. Je ne savais que dire ni que faire ; alors brusquement je me jetai sur elle, la saisissant à pleins bras ; et tout mon rêve s'accomplit si facilement, si follement, que je doutai soudain d'être éveillé... Elle fut pendant deux ans ma maitresse...

« Qu'en concluez-vous ? » dit une voix.

Le conteur semblait hésiter.

« J'en conclus... je conclus à une coïncidence, parbleu ! Et puis, qui sait ? C'est peut-être un regard d'elle que je n'avais point remarqué et qui m'est revenu ce soir-là par un de ces mystérieux et inconscients rappels de la mémoire qui nous représentent souvent des choses négligées par notre conscience, passées inaperçues devant notre intelligence !

— Tout ce que vous voudrez, conclut un convive, mais si vous ne croyez pas au magnétisme après cela, vous êtes un ingrat, mon cher monsieur ! »

(5 avril 1882.)

RÊVES

C'était après un dîner d'amis, de vieux amis. Ils étaient cinq : un écrivain, un médecin et trois célibataires riches, sans profession.

On avait parlé de tout, et une lassitude arrivait, cette lassitude qui précède les départs après les fêtes. Un des convives qui regardait depuis cinq minutes, sans parler, le boulevard houleux, étoilé de becs de gaz et bruissant, dit tout à coup :

« Quand on ne fait rien du matin au soir, les jours sont longs.

— Et les nuits aussi, ajouta son voisin. Je ne dors guère, les plaisirs me fatiguent, les conversations ne varient pas ; jamais je ne rencontre une idée nouvelle, et j'éprouve, avant de causer avec n'importe qui, un furieux désir de ne rien dire et de ne rien entendre. Je ne sais que faire de mes soirées. »

Et le troisième désœuvré proclama :

« Je paierais bien cher un moyen de passer, chaque jour, seulement deux heures agréables. »

Alors l'écrivain, qui venait de jeter son pardessus sur son bras s'approcha.

« L'homme, dit-il, qui découvrirait un vice nouveau, et l'offrirait à ses semblables, dût-il abréger de moitié leur vie, rendrait un plus grand service à l'humanité que celui qui trouverait le moyen d'assurer l'éternelle santé et l'éternelle jeunesse. »

Le médecin se mit à rire ; et tout en mâchonnant un cigare :

« Oui, mais ça ne se découvre pas comme ça. On a pourtant rudement cherché et travaillé la matière, depuis que le monde existe. Les premiers hommes sont arrivés, d'un coup, à la perfection dans ce genre. Nous les égalons à peine. »

Un des trois désœuvrés murmura :

« C'est dommage ! »

Puis au bout d'une minute, il ajouta :

« Si on pouvait seulement dormir, bien dormir sans avoir chaud ni froid, dormir avec cet anéantissement des soirs de grande fatigue, dormir sans rêves.

— Pourquoi sans rêves ? » demanda le voisin.

L'autre reprit :

« Parce que les rêves ne sont pas toujours agréables, et que toujours ils sont bizarres, invraisemblables, décousus, et que, dormant, nous ne pouvons même savourer les meilleurs à notre gré. Il faut rêver éveillé.

— Qui vous en empêche ? » interrogea l'écrivain.

Le médecin jeta son cigare.

« Mon cher, pour rêver éveillé, il faut une grande puissance et un grand travail de volonté, et, partant, une grande fatigue en résulte. Or le vrai rêve, cette promenade de notre pensée à travers des visions charmantes, est assurément ce qu'il y a de plus délicieux au monde ; mais il faut qu'il vienne naturellement, qu'il ne soit pas péniblement provoqué et qu'il soit accompagné d'un bien-être absolu du corps. Ce rêve-là, je peux vous l'offrir, à condition que vous me promettiez de n'en pas abuser. »

L'écrivain haussa les épaules :

« Ah ! oui, je sais, le haschich, l'opium, la confiture verte, les paradis artificiels. J'ai lu Baudelaire ; et j'ai même goûté la fameuse drogue, qui m'a rendu fort malade. »

Mais le médecin s'était assis :

« Non, l'éther, rien que l'éther, et j'ajoute que vous autres, hommes de lettres, vous en devriez user quelquefois. »

Les trois hommes riches s'approchèrent. L'un demanda : « Expliquez-nous-en donc les effets. »

Et le médecin reprit :

— Mettons de côté les grands mots, n'est-ce pas ? Je ne parle pas médecine ni morale : je parle plaisir. Vous vous livrez tous les jours à des excès qui dévorent votre vie. Je veux vous indiquer une sensation nouvelle, possible seulement pour hommes intelligents, disons même : très intelligents, dangereuse comme tout ce qui surexcite nos organes, mais exquise. J'ajoute qu'il vous faudra une certaine préparation, c'est-à-dire une certaine habitude, pour ressentir dans toute leur plénitude les singuliers effets de l'éther.

Ils sont différents des effets du haschich, des effets de l'opium et de la morphine ; et ils cessent aussitôt que s'interrompt l'absorption du médicament, tandis que les autres producteurs de rêveries continuent leur action pendant des heures.

Je vais tâcher maintenant d'analyser le plus nettement possible ce qu'on ressent. Mais la chose n'est pas facile, tant sont délicates, presque insaisissables, ces sensations.

C'est atteint de névralgies violentes que j'ai usé de ce remède, dont j'ai peut-être un peu abusé depuis.

J'avais dans la tête et dans le cou de vives douleurs, et une insupportable chaleur de la peau, une inquiétude de fièvre. Je pris un grand flacon d'éther et, m'étant couché, je me mis à l'aspirer lentement.

Au bout de quelques minutes, je crus entendre un murmure vague qui devint bientôt une espèce de bourdonnement, et il me semblait que tout l'intérieur de mon corps devenait léger, léger comme de l'air, qu'il se vaporisait.

Puis ce fut une sorte de torpeur de l'âme, de bien-être somnolent, malgré les douleurs qui persistaient, mais qui cessaient cependant d'être pénibles. C'était une de ces souffrances qu'on consent à supporter, et non plus ces déchirements affreux contre lesquels notre corps torturé proteste.

Bientôt l'étrange et charmante sensation de vide que j'avais dans la poitrine s'étendit, gagna les membres qui devinrent à leur tour légers, légers comme si la chair et les os se fussent fondus et que la peau seule fût restée, la peau nécessaire pour me faire percevoir la douceur de vivre, d'être couché dans ce bien-être. Je m'aperçus alors que je ne souffrais plus. La douleur s'en était allée, fondue aussi, évaporée. Et j'entendis des voix, quatre voix, deux dialogues, sans rien comprendre des paroles. Tantôt ce n'étaient que des sons indistincts, tantôt un mot me parvenait. Mais je reconnus que c'étaient là simplement les bourdonnements accentués de mes oreilles. Je ne dormais pas, je veillais ; je comprenais, je sentais, je raisonnais avec une netteté, une profondeur, une puissance extraordinaires, et une joie d'esprit, une ivresse étrange venue de ce décuplement de mes facultés mentales.

Ce n'était pas du rêve comme avec le haschich, ce n'étaient pas les visions un peu maladives de l'opium ; c'était une acuité prodigieuse de raisonnement, une nouvelle manière de voir, de juger, d'apprécier les choses de la vie, et avec la certitude, la conscience absolue que cette manière était la vraie.

Et la vieille image de l'Ecriture m'est revenue soudain à la pensée. Il me semblait que j'avais goûté à l'arbre de science, que tous les mystères se dévoilaient, tant je me trouvais sous l'empire d'une logique nouvelle, étrange, irréfutable. Et des arguments, des raisonnements, des preuves me venaient en foule, renversés immédiatement par une preuve, un raisonnement, un argument plus fort. Ma tête était devenue le champ de lutte des idées. J'étais un être supérieur, armé d'une intelligence invincible, et je goûtais une jouissance prodigieuse à la constatation de ma puissance...

Cela dura longtemps, longtemps. Je respirais toujours l'orifice de mon flacon d'éther. Soudain, je m'aperçus qu'il était vide. Et j'en ressentis un effroyable chagrin. »

Les quatre hommes demandèrent ensemble :

« Docteur, vite une ordonnance pour un litre d'éther ! »

Mais le médecin mit son chapeau et répondit :

« Quant à ça, non ; allez vous faire empoisonner par d'autres ! »

Et il sortit.

Mesdames et Messieurs, si le cœur vous en dit ?

(8 juillet 1882.)

LA PEUR

A J.-K. Huysmans.

On remonta sur le pont après dîner. Devant nous, la Méditerranée n'avait pas un frisson sur toute sa surface qu'une grande lune calme moirait. Le vaste bateau glissait, jetant sur le ciel, qui semblait ensemencé d'étoiles, un gros serpent de fumée noire ; et, derrière nous, l'eau toute blanche, agitée par le passage rapide du lourd bâtiment, battue par l'hélice, moussait, semblait se tordre, remuait tant de clartés qu'on eût dit de la lumière de lune bouillonnant.

Nous étions là, six ou huit, silencieux, admirant, l'œil tourné vers l'Afrique lointaine où nous allions. Le commandant, qui fumait un cigare au milieu de nous, reprit soudain la conversation du dîner.

« Oui, j'ai eu peur ce jour-là. Mon navire est resté six heures avec ce rocher dans le ventre, battu par la mer. Heureusement que nous avons été recueillis, vers le soir, par un charbonnier anglais qui nous aperçut. »

Alors un grand homme à figure brûlée, à l'aspect grave, un de ces hommes qu'on sent avoir traversé de longs pays inconnus, au milieu de dangers incessants, et dont l'œil tranquille semble garder, dans sa profondeur, quelque chose des paysages étranges qu'il a vus ; un de ces hommes qu'on devine trempés dans le courage, parla pour la première fois :

« Vous dites, Commandant, que vous avez eu peur ; je

n'en crois rien. Vous vous trompez sur le mot et sur la sensation que vous avez éprouvée. Un homme énergique n'a jamais peur en face du danger pressant. Il est ému, agité, anxieux ; mais la peur, c'est autre chose. »

Le commandant reprit en riant :

« Fichtre ! je vous réponds bien que j'ai eu peur, moi. »

Alors l'homme au teint bronzé prononça d'une voix lente :

— Permettez-moi de m'expliquer ! La peur (et les hommes les plus hardis peuvent avoir peur), c'est quelque chose d'effroyable, une sensation atroce, comme une décomposition de l'âme, un spasme affreux de la pensée et du cœur, dont le souvenir seul donne des frissons d'angoisse. Mais cela n'a lieu, quand on est brave, ni devant une attaque, ni devant la mort inévitable, ni devant toutes les formes connues du péril : cela a lieu dans certaines circonstances anormales, sous certaines influences mystérieuses en face de risques vagues. La vraie peur, c'est quelque chose comme une réminiscence des terreurs fantastiques d'autrefois. Un homme qui croit aux revenants, et qui s'imagine apercevoir un spectre dans la nuit, doit éprouver la peur en toute son épouvantable horreur.

Moi, j'ai deviné la peur en plein jour, il y a dix ans environ. Je l'ai ressentie, l'hiver dernier, par une nuit de décembre.

Et, pourtant, j'ai traversé bien des hasards, bien des aventures qui semblaient mortelles. Je me suis battu souvent. J'ai été laissé pour mort par des voleurs. J'ai été condamné, comme insurgé, à être pendu, en Amérique, et jeté à la mer du pont d'un bâtiment sur les côtes de Chine. Chaque fois je me suis cru perdu, j'en ai pris immédiatement mon parti, sans attendrissement et même sans regrets.

Mais la peur, ce n'est pas cela.

Je l'ai pressentie en Afrique. Et pourtant elle est fille du Nord ; le soleil la dissipe comme un brouillard. Remarquez bien ceci, Messieurs. Chez les Orientaux, la vie ne compte pour rien ; on est résigné tout de suite ; les nuits sont claires et vides de légendes, les âmes aussi vides des inquiétudes sombres qui hantent les cerveaux dans les pays froids. En Orient, on peut connaître la panique, on ignore la peur.

Eh bien, voici ce qui m'est arrivé sur cette terre d'Afrique :

Je traversais les grandes dunes au sud de Ouargla. C'est là un des plus étranges pays du monde. Vous connaissez le sable uni, le sable droit des interminables plages de l'Océan. Eh bien ! figurez-vous l'Océan lui-même devenu sable au milieu d'un ouragan ; imaginez une tempête silencieuse de vagues immobiles en poussière jaune. Elles sont hautes comme des montagnes, ces vagues inégales, différentes, soulevées tout à fait comme des flots déchaînés, mais plus grandes encore, et striées comme de la moire. Sur cette mer furieuse, muette et sans mouvement, le dévorant soleil du sud verse sa flamme implacable et directe. Il faut gravir ces lames de cendre d'or, redescendre, gravir encore, gravir sans cesse, sans repos et sans ombre. Les chevaux râlent, enfoncent jusqu'aux genoux, et glissent en dévalant l'autre versant des surprenantes collines.

Nous étions deux amis suivis de huit spahis et de quatre chameaux avec leurs chameliers. Nous ne parlions plus, accablés de chaleur, de fatigue, et desséchés de soif comme ce désert ardent. Soudain un de ces hommes poussa une sorte de cri ; tous s'arrêtèrent ; et nous demeurâmes immobiles, surpris par un inexplicable phénomène connu des voyageurs en ces contrées perdues.

Quelque part, près de nous, dans une direction indéterminée, un tambour battait, le mystérieux tambour des dunes ; il battait distinctement, tantôt plus vibrant, tantôt affaibli, arrêtant, puis reprenant son roulement fantastique.

Les Arabes, épouvantés, se regardaient ; et l'un dit, en sa langue : « La mort est sur nous. » Et voilà que tout à coup mon compagnon, mon ami, presque mon frère, tomba de cheval, la tête en avant, foudroyé par une insolation.

Et pendant deux heures, pendant que j'essayais en vain de le sauver, toujours ce tambour insaisissable m'emplissait l'oreille de son bruit monotone, intermittent et incompréhensible ; et je sentais se glisser dans mes os la peur, la vraie

peur, la hideuse peur, en face de ce cadavre aimé, dans ce
trou incendié par le soleil entre quatre monts de sable, tandis
que l'écho inconnu nous jetait, à deux cents lieues de tout
village français, le battement rapide du tambour.

Ce jour-là, je compris ce que c'était que d'avoir peur ; je
l'ai su mieux encore une autre fois...

Le commandant interrompit le conteur :

« Pardon, Monsieur, mais ce tambour ? Qu'était-ce ? »

Le voyageur répondit :

— Je n'en sais rien. Personne ne sait. Les officiers, surpris
souvent par ce bruit singulier, l'attribuent généralement à
l'écho grossi, multiplié, démesurément enflé par les vallonne-
ments des dunes, d'une grêle de grains de sable emportés dans
le vent et heurtant une touffe d'herbes sèches ; car on a
toujours remarqué que le phénomène se produit dans le
voisinage de petites plantes brûlées par le soleil, et dures
comme du parchemin.

Ce tambour ne serait donc qu'une sorte de mirage du son.
Voilà tout. Mais je n'ai appris cela que plus tard.

J'arrive à ma seconde émotion.

C'était l'hiver dernier, dans une forêt du nord-est de la
France. La nuit vint deux heures plus tôt, tant le ciel était
sombre. J'avais pour guide un paysan qui marchait à mon
côté, par un tout petit chemin, sous une voûte de sapins dont
le vent déchaîné tirait des hurlements. Entre les cimes, je
voyais courir des nuages en déroute, des nuages éperdus qui
semblaient fuir devant une épouvante. Parfois, sous une immense rafale, toute la forêt s'inclinait dans le même sens avec
un gémissement de souffrance ; et le froid m'envahissait,
malgré mon pas rapide et mon lourd vêtement.

Nous devions souper et coucher chez un garde forestier
dont la maison n'était plus éloignée de nous. J'allais là pour
chasser.

Mon guide, parfois, levait les yeux et murmurait : « Triste
temps ! » Puis il me parla des gens chez qui nous arrivions.
Le père avait tué un braconnier deux ans auparavant, et,

depuis ce temps, il semblait sombre, comme hanté d'un souvenir. Ses deux fils, mariés, vivaient avec lui.

Les ténèbres étaient profondes. Je ne voyais rien devant moi, ni autour de moi, et toute la branchure des arbres entre-choqués emplissait la nuit d'une rumeur incessante. Enfin, j'aperçus une lumière, et bientôt mon compagnon heurtait une porte. Des cris aigus de femmes nous répondirent. Puis une voix d'homme, une voix étranglée, demanda : « Qui va là ? » Mon guide se nomma. Nous entrâmes. Ce fut un inoubliable tableau.

Un vieux homme à cheveux blancs, à l'œil fou, le fusil chargé dans la main, nous attendait debout au milieu de la cuisine tandis que deux grands gaillards, armés de haches, gardaient la porte. Je distinguai dans les coins sombres deux femmes à genoux, le visage caché contre le mur.

On s'expliqua. Le vieux remit son arme contre le mur et ordonna de préparer ma chambre ; puis comme les femmes ne bougeaient point, il me dit brusquement :

« Voyez-vous, Monsieur, j'ai tué un homme, voilà deux ans, cette nuit. L'autre année, il est revenu m'appeler. Je l'attends encore ce soir. »

Puis il ajouta d'un ton qui me fit sourire :

« Aussi, nous ne sommes pas tranquilles. »

Je le rassurai comme je pus, heureux d'être venu justement ce soir-là, et d'assister au spectacle de cette terreur superstitieuse. Je racontai des histoires, et je parvins à calmer à peu près tout le monde.

Près du foyer, un vieux chien, presque aveugle et moustachu, un de ces chiens qui ressemblent à des gens qu'on connaît, dormait le nez dans ses pattes.

Au-dehors, la tempête acharnée battait la petite maison, et, par un étroit carreau, une sorte de judas placé près de la porte, je voyais soudain tout un fouillis d'arbres bousculés par le vent à la lueur de grands éclairs.

Malgré mes efforts, je sentais bien qu'une terreur profonde tenait ces gens, et chaque fois que je cessais de parler, toutes les oreilles écoutaient au loin. Las d'assister à ces craintes imbéciles, j'allais demander à me coucher, quand le vieux garde tout à coup fit un bond de sa chaise, saisit de nouveau son fusil, en bégayant d'une voix égarée :

« Le voilà ! Le voilà ! Je l'entends ! » Les deux femmes retombèrent à genoux dans leurs coins en se cachant le visage ; et les fils reprirent leurs haches. J'allais tenter encore de les apaiser, quand le chien endormi s'éveilla brusquement et, levant sa tête, tendant le cou, regardant vers le feu de son œil presque éteint, il poussa un de ces lugubres hurlements qui font tressaillir les voyageurs, le soir, dans la campagne. Tous les yeux se portèrent sur lui, il restait maintenant immobile, dressé sur ses pattes comme hanté d'une vision, et il se remit à hurler vers quelque chose d'invisible, d'inconnu, d'affreux sans doute, car tout son poil se hérissait. Le garde, livide, cria : « Il le sent ! il le sent ! il était là quand je l'ai tué. » Et les deux femmes égarées se mirent, toutes les deux, à hurler avec le chien.

Malgré moi, un grand frisson me courut entre les épaules. Cette vision de l'animal dans ce lieu, à cette heure, au milieu de ces gens éperdus, était effrayante à voir.

Alors, pendant une heure, le chien hurla sans bouger ; il hurla comme dans l'angoisse d'un rêve ; et la peur, l'épouvantable peur entrait en moi ; la peur de quoi ? Le sais-je ? C'était la peur, voilà tout.

Nous restions immobiles, livides, dans l'attente d'un événement affreux, l'oreille tendue, le cœur battant, bouleversés au moindre bruit. Et le chien se mit à tourner autour de la pièce, en sentant les murs et gémissant toujours. Cette bête nous rendait fous ! Alors, le paysan qui m'avait amené, se jeta sur elle, dans une sorte de paroxysme de terreur furieuse, et, ouvrant une porte donnant sur une petite cour, jeta l'animal dehors.

Il se tut aussitôt ; et nous restâmes plongés dans un silence plus terrifiant encore. Et soudain tous ensemble, nous eûmes une sorte de sursaut : un être glissait contre le mur du dehors vers la forêt ; puis il passa contre la porte, qu'il sembla tâter, d'une main hésitante ; puis on n'entendit plus rien pendant deux minutes qui firent de nous des insensés ; puis il revint, frôlant toujours la muraille ; et il gratta légèrement, comme ferait un enfant avec son ongle ; puis soudain une tête apparut contre la vitre du judas, une tête blanche avec des yeux lumineux comme ceux des fauves. Et un son sortit de sa bouche, un son indistinct, un murmure plaintif.

Alors un bruit formidable éclata dans la cuisine. Le vieux garde avait tiré. Et aussitôt les fils se précipitèrent, bouchèrent le judas en dressant la grande table qu'ils assujettirent avec le buffet.

Et je vous jure qu'au fracas du coup de fusil que je n'attendais point, j'eus une telle angoisse du cœur, de l'âme et du corps, que je me sentis défaillir, prêt à mourir de peur.

Nous restâmes là jusqu'à l'aurore, incapables de bouger, de dire un mot, crispés dans un affolement indicible.

On n'osa débarricader la sortie qu'en apercevant, par la fente d'un auvent, un mince rayon de jour.

Au pied du mur, contre la porte, le vieux chien gisait, la gueule brisée d'une balle.

Il était sorti de la cour en creusant un trou sous une palissade.

L'homme au visage brun se tut ; puis il ajouta :

« Cette nuit-là pourtant, je ne courus aucun danger ; mais j'aimerais mieux recommencer toutes les heures où j'ai affronté les plus terribles périls, que la seule minute du coup de fusil sur la tête barbue du judas. »

(23 octobre 1882.)

LE LOUP

Voici ce que nous raconta le vieux marquis d'Arville à la fin
du dîner de Saint-Hubert, chez le baron des Ravels.

On avait forcé un cerf dans le jour. Le marquis était le seul
des convives qui n'eût point pris part à cette poursuite, car il
ne chassait jamais.

Pendant toute la durée du grand repas, on n'avait guère
parlé que de massacres d'animaux. Les femmes elles-mêmes
s'intéressaient aux récits sanguinaires et souvent invraisemblables, et les orateurs mimaient les attaques et les combats
d'hommes contre les bêtes, levaient les bras, contaient d'une
voix tonnante.

M. d'Arville parlait bien, avec une certaine poésie un peu
ronflante, mais pleine d'effet. Il avait dû répéter souvent cette
histoire, car il la disait couramment, n'hésitant pas sur les
mots choisis avec habileté pour faire image.

— Messieurs, je n'ai jamais chassé, mon père non plus, mon
grand-père non plus, et, non plus, mon arrière-grand-père. Ce
dernier était fils d'un homme qui chassa plus que vous tous.
Il mourut en 1764. Je vous dirai comment.

Il se nommait Jean, était marié, père de cet enfant qui fut
mon trisaïeul, et il habitait avec son frère cadet, François
d'Arville, notre château de Lorraine, en pleine forêt.

François d'Arville était resté garçon par amour de la chasse.

Ils chassaient tous deux d'un bout à l'autre de l'année, sans repos, sans arrêt, sans lassitude. Ils n'aimaient que cela, ne comprenaient pas autre chose, ne parlaient que de cela, ne vivaient que pour cela.

Ils avaient au cœur cette passion terrible, inexorable. Elle les brûlait, les ayant envahis tout entiers, ne laissant de place pour rien d'autre.

Ils avaient défendu qu'on les dérangeât jamais en chasse, pour aucune raison. Mon trisaïeul naquit pendant que son père suivait un renard, et Jean d'Arville n'interrompit point sa course, mais il jura : « Nom d'un nom, ce gredin-là aurait bien pu attendre après l'hallali ! »

Son frère François se montrait encore plus emporté que lui. Dès le lever, il allait voir les chiens, puis les chevaux, puis il tirait des oiseaux autour du château jusqu'au moment de partir pour forcer quelque grosse bête.

On les appelait dans le pays M. le Marquis et M. le Cadet, les nobles d'alors ne faisant point, comme la noblesse d'occasion de notre temps, qui veut établir dans les titres une hiérarchie descendante ; car le fils d'un marquis n'est pas plus comte, ni le fils d'un vicomte baron, que le fils d'un général n'est colonel de naissance. Mais la vanité mesquine du jour trouve profit à cet arrangement.

Je reviens à mes ancêtres.

Ils étaient, paraît-il, démesurément grands, osseux, poilus, violents et vigoureux. Le jeune, plus haut encore que l'aîné, avait une voix tellement forte que, suivant une légende dont il était fier, toutes les feuilles de la forêt s'agitaient quand il criait.

Et lorsqu'ils se mettaient en selle tous deux pour partir en chasse, ce devait être un spectacle superbe de voir ces deux géants enfourcher leurs grands chevaux.

Or, vers le milieu de l'hiver de cette année 1764, les froids furent excessifs et les loups devinrent féroces.

Ils attaquaient même les paysans attardés, rôdaient la nuit

autour des maisons, hurlaient du coucher du soleil à son lever et dépeuplaient les étables.

Et bientôt une rumeur circula. On parlait d'un loup colossal, au pelage gris, presque blanc, qui avait mangé deux enfants, dévoré le bras d'une femme, étranglé tous les chiens de garde du pays et qui pénétrait sans peur dans les enclos pour venir flairer sous les portes. Tous les habitants affirmaient avoir senti son souffle qui faisait vaciller la flamme des lumières. Et bientôt une panique courut par toute la province. Personne n'osait plus sortir dès que tombait le soir. Les ténèbres semblaient hantées par l'image de cette bête...

Les frères d'Arville résolurent de la trouver et de la tuer, et ils convièrent à de grandes chasses tous les gentilshommes du pays.

Ce fut en vain. On avait beau battre les forêts, fouiller les buissons, on ne la rencontrait jamais. On tuait des loups, mais pas celui-là. Et, chaque nuit qui suivait la battue, l'animal, comme pour se venger, attaquait quelque voyageur ou dévorait quelque bétail, toujours loin du lieu où on l'avait cherché.

Une nuit enfin, il pénétra dans l'étable aux porcs du château d'Arville et mangea les deux plus beaux élèves.

Les deux frères furent enflammés de colère, considérant cette attaque comme une bravade du monstre, une injure directe, un défi. Ils prirent tous leurs forts limiers habitués à poursuivre les bêtes redoutables, et ils se mirent en chasse, le cœur soulevé de fureur.

Depuis l'aurore jusqu'à l'heure où le soleil empourpré descendit derrière les grands arbres nus, ils battirent les fourrés sans rien trouver.

Tous deux enfin, furieux et désolés, revenaient au pas de leurs chevaux par une allée bordée de broussailles, et s'étonnaient de leur science déjouée par ce loup, saisis soudain d'une sorte de crainte mystérieuse.

L'aîné disait :

« Cette bête-là n'est point ordinaire. On dirait qu'elle pense comme un homme. »

Le cadet répondit :

« On devrait peut-être faire bénir une balle par notre cousin l'évêque, ou prier quelque prêtre de prononcer les paroles qu'il faut. »

Puis ils se turent.

Jean reprit :

« Regarde le soleil s'il est rouge. Le grand loup va faire quelque malheur cette nuit. »

Il n'avait point fini de parler que son cheval se cabra ; celui de François se mit à ruer. Un large buisson couvert de feuilles mortes s'ouvrit devant eux, et une bête colossale, toute grise, surgit, qui détala à travers le bois.

Tous deux poussèrent une sorte de grognement de joie, et, se courbant sur l'encolure de leurs pesants chevaux, ils les jetèrent en avant d'une poussée de tout leur corps, les lançant d'une telle allure, les excitant, les entraînant, les affolant de la voix, du geste et de l'éperon, que les forts cavaliers semblaient porter les lourdes bêtes entre leurs cuisses comme s'ils s'envolaient.

Ils allaient ainsi, ventre à terre, crevant les fourrés, coupant les ravins, grimpant les côtes, dévalant les gorges, et sonnant du cor à pleins poumons pour attirer leurs gens et leurs chiens.

Et voilà que soudain, dans cette course éperdue, mon aïeul heurta du front une branche énorme qui lui fendit le crâne ; et il tomba raide mort sur le sol, tandis que son cheval affolé s'emportant, disparaissait dans l'ombre enveloppant les bois.

Le cadet d'Arville s'arrêta net, sauta par terre, saisit dans ses bras son frère, et il vit que la cervelle coulait de la plaie avec le sang.

Alors il s'assit auprès du corps, posa sur ses genoux la tête défigurée et rouge, et il attendit en contemplant cette face immobile de l'aîné. Peu à peu une peur l'envahissait, une peur singulière qu'il n'avait jamais sentie encore, la peur de l'ombre, la peur de la solitude, la peur du bois désert et la peur aussi du loup fantastique qui venait de tuer son frère pour se venger d'eux.

Les ténèbres s'épaississaient, le froid aigu faisait craquer les arbres. François se leva, frissonnant, incapable de rester là plus longtemps, se sentant presque défaillir. On n'entendait plus rien, ni la voix des chiens ni le son des cors, tout était muet par l'invisible horizon ; et ce silence morne du soir glacé avait quelque chose d'effrayant et d'étrange.

Il saisit dans ses mains de colosse le grand corps de Jean, le dressa et le coucha sur la selle pour le reporter au château ; puis il se remit en marche doucement, l'esprit troublé comme s'il était gris, poursuivi par des images horribles et surprenantes.

Et brusquement, dans le sentier qu'envahissait la nuit, une grande forme passa. C'était la bête. Une secousse d'épouvante agita le chasseur ; quelque chose de froid, comme une goutte d'eau lui glissa le long des reins, et il fit, ainsi qu'un moine hanté du diable, un grand signe de croix, éperdu à ce retour brusque de l'effrayant rôdeur. Mais ses yeux retombèrent sur le corps inerte couché devant lui, et soudain, passant brusquement de la crainte à la colère, il frémit d'une rage désordonnée.

Alors il piqua son cheval et s'élança derrière le loup.

Il le suivait par les taillis, les ravines et les futaies, traversant des bois qu'il ne reconnaissait plus, l'œil fixé sur la tache blanche qui fuyait dans la nuit descendue sur la terre.

Son cheval aussi semblait animé d'une force et d'une ardeur inconnues. Il galopait le cou tendu, droit devant lui, heurtant aux arbres, aux rochers, la tête et les pieds du mort jeté en travers sur la selle. Les ronces arrachaient les cheveux ; le front, battant les troncs énormes, les éclaboussait de sang ; les éperons déchiraient des lambeaux d'écorce.

Et soudain, l'animal et le cavalier sortirent de la forêt et se ruèrent dans un vallon, comme la lune apparaissait au-dessus des monts. Ce vallon était pierreux, fermé par des roches énormes, sans issue possible ; et le loup acculé se retourna.

François alors poussa un hurlement de joie que les échos répétèrent comme un roulement de tonnerre, et il sauta de cheval, son coutelas à la main.

La bête hérissée, le dos rond, l'attendait ; ses yeux luisaient comme deux étoiles. Mais, avant de livrer bataille, le fort chasseur, empoignant son frère, l'assit sur une roche, et, soutenant avec des pierres sa tête qui n'était plus qu'une tache de sang, il lui cria dans les oreilles, comme s'il eût parlé à un sourd : « Regarde, Jean, regarde ça ! »

Puis il se jeta sur le monstre. Il se sentait fort à culbuter une montagne, à broyer des pierres dans ses mains. La bête le voulut mordre, cherchant à lui fouiller le ventre ; mais il l'avait saisie par le cou, sans même se servir de son arme, et il l'étranglait doucement, écoutant s'arrêter les souffles de sa gorge et les battements de son cœur. Et il riait, jouissant éperdument, serrant de plus en plus sa formidable étreinte, criant, dans un délire de joie : « Regarde, Jean, regarde ! » Toute résistance cessa ; le corps du loup devint flasque. Il était mort.

Alors François, le prenant à pleins bras, l'emporta et le vint jeter aux pieds de l'aîné en répétant d'une voix attendrie : « Tiens, tiens, tiens, mon petit Jean, le voilà ! »

Puis il replaça sur la selle les deux cadavres l'un sur l'autre ; et il se remit en route.

Il rentra au château, riant et pleurant, comme Gargantua à la naissance de Pantagruel, poussant des cris de triomphe et trépignant d'allégresse en racontant la mort de l'animal, et gémissant et s'arrachant la barbe en disant celle de son frère.

Et souvent, plus tard, quand il reparlait de ce jour, il prononçait, les larmes aux yeux : « Si seulement ce pauvre Jean avait pu me voir étrangler l'autre, il serait mort content, j'en suis sûr ! »

La veuve de mon aïeul inspira à son fils orphelin l'horreur de la chasse, qui s'est transmise de père en fils jusqu'à moi.

Le marquis d'Arville se tut. Quelqu'un demanda :

« Cette histoire est une légende, n'est-ce pas ? »

Et le conteur répondit :

« Je vous jure qu'elle est vraie d'un bout à l'autre. »
Alors une femme déclara d'une petite voix douce :
« C'est égal, c'est beau d'avoir des passions pareilles. »

(14 novembre 1882.)

MENUET

A Paul Bourget.

Les grands malheurs ne m'attristent guère, dit Jean Bridelle,
un vieux garçon qui passait pour sceptique. J'ai vu la guerre
de bien près : j'enjambais les corps sans apitoiement. Les
fortes brutalités de la nature ou des hommes peuvent nous
faire pousser des cris d'horreur ou d'indignation, mais ne
nous donnent point ce pincement au cœur, ce frisson qui vous
passe dans le dos à la vue de certaines petites choses navran-
tes.

La plus violente douleur qu'on puisse éprouver, certes, est
la perte d'un enfant pour une mère, et la perte de la mère
pour un homme. Cela est violent, terrible, cela bouleverse et
déchire ; mais on guérit de ces catastrophes comme de larges
blessures saignantes. Or, certaines rencontres, certaines choses
entr'aperçues, devinées, certains chagrins secrets, certaines
perfidies du sort, qui remuent en nous tout un monde douloureux de pensées, qui entrouvrent devant nous brusquement la porte mystérieuse des souffrances morales, compli-
quées, incurables, d'autant plus profondes qu'elles semblent
bénignes, d'autant plus cuisantes qu'elles semblent presque
insaisissables, d'autant plus tenaces qu'elles semblent factices,
nous laissent à l'âme comme une traînée de tristesse, un goût
d'amertume, une sensation de désenchantement dont nous
sommes longtemps à nous débarrasser.

J'ai toujours devant les yeux deux ou trois choses que d'autres n'eussent point remarquées assurément, et qui sont entrées en moi comme de longues et minces piqûres inguérissables.

Vous ne comprendriez peut-être pas l'émotion qui m'est restée de ces rapides impressions. Je ne vous en dirai qu'une. Elle est très vieille, mais vive comme d'hier. Il se peut que mon imagination seule ait fait les frais de mon attendrissement.

J'ai cinquante ans. J'étais jeune alors et j'étudiais le droit. Un peu triste, un peu rêveur, imprégné d'une philosophie mélancolique, je n'aimais guère les cafés bruyants, les camarades braillards, ni les filles stupides. Je me levais tôt ; et une de mes plus chères voluptés était de me promener seul, vers huit heures du matin, dans la pépinière du Luxembourg.

Vous ne l'avez pas connue, vous autres cette pépinière ? C'était comme un jardin oublié de l'autre siècle, un jardin joli comme un doux sourire de vieille. Des haies touffues séparaient les allées étroites et régulières, allées calmes entre deux murs de feuillage taillés avec méthode. Les grands ciseaux du jardinier alignaient sans relâche ces cloisons de branches ; et, de place en place, on rencontrait des parterres de fleurs, des plates-bandes de petits arbres rangés comme des collégiens en promenade, des sociétés de rosiers magnifiques ou des régiments d'arbres à fruits.

Tout un coin de ce ravissant bosquet était habité par les abeilles. Leurs maisons de paille, savamment espacées sur des planches ouvraient au soleil leurs portes grandes comme l'entrée d'un dé à coudre ; et on rencontrait tout le long des chemins les mouches bourdonnantes et dorées, vraies maîtresses de ce lieu pacifique, vraies promeneuses de ces tranquilles allées en corridors.

Je venais là presque tous les matins. Je m'asseyais sur un banc et je lisais. Parfois je laissais retomber le livre sur mes genoux pour rêver, pour écouter autour de moi vivre Paris, et jouir du repos infini de ces charmilles à la mode ancienne.

Mais je m'aperçus bientôt que je n'étais pas seul à fréquen-

ter ce lieu dès l'ouverture des barrières, et je rencontrais
parfois, nez à nez, au coin d'un massif, un étrange petit
vieillard.

Il portait des souliers à boucles d'argent, une culotte à
pont, une redingote tabac d'Espagne, une dentelle en guise de
cravate et un invraisemblable chapeau gris à grands bords et
à grands poils, qui faisait penser au déluge.

Il était maigre, fort maigre, anguleux, grimaçant et souriant. Ses yeux vifs palpitaient, s'agitaient sous un mouvement
continu des paupières ; et il avait toujours à la main une
superbe canne à pommeau d'or qui devait être pour lui
quelque souvenir magnifique.

Ce bonhomme m'étonna d'abord, puis m'intéressa outre
mesure. Et je le guettais à travers les murs de feuilles, je le
suivais de loin, m'arrêtant au détour des bosquets pour n'être
point vu.

Et voilà qu'un matin, comme il se croyait bien seul, il se
mit à faire des mouvements singuliers : quelques petits bonds
d'abord, puis une révérence ; puis il battit, de sa jambe grêle,
un entrechat encore alerte, puis il commença à pivoter ga-
lamment, sautillant, se trémoussant d'une façon drôle, souriant
comme devant un public, faisant des grâces, arrondissant les
bras, tortillant son pauvre corps de marionnette, adressant dans
le vide de légers saluts attendrissants et ridicules. Il dansait !

Je demeurais pétrifié d'étonnement, me demandant lequel
des deux était fou, lui, ou moi.

Mais il s'arrêta soudain, s'avança comme le font les acteurs
sur la scène, puis s'inclina en reculant avec des sourires
gracieux et des baisers de comédienne qu'il jetait de sa main
tremblante aux deux rangées d'arbres taillés.

Et il reprit avec gravité sa promenade.

A partir de ce jour, je ne le perdis plus de vue ; et, chaque
matin, il recommençait son exercice invraisemblable.

Une envie folle me prit de lui parler. Je me risquai, et,
l'ayant salué, je lui dis :

« Il fait bien bon aujourd'hui, Monsieur. »

Il s'inclina.

« Oui, Monsieur, c'est un vrai temps de jadis. »

Huit jours après, nous étions amis, et je connus son histoire. Il avait été maître de danse à l'Opéra, du temps du roi Louis XV. Sa belle canne était un cadeau du comte de Clermont. Et, quand on lui parlait de danse, il ne s'arrêtait plus de bavarder.

Or, voilà qu'un jour il me confia :

« J'ai épousé la Castris, Monsieur. Je vous présenterai si vous voulez, mais elle ne vient ici que sur le tantôt. Ce jardin, voyez-vous, c'est notre plaisir et notre vie. C'est tout ce qui nous reste d'autrefois. Il nous semble que nous ne pourrions plus exister si nous ne l'avions point. Cela est vieux et distingué, n'est-ce pas ? Je crois y respirer un air qui n'a point changé depuis ma jeunesse. Ma femme et moi, nous y passons tous nos après-midi. Mais, moi, j'y viens dès le matin, car je me lève de bonne heure. »

Dès que j'eus fini de déjeuner, je retournai au Luxembourg, et bientôt j'aperçus mon ami qui donnait le bras avec cérémonie à une toute vieille petite femme vêtue de noir, et à qui je fus présenté. C'était la Castris, la grande danseuse aimée des princes, aimée du roi, aimée de tout le siècle galant qui semble avoir laissé dans le monde une odeur d'amour.

Nous nous assîmes sur un banc de pierre. C'était au mois de mai. Un parfum de fleurs voltigeait dans les allées proprettes ; un bon soleil glissait entre les feuilles et semait sur nous de larges gouttes de lumière. La robe noire de la Castris semblait toute mouillée de clarté.

Le jardin était vide. On entendait au loin rouler des fiacres.

« Expliquez-moi donc, dis-je au vieux danseur, ce que c'était que le menuet ? »

Il tressaillit.

« Le menuet, Monsieur, c'est la reine des danses et la danse des Reines, entendez-vous ? Depuis qu'il n'y a plus de Rois, il n'y a plus de menuet. »

Et il commença, en style pompeux, un long éloge dithyrambique auquel je ne compris rien. Je voulus me faire décrire les pas, tous les mouvements, les poses. Il s'embrouillait, s'exaspérant de son impuissance, nerveux et désolé.

Et soudain, se tournant vers son antique compagne, toujours silencieuse et grave :

« Elise, veux-tu, dis, veux-tu, tu seras bien gentille, veux-tu que nous montrions à Monsieur ce que c'était ? »

Elle tourna ses yeux inquiets de tous les côtés, puis se leva sans dire un mot et vint se placer en face de lui.

Alors je vis une chose inoubliable.

Ils allaient et venaient avec des simagrées enfantines, se souriaient, se balançaient, s'inclinaient, sautillaient pareils à deux vieilles poupées qu'aurait fait danser une mécanique ancienne, un peu brisée, construite jadis par un ouvrier fort habile, suivant la manière de son temps.

Et je les regardais, le cœur troublé de sensations extraordinaires, l'âme émue d'une indicible mélancolie. Il me semblait voir une apparition lamentable et comique, l'ombre démodée d'un siècle. J'avais envie de rire et besoin de pleurer.

Tout à coup ils s'arrêtèrent, ils avaient terminé les figures de la danse. Pendant quelques secondes ils restèrent debout l'un devant l'autre, grimaçant d'une façon surprenante ; puis ils s'embrassèrent en sanglotant.

Je partais, trois jours après, pour la province. Je ne les ai point revus. Quand je revins à Paris, deux ans plus tard, on avait détruit la pépinière. Que sont-ils devenus sans le cher jardin d'autrefois, avec ses jardins en labyrinthe, son odeur du passé et les détours gracieux des charmilles ?

Sont-ils morts ? Errent-ils par les rues modernes comme des exilés sans espoir ? Dansent-ils, spectres falots, un menuet fantastique entre les cyprès d'un cimetière le long des sentiers bordés de tombes, au clair de lune ?

Leur souvenir me hante, m'obsède, me torture, demeure en moi comme une blessure. Pourquoi ? Je n'en sais rien.

Vous trouverez cela ridicule, sans doute ?

(20 novembre 1882.)

LA LÉGENDE
DU MONT SAINT-MICHEL

Je l'avais vu d'abord de Cancale, ce château de fées planté dans la mer. Je l'avais vu confusément, ombre grise dressée sur le ciel brumeux.

Je le revis d'Avranches, au soleil couchant. L'immensité des sables était rouge, l'horizon était rouge, toute la baie démesurée était rouge ; seule, l'abbaye escarpée, poussée là bas, loin de la terre, comme un manoir fantastique, stupéfiante comme un palais de rêve, invraisemblablement étrange et belle, restait presque noire dans les pourpres du jour mourant.

J'allai vers elle le lendemain dès l'aube à travers les sables, l'œil tendu sur ce bijou monstrueux, grand comme une montagne, ciselé comme un camée, et vaporeux comme une mousseline. Plus j'approchais, plus je me sentais soulevé d'admiration, car rien au monde peut-être n'est plus étonnant et plus parfait.

Et j'errai, surpris comme si j'avais découvert l'habitation d'un dieu à travers ces salles portées par des colonnes légères ou pesantes, à travers ces couloirs percés à jour, levant mes yeux émerveillés sur ces clochetons qui semblent des fusées parties vers le ciel et sur tout cet emmêlement incroyable de tourelles, de gargouilles, d'ornements sveltes et charmants, feu d'artifice de pierre, dentelle de granit, chef-d'œuvre d'architecture colossale et délicate.

Comme je restais en extase, un paysan bas-normand m'aborda et me raconta l'histoire de la grande querelle de saint Michel avec le diable.

Un sceptique de génie a dit : « Dieu a fait l'homme à son image, mais l'homme le lui a bien rendu. »

Ce mot est d'une éternelle vérité et il serait fort curieux de faire dans chaque continent l'histoire de la divinité locale, ainsi que l'histoire des saints patrons dans chacune de nos provinces. Le nègre a des idoles féroces, mangeuses d'hommes ; le mahométan polygame peuple son paradis de femmes ; les Grecs, en gens pratiques, avaient divinisé toutes les passions.

Chaque village de France est placé sous l'invocation d'un saint protecteur, modifié à l'image des habitants.

Or, saint Michel veille sur la Basse-Normandie, saint Michel, l'ange radieux et victorieux, le porte-glaive, le héros du ciel, le triomphant, le dominateur de Satan.

Mais voici comment le Bas-Normand, rusé, cauteleux, sournois et chicanier, comprend et raconte la lutte du grand saint avec le diable.

Pour se mettre à l'abri des méchancetés du démon, son voisin, saint Michel construisit lui-même, en plein Océan, cette habitation digne d'un archange ; et, seul, en effet, un pareil saint pouvait se créer une semblable résidence.

Mais comme il redoutait encore les approches du Malin, il entoura son domaine de sables mouvants plus perfides que la mer.

Le diable habitait une humble chaumière sur la côte ; mais il possédait les prairies baignées d'eau salée, les belles terres grasses où poussent les récoltes lourdes, les riches vallées et les coteaux féconds de tout le pays ; tandis que le saint ne régnait que sur les sables. De sorte que Satan était riche, et saint Michel était pauvre comme un gueux.

Après quelques années de jeûne, le saint s'ennuya de cet état de choses et pensa à passer un compromis avec le diable ; mais la chose n'était guère facile, Satan tenant à ses moissons.

Il réfléchit pendant six mois ; puis, un matin, il s'achemina vers la terre. Le démon mangeait la soupe devant sa porte quand il aperçut le saint ; aussitôt il se précipita à sa rencontre, baisa le bas de sa manche, le fit entrer et lui offrit de se rafraîchir.

Après avoir bu une jatte de lait, saint Michel prit la parole :

« Je suis venu pour te proposer une bonne affaire. »

Le diable candide et sans méfiance, répondit :

— Ça me va.

— Voici. Tu me céderas toutes tes terres. »

Satan, inquiet, voulut parler.

« Mais… »

Le saint reprit :

« Ecoute d'abord. Tu me céderas toutes tes terres. Je me chargerai de l'entretien, du travail, des labourages, des semences, du fumage, de tout enfin, et nous partagerons la récolte par moitié. Est-ce dit ? »

Le diable, naturellement paresseux, accepta.

Il demanda seulement en plus quelques-uns de ces délicieux surmulets qu'on pêche autour du mont solitaire. Saint Michel promit les poissons.

Ils se tapèrent dans la main, crachèrent de côté pour indiquer que l'affaire était faite, et le saint reprit :

« Tiens, je ne veux pas que tu aies à te plaindre de moi. Choisis ce que tu préfères : la partie des récoltes qui sera sur terre ou celle qui restera dans la terre. »

Satan s'écria :

« Je prends celle qui sera sur terre.

— C'est entendu », dit le saint.

Et il s'en alla.

Or, six mois après dans l'immense domaine du diable, on ne voyait que des carottes, des navets, des oignons, des salsifis, toutes les plantes dont les racines grasses sont bonnes et savoureuses, et dont la feuille inutile sert tout au plus à nourrir les bêtes.

Satan n'eut rien et voulut rompre le contrat, traitant saint

Michel de « malicieux ».

Mais le saint avait pris goût à la culture ; il retourna retrouver le diable :

« Je t'assure que je n'y ai point pensé du tout ; ça s'est trouvé comme ça ; il n'y a point de ma faute. Et, pour te dédommager, je t'offre de prendre, cette année, tout ce qui se trouvera sous terre.

— Ça me va », dit Satan.

Au printemps suivant, toute l'étendue des terres de l'Esprit du mal était couverte de blé épais, d'avoines grosses comme des clochetons, de lins, de colzas magnifiques, de trèfles rouges, de pois, de choux, d'artichauts, de tout ce qui s'épanouit au soleil en graines ou en fruits.

Satan n'eut encore rien et se fâcha tout à fait.

Il reprit ses prés et ses labours et resta sourd à toutes les ouvertures nouvelles de son voisin.

Une année entière s'écoula. Du haut de son manoir isolé, saint Michel regardait la terre lointaine et féconde, et voyait le diable dirigeant les travaux, rentrant les récoltes, battant ses grains. Et il rageait, s'exaspérant de son impuissance. Ne pouvant plus duper Satan, il résolut de s'en venger, et il alla le prier à dîner pour le lundi suivant.

« Tu n'as pas été heureux dans tes affaires avec moi, disait-il, je le sais ; mais je ne veux pas qu'il reste de rancune entre nous, et je compte que tu viendras dîner avec moi. Je te ferai manger de bonnes choses. »

Satan, aussi gourmand que paresseux, accepta bien vite. Au jour dit, il revêtit ses plus beaux habits et prit le chemin du Mont.

Saint Michel le fit asseoir à une table magnifique. On servit d'abord un vol-au-vent plein de crêtes et de rognons de coq, avec des boulettes de chair à saucisse, puis deux gros surmulets à la crème, puis une dinde blanche pleine de marrons confits dans du vin, puis un gigot de pré-salé, tendre comme du gâteau ; puis des légumes qui fondaient dans la bouche et de la bonne galette chaude, qui fumait en répandant un parfum de beurre.

On but du cidre pur, mousseux, et sucré, et du vin rouge et capiteux, et, après chaque plat, on faisait un trou avec de la vieille eau-de-vie de pommes.

Le diable but et mangea comme un coffre, tant et si bien qu'il se trouva gêné.

Alors saint Michel, se levant formidable, s'écria d'une voix de tonnerre :

« Devant moi ! devant moi, canaille ! Tu oses... devant moi... »

Satan éperdu s'enfuit, et le saint, saisissant un bâton, le poursuivit.

Ils couraient par les salles basses, tournant autour des pilliers, montaient les escaliers aériens, galopaient le long des corniches, sautaient de gargouille en gargouille. Le pauvre démon, malade à fendre l'âme, fuyait, souillant la demeure du saint. Il se trouva enfin sur la dernière terrasse, tout en haut, d'où l'on découvre la baie immense avec ses villes lointaines, ses sables et ses pâturages. Il ne pouvait échapper plus longtemps ; et le saint, lui jetant dans le dos un coup de pied furieux, le lança comme une balle à travers l'espace.

Il fila dans le ciel ainsi qu'un javelot, et s'en vint tomber lourdement devant la ville de Mortain. Les cornes de son front et les griffes de ses membres entrèrent profondément dans le rocher, qui garde pour l'éternité les traces de cette chute de Satan.

Il se releva boiteux, estropié jusqu'à la fin des siècles ; et, regardant au loin le Mont fatal, dressé comme un pic dans le soleil couchant, il comprit bien qu'il serait toujours vaincu dans cette lutte inégale, et il partit en traînant la jambe, se dirigeant vers des pays éloignés, abandonnant à son ennemi ses champs, ses coteaux, ses vallées et ses prés.

Et voilà comment saint Michel, patron des Normands, vainquit le diable.

Un autre peuple avait rêvé autrement cette bataille.

(19 décembre 1882.)

CONTE DE NOËL

Le docteur Bonenfant cherchait dans sa mémoire, répétant à mi-voix : « Un souvenir de Noël ?... Un souvenir de Noël ?... »

Et tout à coup, il s'écria :

— Mais si, j'en ai un, et un bien étrange encore ; c'est une histoire fantastique. J'ai vu un miracle ! Oui, Mesdames, un miracle, la nuit de Noël.

Cela vous étonne de m'entendre parler ainsi, moi qui ne crois guère à rien. Et pourtant j'ai vu un miracle ! Je l'ai vu, dis-je, vu, de mes propres yeux vu, ce qui s'appelle vu.

En ai-je été fort surpris ? non pas ; car si je ne crois point à vos croyances, je crois à la foi, et je sais qu'elle transporte les montagnes. Je pourrais citer bien des exemples ; mais je vous indignerais et je m'exposerais aussi à amoindrir l'effet de mon histoire.

Je vous avouerai d'abord que si je n'ai pas été fort convaincu et converti par ce que j'ai vu, j'ai été du moins fort ému, et je vais tâcher de vous dire la chose naïvement, comme si j'avais une crédulité d'Auvergnat.

J'étais alors médecin de campagne, habitant le bourg de Rolleville, en pleine Normandie.

L'hiver cette année-là, fut terrible. Dès la fin de novembre, les neiges arrivèrent après une semaine de gelées. On voyait de loin les gros nuages venir du nord ; et la blanche descente des flocons commença.

En une nuit, toute la plaine fut ensevelie.

Les fermes, isolées dans leurs cours carrées, derrière leurs rideaux de grands arbres poudrés de frimas, semblaient s'endormir sous l'accumulation de cette mousse épaisse et légère.

Aucun bruit ne traversait plus la campagne immobile. Seuls les corbeaux, par bandes, décrivaient de longs festons dans le ciel, cherchant leur vie inutilement, s'abattant tous ensemble sur les champs livides et piquant la neige de leurs grands becs.

On n'entendait rien que le glissement vague et continu de cette poussière tombant toujours.

Cela dura huit jours pleins, puis l'avalanche s'arrêta. La terre avait sur le dos un manteau épais de cinq pieds.

Et, pendant trois semaines ensuite, un ciel clair, comme un cristal bleu le jour, et, la nuit, tout semé d'étoiles qu'on aurait crues de givre, tant le vaste espace était rigoureux, s'étendit sur la nappe unie, dure et luisante des neiges.

La plaine, les haies, les ormes des clôtures, tout semblait mort, tué par le froid. Ni hommes ni bêtes ne sortaient plus : seules les cheminées des chaumières en chemise blanche révélaient la vie cachée, par les minces filets de fumée qui montaient droit dans l'air glacial.

De temps en temps on entendait craquer les arbres, comme si leurs membres de bois se fussent brisés sous l'écorce ; et, parfois, une grosse branche se détachait et tombait, l'invincible gelée pétrifiant la sève et cassant les fibres.

Les habitations semées çà et là par les champs semblaient éloignées de cent lieues les unes des autres. On vivait comme on pouvait. Seul, j'essayais d'aller voir mes clients les plus proches, m'exposant sans cesse à rester enseveli dans quelque creux.

Je m'aperçus bientôt qu'une terreur mystérieuse planait sur le pays. Un tel fléau, pensait-on, n'était point naturel. On prétendit qu'on entendait des voix la nuit, des sifflements aigus, des cris qui passaient.

Ces cris et ces sifflements venaient sans aucun doute des oiseaux émigrants qui voyagent au crépuscule, et qui fuyaient en masse vers le sud. Mais allez donc faire entendre raison à des gens affolés. Une épouvante envahissait les esprits et on s'attendait à un événement extraordinaire.

La forge du père Vatinel était située au bout du hameau d'Epivent, sur la grande route, maintenant invisible et déserte. Or, comme les gens manquaient de pain, le forgeron résolut d'aller jusqu'au village. Il resta quelques heures à causer dans les six maisons qui forment le centre du pays, prit son pain et des nouvelles, et un peu de cette peur épandue sur la campagne.

Et il se mit en route avant la nuit.

Tout à coup, en longeant une haie, il crut voir un œuf dans la neige ; oui, un œuf déposé là, tout blanc comme le reste du monde. Il se pencha, c'était un œuf en effet. D'où venait-il ? Quelle poule avait pu sortir du poulailler et venir pondre en cet endroit ? Le forgeron s'étonna, ne comprit pas ; mais il ramassa l'œuf et le porta à sa femme.

« Tiens, la maîtresse, v'là un œuf que j'ai trouvé sur la route ! »

La femme hocha la tête :

« Un œuf sur la route ? Par ce temps-ci, t'es soûl, bien sûr ?

— Mais non, la maîtresse, même qu'il était au pied d'une haie, et encore chaud, pas gelé. Le v'là, j'me l'ai mis sur l'estomac pour qui n'refroidisse pas. Tu le mangeras pour ton dîner. »

L'œuf fut glissé dans la marmite où mijotait la soupe, et le forgeron se mit à raconter ce qu'on disait par la contrée.

La femme écoutait toute pâle.

« Pour sûr que j'ai entendu des sifflets l'autre nuit, même qu'ils semblaient v'nir de la cheminée. »

On se mit à table, on mangea la soupe d'abord, puis, pendant que le mari étendait du beurre sur son pain, la femme prit l'œuf et l'examina d'un œil méfiant.

« Si y avait quelque chose dans c't'œuf ? »

— Qué que tu veux qu'y ait ?

— J'sais ti, mé ?

— Allons, mange-le, et fais pas la bête. »

Elle ouvrit l'œuf. Il était comme tous les œufs, et bien frais.

Elle se mit à le manger en hésitant, le goûtant, le laissant, le reprenant. Le mari disait :

« Eh bien ! qué goût qu'il a, c't'œuf ? »

Elle ne répondit pas et elle acheva de l'avaler ; puis, soudain, elle planta sur son homme des yeux fixes, hagards, affolés ; leva les bras, les tordit et, convulsée de la tête aux pieds, roula par terre, en poussant des cris horribles.

Toute la nuit elle se débattit en des spasmes épouvantables, secouée de tremblements effrayants, déformée par de hideuses convulsions. Le forgeron, impuissant à la tenir, fut obligé de la lier.

Et elle hurlait sans repos, d'une voix infatigable :

« J'l'ai dans l'corps ! J'l'ai dans l'corps ! »

Je fus appelé le lendemain. J'ordonnai tous les calmants connus sans obtenir le moindre résultat. Elle était folle.

Alors, avec une incroyable rapidité, malgré l'obstacle des hautes neiges, la nouvelle, une nouvelle étrange, courut de ferme en ferme : « La femme du forgeron qu'est possédée ! » Et on venait de partout, sans oser pénétrer dans la maison ; on écoutait de loin ses cris affreux poussés d'une voix si forte qu'on ne les aurait pas crus d'une créature humaine.

Le curé du village fut prévenu. C'était un vieux prêtre naïf. Il accourut en surplis comme pour administrer un mourant et il prononça, en étendant les mains, les formules d'exorcisme, pendant que quatre hommes maintenaient sur un lit la femme écumante et tordue.

Mais l'esprit ne fut point chassé.

Et la Noël arriva sans que le temps eût changé.

La veille au matin, le prêtre vint me trouver :

« J'ai envie dit-il, de faire assister à l'office de cette nuit cette malheureuse. Peut-être Dieu fera-t-il un miracle en sa faveur, à l'heure même où il naquit d'une femme. »

Je répondis au curé :

« Je vous approuve absolument, monsieur l'abbé. Si elle a l'esprit frappé par la cérémonie (et rien n'est plus propice à l'émouvoir), elle peut être sauvée sans autre remède. »

Le vieux prêtre murmura :

« Vous n'êtes pas croyant, docteur, mais aidez-moi, n'est-ce pas ? Vous vous chargez de l'amener ? »

Et je lui promis mon aide.

Le soir vint, puis la nuit ; et la cloche de l'église se mit à sonner, jetant sa voix plaintive à travers l'espace morne, sur l'étendue blanche et glacée des neiges.

Des êtres noirs s'en venaient lentement, par groupes, dociles au cri d'airain du clocher. La pleine lune éclairait d'une lueur vive et blafarde tout l'horizon, rendait plus visible la pâle désolation des champs.

J'avais pris quatre hommes robustes et je me rendis à la forge.

La possédée hurlait toujours, attachée à sa couche. On la vêtit proprement malgré sa résistance éperdue, et on l'emporta.

L'église était maintenant pleine de monde, illuminée et froide ; les chantres poussaient leurs notes monotones ; le serpent ronflait ; la petite sonnette de l'enfant de chœur tintait, réglant les mouvements des fidèles.

J'enfermai la femme et ses gardiens dans la cuisine du presbytère, et j'attendis le moment que je croyais favorable.

Je choisis l'instant qui suit la communion. Tous les paysans hommes et femmes, avaient reçu leur Dieu pour fléchir sa rigueur. Un grand silence planait pendant que le prêtre achevait le mystère divin.

Sur mon ordre, la porte fut ouverte et mes quatre aides apportèrent la folle.

Dès qu'elle aperçut les lumières, la foule à genoux, le chœur en feu et le tabernacle doré, elle se débattit d'une telle vigueur, qu'elle faillit nous échapper, et elle poussa des clameurs si aiguës qu'un frisson d'épouvante passa dans l'église ; toutes les têtes se relevèrent ; des gens s'enfuirent.

Elle n'avait plus la forme d'une femme, crispée et tordue en nos mains, le visage contourné, les yeux fous.

On la traîna jusqu'aux marches du chœur et puis on la tint fortement accroupie à terre.

Le prêtre s'était levé ; il attendait. Dès qu'il la vit arrêtée, il prit en ses mains l'ostensoir ceint de rayons d'or, avec l'hostie blanche au milieu, et, s'avançant de quelques pas, il l'éleva de ses deux bras tendus au-dessus de sa tête, le présentant aux regards effarés de la démoniaque.

Elle hurlait toujours, l'œil fixé, tendu sur cet objet rayonnant.

Et le prêtre demeurait tellement immobile qu'on l'aurait pris pour une statue.

Et cela dura longtemps, longtemps.

La femme semblait saisie de peur, fascinée ; elle contemplait fixement l'ostensoir, secouée encore de tremblements terribles, mais passagers, et criant toujours, mais d'une voix moins déchirante.

Et cela dura encore longtemps.

On eût dit qu'elle ne pouvait plus baisser les yeux, qu'ils étaient rivés sur l'hostie ; elle ne faisait plus que gémir ; et son corps raidi s'amollissait, s'affaissait.

Toute la foule était prosternée le front par terre.

La possédée maintenant baissait rapidement les paupières, puis les relevait aussitôt, comme impuissante à supporter la vue de son Dieu. Elle s'était tue. Et puis soudain, je m'aperçus que ses yeux demeuraient clos. Elle dormait du sommeil des somnambules, hypnotisée, pardon ! vaincue par la contemplation persistante de l'ostensoir aux rayons d'or, terrassée par le Christ victorieux.

On l'emporta, inerte, pendant que le prêtre remontait vers l'autel.

L'assistance, bouleversée, entonna le *Te Deum* d'actions de grâces.

Et la femme du forgeron dormit quarante heures de suite, puis se réveilla sans aucun souvenir de la possession ni de la délivrance.

Voilà, mesdames, le miracle que j'ai vu.

Le docteur Bonenfant se tut, puis ajouta d'une voix contrariée : « Je n'ai pu refuser de l'attester par écrit. »

(25 décembre 1882.)

LA MÈRE AUX MONSTRES

Je me suis rappelé cette horrible histoire et cette horrible femme en voyant passer l'autre jour, sur une plage aimée des riches, une Parisienne connue, jeune, élégante, charmante, adorée et respectée de tous.

Mon histoire date de loin déjà, mais on n'oublie point ces choses.

J'avais été invité par un ami à demeurer quelque temps chez lui dans une petite ville de province. Pour me faire les honneurs du pays, il me promena de tous les côtés, me fit voir les paysages vantés, les châteaux, les industries, les ruines ; il me montra les monuments, les églises, les vieilles portes sculptées, des arbres de taille énorme ou de forme étrange, le chêne de saint André et l'if de Roqueboise.

Quand j'eus examiné avec des exclamations d'enthousiasme bienveillant toutes les curiosités de la contrée, mon ami me déclara avec un visage navré qu'il n'y avait plus rien à visiter. Je respirai. J'allais donc pouvoir me reposer un peu, à l'ombre des arbres. Mais tout à coup il poussa un cri :

« Ah, si ! nous avons la mère aux *monstres*, il faut que je te la fasse connaître. »

Je demandai :

« Qui ça ? la mère aux monstres ? »

Il reprit :

« C'est une femme abominable, un vrai démon, un être qui met au jour chaque année, volontairement, des enfants difformes, hideux, effrayants, des monstres enfin, et qui les vend aux montreurs de phénomènes.

» Ces affreux industriels viennent s'informer de temps en temps si elle a produit quelque avorton nouveau, et, quand le sujet leur plaît, ils l'enlèvent en payant une rente à la mère.

» Elle a onze rejetons de cette nature. Elle est riche.

» Tu crois que je plaisante, que j'invente, que j'exagère. Non, mon ami. Je ne te raconte que la vérité, l'exacte vérité.

» Allons voir cette femme. Je te dirai ensuite comment elle est devenue une fabrique de monstres. »

■

Il m'emmena dans la banlieue.

Elle habitait une jolie petite maison sur le bord de la route. C'était gentil et bien entretenu. Le jardin plein de fleurs sentait bon. On eût dit la demeure d'un notaire retiré des affaires.

Une bonne nous fit entrer dans une sorte de petit salon campagnard, et la misérable parut.

Elle avait quarante ans environ. C'était une grande personne aux traits durs, mais bien faite, vigoureuse et saine, le vrai type de la paysanne robuste, demi-brute et demi-femme.

Elle savait la réprobation qui la frappait et ne semblait recevoir les gens qu'avec une humilité haineuse.

Elle demanda :

« Qu'est-ce que désirent ces messieurs ? »

Mon ami reprit :

« On m'a dit que votre dernier enfant était fait comme tout le monde, qu'il ne ressemblait nullement à ses frères. J'ai voulu m'en assurer. Est-ce vrai ? »

Elle jeta sur nous un regard sournois et furieux et répondit :

« Oh non ! Oh non ! mon pauv' monsieur. Il est p't'être encore plus laid que l's autres. J'ai pas de chance, pas de chance. Tous comme ça, mon brave monsieur, tous comme ça, c'est une désolation, ça s' peut-i que l' bon Dieu soit dur ainsi à une pauv'e femme toute seule au monde, ça s' peut-i ? »

Elle parlait vite, les yeux baissés, d'un air hypocrite, pareille à une bête féroce qui a peur. Elle adoucissait le ton âpre de sa voix, et on s'étonnait que ces paroles larmoyantes et filées en fausset sortissent de ce grand corps osseux, trop fort, aux angles grossiers, qui semblait fait pour les gestes véhéments et pour hurler à la façon des loups.

Mon ami demanda :

« Nous voudrions voir votre petit. »

Elle me parut rougir. Peut-être me suis-je trompé ? Après quelques instants de silence, elle prononça d'une voix plus haute :

« A quoi qu'ça vous servirait ? »

Et elle avait relevé la tête, nous dévisageant par coups d'œil brusques avec du feu dans le regard.

Mon compagnon reprit :

« Pourquoi ne voulez-vous pas nous le faire voir ? Il y a bien des gens à qui vous le montrez. Vous savez de qui je parle ! »

Elle eut un sursaut, et lâchant sa voix, lâchant sa colère, elle cria :

« C'est pour ça qu' vous êtes venus, dites ? Pour m'insulter, quoi ? Parce que mes enfants sont comme des bêtes, dites ? Vous ne le verrez pas, non, non, vous ne le verrez pas ; allez-vous-en, allez-vous-en. J' sais t'i c' que vous avez tous à m'agoniser comme ça ? »

Elle marchait vers nous, les mains sur les hanches. Au son brutal de sa voix, une sorte de gémissement ou plutôt un miaulement, un cri lamentable d'idiot partit de la pièce voisine. J'en frissonnai jusqu'aux moelles. Nous reculions devant elle.

Mon ami prononça d'un ton sévère :

« Prenez garde, la Diable (on l'appelait la Diable dans le peuple), prenez garde, un jour ou l'autre, ça vous portera malheur. »

Elle se mit à trembler de fureur, agitant ses poings, bouleversée, hurlant :

« Allez-vous-en ! Quoi donc qui me portera malheur ? Allez-vous-en ! tas de mécréants ! »

Elle allait nous sauter au visage. Nous nous sommes enfuis, le cœur crispé.

Quand nous fûmes devant la porte, mon ami me demanda :

« Eh bien ! Tu l'as vue ? Qu'en dis-tu ? »

Je répondis :

« Apprends-moi donc l'histoire de cette brute. »

Et voici ce qu'il me conta en revenant à pas lents sur la grand-route blanche, bordée de récoltes déjà mûres, qu'un vent léger, passant par souffles, faisait onduler comme une mer calme.

■

Cette fille était servante autrefois dans une ferme, vaillante, rangée et économe. On ne lui connaissait point d'amoureux, on ne lui soupçonnait point de faiblesse.

Elle commit une faute, comme elles font toutes, un soir de récolte, au milieu des gerbes fauchées, sous un ciel d'orage, alors que l'air immobile et pesant semble plein d'une chaleur de four, et trempe de sueur les corps bruns des gars et des filles.

Elle se sentit bientôt enceinte et fut torturée de honte et de peur. Voulant à tout prix cacher son malheur, elle se serrait le ventre violemment avec un système qu'elle avait inventé, corset de force, fait de planchettes et de cordes. Plus son flanc s'enflait sous l'effort de l'enfant grandissant, plus elle serrait l'instrument de torture, souffrant le martyre, mais courageuse à la douleur, toujours souriante et souple, sans laisser rien voir ou soupçonner.

Elle estropia dans ses entrailles le petit être étreint par l'affreuse machine ; elle le comprima, le déforma, en fit un monstre. Son crâne pressé s'allongea, jaillit en pointe avec deux gros yeux en dehors tout sortis du front. Les membres opprimés contre le corps poussèrent, tortus comme le bois des vignes, s'allongèrent démesurément, terminés par des doigts pareils à des pattes d'araignée.

Le torse demeura tout petit et rond comme une noix.

Elle accoucha en plein champ par un matin de printemps.

Quand les sarcleuses, accourues à son aide, virent la bête qui lui sortait du corps, elles s'enfuirent en poussant des cris. Et le bruit se répandit dans la contrée qu'elle avait mis au monde un démon. C'est depuis ce temps qu'on l'appelle « la Diable ».

■

Elle fut chassée de sa place. Elle vécut de charité et peut-être d'amour dans l'ombre, car elle était belle fille, et tous les hommes n'ont pas peur de l'enfer.

Elle éleva son monstre qu'elle haïssait d'ailleurs d'une haine sauvage et qu'elle eût étranglé peut-être, si le curé, prévoyant le crime, ne l'avait épouvantée par la menace de la justice.

Or, un jour, des montreurs de phénomènes qui passaient entendirent parler de l'avorton effrayant et demandèrent à le voir pour l'emmener s'il leur plaisait. Il leur plut, et ils versèrent à la mère cinq cents francs comptant. Elle, honteuse d'abord, refusait de laisser voir cette sorte d'animal ; mais quand elle découvrit qu'il valait de l'argent, qu'il excitait l'envie de ces gens, elle se mit à marchander, à discuter sou par sou, les allumant par les difformités de son enfant, haussant ses prix avec une ténacité de paysan.

Pour n'être pas volée, elle fit un papier avec eux. Et ils s'engagèrent à lui compter en outre quatre cent francs par an, comme s'ils eussent pris cette bête à leur service.

Ce gain inespéré affola la mère, et le désir ne la quitta plus d'enfanter un autre phénomène, pour se faire des rentes comme une bourgeoise.

Comme elle était féconde, elle réussit à son gré, et elle

devint habile, paraît-il, à varier les formes de ses monstres selon les pressions qu'elle leur faisait subir pendant le temps de la grossesse.

Elle en eut de longs et de courts, les uns pareils à des crabes, les autres semblables à des lézards. Plusieurs moururent ; elle fut désolée.

La justice essaya d'intervenir, mais on ne put rien prouver. On la laissa donc en paix fabriquer ses phénomènes.

Elle en possède en ce moment onze bien vivants, qui lui rapportent, bon an mal an, cinq à six mille francs. Un seul n'est pas encore placé, celui qu'elle n'a pas voulu nous montrer. Mais elle ne le gardera pas longtemps, car elle est connue aujourd'hui de tous les bateleurs du monde, qui viennent de temps en temps voir si elle a quelque chose de nouveau.

Elle établit même des enchères entre eux quand le sujet en vaut la peine.

∎

Mon ami se tut. Un dégoût profond me soulevait le cœur, et une colère tumultueuse, un regret de n'avoir pas étranglé cette brute quand je l'avais sous la main.

Je demandai :

« Qui donc est le père ? »

Il répondit :

« On ne sait pas. Il ou ils ont une certaine pudeur. Il ou ils se cachent. Peut-être partagent-ils les bénéfices. »

∎

Je ne songeais plus à cette lointaine aventure, quand j'aperçus, l'autre jour, sur une plage à la mode, une femme élégante, charmante coquette, aimée, entourée d'hommes qui la respectent.

J'allais sur la grève, au bras d'un ami, le médecin de la station. Dix minutes plus tard, j'aperçus une bonne qui gardait trois enfants roulés dans le sable.

Une paire de petites béquilles gisait à terre et m'émut. Je m'aperçus alors que ces trois petits êtres étaient difformes, bossus et crochus, hideux.

Le docteur me dit :

« Ce sont les produits de la charmante femme que tu viens de rencontrer. »

Une pitié profonde pour elle et pour eux m'entra dans l'âme. Je m'écriai :

« Oh la pauvre mère ! Comment peut-elle encore rire ! »

Mon ami reprit :

« Ne la plains pas, mon cher. Ce sont les pauvres petits qu'il faut plaindre. Voilà les résultats des tailles restées fines jusqu'au dernier jour. Ces monstres-là sont fabriqués au corset. Elle sait bien qu'elle risque sa vie à ce jeu-là. Que lui importe, pourvu qu'elle soit belle, et aimée ! »

Et je me rappelai l'autre, la campagnarde, la Diable, qui les vendait, ses phénomènes.

(12 juin 1883.)

AUPRÈS D'UN MORT

Il s'en allait mourant, comme meurent les poitrinaires. Je le voyais chaque jour s'asseoir, vers deux heures, sous les fenêtres de l'hôtel, en face de la mer tranquille, sur un banc de la promenade. Il restait quelque temps immobile dans la chaleur du soleil, contemplant d'un œil morne la Méditerranée. Parfois il jetait un regard sur la haute montagne aux sommets vaporeux, qui enferme Menton ; puis il croisait, d'un mouvement très lent, ses longues jambes si maigres qu'elles semblaient deux os, autour desquels flottait le drap du pantalon, et il ouvrait un livre, toujours le même.

Alors il ne remuait plus, il lisait, il lisait de l'œil et de la pensée ; tout son pauvre corps expirant semblait lire, toute son âme s'enfonçait, se perdait, disparaissait dans ce livre jusqu'à l'heure où l'air rafraîchi le faisait un peu tousser. Alors il se levait et rentrait.

C'était un grand Allemand à barbe blonde, qui déjeunait et dînait dans sa chambre, et ne parlait à personne.

Une vague curiosité m'attira vers lui. Je m'assis un jour à son côté, ayant pris aussi, pour me donner une contenance, un volume des poésies de Musset.

Et je me mis à parcourir *Rolla*.

Mon voisin me dit tout à coup, en bon français :

« Savez-vous l'allemand, Monsieur ?

— Nullement, Monsieur.

— Je le regrette. Puisque le hasard nous met côte à côte, je vous aurais prêté, je vous aurais fait voir une chose inestimable : ce livre que je tiens là.

— Qu'est-ce donc ?

— C'est un exemplaire de mon maître Schopenhauer, annoté de sa main. Toutes les marges, comme vous le voyez, sont couvertes de son écriture. »

Je pris le livre avec respect et je contemplai ces formes incompréhensibles pour moi, mais qui révélaient l'immortelle pensée du plus grand saccageur de rêves qui ait passé sur la terre.

■

Et les vers de Musset éclatèrent dans ma mémoire :

> *Dors-tu content, Voltaire, et ton hideux sourire*
> *Voltige-t-il encor sur tes os décharnés ?*

Et je comparais involontairement le sarcasme enfantin, le sarcasme religieux de Voltaire à l'irrésistible ironie du philosophe allemand dont l'influence est désormais ineffaçable.

Qu'on proteste et qu'on se fâche, qu'on s'indigne ou qu'on s'exalte, Schopenhauer a marqué l'humanité du sceau de son dédain et de son désenchantement.

Jouisseur désabusé, il a renversé les croyances, les espoirs, les poésies, les chimères, détruit les aspirations, ravagé la confiance des âmes, tué l'amour, abattu le culte idéal de la femme, crevé les illusions des cœurs, accompli la plus gigantesque besogne de sceptique qui ait jamais été faite. Il a tout traversé de sa moquerie, et tout vidé. Et aujourd'hui même, ceux qui l'exècrent semblent porter, malgré eux, en leurs esprits, des parcelles de sa pensée.

« Vous avez donc connu particulièrement Schopenhauer ? » dis-je à l'Allemand.

Il sourit tristement.

« Jusqu'à sa mort, Monsieur. »

Et il me parla de lui, il me raconta l'impression presque surnaturelle que faisait cet être étrange à tous ceux qui l'approchaient.

Il me dit l'entrevue du vieux démolisseur avec un politicien français, républicain doctrinaire, qui voulut voir cet homme et le trouva dans une brasserie tumultueuse, assis au milieu de disciples, sec, ridé, riant d'un inoubliable rire, mordant et déchirant les idées et les croyances d'une seule parole, comme un chien d'un coup de dents déchire les tissus avec lesquels il joue.

Il me répéta le mot de ce Français, s'en allant effaré, épouvanté, et s'écriant :

« J'ai cru passer une heure avec le diable. »

Puis il ajouta :

« Il avait, en effet, Monsieur, un effrayant sourire qui nous fit peur, même après sa mort. C'est une anecdote presque inconnue que je peux vous conter si elle vous intéresse. »

■

Et il commença, d'une voix fatiguée, que des quintes de toux interrompaient par moments :

— Schopenhauer venait de mourir, et il fut décidé que nous le veillerions tour à tour, deux par deux, jusqu'au matin.

Il était couché dans une grande chambre très simple, vaste et sombre. Deux bougies brûlaient sur la table de nuit.

C'est à minuit que je pris la garde, avec un de nos camarades. Les deux amis que nous remplacions sortirent, et nous vînmes nous asseoir au pied du lit.

La figure n'était point changée. Elle riait. Ce pli que nous connaissions si bien se creusait au coin des lèvres, et il nous semblait qu'il allait ouvrir les yeux, remuer, parler. Sa pensée ou plutôt ses pensées nous enveloppaient ; nous nous sentions plus que jamais dans l'atmosphère de son génie, envahis, possédés par lui. Sa domination nous semblait même plus souveraine maintenant qu'il était mort. Un mystère se mêlait à la puissance de cet incomparable esprit.

Le corps de ces hommes-là disparaît, mais ils restent, eux ; et, dans la nuit qui suit l'arrêt de leur cœur, je vous assure, Monsieur, qu'ils sont effrayants.

Et, tout bas, nous parlions de lui, nous rappelant des paroles, des formules, ces surprenantes maximes qui semblent des lumières jetées, par quelques mots, dans les ténèbres de la Vie inconnue.

« Il me semble qu'il va parler », dit mon camarade. Et nous regardions, avec une inquiétude touchant à la peur, ce visage immobile et riant toujours.

Peu à peu nous nous sentions mal à l'aise, oppressés, défaillants. Je balbutiai :

« Je ne sais pas ce que j'ai, mais je t'assure que je suis malade. »

Et nous nous aperçûmes alors que le cadavre sentait mauvais.

Alors mon compagnon me proposa de passer dans la chambre voisine, en laissant la porte ouverte ; et j'acceptai.

Je pris une des bougies qui brûlaient sur la table de nuit et je laissai la seconde, et nous allâmes nous asseoir à l'autre bout de l'autre pièce, de façon à voir de notre place le lit et le mort en pleine lumière.

Mais il nous obsédait toujours ; on eût dit que son être immatériel, dégagé, libre, tout-puissant et dominateur, rôdait autour de nous. Et parfois aussi l'odeur infâme du corps décomposé nous arrivait, nous pénétrait, écœurante et vague.

Tout à coup, un frisson nous passa dans les os : un bruit, un petit bruit était venu de la chambre du mort. Nos regards furent aussitôt sur lui, et nous vîmes, oui, Monsieur, nous vîmes parfaitement, l'un et l'autre, quelque chose de blanc courir sur le lit, tomber à terre sur le tapis, et disparaître sous un fauteuil.

Nous fûmes debout avant d'avoir eu le temps de penser à rien, fous d'une terreur stupide, prêts à fuir. Puis nous nous sommes regardés. Nous étions horriblement pâles. Nos cœurs battaient à soulever le drap de nos habits. Je parlai le premier.

« Tu as vu ?...

— Oui, j'ai vu.

— Est-ce qu'il n'est pas mort ?

— Mais puisqu'il entre en putréfaction ?

— Qu'allons-nous faire ? »

Mon compagnon prononça en hésitant :

« Il faut aller voir. »

Je pris notre bougie, et j'entrai le premier, fouillant de l'œil toute la grande pièce aux coins noirs. Rien ne remuait plus ; et je m'approchai du lit. Mais je demeurai saisi de stupeur et d'épouvante : Schopenhauer ne riait plus ! Il grimaçait d'une horrible façon, la bouche serrée, les joues creusées profondément. Je balbutiai :

« Il n'est pas mort ! »

Mais l'odeur épouvantable me montait au nez, me suffoquait. Et je ne remuais plus, le regardant fixement, effaré comme devant une apparition.

Alors mon compagnon, ayant pris l'autre bougie, se pencha. Puis il me toucha le bras sans dire un mot. Je suivis son regard, et j'aperçus à terre, sous le fauteuil à côté du lit, tout blanc sur le sombre tapis, ouvert comme pour mordre, le râtelier de Schopenhauer.

Le travail de la décomposition, desserrant les mâchoires, l'avait fait jaillir de la bouche.

J'ai eu vraiment peur ce jour-là, Monsieur.

Et, comme le soleil s'approchait de la mer étincelante, l'Allemand phtisique se leva, me salua, et regagna l'hôtel.

(30 janvier 1883.)

APPARITION

On parlait de séquestration à propos d'un procès récent. C'était à la fin d'une soirée intime, rue de Grenelle, dans un ancien hôtel, et chacun avait son histoire, une histoire qu'il affirmait vraie.

Alors le vieux marquis de la Tour-Samuel, âgé de quatre-vingt-deux ans, se leva et vint s'appuyer à la cheminée. Il dit de sa voix un peu tremblante :

— Moi aussi, je sais une chose étrange, tellement étrange, qu'elle a été l'obsession de ma vie. Voici maintenant cinquante-six ans que cette aventure m'est arrivée, et il ne se passe pas un mois sans que je la revoie en rêve. Il m'est demeuré de ce jour-là une marque, une empreinte de peur, me comprenez-vous ? Oui, j'ai subi l'horrible épouvante, pendant dix minutes, d'une telle façon que depuis cette heure une sorte de terreur constante m'est restée dans l'âme. Les bruits inattendus me font tressaillir jusqu'au cœur ; les objets que je distingue mal dans l'ombre du soir me donnent une envie folle de me sauver. J'ai peur la nuit, enfin.

Oh ! je n'aurais pas avoué cela avant d'être arrivé à l'âge où je suis. Maintenant je peux tout dire. Il est permis de n'être pas brave devant les dangers imaginaires, quand on a quatre-vingt-deux ans. Devant les dangers véritables, je n'ai jamais reculé, mesdames.

Cette histoire m'a tellement bouleversé l'esprit, a jeté en moi un trouble si profond, si mystérieux, si épouvantable, que je ne l'ai même jamais racontée. Je l'ai gardée dans le fond intime de moi, dans ce fond où l'on cache les secrets pénibles, les secrets honteux, toutes les inavouables faiblesses que nous avons dans notre existence.

Je vais vous dire l'aventure telle quelle, sans chercher à l'expliquer. Il est bien certain qu'elle est explicable, à moins que je n'aie eu mon heure de folie. Mais non, je n'ai pas été fou, et je vous en donnerai la preuve. Imaginez ce que vous voudrez. Voici les faits tout simples.

C'était en 1827, au mois de juillet. Je me trouvais à Rouen en garnison.

Un jour, comme je me promenais sur le quai, je rencontrai un homme que je crus reconnaître sans me rappeler au juste qui c'était. Je fis, par instinct, un mouvement pour m'arrêter. L'étranger aperçut ce geste, me regarda et tomba dans mes bras.

C'était un ami de jeunesse que j'avais beaucoup aimé. Depuis cinq ans que je ne l'avais vu, il semblait vieilli d'un demi-siècle. Ses cheveux étaient tout blancs ; et il marchait courbé, comme épuisé. Il comprit ma surprise et me conta sa vie. Un malheur terrible l'avait brisé.

Devenu follement amoureux d'une jeune fille, il l'avait épousée dans une sorte d'extase de bonheur. Après un an d'une félicité surhumaine et d'une passion inapaisée, elle était morte subitement d'une maladie de cœur, tuée par l'amour lui-même, sans doute.

Il avait quitté son château le jour même de l'enterrement, et il était venu habiter son hôtel de Rouen. Il vivait là, solitaire et désespéré, rongé par la douleur, si misérable qu'il ne pensait qu'au suicide.

« Puisque je te retrouve ainsi, me dit-il, je te demanderai de me rendre un grand service, c'est d'aller chercher chez moi dans le secrétaire de ma chambre, de notre chambre, quelques papiers dont j'ai un urgent besoin. Je ne puis charger de ce soin un subalterne ou un homme d'affaires, car il me faut une impénétrable discrétion et un silence absolu. Quant à moi, pour rien au monde je ne rentrerai dans cette maison.

» Je te donnerai la clef de cette chambre que j'ai fermée moi-même en partant, et la clef de mon secrétaire. Tu remettras en outre un mot de moi à mon jardinier qui t'ouvrira le château.

» Mais viens déjeuner avec moi demain, et nous causerons de cela. »

Je lui promis de lui rendre ce léger service. Ce n'était d'ailleurs qu'une promenade pour moi, son domaine se trouvant situé à cinq lieues de Rouen environ. J'en avais pour une heure à cheval.

A dix heures, le lendemain, j'étais chez lui. Nous déjeunâmes en tête à tête ; mais il ne prononça pas vingt paroles. Il me pria de l'excuser ; la pensée de la visite que j'allais faire dans cette chambre, où gisait son bonheur, le bouleversait, me disait-il. Il me parut en effet singulièrement agité, préoccupé, comme si un mystérieux combat se fût livré dans son âme.

Enfin il m'expliqua exactement ce que je devais faire. C'était bien simple. Il me fallait prendre deux paquets de lettres et une liasse de papiers enfermés dans le premier tiroir de droite du meuble dont j'avais la clef. Il ajouta :

« Je n'ai pas besoin de te prier de n'y point jeter les yeux. »

Je fus presque blessé de cette parole, et je le lui dis un peu vivement. Il balbutia :

« Pardonne-moi, je souffre trop. »

Et il se mit à pleurer.

Je le quittai vers une heure pour accomplir ma mission.

Il faisait un temps radieux, et j'allais au grand trot à travers les prairies, écoutant des chants d'alouettes et le bruit rythmé de mon sabre sur ma botte.

Puis j'entrai dans la forêt et je mis au pas mon cheval. Des branches d'arbres me caressaient le visage ; et parfois j'attrapais une feuille avec mes dents et je la mâchais avidement, dans une de ces joies de vivre qui vous emplissent, on ne sait pourquoi, d'un bonheur tumultueux et comme insaisissable, d'une sorte d'ivresse de force.

En approchant du château, je cherchais dans ma poche la lettre que j'avais pour le jardinier, et je m'aperçus avec étonnement qu'elle était cachetée. Je fus tellement surpris et irrité que je faillis revenir sans m'acquitter de ma commission. Puis je songeai que j'allais montrer là une susceptibilité de mauvais goût. Mon ami avait pu d'ailleurs fermer ce mot sans y prendre garde, dans le trouble où il était.

Le manoir semblait abandonné depuis vingt ans. La barrière, ouverte et pourrie, tenait debout on ne sait comment. L'herbe emplissait les allées ; on ne distinguait plus les plates-bandes du gazon.

Au bruit que je fis en tapant à coups de pied dans un volet, un vieil homme sortit d'une porte de côté et parut stupéfait de me voir. Je sautai à terre et je remis ma lettre. Il la lut, relut, la retourna, me considéra en dessous, mit le papier dans sa poche et prononça :

« Eh bien ! qu'est-ce que vous désirez ? »

Je répondis brusquement :

« Vous devez le savoir, puisque vous avec reçu là-dedans les ordres de votre maître ; je veux entrer dans ce château. »

Il semblait atterré. Il déclara :

« Alors, vous allez dans... dans sa chambre ? »

Je commençai à m'impatienter.

« Parbleu ! Mais est-ce que vous auriez l'intention de m'interroger, par hasard ? »

Il balbutia :

« Non... Monsieur... mais c'est que... c'est qu'elle n'a pas été ouverte depuis... depuis la... mort. Si vous voulez m'attendre cinq minutes, je vais aller... aller voir si... »

Je l'interrompis avec colère :

« Ah ! çà, voyons, vous fichez-vous de moi ? Vous n'y pouvez pas entrer, puisque voici la clef. »

Il ne savait plus que dire.

« Alors, Monsieur, je vais vous montrer la route.

— Montrez-moi l'escalier et laissez-moi seul. Je la trouverai bien sans vous.

— Mais... Monsieur... cependant... »

Cette fois, je m'emportai tout à fait :

« Maintenant, taisez vous, n'est ce pas ? ou vous aurez affaire à moi. »

Je l'écartai violemment et je pénétrai dans la maison.

Je traversai d'abord la cuisine, puis deux petites pièces que cet homme habitait avec sa femme. Je franchis ensuite un grand vestibule, je montai l'escalier et je reconnus la porte indiquée par mon ami.

Je l'ouvris sans peine et entrai.

L'appartement était tellement sombre que je n'y distinguai rien d'abord. Je m'arrêtai, saisi par cette odeur moisie et fade des pièces inhabitées et condamnées, des chambres mortes. Puis, peu à peu, mes yeux s'habituèrent à l'obscurité, et je vis assez nettement une grande pièce en désordre, avec un lit sans draps, mais gardant ses matelas et ses oreillers, dont l'un portait l'empreinte profonde d'un coude ou d'une tête comme si on venait de se poser dessus.

Les sièges semblaient en déroute. Je remarquai qu'une porte, celle d'une armoire sans doute, était demeurée entrouverte.

J'allai d'abord à la fenêtre pour donner du jour et je l'ouvris ; mais les ferrures du contrevent étaient tellement rouillées que je ne pus les faire céder.

J'essayai même de les casser avec mon sabre, sans y parvenir. Comme je m'irritais de ces efforts inutiles, et comme mes yeux s'étaient enfin parfaitement accoutumés à l'ombre, je renonçai à l'espoir d'y voir plus clair et j'allai au secrétaire.

Je m'assis dans un fauteuil, j'abattis la tablette, j'ouvris le tiroir indiqué. Il était plein jusqu'aux bords. Il ne me fallait que trois paquets, que je savais comment reconnaître, et je me mis à les chercher.

Je m'écarquillais les yeux à déchiffrer les suscriptions, quand je crus entendre ou plutôt sentir un frôlement derrière moi. Je n'y pris point garde, pensant qu'un courant d'air avait fait remuer quelque étoffe. Mais, au bout d'une minute, un autre mouvement, presque indistinct, me fit passer sur la peau un singulier petit frisson désagréable. C'était tellement bête d'être ému, même à peine, que je ne voulus pas me retourner, par pudeur pour moi-même. Je venais alors de découvrir la seconde des liasses qu'il me fallait ; et je trouvais justement la troisième, quand un grand et pénible soupir, poussé contre mon épaule, me fit faire un bond de fou à deux mètres de là. Dans mon élan je m'étais retourné, la main sur la poignée de mon sabre, et certes, si je ne l'avais pas senti à mon côté, je me serais enfui comme un lâche.

Une grande femme vêtue de blanc me regardait, debout derrière le fauteuil où j'étais assis une seconde plus tôt.

Une telle secousse me courut dans les membres que je faillis m'abattre à la renverse ! Oh ! personne ne peut comprendre, à moins de les avoir ressenties, ces épouvantables et stupides terreurs. L'âme se fond ; on ne sent plus son cœur ; le corps entier devient mou comme une éponge, on dirait que tout l'intérieur de nous s'écroule.

Je ne crois pas aux fantômes ; eh bien ! j'ai défailli sous la hideuse peur des morts, et j'ai souffert, oh ! souffert en quelques instants plus qu'en tout le reste de ma vie, dans l'angoisse irrésistible des épouvantes surnaturelles.

Si elle n'avait pas parlé, je serais mort peut-être ! Mais elle parla ; elle parla d'une voix douce et douloureuse qui faisait vibrer les nerfs. Je n'oserais pas dire que je redevins maître de moi et que je retrouvai ma raison. Non. J'étais éperdu à ne plus savoir ce que je faisais ; mais cette espèce de fierté intime que j'ai en moi, un peu d'orgueil de métier aussi, me faisaient garder, presque malgré moi, une contenance honorable. Je posais pour moi, et pour elle sans doute, pour elle, quelle qu'elle fût, femme ou spectre. Je me suis rendu compte de tout cela plus tard, car je vous assure que, dans l'instant de l'apparition, je ne songeais à rien. J'avais peur.

Elle dit :

« Oh ! Monsieur, vous pouvez me rendre un grand service ! »

Je voulus répondre, mais il me fut impossible de prononcer un mot. Un bruit vague sortit de ma gorge.

Elle reprit :

« Voulez-vous ? Vous pouvez me sauver, me guérir. Je souffre affreusement. Je souffre, oh ! je souffre ! »

Et elle s'assit doucement dans mon fauteuil. Elle me regardait :

« Voulez-vous ? »

Je fis : « Oui ! » de la tête, ayant encore la voix paralysée.

Alors elle me tendit un peigne en écaille et elle murmura :

« Peignez-moi, oh ! peignez-moi ; cela me guérira ; il faut qu'on me peigne. Regardez ma tête... Comme je souffre ; et mes cheveux comme ils me font mal ! »

Ses cheveux dénoués, très longs, très noirs, me semblait-il, pendaient par-dessus le dossier du fauteuil et touchaient la terre.

Pourquoi ai-je fait ceci ? Pourquoi ai-je reçu en frissonnant ce peigne, et pourquoi ai-je pris dans mes mains ses longs cheveux qui me donnèrent à la peau une sensation de froid atroce comme si j'eusse manié des serpents ? Je n'en sais rien.

Cette sensation m'est restée dans les doigts et je tressaille en y songeant.

Je la peignai. Je maniai je ne sais comment cette chevelure de glace. Je la tordis, je la renouai et la dénouai ; je la tressai comme on tresse la crinière d'un cheval. Elle soupirait, penchait la tête, semblait heureuse.

Soudain elle me dit : « Merci ! » m'arracha le peigne des mains et s'enfuit par la porte que j'avais remarquée entrouverte.

Resté seul, j'eus, pendant quelques secondes, ce trouble effaré des réveils après les cauchemars. Puis je repris enfin mes sens ; je courus à la fenêtre et je brisai les contrevents d'une poussée furieuse.

Un flot de jour entra. Je m'élançai sur la porte par où cet être était parti. Je la trouvai fermée et inébranlable.

Alors une fièvre de fuite m'envahit, une panique, la vraie panique des batailles. Je saisis brusquement les trois paquets de lettres sur le secrétaire ouvert ; je traversai l'appartement en courant, je sautai les marches de l'escalier quatre par quatre, je me trouvai dehors je ne sais par où, et, apercevant mon cheval à dix pas de moi, je l'enfourchai d'un bond et partis au galop.

Je ne m'arrêtai qu'à Rouen, et devant mon logis. Ayant jeté la bride à mon ordonnance, je me sauvai dans ma chambre où je m'enfermai pour réfléchir.

Alors, pendant une heure, je me demandai anxieusement si je n'avais pas été le jouet d'une hallucination. Certes, j'avais eu un de ces incompréhensibles ébranlements nerveux, un de ces affolements du cerveau qui enfantent les miracles, à qui le Surnaturel doit sa puissance.

Et j'allais croire à une vision, à une erreur de mes sens, quand je m'approchai de ma fenêtre. Mes yeux, par hasard, descendirent sur ma poitrine. Mon dolman était plein de longs cheveux de femme qui s'étaient enroulés aux boutons !

Je les saisis un à un et je les jetai dehors avec des tremblements dans les doigts.

Puis j'appelai mon ordonnance. Je me sentais trop ému, trop troublé, pour aller le jour même chez mon ami. Et puis je voulais mûrement réfléchir à ce que je devais lui dire.

Je lui fis porter ses lettres, dont il remit un reçu au soldat. Il s'informa beaucoup de moi. On lui dit que j'étais souffrant, que j'avais reçu un coup de soleil, je ne sais quoi. Il parut inquiet.

Je me rendis chez lui le lendemain, dès l'aube, résolu à lui dire la vérité. Il était sorti la veille au soir et pas rentré.

Je revins dans la journée, on ne l'avait pas revu. J'attendis une semaine. Il ne reparut pas. Alors je prévins la justice. On le fit rechercher partout, sans découvrir une trace de son passage ou de sa retraite.

Une visite minutieuse fut faite du château abandonné. On n'y découvrit rien de suspect.

Aucun indice ne révéla qu'une femme y eût été cachée.

L'enquête n'aboutissant à rien, les recherches furent interrompues.

Et, depuis cinquante-six ans, je n'ai rien appris. Je ne sais rien de plus.

(4 avril 1883.)

LUI ?

A Pierre Decourcelle.

Mon cher ami, tu n'y comprends rien ? et je le conçois. Tu me crois devenu fou ? Je le suis peut-être un peu, mais non pas pour les raisons que tu supposes.

Oui. Je me marie. Voilà.

Et pourtant mes idées et mes convictions n'ont pas changé. Je considère l'accouplement légal comme une bêtise. Je suis certain que huit maris sur dix sont cocus. Et ils ne méritent pas moins pour avoir eu l'imbécillité d'enchaîner leur vie, de renoncer à l'amour libre, la seule chose gaie et bonne au monde, de couper l'aile à la fantaisie qui nous pousse sans cesse à toutes les femmes, etc., etc. Plus que jamais, je me sens incapable d'aimer une femme, parce que j'aimerai toujours trop toutes les autres. Je voudrais avoir mille bras, mille lèvres et mille... tempéraments pour pouvoir étreindre en même temps une armée de ces êtres charmants et sans importance.

Et cependant je me marie.

J'ajoute que je ne connais guère ma femme de demain. Je l'ai vue seulement quatre ou cinq fois. Je sais qu'elle ne me déplaît point ; cela me suffit pour ce que je veux en faire. Elle est petite, blonde et grasse. Après-demain, je désirerai ardemment une femme grande, brune et mince.

Elle n'est pas riche. Elle appartient à une famille moyenne.

C'est une jeune fille comme on en trouve à la grosse, bonnes à marier, sans qualités et sans défauts apparents, dans la bourgeoisie ordinaire. On dit d'elle : « Mlle Lajolle est bien gentille. » On dira demain : « Elle est fort gentille, Mme Raymon. » Elle appartient enfin à la légion des jeunes filles honnêtes « dont on est heureux de faire sa femme » jusqu'au jour où on découvre qu'on préfère justement toutes les autres femmes à celle qu'on a choisie.

Alors pourquoi me marier, diras-tu ?

J'ose à peine t'avouer l'étrange et invraisemblable raison qui me pousse à cet acte insensé.

Je me marie pour n'être pas seul !

Je ne sais comment dire cela, comment me faire comprendre. Tu auras pitié de moi, et tu me mépriseras, tant mon état d'esprit est misérable.

Je ne veux plus être seul, la nuit. Je veux sentir un être près de moi, contre moi, un être qui peut parler, dire quelque chose, n'importe quoi.

Je veux pouvoir briser son sommeil ; lui poser une question quelconque brusquement, une question stupide pour entendre une voix, pour sentir habitée ma demeure, pour sentir une âme en éveil, un raisonnement en travail, pour voir, allumant brusquement ma bougie, une figure humaine à mon côté... parce que... parce que... (je n'ose pas avouer cette honte)... parce que j'ai peur, tout seul.

Oh ! tu ne me comprends pas encore.

Je n'ai pas peur d'un danger. Un homme entrerait, je le tuerais sans frissonner. Je n'ai pas peur des revenants ; je ne crois pas au surnaturel. Je n'ai pas peur des morts ; je crois à l'anéantissement définitif de chaque être qui disparaît.

Alors !... oui. Alors !... Eh bien ! j'ai peur de moi ! j'ai peur de la peur ; peur des spasmes de mon esprit qui s'affole, peur de cette horrible sensation de la terreur incompréhensible.

Ris si tu veux. Cela est affreux, inguérissable. J'ai peur des murs, des meubles, des objets familiers qui s'animent, pour moi, d'une sorte de vie animale. J'ai peur surtout du trouble horrible de ma pensée, de ma raison qui m'échappe brouillée, dispersée par une mystérieuse et invisible angoisse.

Je sens d'abord une vague inquiétude qui me passe dans l'âme et me fait courir un frisson sur la peau. Je regarde autour de moi. Rien ! Et je voudrais quelque chose ! Quoi ? Quelque chose de compréhensible. Puisque j'ai peur uniquement parce que je ne comprends pas ma peur.

Je parle ! j'ai peur de ma voix. Je marche ! j'ai peur de l'inconnu de derrière la porte, de derrière le rideau, de dans l'armoire, de sous le lit. Et pourtant je sais qu'il n'y a rien nulle part.

Je me retourne brusquement parce que j'ai peur de ce qui est derrière moi, bien qu'il n'y ait rien et que je le sache.

Je m'agite, je sens mon effarement grandir ; et je m'enferme dans ma chambre ; et je m'enfonce dans mon lit, et je me cache sous mes draps ; et blotti, roulé comme une boule, je ferme les yeux désespérément, et je demeure ainsi pendant un temps infini avec cette pensée que ma bougie demeure allumée sur ma table de nuit et qu'il faudrait pourtant l'éteindre. Et je n'ose pas.

N'est-ce pas affreux, d'être ainsi ?

Autrefois je n'éprouvais rien de cela. Je rentrais tranquillement. J'allais et je venais en mon logis sans que rien troublât la sérénité de mon âme. Si l'on m'avait dit quelle maladie de peur invraisemblable, stupide et terrible, devait me saisir un jour, j'aurais bien ri ; j'ouvrais les portes dans l'ombre avec assurance : je me couchais lentement, sans pousser les verrous, et je ne me relevais jamais au milieu des nuits pour m'assurer que toutes les issues de ma chambre étaient fortement closes.

Cela a commencé l'an dernier d'une singulière façon.

C'était en automne, par un soir humide. Quand ma bonne fut partie, après mon dîner, je me demandai ce que j'allais faire. Je marchai quelque temps à travers ma chambre. Je me sentais las, accablé sans raison, incapable de travailler, sans force même pour lire. Une pluie fine mouillait les vitres ; j'étais triste, tout pénétré par une de ces tristesses sans causes qui vous donnent envie de pleurer, qui vous font désirer de parler à n'importe qui pour secouer la lourdeur de notre pensée.

Je me sentais seul. Mon logis me paraissait vide comme il n'avait jamais été. Une solitude infinie et navrante m'entourait. Que faire ? Je m'assis. Alors une impatience nerveuse me courut dans les jambes. Je me relevai, et je me remis à marcher. J'avais peut-être aussi un peu de fièvre, car mes mains, que je tenais rejointes derrière mon dos, comme on fait souvent quand on se promène avec lenteur, se brûlaient l'une à l'autre, et je le remarquai. Puis, soudain, un frisson de froid me courut dans le dos. Je pensai que l'humidité du dehors entrait chez moi, et l'idée de faire du feu me vint. J'en allumai ; c'était la première fois de l'année. Et je m'assis de nouveau en regardant la flamme. Mais bientôt l'impossibilité de rester en place me fit encore me relever, et je sentis qu'il fallait m'en aller, me secouer, trouver un ami.

Je sortis. J'allai chez trois camarades que je ne rencontrai pas ; puis, je gagnai le boulevard, décidé à découvrir une personne de connaissance.

Il faisait triste partout. Les trottoirs trempés luisaient. Une tiédeur d'eau, une de ces tiédeurs qui vous glacent par frissons brusques une tiédeur pesante de pluie impalpable accablait la rue, semblait lasser et obscurcir la flamme du gaz.

J'allais d'un pas mou, me répétant : « Je ne trouverai personne avec qui causer. »

J'inspectai plusieurs fois les cafés, depuis la Madeleine jusqu'au faubourd Poissonnière. Des gens tristes, assis devant des tables, semblaient n'avoir même pas la force de finir leurs consommations.

J'errai longtemps ainsi, et vers minuit, je me mis en route pour rentrer chez moi. J'étais fort calme, mais fort las. Mon concierge, qui se couche avant onze heures, m'ouvrit tout de suite, contrairement à son habitude ; et je pensai : « Tiens, un autre locataire vient sans doute de remonter. »

Quand je sors de chez moi, je donne toujours à ma porte deux tours de clef. Je la trouvai simplement tirée, et cela me frappa. Je supposai qu'on m'avait monté des lettres dans la soirée.

J'entrai. Mon feu brûlait encore et éclairait même un peu

l'appartement. Je pris une bougie pour aller l'allumer au foyer, lorsque en jetant les yeux devant moi, j'aperçus quelqu'un assis dans mon fauteuil, et qui se chauffait les pieds en me tournant le dos.

Je n'eus pas peur, oh ! non, pas le moins du monde. Une supposition très vraisemblable me traversa l'esprit ; celle qu'un de mes amis était venu pour me voir. La concierge, prévenue par moi à ma sortie, avait dit que j'allai rentrer, avait prêté sa clef. Et toutes les circonstances de mon retour, en une seconde, me revinrent à la pensée : le cordon tiré tout de suite, ma porte seulement poussée.

Mon ami, dont je ne voyais que les cheveux, s'était endormi devant mon feu en m'attendant, et je m'avançai pour le réveiller. Je le voyais parfaitement, un de ses bras pendant à droite ; ses pieds étaient croisés l'un sur l'autre ; sa tête penchée un peu sur le côté gauche du fauteuil, indiquait bien le sommeil. Je me demandais : « Qui est-ce ? » On y voyait peu d'ailleurs dans la pièce. J'avançai la main pour lui toucher l'épaule !...

Je rencontrai le bois du siège ! Il n'y avait plus personne. Le fauteuil était vide !

Quel sursaut, miséricorde !

Je reculai d'abord comme si un danger terrible eût apparu devant moi.

Puis je me retournai, sentant quelqu'un derrière mon dos ; puis, aussitôt, un impérieux besoin de revoir le fauteuil me fit pivoter encore une fois. Et je demeurai debout, haletant d'épouvante, tellement éperdu que je n'avais plus une pensée, prêt à tomber.

Mais je suis un homme de sang-froid, et tout de suite la raison me revint. Je songeai : « Je viens d'avoir une hallucination, voilà tout. » Et je réfléchis immédiatement sur ce phénomène. La pensée va vite dans ces moments-là.

J'avais une hallucination — c'était là un fait incontestable. Or, mon esprit était demeuré tout le temps lucide, fonctionnant régulièrement et logiquement. Il n'y avait donc aucun trouble du côté du cerveau. Les yeux seuls s'étaient trompés, avaient trompé ma pensée. Les yeux avaient eu une vision, une de ces visions qui font croire aux miracles les gens naïfs. C'était là un accident nerveux de l'appareil optique, rien de plus, un peu de congestion peut-être.

Et j'allumai ma bougie. Je m'aperçus, en me baissant vers le feu, que je tremblais, et je me relevai d'une secousse, comme si on m'eût touché par-derrière.

Je n'étais point tranquille, assurément.

Je fis quelques pas ; je parlai haut. Je chantai à mi-voix quelques refrains.

Puis je fermai la porte de ma chambre à double tour, et je me sentis un peu rassuré. Personne ne pouvait entrer, au moins.

Je m'assis encore et je réfléchis longtemps à mon aventure ; puis je me couchai, et je soufflai la lumière.

Pendant quelques minutes, tout alla bien. Je restais sur le dos, assez paisiblement. Puis le besoin me vint de regarder dans ma chambre ; et je me mis sur le côté.

Mon feu n'avait plus que deux ou trois tisons rouges qui éclairaient juste les pieds du fauteuil ; et je crus revoir l'homme assis dessus.

J'enflammai une allumette d'un mouvement rapide. Je m'étais trompé, je ne voyais plus rien.

Je me levai, cependant, et j'allai cacher le fauteuil derrière mon lit.

Puis je refis l'obscurité et je tâchai de m'endormir. Je n'avais pas perdu connaissance depuis plus de cinq minutes, quand j'aperçus, en songe, et nettement comme dans la réalité, toute la scène de la soirée. Je me réveillai éperdument, et, ayant éclairé mon logis, je demeurai assis dans mon lit, sans oser même essayer de redormir.

Deux fois cependant le sommeil m'envahit, malgré moi, pendant quelques secondes. Deux fois je revis la chose. Je me croyais devenu fou.

Quand le jour parut, je me sentis guéri et je sommeillai paisiblement jusqu'à midi.

C'était fini, bien fini. J'avais eu la fièvre, le cauchemar, que sais-je ? J'avais été malade, enfin. Je me trouvai néanmoins fort bête.

Je fus très gai ce jour-là. Je dînai au cabaret ; j'allai voir le spectacle, puis je me mis en chemin pour rentrer. Mais voilà qu'en approchant de ma maison, une inquiétude étrange me saisit. J'avais peur de le revoir, lui. Non pas peur de lui, non pas peur de sa présence, à laquelle je ne croyais point, mais j'avais peur d'un trouble nouveau de mes yeux, peur de l'hallucination, peur de l'épouvante qui me saisirait.

Pendant plus d'une heure, j'errai de long en large sur le trottoir ; puis je me trouvais trop imbécile à la fin et j'entrai. Je haletais tellement que je ne pouvais plus monter mon escalier. Je restai là encore plus de dix minutes devant mon logement sur le palier, puis, brusquement, j'eus un élan de courage, un roidissement de volonté. J'enfonçai ma clef ; je me précipitai en avant, une bougie à la main, je poussai d'un coup de pied la porte entrebâillée de ma chambre, et je jetai un regard effaré vers la cheminée. Je ne vis rien. « Ah !... »

Quel soulagement ! Quelle joie ! Quelle délivrance ! J'allais et je venais d'un air gaillard. Mais je ne me sentais pas rassuré ; je me retournais par sursauts ; l'ombre des coins m'inquiétait.

Je dormis mal, réveillé sans cesse par des bruits imaginaires. Mais je ne le vis pas. C'était fini !

Depuis ce jour-là j'ai peur tout seul, la nuit. Je la sens là, près de moi, autour de moi, la vision. Elle ne m'est point apparue de nouveau. Oh non ! Et qu'importe, d'ailleurs, puisque je n'y crois pas, puisque je sais que ce n'est rien !

Elle me gêne cependant, parce que j'y pense sans cesse. — une main pendant du côté droit, sa tête était penchée du côté gauche comme celle d'un homme qui dort... Allons, assez, nom de Dieu ! je n'y veux plus songer !

Qu'est-ce que cette obsession, pourtant ? Pourquoi cette persistance ? ses pieds étaient tout près du feu !

Il me hante, c'est fou, mais c'est ainsi. Qui, Il ? Je sais bien qu'il n'existe pas, que ce n'est rien ! Il n'existe que dans mon appréhension, que dans ma crainte, que dans mon angoisse ! Allons, assez !...

Oui, mais j'ai beau me raisonner, me roidir, je ne peux plus rester seul chez moi, parce qu'il y est. Je ne le verrai plus, je le sais, il ne se montrera plus, c'est fini cela. Mais il y est tout de même, dans ma pensée. Il demeure invisible, cela n'empêche qu'il y soit. Il est derrière les portes, dans l'armoire fermée, sous le lit, dans tous les coins obscurs, dans toutes les ombres. Si je tourne la porte, si j'ouvre l'armoire, si je baisse ma lumière sous le lit, si j'éclaire les coins, les ombres, il n'y est plus ; mais alors je le sens derrière moi. Je me retourne, certain cependant que je ne le verrai pas, que je ne le verrai plus. Il n'en est pas moins derrière moi, encore.

C'est stupide, mais c'est atroce. Que veux-tu ? Je n'y peux rien.

Mais si nous étions deux chez moi, je sens, oui, je sens assurément, qu'il n'y serait plus ! Car il est là parce que je suis seul, uniquement parce que je suis seul !

(3 juillet 1883.)

LA MAIN

On faisait cercle autour de M. Bermutier, juge d'instruction, qui donnait son avis sur l'affaire mystérieuse de Saint-Cloud. Depuis un mois, cet inexplicable crime affolait Paris. Personne n'y comprenait rien.

M. Bermutier, debout, le dos à la cheminée, parlait, assemblait les preuves, discutait les diverses opinions, mais ne concluait pas.

Plusieurs femmes s'étaient levées pour s'approcher et demeuraient debout, l'œil fixé sur la bouche rasée du magistrat d'où sortaient les paroles graves. Elles frissonnaient, vibraient, crispées par leur peur curieuse, par l'avide et insatiable besoin d'épouvante qui hante leur âme, les torture comme une faim.

Une d'elles, plus pâle que les autres, prononça pendant un silence :

« C'est affreux. Cela touche au « surnaturel ». On ne saura jamais rien. »

Le magistrat se tourna vers elle :

« Oui, Madame, il est probable qu'on ne saura jamais rien. Quant au mot surnaturel que vous venez d'employer, il n'a rien à faire ici. Nous sommes en présence d'un crime fort habilement conçu, fort habilement exécuté, si bien enveloppé de mystère que nous ne pouvons le dégager des circonstances impénétrables qui l'entourent. Mais j'ai eu, moi, autrefois, à suivre une affaire où vraiment semblait se mêler quelque chose de fantastique. Il a fallu l'abandonner d'ailleurs, faute de moyens de l'éclaircir. »

Plusieurs femmes prononcèrent en même temps, si vite que leurs voix n'en firent qu'une :

« Oh ! dites-nous cela. »

M. Bermutier sourit gravement, comme doit sourire un juge d'instruction. Il reprit :

« N'allez pas croire, au moins, que j'aie pu, même un instant, supposer en cette aventure quelque chose de surhumain. Je ne crois qu'aux causes normales. Mais si, au lieu d'employer le mot « surnaturel » pour exprimer ce que nous ne connaissons pas, nous nous servions simplement du mot « inexplicable », cela vaudrait beaucoup mieux. En tout cas, dans l'affaire que je vais vous dire, ce sont surtout les circonstances environnantes, les circonstances préparatoires qui m'ont ému. Enfin, voici les faits :

■

J'étais alors juge d'instruction à Ajaccio, une petite ville blanche, couchée au bord d'un admirable golfe qu'entourent partout de hautes montagnes.

Ce que j'avais surtout à poursuivre là-bas, c'étaient les affaires de vendetta. Il y en a de superbes, de dramatiques au possible, de féroces, d'héroïques. Nous retrouvons là les plus beaux sujets de vengeance qu'on puisse rêver, les haines séculaires, apaisées un moment, jamais éteintes, les ruses abominables, les assassinats devenant des massacres et presque des actions glorieuses. Depuis deux ans, je n'entendais parler que du prix du sang, que de ce terrible préjugé corse qui force à venger toute injure sur la personne qui l'a faite, sur ses descendants et ses proches. J'avais vu égorger des vieillards, des enfants, des cousins, j'avais la tête pleine de ces histoires.

Or, j'appris un jour qu'un Anglais venait de louer pour plusieurs années une petite villa au fond du golfe. Il avait amené avec lui un domestique français, pris à Marseille en passant.

Bientôt tout le monde s'occupa de ce personnage singulier, qui vivait seul dans sa demeure, ne sortant que pour chasser et pour pêcher. Il ne parlait à personne, ne venait jamais à la ville, et, chaque matin, s'exerçait pendant une heure ou deux, à tirer au pistolet et à la carabine.

Des légendes se firent autour de lui. On prétendit que c'était un haut personnage fuyant sa patrie pour des raisons politiques ; puis on affirma qu'il se cachait après avoir commis un crime épouvantable. On citait même des circonstances particulièrement horribles.

Je voulus, en ma qualité de juge d'instruction, prendre quelques renseignements sur cet homme ; mais il me fut impossible de rien apprendre. Il se faisait appeler sir John Rowell.

Je me contentai donc de le surveiller de près ; mais on ne me signalait, en réalité, rien de suspect à son égard.

Cependant, comme les rumeurs sur son compte continuaient, grossissaient, devenaient générales, je résolus d'essayer de voir moi-même cet étranger, et je me mis à chasser régulièrement dans les environs de sa propriété.

J'attendis longtemps une occasion. Elle se présenta enfin sous la forme d'une perdrix que je tirai et que je tuai devant le nez de l'Anglais. Mon chien me la rapporta ; mais, prenant aussitôt le gibier, j'allai m'excuser de mon inconvenance et prier sir John Rowell d'accepter l'oiseau mort.

C'était un grand homme à cheveux rouges, à barbe rouge, très haut, très large, une sorte d'hercule placide et poli. Il n'avait rien de la raideur dite britannique et il me remercia vivement de ma délicatesse en un français accentué d'outre-Manche. Au bout d'un mois, nous avions causé ensemble cinq ou six fois.

Un soir enfin, comme je passais devant sa porte, je l'aperçus qui fumait sa pipe, à cheval sur une chaise, dans son jardin. Je le saluai, et il m'invita à entrer pour boire un verre de bière. Je ne me le fis pas répéter.

Il me reçut avec toute la méticuleuse courtoisie anglaise, parla avec éloge de la France, de la Corse, déclara qu'il aimait beaucoup *cette* pays, et *cette* rivage.

Alors, je lui posai, avec de grandes précautions et sous la forme d'un intérêt très vif, quelques questions sur sa vie sur ses projets. Il répondit sans embarras, me raconta qu'il avait beaucoup voyagé en Afrique, dans les Indes, en Amérique. Il ajouta en riant :

« J'avé eu bôcoup d'aventures, oh ! yes. »

Puis je me remis à parler chasse, et il me donna des détails les plus curieux sur la chasse à l'hippopotame, au tigre, à l'éléphant et même la chasse au gorille.

Je dis :

« Tous ces animaux sont redoutables. »

Il sourit :

« Oh ! nô, le plus mauvais, c'été l'homme. »

Il se mit à rire tout à fait, d'un bon rire de gros Anglais content :

« J'avé beaucoup chassé l'homme aussi. »

Puis il parla d'armes, et il m'offrit d'entrer chez lui pour me montrer des fusils de divers systèmes.

Son salon était tendu de noir, de soie noire brodée d'or. De grandes fleurs jaunes couraient sur l'étoffe sombre, brillaient comme du feu.

Il annonça :

« C'été une drap japonaise. »

Mais, au milieu du plus large panneau, une chose étrange me tira l'œil. Sur un carré de velours rouge, un objet noir, se détachait. Je m'approchai : c'était une main, une main d'homme. Non pas une main de squelette, blanche et propre, mais une main noire desséchée, avec des ongles jaunes, les muscles à nu et des traces de sang ancien, de sang pareil à une crasse, sur les os coupés net, comme d'un coup de hache, vers le milieu de l'avant-bras.

Autour du poignet une énorme chaîne de fer, rivée, soudée à ce membre malpropre, l'attachait au mur par un anneau assez fort pour tenir un éléphant en laisse.

Je demandai :

« Qu'est-ce que cela ? »

L'Anglais répondit tranquillement :

« C'été ma meilleur ennemi. Il vené d'Amérique. Il avé été fendu avec le sabre et arraché la peau avec une caillou coupante, et séché dans le soleil pendant huit jours. Aoh, très bonne pour moi, cette. »

Je touchai ce débris humain qui avait dû appartenir à un colosse. Les doigts, démesurément longs, étaient attachés par des tendons énormes que retenaient des lanières de peau par places. Cette main était affreuse à voir, écorchée ainsi, elle faisait penser naturellement à quelque vengeance de sauvage.

Je dis :

« Cet homme devait être très fort. »

L'Anglais prononça avec douceur :

« Aoh yes ; mais je été plus fort que lui. J'avé mis cette chaîne pour le tenir. »

Je crus qu'il plaisantait. Je dis :

« Cette chaîne maintenant est bien inutile, la main ne se sauvera pas. »

Sir John Rowell reprit gravement :

« Elle voulé toujours s'en aller. Cette chaîne été nécessaire. »

D'un coup d'œil rapide, j'interrogeai son visage, me demandant :

« Est-ce un fou, ou un mauvais plaisant ? »

Mais la figure demeurait impénétrable, tranquille et bienveillante. Je parlai d'autre chose et j'admirai les fusils.

Je remarquai cependant que trois revolvers chargés étaient posés sur les meubles, comme si cet homme eût vécu dans la crainte constante d'une attaque.

Je revins plusieurs fois chez lui. Puis je n'y allai plus. On s'était accoutumé à sa présence ; il était devenu indifférent à tous.

■

Une année entière s'écoula. Or un matin, vers la fin de novembre, mon domestique me réveilla en m'annonçant que Sir John Rowel avait été assassiné dans la nuit.

Une demi-heure plus tard, je pénétrais dans la maison de l'Anglais avec le commissaire central et le capitaine de gendarmerie. Le valet, éperdu et désespéré pleurait devant la porte. Je soupçonnai d'abord cet homme, mais il était innocent.

On ne put jamais trouver le coupable.

En entrant dans le salon de sir John, j'aperçus du premier coup d'œil le cadavre étendu sur le dos, au milieu de la pièce.

Le gilet était déchiré, une manche arrachée pendant, tout annonçait qu'une lutte terrible avait eu lieu.

L'Anglais était mort étranglé ! Sa figure noire et gonflée, effrayante, semblait exprimer une épouvante abominable ; il tenait entre ses dents serrées quelque chose ; et le cou, percé de cinq trous qu'on aurait dit faits avec des pointes de fer, était couvert de sang.

Un médecin nous rejoignit. Il examina longtemps les traces des doigts dans la chair et prononça ses étranges paroles :

« On dirait qu'il a été étranglé par un squelette. »

Un frisson me passa dans le dos, et je jetai les yeux sur le mur, à la place où j'avais vu jadis l'horrible main d'écorché. Elle n'y était plus. La chaîne, brisée, pendait.

Alors je me baissai vers le mort, et je trouvai dans sa bouche crispée un des doigts de cette main disparue, coupé ou plutôt scié par les dents juste à la deuxième phalange.

Puis on procéda aux constatations. On ne découvrit rien. Aucune porte n'avait été forcée, aucune fenêtre, aucun meuble. Les deux chiens de garde ne s'étaient pas réveillés.

Voici, en quelques mots, la déposition du domestique :

« Depuis un mois, son maître semblait agité. Il avait reçu beaucoup de lettres, brûlées à mesure.

» Souvent, prenant une cravache, dans une colère qui semblait de la démence, il avait frappé avec fureur cette main séchée, scellée au mur, et enlevée, on ne sait comment, à l'heure même du crime.

» Il se couchait fort tard et s'enfermait avec soin. Il avait toujours des armes à portée du bras. Souvent, la nuit, il parlait haut, comme s'il se fût querellé avec quelqu'un. »

Cette nuit-là, par hasard, il n'avait fait aucun bruit, et c'est seulement en venant ouvrir les fenêtres que le serviteur avait trouvé sir John assassiné. Il ne soupçonnait personne.

Je communiquai ce que je savais du mort aux magistrats et aux officiers de la force publique, et on fit dans toute l'île une enquête minutieuse. On ne découvrit rien.

Or, une nuit, trois mois après le crime, j'eus un affreux cauchemar. Il me sembla que je voyais la main, l'horrible main, courir comme un scorpion ou comme une araignée le long de mes rideaux et de mes murs. Trois fois, je me réveillai, trois fois, je me rendormis, trois fois je revis le hideux débris galoper autour de ma chambre en remuant les doigts comme des pattes.

Le lendemain, on me l'apporta, trouvé dans le cimetière, sur la tombe de sir John Rowell, enterré là ; car on n'avait pu découvrir sa famille. L'index manquait.

Voilà, Mesdames, mon histoire. Je ne sais rien de plus.

●

Les femmes, éperdues, étaient pâles, frissonnantes. Une d'elles s'écria :

« Mais ce n'est pas un dénouement cela, ni une explication ! Nous n'allons par dormir si vous ne nous dites pas ce qui s'est passé selon vous. »

Le magistrat sourit avec sévérité :

« Oh ! moi, Mesdames, je vais gâter, certes, vos rêves terribles. Je pense tout simplement que le légitime propriétaire de la main n'était pas mort, qu'il est venu la chercher avec celle qui lui restait. Mais je n'ai pu savoir comment il a fait, par exemple. C'est là une sorte de vendetta. »

Une des femmes murmura :

« Non, ça ne doit pas être ainsi. »

Et le juge d'instruction, souriant toujours, conclut :

« Je vous avais bien dit que mon explication ne vous irait pas. »

(23 décembre 1883.)

LA CHEVELURE

Les murs de la cellule étaient nus, peints à la chaux. Une fenêtre étroite et grillée, percée très haut de façon qu'on ne pût pas y atteindre, éclairait cette pièce claire et sinistre ; et le fou, assis sur une chaise de paille, nous regardait d'un œil fixe, vague et hanté. Il était fort maigre, avec des joues creuses et des cheveux presque blancs qu'on devinait blanchis en quelques mois. Ses vêtements semblaient trop larges pour ses membres secs, pour sa poitrine rétrécie, pour son ventre creux. On sentait cet homme ravagé, rongé par sa pensée, par une Pensée, comme un fruit par un ver. Sa Folie, son idée était là, dans cette tête, obstinée, harcelante, dévorante. Elle mangeait le corps peu à peu. Elle, l'Invisible, l'Impalpable, l'Insaisissable, l'Immatérielle Idée minait la chair, buvait le sang, éteignait la vie.

Quel mystère que cet homme tué par un Songe ! Il faisait peine, peur et pitié, ce Possédé ! Quel rêve étrange, épouvantable et mortel habitait dans ce front, qu'il plissait de rides profondes, sans cesse remuantes ?

Le médecin me dit : « Il a de terribles accès de fureur, c'est un des déments les plus singuliers que j'aie vus. Il est atteint de folie érotique et macabre. C'est une sorte de nécrophile. Il a d'ailleurs écrit son journal qui nous montre le plus clairement du monde la maladie de son esprit. Sa folie y est pour ainsi dire palpable. Si cela vous intéresse vous pouvez parcourir ce document. » Je suivis le docteur dans son cabinet, et il me remit le journal de ce misérable homme. « Lisez, dit-il, et vous me direz votre avis. »

Voici ce que contenait ce cahier :

■

Jusqu'à l'âge de trente-deux ans, je vécus tranquille, sans amour. La vie m'apparaissait très simple, très bonne et très facile. J'étais riche. J'avais du goût pour tant de choses que je ne pouvais éprouver de passion pour rien. C'est bon de vivre ! Je me réveillais heureux, chaque jour, pour faire des choses qui me plaisaient, et je me couchais satisfait, avec l'espérance paisible du lendemain et de l'avenir sans souci.

J'avais eu quelques maîtresses sans avoir jamais senti mon cœur affolé par le désir ou mon âme meurtrie d'amour après la possession. C'est bon de vivre ainsi. C'est meilleur d'aimer, mais terrible. Encore, ceux qui aiment comme tout le monde doivent-ils éprouver un ardent bonheur, moindre que le mien peut-être, car l'amour est venu me trouver d'une incroyable manière.

Etant riche, je recherchais les meubles anciens et les vieux objets ; et souvent je pensais aux mains inconnues qui avaient palpé ces choses, aux yeux qui les avaient admirées, aux cœurs qui les avaient aimées, car on aime les choses ! Je restais souvent pendant des heures, des heures et des heures, à regarder une petite montre du siècle dernier. Elle était si mignonne, si jolie, avec son émail et son or ciselé. Et elle marchait encore comme au jour où une femme l'avait achetée dans le ravissement de posséder ce fin bijou. Elle n'avait point cessé de palpiter, de vivre sa vie de mécanique, et elle continuait toujours son tic-tac régulier, depuis un siècle passé. Qui donc l'avait portée la première sur son sein dans la tiédeur des étoffes, le cœur de la montre battant contre le cœur de la femme ? Quelle main l'avait tenue au bout de ses doigts un peu chauds, l'avait tournée, retournée, puis avait essuyé les bergers de porcelaine ternis une seconde par la moiteur de la peau ? Quels yeux avaient épié sur ce cadran fleuri l'heure attendue, l'heure chérie, l'heure divine ?

Comme j'aurais voulu la connaître, la voir, la femme qui avait choisi cet objet exquis et rare ! Elle est morte ! Je suis possédé par le désir des femmes d'autrefois ; j'aime, de loin, toutes celles qui ont aimé ! — L'histoire des tendresses passées m'emplit le cœur de regrets. Oh ! la beauté, les sourires, les caresses jeunes, les espérances ! Tout cela ne devrait-il pas être éternel !

Comme j'ai pleuré, pendant des nuits entières, sur les pauvres femmes de jadis, si belles, si tendres, si douces, dont les bras se sont ouverts pour le baiser et qui sont mortes ! Le baiser est immortel, lui ! Il va de lèvre en lèvre, de siècle en siècle, d'âge en âge. — Les hommes le recueillent, le donnent et meurent.

Le passé m'attire, le présent m'effraye parce que l'avenir c'est la mort. Je regrette tout ce qui s'est fait, je pleure tous ceux qui ont vécu ; je voudrais arrêter le temps, arrêter l'heure. Mais elle va, elle va, elle passe, elle me prend de seconde en seconde un peu de moi pour le néant de demain. Et je ne revivrai jamais.

Adieu celles d'hier. Je vous aime.

Mais je ne suis pas à plaindre. Je l'ai trouvée, moi, celle que j'attendais ; et j'ai goûté par elle d'incroyables plaisirs.

Je rôdais dans Paris par un matin de soleil, l'âme en fête, le pied joyeux, regardant les boutiques avec cet intérêt vague du flâneur. Tout à coup, j'aperçus chez un marchand d'antiquités un meuble italien du XVIIᵉ siècle. Il était fort beau, fort rare. Je l'attribuai à un artiste vénitien du nom de Vitelli, qui fut célèbre à cette époque.

Puis je passai.

Pourquoi le souvenir de ce meuble me poursuivit-il avec tant de force que je revins sur mes pas ? Je m'arrêtai de nouveau devant le magasin pour le revoir, et je sentis qu'il me tentait.

Quelle singulière chose que la tentation ! On regarde un

objet et, peu à peu, il vous séduit, vous trouble, vous envahit comme ferait un visage de femme. Son charme entre en vous, charme étrange qui vient de sa forme, de sa couleur, de sa physionomie de chose ; et on l'aime déjà, on le désire, on le veut. Un besoin de possession vous gagne, besoin doux d'abord, comme timide, mais qui s'accroît, devient violent, irrésistible.

Et les marchands semblent deviner à la flamme du regard l'envie secrète et grandissante.

J'achetai ce meuble et je le fis porter chez moi tout de suite. Je le plaçai dans ma chambre.

Oh ! je plains ceux qui ne connaissent pas cette lune de miel du collectionneur avec le bibelot qu'il vient d'acheter. On le caresse de l'œil et de la main comme s'il était de chair ; on revient à tout moment près de lui, on y pense toujours, où qu'on aille, quoi qu'on fasse. Son souvenir aimé vous suit dans la rue, dans le monde, partout ; et quand on rentre chez soi, avant même d'avoir ôté ses gants et son chapeau, on va le contempler avec une tendresse d'amant.

Vraiment, pendant huit jours, j'adorai ce meuble. J'ouvrais à chaque instant ses portes, ses tiroirs ; je le maniais avec ravissement, goûtant toutes les joies intimes de la possession.

Or, un soir, je m'aperçus, en tâtant l'épaisseur d'un panneau, qu'il devait y avoir là une cachette. Mon cœur se mit à battre, et je passai la nuit à chercher le secret sans le pouvoir découvrir.

J'y parvins le lendemain en enfonçant une lame dans une fente de la boiserie. Une planche glissa et j'aperçus, étalée sur un fond de velours noir, une merveilleuse chevelure de femme.

Oui, une chevelure, une énorme natte de cheveux blonds, presque roux, qui avaient dû être coupés contre la peau, et liés par une corde d'or.

Je demeurai stupéfait, tremblant, troublé ! Un parfum presque insensible, si vieux qu'il semblait l'âme d'une odeur, s'envolait de ce tiroir mystérieux et de cette surprenante relique.

Je la pris, doucement, presque religieusement, et je la tirai de sa cachette. Aussitôt elle se déroula, répandant son flot doré qui tomba jusqu'à terre, épais et léger, souple et brillant comme la queue en feu d'une comète.

Une émotion étrange me saisit. Qu'était-ce que cela ? Quand ? comment ? pourquoi ces cheveux avaient-ils été enfermés dans ce meuble ? Quelle aventure, quel drame cachait ce souvenir ?

Qui les avait coupés ? un amant, un jour d'adieu ? un mari, un jour de vengeance ? ou bien celle qui les avait portés sur son front, un jour de désespoir ?

Etait-ce à l'heure d'entrer au cloître qu'on avait jeté là cette fortune d'amour, comme un gage laissé au monde des vivants ? Etait-ce à l'heure de la clouer dans la tombe, la jeune et belle morte, que celui qui l'adorait avait gardé la parure de sa tête, la seule chose qu'il pût conserver d'elle, la seule partie vivante de sa chair qui ne dût point pourrir, la seule qu'il pouvait aimer encore et caresser, et baiser dans ses rages de douleur ?

N'était-ce point étrange que cette chevelure fût demeurée ainsi, alors qu'il ne restait plus une parcelle du corps dont elle était née ?

Elle me coulait sur les doigts, me chatouillait la peau d'une caresse singulière, d'une caresse de morte. Je me sentais attendri comme si j'allais pleurer.

Je la gardai longtemps, longtemps en mes mains, puis il me sembla qu'elle s'agitait, comme si quelque chose de l'âme fût resté caché dedans. Et je la remis sur le velours terni par le temps, et je repoussai le tiroir, et je refermai le meuble, et je m'en allai par les rues pour rêver.

■

J'allais devant moi, plein de tristesse, et aussi plein de trouble, de ce trouble qui vous reste au cœur après un baiser d'amour. Il me semblait que j'avais vécu autrefois déjà, que j'avais dû connaître cette femme.

Et les vers de Villon me montèrent aux lèvres, ainsi qu'y monte un sanglot :

> *Dictes-moy où, ne en quel pays*
> *Est Flora, la belle Romaine.*
> *Archipiada, ne Thaïs,*
> *Qui fut sa cousine germaine ?*
>
> *Echo parlant quand bruyt on maine*
> *Dessus rivière, ou sus estan ;*
> *Qui beauté eut plus que humaine ?*
> *Mais où sont les neiges d'antan ?*
> ....
> *La royne blanche comme un lys*
> *Qui chantoit à voix de sereine,*
> *Berthe au grand pied, Bietris, Allys,*
> *Harembourges qui tint le Mayne,*
> *Et Jehanne la bonne Lorraine*
> *Que Anglais bruslèrent à Rouen ?*
> *Où sont-ils, Vierge souveraine ?*
> *Mais où sont les neiges d'antan ?*

Quand je rentrai chez moi, j'éprouvai un irrésistible désir de revoir mon étrange trouvaille ; et je la repris, et je sentis, en la touchant, un long frisson qui me courut dans les membres.

Durant quelques jours, cependant, je demeurai dans mon état ordinaire, bien que la pensée vive de cette chevelure ne me quittât plus.

Dès que je rentrais, il fallait que je la visse et que je la maniasse. Je tournais la clef de l'armoire avec ce frémissement qu'on a en ouvrant la porte de la bien-aimée, car j'avais aux mains et au cœur un besoin confus, singulier, continu, sensuel de tremper mes doigts dans ce ruisseau charmant de cheveux morts.

Puis, quand j'avais fini de la caresser, quand j'avais refermé le meuble, je la sentais là toujours, comme si elle eût été un être vivant, caché, prisonnier ; je la sentais et je la désirais encore ; j'avais de nouveau le besoin impérieux de la reprendre, de la palper, de m'énerver jusqu'au malaise par ce contact froid, glissant, irritant, affolant, délicieux.

Je vécus ainsi un mois ou deux, je ne sais plus. Elle m'obsédait, me hantait. J'étais heureux et torturé, comme dans une attente d'amour, comme après les aveux qui précèdent l'étreinte.

Je m'enfermais seul avec elle pour la sentir sur ma peau, pour enfoncer mes lèvres dedans, pour la baiser, la mordre. Je l'enroulais autour de mon visage, je la buvais, je noyais mes yeux dans son onde dorée, afin de voir le jour blond, à travers.

Je l'aimais ! Oui, je l'aimais. Je ne pouvais plus me passer d'elle, ni rester une heure sans la revoir.

Et j'attendais... j'attendais... quoi ? Je ne le savais pas. — Elle.

Une nuit je me réveillai brusquement avec la pensée que je ne me trouvais pas seul dans ma chambre.

J'étais seul pourtant. Mais je ne pus me rendormir ; et comme je m'agitais dans une fièvre d'insomnie, je me levai pour aller toucher la chevelure. Elle me parut plus douce que de coutume, plus animée. Les morts reviennent-ils ? Les baisers dont je la réchauffais me faisaient défaillir de bonheur ; et je l'emportai dans mon lit, et je me couchai, en la pressant sur mes lèvres, comme une maîtresse qu'on va posséder.

Les morts reviennent ! Elle est venue. Oui, je l'ai vue, je l'ai tenue, je l'ai eue, telle qu'elle était vivante autrefois, grande, blonde, grasse, les seins froids, la hanche en forme de lyre ; et j'ai parcouru de mes caresses cette ligne ondulante et divine qui va de la gorge aux pieds en suivant toutes les courbes de la chair.

Oui, je l'ai eue, tous les jours, toutes les nuits. Elle est revenue, la Morte, la belle Morte, l'Adorable, la Mystérieuse, l'Inconnue, toutes les nuits.

Mon bonheur fut si grand, que je ne l'ai pu cacher. J'éprouvais près d'elle un ravissement surhumain, la joie profonde, inexplicable de posséder l'Insaisissable, l'Invisible, la Morte ! Nul amant ne goûta des jouissances plus ardentes, plus terribles !

Je n'ai point su cacher mon bonheur. Je l'aimais si fort que je n'ai plus voulu la quitter. Je l'ai emportée avec moi toujours, partout. Je l'ai promenée par la ville comme ma femme, et conduite au théâtre en des loges grillées, comme ma maîtresse... Mais on l'a vue... on a deviné... on me l'a prise... Et on m'a jeté dans une prison, comme un malfaiteur. On l'a prise... Oh ! misère !...

■

Le manuscrit s'arrêtait là. Et soudain, comme je relevais sur le médecin des yeux effarés, un cri épouvantable, un hurlement de fureur impuissante et de désir exaspéré s'éleva dans l'asile.

« Ecoutez-le, dit le docteur. Il faut doucher cinq fois par jour ce fou obscène. Il n'y a pas que le sergent Bertrand qui ait aimé les mortes. »

Je balbutiai, ému d'étonnement, d'horreur et de pitié :

« Mais... cette chevelure... existe-t-elle réellement ? »

Le médecin se leva, ouvrit une armoire pleine de fioles et d'instruments et il me jeta, à travers son cabinet, une longue fusée de cheveux blonds qui vola vers moi comme un oiseau d'or.

Je frémis en sentant sur mes mains son toucher caressant et léger. Et je restai le cœur battant de dégoût et d'envie, de dégoût comme au contact des objets traînés dans les crimes, d'envie comme devant la tentation d'une chose infâme et mystérieuse.

Le médecin reprit en haussant les épaules :

« L'esprit de l'homme est capable de tout. »

(13 mai 1884.)

LE TIC

Les dineurs entraient lentement dans la grande salle de l'hôtel et s'asseyaient à leurs places. Les domestiques commencèrent le service tout doucement pour permettre aux retardataires d'arriver et pour n'avoir point à rapporter les plats ; et les anciens baigneurs, les habitués, ceux dont la saison avançait, regardaient avec intérêt la porte chaque fois qu'elle s'ouvrait, avec le désir de voir paraître de nouveaux visages.

C'est là la grande distraction des villes d'eaux. On attend le dîner pour inspecter les arrivés du jour, pour deviner ce qu'ils sont, ce qu'ils font, ce qu'ils pensent. Un désir rôde dans notre esprit, le désir de rencontres agréables, de connaissances aimables, d'amours peut-être. Dans cette vie de coudoiements, les voisins, les inconnus, prennent une importance extrême. La curiosité est en éveil, la sympathie en attente et la sociabilité en travail.

On a des antipathies d'une semaine et des amitiés d'un mois, on voit les gens avec des yeux différents, sous l'optique spéciale de la connaissance de ville d'eaux. On découvre aux hommes, subitement, dans une causerie d'une heure, le soir, après dîner, sous les arbres du parc où bouillonne la source guérisseuse, une intelligence supérieure et des mérites surprenants, et, un mois plus tard, on a complètement oublié ces nouveaux amis, si charmants aux premiers jours.

Là aussi se forment des liens durables et sérieux, plus vite que partout ailleurs. On se voit tout le jour, on se connaît très vite ; et dans l'affection qui commence se mêle quelque chose de la douceur et de l'abandon des intimités anciennes. On garde plus tard le souvenir cher et attendri de ces premières heures d'amitié, le souvenir de ces premières causeries par qui se fait la découverte de l'âme, de ces premiers regards qui interrogent et répondent aux questions et aux pensées secrètes que la bouche ne dit point encore, le souvenir de cette première confiance cordiale, le souvenir de cette sensation charmante d'ouvrir son cœur à quelqu'un qui semble aussi vous ouvrir le sien.

Et la tristesse de la station de bains, la monotonie des jours tous pareils, rendent plus complète d'heure en heure cette éclosion d'affection.

■

Donc, ce soir-là, comme tous les soirs, nous attendions l'entrée de figures inconnues.

Il n'en vint que deux, mais très étranges, un homme et une femme : le père et la fille. Ils me firent l'effet, tout de suite, de personnages d'Edgar Poe ; et pourtant il y avait en eux un charme, un charme malheureux ; je me les représentai comme des victimes de la fatalité. L'homme était très grand et maigre, un peu voûté, avec des cheveux tout blancs, trop blancs pour sa physionomie jeune encore ; et il avait dans son allure et dans sa personne quelque chose de grave, cette tenue austère que gardent les protestants. La fille, âgée peut-être de vingt-quatre ou vingt-cinq ans, était petite, fort maigre aussi, fort pâle, avec un air las, fatigué, accablé. On rencontre ainsi des gens qui semblent trop faibles pour les besognes et les nécessités de la vie, trop faibles pour se remuer, pour marcher, pour faire tout ce que nous faisons tous les jours. Elle était assez jolie, cette enfant, d'une beauté diaphane d'apparition ; et elle mangeait avec une extrême lenteur, comme si elle eût été presque incapable de mouvoir ses bràs.

C'était elle assurément qui venait prendre les eaux.

Ils se trouvèrent en face de moi, de l'autre côté de la table ; et je remarquai immédiatement que le père avait un tic nerveux fort singulier.

Chaque fois qu'il voulait atteindre un objet, sa main décrivait un crochet rapide, une sorte de zigzag affolé, avant de parvenir à toucher ce qu'elle cherchait. Au bout de quelques instants ce mouvement me fatigua tellement que je détournais la tête pour ne pas le voir.

Je remarquai aussi que la jeune fille gardait, pour manger, un gant à la main gauche.

Après dîner, j'allai faire un tour dans le parc de l'établissement thermal. Cela se passait dans une petite station d'Auvergne, Châtel-Guyon, cachée dans une gorge, au pied de la haute montagne, de cette montagne d'où s'écoulent tant de sources bouillantes, venues du foyer profond des anciens volcans. Là-bas, au-dessus de nous, les dômes, cratères éteints, levaient leurs têtes tronquées au-dessus de la longue chaîne. Car Châtel-Guyon est au commencement du pays des dômes.

Plus loin s'étend le pays des pics ; et, plus loin, encore, le pays des plombs.

Le puy de Dôme est le plus haut des dômes, le pic de Sancy le plus élevé des pics, et le plomb du Cantal le plus grand des plombs.

Il faisait très chaud ce soir-là. J'allais, de long en large dans l'allée ombreuse, écoutant, sur le mamelon qui domine le parc, la musique du casino jeter ses premières chansons.

Et j'aperçus, venant vers moi, d'un pas lent, le père et la fille. Je les saluai, comme on salue dans les villes d'eaux ses compagnons d'hôtel ; et l'homme, s'arrêtant aussitôt, me demanda :

« Ne pourriez-vous, Monsieur, nous indiquer une promenade courte, facile et jolie si c'est possible ; et excusez mon indiscrétion. »

Je m'offris à les conduire au vallon où coule la mince rivière, vallon profond, gorge étroite entre deux grandes pentes rocheuses et boisées.

Ils acceptèrent.

Et nous parlâmes, naturellement, de la vertu des eaux.

« Oh, disait-il, ma fille a une étrange maladie, dont on ignore le siège. Elle souffre d'accidents nerveux incompréhensibles. Tantôt on la croit atteinte d'une maladie de cœur, tantôt d'une maladie de foie, tantôt d'une maladie de la moelle épinière. Aujourd'hui on attribue à l'estomac, qui est la grande chaudière et le grand régulateur du corps, ce mal-Protée aux mille formes et aux mille atteintes. Voilà pourquoi nous sommes ici. Moi je crois plutôt que ce sont les nerfs. En tout cas, c'est bien triste. »

Le souvenir me vint aussitôt du tic violent de sa main, et je lui demandai :

« Mais n'est-ce pas là de l'hérédité ? N'avez-vous pas vous-même les nerfs un peu malades ? »

Il répondit tranquillement :

« Moi ?... Mais non... j'ai toujours eu les nerfs très calmes... »

Puis soudain, après un silence, il reprit :

« Ah ! vous faites allusion au spasme de ma main chaque fois que je veux prendre quelque chose ? Cela provient d'une émotion terrible que j'ai eue. Figurez-vous que cette enfant a été enterrée vivante ! »

Je ne trouvai rien à dire qu'un « Ah ! » de surprise et d'émotion.

Il reprit :

Voici l'aventure. Elle est simple. Juliette avait depuis quelque temps de graves accidents au cœur. Nous croyions à une maladie de cet organe, et nous nous attendions à tout.

On la rapporta un jour froide, inanimée, morte. Elle venait de tomber dans le jardin. Le médecin constata le décès. Je veillai près d'elle un jour et deux nuits ; je la mis moi-même dans le cercueil, que j'accompagnai jusqu'au cimetière où il fut déposé dans notre caveau de famille. C'était en pleine campagne, en Lorraine.

J'avais voulu qu'elle fût ensevelie avec ses bijoux, bracelets, colliers, bagues, tous cadeaux qu'elle tenait de moi, et avec sa première robe de bal.

Vous devez penser quel était l'état de mon cœur et l'état de mon âme en rentrant chez moi. Je n'avais qu'elle, ma femme étant morte depuis longtemps. Je rentrai seul, à moitié fou, exténué, dans ma chambre, et je tombai dans mon fauteuil, sans pensée, sans force maintenant pour faire un mouvement. Je n'étais plus qu'une machine douloureuse, vibrante, un écorché ; mon âme ressemblait à une plaie vive.

Mon vieux valet de chambre, Prosper, qui m'avait aidé à déposer Juliette dans son cercueil, et à la parer pour ce dernier sommeil, entra sans bruit et demanda :

« Monsieur veut-il prendre quelque chose ? »

Je fis « non » de la tête sans répondre.

Il reprit :

« Monsieur a tort. Il arrivera du mal à Monsieur. Monsieur veut-il alors que je le mette au lit ? »

Je prononçai :

« Non, laisse-moi. »

Et il se retira.

Combien s'écoula-t-il d'heures, je n'en sais rien. Oh ! quelle nuit ! quelle nuit ! Il faisait froid ; mon feu s'était éteint dans la grande cheminée ; et le vent, un vent d'hiver, un vent glacé, un grand vent de pleine gelée, heurtait les fenêtres avec un bruit sinistre et régulier.

Combien s'écoula-t-il d'heures ? J'étais là, sans dormir, affaissé, accablé, les yeux ouverts, les jambes allongées, le corps mou, mort, et l'esprit engourdi de désespoir. Tout à coup, la grande cloche de la porte d'entrée, la grande cloche du vestibule tinta.

J'eus une telle secousse que mon siège craqua sous moi. Le son grave et pesant vibrait dans le château vide comme dans un caveau. Je me retournai pour voir l'heure à mon horloge. Il était deux heures du matin. Qui pouvait venir à cette heure ?

Et brusquement la cloche sonna de nouveau deux coups. Les domestiques, sans doute, n'osaient pas se lever. Je pris une bougie et je descendis. Je faillis demander :

« Qui est là ? »

Puis j'eus honte de cette faiblesse ; et je tirai lentement les gros verrous. Mon cœur battait ; j'avais peur. J'ouvris la porte brusquement et j'aperçus dans l'ombre une forme blanche dressée, quelque chose comme un fantôme.

Je reculai, perclus d'angoisse, balbutiant :

« Qui… qui… qui êtes-vous ? »

Une voix répondit :

« C'est moi, père. »

C'était ma fille.

Certes, je me crus fou ; et je m'en allais à reculons devant ce spectre qui entrait ; je m'en allais, faisant de la main, comme pour le chasser, ce geste que vous avez vu tout à l'heure ; ce geste qui ne m'a plus quitté.

L'apparition reprit :

« N'aie pas peur, papa ; je n'étais pas morte. On a voulu me voler mes bagues, et on m'a coupé un doigt ; le sang s'est mis à couler, et cela m'a ranimée. »

Et je m'aperçus, en effet, qu'elle était couverte de sang.

Je tombai sur les genoux, étouffant, sanglotant, râlant.

Puis, quand j'eus ressaisi un peu ma pensée, tellement éperdu encore que je comprenais mal le bonheur terrible qui m'arrivait, je la fis monter dans ma chambre, je la fis asseoir dans mon fauteuil ; puis je sonnai Prosper à coups précipités pour qu'il rallumât le feu, qu'il préparât à boire et allât chercher des secours.

L'homme entra, regarda ma fille, ouvrit la bouche dans un spasme d'épouvante et d'horreur, puis tomba roide mort sur le dos.

C'était lui qui avait ouvert le caveau, qui avait mutilé, puis abandonné mon enfant : car il ne pouvait effacer les traces du vol. Il n'avait même pas pris soin de remettre le cercueil dans sa case, sûr d'ailleurs de n'être pas soupçonné par moi, dont il avait toute la confiance.

Vous voyez, Monsieur, que nous sommes des gens bien malheureux.

■

Il se tut.

La nuit était venue, enveloppant le petit vallon solitaire et triste, et une sorte de peur mystérieuse m'étreignit à me sentir auprès de ces êtres étranges, de cette morte revenue et de ce père aux gestes effrayants.

Je ne trouvais rien à dire. Je murmurai :

« Quelle horrible chose !... »

Puis, après une minute, j'ajoutai :

« Si nous rentrions, il me semble qu'il fait frais. »

Et nous retournâmes vers l'hôtel.

(14 juillet 1884).

LA PEUR

Le train filait, à toute vapeur, dans les ténèbres.

Je me trouvais seul, en face d'un vieux monsieur qui regardait par la portière. On sentait fortement le phénol dans ce wagon du P.-L.-M., venu sans doute de Marseille.

C'était par une nuit sans lune, sans air, brûlante. On ne voyait point d'étoiles, et le souffle du train lancé nous jetait quelque chose de chaud, de mou, d'accablant, d'irrespirable.

Partis de Paris depuis trois heures, nous allions vers le centre de la France sans rien voir des pays traversés.

Ce fut tout à coup comme une apparition fantastique. Autour d'un grand feu, dans un bois, deux hommes étaient debout.

Nous vîmes cela pendant une seconde : c'était, nous semblat-il, deux misérables, en haillons, rouges dans la lueur éclatante du foyer, avec leurs faces barbues tournées vers nous, et autour d'eux, comme un décor de drame, les arbres verts, d'un vert clair et luisant, les troncs frappés par le vif reflet de la flamme, le feuillage traversé, pénétré, mouillé par la lumière qui coulait dedans.

Puis tout redevint noir de nouveau.

Certes, ce fut une vision fort étrange ! Que faisaient-ils dans cette forêt, ces deux rôdeurs ? Pourquoi ce feu dans cette nuit étouffante ?

Mon voisin tira sa montre et me dit :

« Il est juste minuit, Monsieur, nous venons de voir une singulière chose. »

J'en convins et nous commençâmes à causer, à chercher ce que pouvaient être ces personnages : des malfaiteurs qui brûlaient des preuves ou des sorciers qui préparaient un philtre ? On n'allume pas un feu pareil, à minuit, en plein été, dans une forêt, pour cuire la soupe ? Que faisaient-ils donc ? Nous ne pûmes rien imaginer de vraisemblable.

Et mon voisin se mit à parler... C'était un vieil homme, dont je ne parvins point à déterminer la profession. Un original assurément, fort instruit, et qui semblait peut-être un peu détraqué.

Mais sait-on quels sont les sages et quels sont les fous, dans cette vie où la raison devrait souvent s'appeler sottise et la folie s'appeler génie ?

Il disait :

— Je suis content d'avoir vu cela. J'ai éprouvé pendant quelques minutes une sensation disparue !

Comme la terre devait être troublante autrefois, quand elle était si mystérieuse !

A mesure qu'on lève les voiles de l'inconnu, on dépeuple l'imagination des hommes. Vous ne trouvez pas, Monsieur, que la nuit est bien vide et d'un noir bien vulgaire depuis qu'elle n'a plus d'apparitions.

On se dit : « Plus de fantastique, plus de croyances étranges, tout l'inexpliqué est explicable. Le surnaturel baisse comme un lac qu'un canal épuise ; la science, de jour en jour, recule les limites du merveilleux. »

Eh bien, moi, Monsieur, j'appartiens à la vieille race, qui aime à croire. J'appartiens à la vieille race naïve accoutumée à ne pas comprendre, à ne pas chercher, à ne pas savoir, faite aux mystères environnants et qui se refuse à la simple et nette vérité.

Oui, Monsieur, on a dépeuplé l'imagination en surprenant l'invisible. Notre terre m'apparaît aujourd'hui comme un monde abandonné, vide et nu. Les croyances sont parties qui la rendaient poétique.

Quand je sors la nuit, comme je voudrais frissonner de cette angoisse qui fait se signer les vieilles femmes le long des murs des cimetières et se sauver les derniers superstitieux devant les vapeurs étranges des marais et les fantasques feux follets ! Comme je voudrais croire à ce quelque chose de vague et de terrifiant qu'on s'imaginait sentir passer dans l'ombre.

Comme l'obscurité des soirs devait être sombre, terrible, autrefois, quand elle était pleine d'êtres fabuleux, inconnus, rôdeurs méchants, dont on ne pouvait deviner les formes, dont l'appréhension glaçait le cœur, dont la puissance occulte passait les bornes de notre pensée, et dont l'atteinte était inévitable ?

Avec le surnaturel, la vraie peur a disparu de la terre, car on n'a vraiment peur que de ce qu'on ne comprend pas. Les dangers visibles peuvent émouvoir, troubler, effrayer ! Qu'est cela auprès de la convulsion que donne à l'âme la pensée qu'on va rencontrer un spectre errant, qu'on va subir l'étreinte d'un mort, qu'on va voir accourir une de ces bêtes effroyables qu'inventa l'épouvante des hommes ? Les ténèbres me semblent claires depuis qu'elles ne sont plus hantées.

Et la preuve de cela, c'est que si nous nous trouvions seuls tout à coup dans ce bois, nous serions poursuivis par l'image des deux êtres singuliers qui viennent de nous apparaître dans l'éclair de leur foyer, bien plus que par l'appréhension d'un danger quelconque et réel.

Il répéta : « On n'a vraiment peur que de ce qu'on ne comprend pas. »

Et tout à coup un souvenir me vint, le souvenir d'une histoire que nous conta Tourgueneff, un dimanche, chez Gustave Flaubert.

L'a-t-il écrite quelque part, je n'en sais rien.

Personne plus que le grand romancier russe ne sut faire passer dans l'âme ce frisson de l'inconnu voilé, et, dans la demi-lumière d'un conte étrange, laisser entrevoir tout un monde de choses inquiétantes, incertaines, menaçantes.

Avec lui, on la sent bien, la peur vague de l'Invisible, la peur de l'inconnu qui est derrière le mur, derrière la porte, derrière la vie apparente. Avec lui, nous sommes brusquement traversés par des lumières douteuses qui éclairent seulement assez pour augmenter notre angoisse.

Il semble nous montrer parfois la signification de coïncidences bizarres, de rapprochements inattendus de circonstances en apparence fortuites, mais que guiderait une volonté cachée et sournoise. On croit sentir, avec lui, un fil imperceptible qui nous guide d'une façon mystérieuse à travers la vie, comme à travers un rêve nébuleux dont le sens nous échappe sans cesse.

Il n'entre point hardiment dans le surnaturel, comme Edgar Poe ou Hoffmann ; il raconte des histoires simples où se mêle seulement quelque chose d'un peu vague et d'un peu troublant.

Il nous dit aussi, ce jour-là : « On n'a vraiment peur que de ce qu'on ne comprend point. »

Il était assis, ou plutôt affaissé dans un grand fauteuil, les bras pendants, les jambes allongées et molles, la tête toute blanche, noyé dans ce grand flot de barbe et de cheveux d'argent qui lui donnait l'aspect d'un Père éternel ou d'un Fleuve d'Ovide.

Il parlait lentement, avec une certaine paresse qui donnait du charme aux phrases et une certaine hésitation de la langue un peu lourde qui soulignait la justesse colorée des mots. Son œil pâle, grand ouvert, reflétait, comme un œil d'enfant, toutes les émotions de sa pensée.

Il nous raconta ceci :

Il chassait, étant jeune homme, dans une forêt de Russie. Il avait marché tout le jour et il arriva, vers la fin de l'après-midi, sur le bord d'une calme rivière.

Elle coulait sous les arbres, dans les arbres, pleine d'herbes flottantes, profonde, froide et claire.

Un besoin impérieux saisit le chasseur de se jeter dans cette eau transparente. Il se dévêtit et s'élança dans le courant. C'était un très grand et très fort garçon, vigoureux et hardi nageur.

Il se laissait flotter doucement, l'âme tranquille, frôlé par les herbes et les racines, heureux de sentir contre sa chair le glissement léger des lianes.

Tout à coup une main se posa sur son épaule.

Il se retourna d'une secousse et il aperçut un être effroyable qui le regardait avidement.

Cela ressemblait à une femme ou à une guenon. Elle avait une figure énorme, plissée, grimaçante et qui riait. Deux choses innommables, deux mamelles sans doute, flottaient devant elle, et des cheveux démesurés, mêlés, roussis par le soleil, entouraient son visage et flottaient sur son dos.

Tourgueneff se sentit traversé par la peur hideuse, la peur glaciale des choses surnaturelles.

Sans réfléchir, sans songer, sans comprendre il se mit à nager éperdument vers la rive. Mais le monstre nageait plus vite encore et il lui touchait le cou, le dos, les jambes, avec de petits ricanements de joie. Le jeune homme, fou d'épouvante, toucha la berge, enfin, et s'élança de toute sa vitesse à travers le bois, sans même penser à retrouver ses habits et son fusil.

L'être effroyable le suivit, courant aussi vite que lui et grognant toujours.

Le fuyard, à bout de forces et perclus par la terreur, allait tomber, quand un enfant qui gardait des chèvres accourut, armé d'un fouet ; il se mit à frapper l'affreuse bête humaine, qui se sauva en poussant des cris de douleur. Et Tourgueneff la vit disparaître dans le feuillage, pareille à une femelle de gorille.

C'était une folle, qui vivait depuis plus de trente ans dans ce bois, de la charité des bergers, et qui passait la moitié de ses jours à nager dans la rivière.

Le grand écrivain russe ajouta : « Je n'ai jamais eu si peur de ma vie, parce que je n'ai pas compris ce que pouvait être ce monstre. »

Mon compagnon, à qui j'avais dit cette aventure, reprit :

— Oui, on n'a peur que de ce qu'on ne comprend pas. On n'éprouve vraiment l'affreuse convulsion de l'âme, qui s'appelle l'épouvante, que lorsque se mêle à la peur un peu de la terreur superstitieuse des siècles passés. Moi, j'ai ressenti cette épouvante dans toute son horreur, et cela pour une chose si simple, si bête, que j'ose à peine la dire.

Je voyageais en Bretagne, tout seul, à pied. J'avais parcouru le Finistère, les landes désolées, les terres nues où ne pousse que l'ajonc, à côté des grandes pierres sacrées, des pierres hantées. J'avais visité la veille, la sinistre pointe du Raz, ce bout du vieux monde, où se battent éternellement deux océans : l'Atlantique et la Manche ; j'avais l'esprit plein de légendes, d'histoires lues ou racontées sur cette terre des croyances et des superstitions.

Et j'allai de Penmarch à Pont-l'Abbé, de nuit. Connaissez-vous Penmarch ? Un rivage plat, tout plat, tout bas, plus bas que la mer, semble-t-il. On la voit partout, menaçante et grise, cette mer pleine d'écueils baveux comme des bêtes furieuses.

J'avais dîné dans un cabaret de pêcheurs, et je marchais maintenant sur la route droite, entre deux landes. Il faisait très noir.

De temps en temps, une pierre druidique, pareille à un fantôme debout, semblait me regarder passer, et peu à peu entrait en moi une appréhension vague ; de quoi ? Je n'en savais rien. Il est des soirs où l'on se croit frôlé par des esprits, où l'âme frissonne sans raison, où le cœur bat sous la crainte confuse de ce quelque chose d'invisible que je regrette, moi.

Elle me semblait longue, cette route, longue et vide interminablement.

Aucun bruit que le ronflement des flots, là-bas, derrière moi, et parfois ce bruit monotone et menaçant semblait tout près, si près, que je les croyais sur mes talons, courant par la plaine avec leur front d'écume, et que j'avais envie de me sauver, de fuir à toutes jambes devant eux.

Le vent, un vent bas soufflant par rafales, faisait siffler les ajoncs autour de moi. Et, bien que j'allasse très vite, j'avais froid dans les bras et dans les jambes : un vilain froid d'angoisse.

Oh ! comme j'aurais voulu rencontrer quelqu'un !

Il faisait si noir que je distinguais à peine la route, maintenant.

Et tout à coup j'entendis devant moi, très loin, un roulement. Je pensai : « Tiens, une voiture. » Puis je n'entendis plus rien.

Au bout d'une minute, je perçus distinctement le même bruit, plus proche.

Je ne voyais aucune lumière, cependant ; mais je me dis : « Ils n'ont pas de lanterne. Quoi d'étonnant dans ce pays de sauvage. »

Le bruit s'arrêta encore, puis reprit. Il était trop grêle pour que ce fût une charrette ; et je n'entendais point d'ailleurs le trot du cheval, ce qui m'étonnait, car la nuit était calme.

Je cherchais : « Qu'est-ce que cela ? »

Il approchait vite, très vite ! Certes, je n'entendais rien qu'une roue — aucun battement de fers ou de pieds, — rien. Qu'était-ce que cela ?

Il était tout près, tout près ; je me jetai dans un fossé par un mouvement de peur instinctive, et je vis passer contre moi une brouette, qui courait... toute seule, personne ne la poussant... Oui... une brouette... toute seule...

Mon cœur se mit à bondir si violemment que je m'affaissai sur l'herbe et j'écoutais le roulement de la roue qui s'éloignait, qui s'en allait vers la mer. Et je n'osais plus me lever, ni marcher, ni faire un mouvement ; car si elle était revenue, si elle m'avait poursuivi, je serais mort de terreur.

Je fus longtemps à me remettre, bien longtemps. Et je fis le reste du chemin avec une telle angoisse dans l'âme que le moindre bruit me coupait l'haleine.

Est-ce bête, dites ? Mais quelle peur ! En y réfléchissant, plus tard, j'ai compris ; un enfant, nu-pieds, la menait sans doute cette brouette ; et moi, j'ai cherché la tête d'un homme à la hauteur ordinaire !

Comprenez-vous cela... quand on a déjà dans l'esprit un frisson de surnaturel... une brouette qui court... toute seule... Quelle peur !

Il se tut une seconde, puis reprit :

— Tenez, Monsieur, nous assistons à un spectacle curieux et terrible : cette invasion du choléra !

Vous sentez le phénol dont ces wagons sont empoisonnés, c'est qu'il est là quelque part.

Il faut voir Toulon en ce moment. Allez, on sent bien qu'il est là, Lui. Et ce n'est pas la peur d'une maladie qui affole ces gens. Le choléra c'est autre chose, c'est l'Invisible, c'est un fléau d'autrefois, des temps passés, une sorte d'Esprit malfaisant qui revient et qui nous étonne autant qu'il nous épouvante, car il appartient, semble-t-il, aux âges disparus.

Les médecins me font rire avec leur microbe. Ce n'est pas un insecte qui terrifie les hommes au point de les faire sauter par la fenêtre : c'est le choléra, l'être inexprimable et terrible venu du fond de l'Orient.

Traversez Toulon, on danse dans les rues.

Pourquoi danser en ces jours de mort ? On tire des feux d'artifices dans la campagne autour de la ville ; on allume des feux de joie ; des orchestres jouent des airs joyeux sur toutes les promenades publiques.

C'est qu'Il est là, c'est qu'on le brave, non pas le Microbe, mais le Choléra, et qu'on veut être crâne devant lui, comme auprès d'un ennemi caché qui vous guette. C'est pour lui qu'on danse, qu'on rit, qu'on crie, qu'on allume ces feux, qu'on joue ces valses, pour lui, l'Esprit qui tue, et qu'on sent partout présent, invisible, menaçant, comme un de ces anciens génies du mal que conjuraient les prêtres barbares...

(25 juillet 1884.)

UN FOU ?

Quand on me dit : « Vous savez que Jacques Parent est mort fou dans une maison de santé », un frisson douloureux, un frisson de peur et d'angoisse me courut le long des os ; et je le revis brusquement, ce grand garçon étrange, fou depuis longtemps peut-être, maniaque inquiétant, effrayant même.

C'était un homme de quarante ans, haut, maigre, un peu voûté, avec des yeux d'halluciné, des yeux noirs, si noirs qu'on ne distinguait pas la pupille, des yeux mobiles, rôdeurs, malades, hantés. Quel être singulier, troublant, qui apportait, qui jetait un malaise autour de lui, un malaise vague, de l'âme, du corps, un de ces énervements incompréhensibles qui font croire à des influences surnaturelles !

Il avait un tic gênant : la manie de cacher ses mains. Presque jamais il ne les laissait errer, comme nous faisons tous, sur les objets, sur les tables. Jamais il ne maniait les choses traînantes avec ce geste familier qu'ont presque tous les hommes. Jamais il ne les laissait nues, ses longues mains osseuses, fines, un peu fébriles.

Il les enfonçait dans ses poches, sous les revers de ses aisselles en croisant les bras. On eût dit qu'il avait peur qu'elles ne fissent, malgré lui, quelque besogne défendue, qu'elles n'accomplissent quelque action honteuse ou ridicule s'il les laissait libres et maîtresses de leurs mouvements.

Quand il était obligé de s'en servir pour tous les usages ordinaires de la vie, il le faisait par saccades brusques, par élans rapides du bras comme s'il n'eût pas voulu leur laisser le temps d'agir par elles-mêmes, de se refuser à sa volonté, d'exécuter autre chose. A table, il saisissait son verre, sa fourchette ou son couteau si vivement qu'on n'avait jamais le temps de prévoir ce qu'il voulait faire avant qu'il ne l'eût accompli.

Or, j'eus un soir l'explication de la surprenante maladie de son âme.

Il venait passer de temps en temps quelques jours chez moi, à la campagne, et ce soir-là il me paraissait particulièrement agité !

Un orage montait dans le ciel, étouffant et noir, après une journée d'atroce chaleur. Aucun souffle d'air ne remuait les feuilles. Une vapeur chaude de four passait sur les visages, faisait haleter les poitrines. Je me sentais mal à l'aise, agité, et je voulus gagner mon lit.

Quand il me vit me lever pour partir, Jacques Parent me saisit le bras d'un geste effaré.

« Oh ! non, reste encore un peu », me dit-il.

Je le regardai avec surprise en murmurant :

« C'est que cet orage me secoue les nerfs. »

Il gémit, ou plutôt il cria :

« Et moi donc ! Oh ! reste, je te prie ; je ne voudrais pas demeurer seul. »

Il avait l'air affolé.

Je prononçai :

« Qu'est-ce que tu as ? Perds-tu la tête ?

— Oui, par moments, dans les soirs comme celui-ci, dans les soirs d'électricité... j'ai... j'ai... j'ai peur... j'ai peur de moi... tu ne me comprends pas ? C'est que je suis doué d'un pouvoir... non... d'une puissance... non... d'une force... Enfin, je ne sais pas dire ce que c'est, mais j'ai en moi une action magnétique si extraordinaire que j'ai peur, oui, j'ai peur de moi, comme je te le disais tout à l'heure ! »

Et il cachait, avec des frissons éperdus, ses mains vibrantes sous les revers de sa jaquette. Et moi-même, je me sentis soudain tout tremblant d'une crainte confuse, puissante, horrible. J'avais envie de partir, de me sauver, de ne plus le voir, de ne plus voir son œil errant passer sur moi, puis s'enfuir, tourner autour du plafond, chercher quelque coin sombre de la pièce pour s'y fixer, comme s'il eût voulu cacher aussi son regard redoutable.

Je balbutiai :

« Tu ne m'avais jamais dit ça ! »

Il reprit :

« Est-ce que j'en parle à personne ? Tiens, écoute, ce soir je ne puis me taire. Et j'aime mieux que tu saches tout ; d'ailleurs, tu pourras me secourir.

» Le magnétisme ! Sais-tu ce que c'est ? Non. Personne ne sait. On le constate pourtant. On le reconnaît, les médecins eux-mêmes le pratiquent ; un des plus illustres, M. Charcot, le professe ; donc, pas de doute, cela existe.

» Un homme, un être a le pouvoir, effrayant et incompréhensible, d'endormir, par la force de sa volonté, un autre être, et, pendant qu'il dort, de lui voler sa pensée comme on volerait une bourse. Il lui vole sa pensée, c'est-à-dire son âme, l'âme, ce sanctuaire, ce secret du Moi, l'âme, ce fond de l'homme qu'on croyait impénétrable, l'âme, cet asile des inavouables idées, de tout ce qu'on cache, de tout ce qu'on aime, de tout ce qu'on veut celer à tous les humains, il l'ouvre, la viole, l'étale, la jette au public ! N'est-ce pas atroce, criminel, infâme ?

» Pourquoi, comment cela se fait-il ? Le sait-on ? Mais que sait-on ?

» Tout est mystère. Nous ne communiquons avec les choses que par nos misérables sens, incomplets, infirmes, si faibles qu'ils ont à peine la puissance de constater ce qui nous entoure. Tout est mystère. Songe à la musique, cet art divin, cet art qui bouleverse l'âme, l'emporte, la grise, l'affole, qu'est-ce donc ? Rien.

» Tu ne me comprends pas ? Ecoute. Deux corps se heurtent. L'air vibre. Ces vibrations sont plus ou moins nombreuses, plus ou moins rapides, plus ou moins fortes, selon la nature du choc. Or, nous avons dans l'oreille une petite peau qui reçoit ces vibrations de l'air et les transmet au cerveau sous forme de son. Imagine qu'un verre d'eau se change en vin dans ta bouche. Le tympan accomplit cette incroyable métamorphose, ce surprenant miracle de changer le mouvement en son. Voilà.

» La musique, cet art complexe et mystérieux, précis comme l'algèbre et vague comme un rêve, cet art fait de mathématiques et de brise, ne vient donc que de la propriété étrange d'une petite peau. Elle n'existerait point, cette peau, que le son non plus n'existerait pas, puisque par lui-même il n'est qu'une vibration. Sans l'oreille, devinerait-on la musique ? Non. Eh bien ! nous sommes entourés de choses que nous ne soupçonnerons jamais, parce que les organes nous manquent qui nous les révéleraient.

» Le magnétisme est de celles-là peut-être. Nous ne pouvons que pressentir cette puissance, que tenter en tremblant ce voisinage des esprits, qu'entrevoir ce nouveau secret de la nature, parce que nous n'avons point en nous l'instrument révélateur.

» Quant à moi. . Quant à moi, je suis doué d'une puissance affreuse. On dirait un autre être enfermé en moi, qui veut sans cesse s'échapper, agir malgré moi, qui s'agite, me ronge, m'épuise. Quel est-il ? Je ne sais pas, mais nous sommes deux dans mon pauvre corps, et c'est lui, l'autre, qui est souvent le plus fort, comme ce soir.

» Je n'ai qu'à regarder les gens pour les engourdir comme si je leur avais versé de l'opium. Je n'ai qu'à étendre les mains pour produire des choses... des choses... terribles. Si tu savais ? Oui, si tu savais ? Mon pouvoir ne s'étend pas seulement sur les hommes, mais aussi sur les animaux et même... sur les objets...

» Cela me torture et m'épouvante. J'ai eu envie souvent de me crever les yeux et de me couper les poignets.

» Mais je vais... je veux que tu saches tout. Tiens. Je vais te montrer cela... non pas sur des créatures humaines, c'est ce qu'on fait partout, mais sur... sur... des bêtes.

» Appelle Mirza. »

Il marchait à grands pas avec des airs d'halluciné, et il sortit ses mains cachées dans sa poitrine. Elles me semblèrent effrayantes comme s'il eût mis à nu deux épées.

Et je lui obéis machinalement, subjugué, vibrant de terreur et dévoré d'une sorte de désir impétueux de voir. J'ouvris la porte et je sifflai ma chienne qui couchait dans le vestibule. J'entendis aussitôt le bruit précipité de ses ongles sur les marches de l'escalier, et elle apparut joyeuse, remuant la queue.

Puis je lui fis signe de se coucher sur un fauteuil ; elle y sauta, et Jacques se mit à la caresser en la regardant.

D'abord, elle sembla inquiète ; elle frissonnait, tournait la tête pour éviter l'œil fixe de l'homme, semblait agitée d'une crainte grandissante. Tout à coup, elle commença à trembler, comme tremblent les chiens. Tout son corps palpitait, secoué de longs frissons, et elle voulut s'enfuir. Mais il posa sa main sur le crâne de l'animal qui poussa, sous ce toucher, un de ces longs hurlements qu'on entend, la nuit, dans la campagne.

Je me sentais moi-même engourdi, étourdi, ainsi qu'on l'est lorsqu'on monte en barque. Je voyais se pencher les meubles, remuer les murs. Je balbutiai : « Assez, Jacques, assez. » Mais il ne m'écoutait plus, il regardait Mirza d'une façon continue, effrayante. Elle fermait les yeux maintenant et laissait tomber sa tête comme on fait en s'endormant. Il se tourna vers moi.

« C'est fait, dit-il, vois maintenant. »

Et jetant son mouchoir de l'autre côté de l'appartement, il cria : « Apporte ! »

La bête alors se souleva et chancelant, trébuchant comme si elle eût été aveugle, remuant ses pattes comme les paralytiques remuent leurs jambes, elle s'en alla vers le linge qui faisait une tache blanche contre le mur. Elle essaya plusieurs fois de le prendre dans sa gueule, mais elle mordait à côté comme si elle ne l'eût pas vu. Elle le saisit enfin, et revint de la même allure ballottée de chien somnambule.

C'était une chose terrifiante à voir. Il commanda : « Cou-

che-toi. » Elle se coucha. Alors, touchant le front, il dit :
« Un lièvre, pille, pille. » Et la bête, toujours sur le flanc,
essaya de courir, s'agita comme font les chiens qui rêvent, et
poussa, sans ouvrir la gueule, des petits aboiements étranges,
des aboiements de ventriloque.

Jacques semblait devenu fou. La sueur coulait de son front.
Il cria : « Mords-le, mords ton maître. » Elle eut deux ou
trois soubresauts terribles. On eût juré qu'elle résistait, qu'elle
luttait. Il répéta : « Mords-le ». Alors, se levant, ma chienne
s'en vint vers moi, et moi je reculais vers la muraille, frémissant d'épouvante, le pied levé pour la frapper, pour la repousser.

Mais Jacques ordonna : « Ici, tout de suite. » Elle se retourna vers lui. Alors, de ses deux grandes mains, il se mit à
lui frotter la tête comme s'il l'eût débarrassée de liens invisibles.

Mirza rouvrit les yeux : « C'est fini », dit-il.

Je n'osais point la toucher et je poussai la porte pour
qu'elle s'en allât. Elle partit lentement, tremblante, épuisée, et
j'entendis de nouveau ses griffes frapper les marches.

Mais Jacques revint vers moi : « Ce n'est pas tout. Ce qui
m'effraie le plus, c'est ceci, tiens. Les objets m'obéissent. »

Il y avait sur ma table une sorte de couteau-poignard dont
je me servais pour couper les feuillets des livres. Il allongea
sa main vers lui. Elle semblait ramper, s'approchait lentement ;
et tout d'un coup, je vis, oui, je vis le couteau lui-même
tressaillir, puis il remua, puis il glissa doucement, tout seul,
sur le bois vers la main arrêtée qui l'attendait, et il vint se
placer sous ses doigts.

Je me mis à crier de terreur. Je crus que je devenais fou
moi-même, mais le son aigu de sa voix me calma soudain.

Jacques reprit :

« Tous les objets viennent ainsi vers moi. C'est pour cela
que je cache mes mains. Qu'est cela ? Du magnétisme, de
l'électricité, de l'aimant ? Je ne sais pas, mais c'est horrible.

» Et comprends-tu pourquoi c'est horrible ? Quand je suis
seul, aussitôt que je suis seul, je ne puis m'empêcher d'attirer

tout ce qui m'entoure.

» Et je passe des jours entiers à changer des choses de place, ne me lassant jamais d'essayer ce pouvoir abominable, comme pour voir s'il ne m'a pas quitté. »

Il avait enfoui ses grandes mains dans ses poches et il regardait dans la nuit. Un petit bruit, un frémissement léger semblait passer dans les arbres.

C'était la pluie qui commençait à tomber.

Je murmurai : « C'est effrayant ! »

Il répéta : « C'est horrible. »

Une rumeur accourut dans le feuillage, comme un coup de vent. C'était l'averse, l'ondée épaisse, torrentielle.

Jacques se mit à respirer par grands souffles qui soulevaient sa poitrine.

« Laisse-moi, dit-il, la pluie va me calmer. Je désire être seul à présent. »

(1er septembre 1884.)

A VENDRE

Partir à pied, quand le soleil se lève, et marcher dans la rosée, le long des champs, au bord de la mer calme, quelle ivresse !

Quelle ivresse ! Elle entre en vous par les yeux avec la lumière, par la narine avec l'air léger, par la peau avec les souffles du vent.

Pourquoi gardons-nous le souvenir si clair, si cher, si aigu de certaines minutes d'amour avec la Terre, le souvenir d'une sensation délicieuse et rapide, comme de la caresse d'un paysage rencontré au détour d'une route, à l'entrée d'un vallon, au bord d'une rivière, ainsi qu'on rencontrerait une belle fille complaisante ?

Je me souviens d'un jour, entre autres. J'allais, le long de l'Océan breton, vers la pointe du Finistère. J'allais, sans penser à rien, d'un pas rapide, le long des flots. C'était dans les environs de Quimperlé, dans cette partie la plus douce et la plus belle de la Bretagne.

Un matin de printemps, un de ces matins qui vous rajeunissent de vingt ans, vous refont des espérances et vous redonnent des rêves d'adolescents.

J'allais, par un chemin à peine marqué, entre les blés et les vagues. Les blés ne remuaient point du tout, et les vagues remuaient à peine. On sentait bien l'odeur douce des champs mûrs et l'odeur marine du varech. J'allais sans penser à rien, devant moi, continuant mon voyage commencé depuis quinze jours, un tour de Bretagne par les côtes. Je me sentais fort, agile, heureux et gai. J'allais.

Je ne pensais à rien ! Pourquoi penser en ces heures de joie inconsciente, profonde, charnelle, joie de bête qui court dans l'herbe, ou qui vole dans l'air bleu sous le soleil ? J'entendais chanter au loin des chants pieux. Une procession peut-être, car c'était un dimanche. Mais je tournai un petit cap et je demeurai immobile, ravi. Cinq gros bateaux de pêche m'apparurent remplis de gens, hommes, femmes, enfants, allant au pardon de Plouneven.

Ils longeaient la rive, doucement, poussés à peine par une brise molle et essoufflée qui gonflait un peu les voiles brunes, puis, s'épuisant aussitôt, les laissait retomber, flasques, le long des mâts.

Les lourdes barques glissaient lentement, chargées de monde. Et tout ce monde chantait. Les hommes debout sur les bordages, coiffés du grand chapeau, poussaient leurs notes puissantes, les femmes criaient leurs notes aiguës, et les voix grêles des enfants passaient comme des sons de fifre faux dans la grande clameur pieuse et violente.

Et les passagers des cinq bateaux clamaient le même cantique, dont le rythme monotone s'élevait dans le ciel calme ; et les cinq bateaux allaient l'un derrière l'autre, tout près l'un de l'autre.

Ils passèrent devant moi, contre moi, et je les vis s'éloigner, j'entendis s'affaiblir et s'éteindre leur chant.

Et je me mis à rêver à des choses délicieuses, comme rêvent les tout jeunes gens, d'une façon puérile et charmante.

Comme il fuit vite, cet âge de la rêverie, le seul âge heureux de l'existence ! Jamais on n'est solitaire, jamais on n'est triste, jamais morose et désolé quand on porte la faculté divine de s'égarer dans les espérances, dès qu'on est seul. Quel pays de fées, celui où tout arrive, dans l'hallucination de la pensée qui vagabonde ! Comme la vie est belle sous la poudre d'or des songes !

Hélas ! c'est fini, cela !

Je me mis à rêver. A quoi ? A tout ce qu'on attend sans cesse, tout ce qu'on désire, à la fortune, à la gloire, à la femme.

Et j'allais, à grands pas rapides, caressant de la main la tête blonde des blés qui se penchaient sous mes doigts et me chatouillaient la peau comme si j'eusse touché des cheveux.

Je contournai un petit promontoire et j'aperçus, au fond d'une plage étroite et ronde, une maison blanche, bâtie sur trois terrasses qui descendaient jusqu'à la grève.

Pourquoi la vue de cette maison me fit-elle tressaillir de joie ? Le sais-je ? On trouve parfois, en voyageant ainsi, des coins de pays qu'on croit connaître depuis longtemps, tant ils vous sont familiers, tant ils plaisent à votre cœur. Est-il possible qu'on ne les ait jamais vus ? qu'on n'ait point vécu là autrefois ? Tout vous séduit, vous enchante, la ligne douce de l'horizon, la disposition des arbres, la couleur du sable !

Oh ! la jolie maison, debout sur ses hauts gradins ! De grands arbres fruitiers avaient poussé le long des terrasses qui descendaient vers l'eau, comme des marches géantes. Et chacun portait, ainsi qu'une couronne d'or, sur son faîte, un long bouquet de genêts d'Espagne en fleur !

Je m'arrêtai, saisi d'amour pour cette demeure. Comme j'eusse aimé la posséder, y vivre, toujours !

Je m'approchai de la porte, le cœur battant d'envie, et j'aperçus, sur un des piliers de la barrière, un grand écriteau : « A vendre ».

J'en ressentis une secousse de plaisir comme si on me l'eût offerte, comme si on me l'eût donnée, cette demeure ! Pourquoi ? oui, pourquoi ? Je n'en sais rien !

« A vendre. » Donc elle n'était presque plus à quelqu'un, elle pouvait être à tout le monde, à moi, à moi ! Pourquoi cette joie, cette sensation d'allégresse profonde, inexplicable ? Je savais bien pourtant que je ne l'achèterais point ! Comment l'aurais-je payée ? N'importe, elle était à vendre. L'oiseau en cage appartient à son maître, l'oiseau dans l'air est à moi, n'étant à aucun autre.

Et j'entrai dans le jardin. Oh ! le charmant jardin avec ses estrades superposées, ses espaliers aux longs bras de martyrs crucifiés, ses touffes de genêts d'or, et deux vieux figuiers au bout de chaque terrasse.

Quand je fus sur la dernière, je regardai l'horizon. La petite plage s'étendait à mes pieds, ronde et sablonneuse, séparée de la haute mer par trois rochers lourds et bruns qui en fermaient l'entrée et devaient briser les vagues aux jours de grosse mer.

Sur la pointe, en face, deux pierres énormes, l'une debout, l'autre couchée dans l'herbe, un menhir et un dolmen, pareils à deux époux étranges, immobilisés par quelque maléfice, semblaient regarder toujours la petite maison qu'ils verraient s'écrouler, s'émietter, s'envoler, disparaître, la petite maison à vendre !

Oh ! vieux dolmen et vieux menhir, que je vous aime !

Et je sonnai à la porte comme si j'eusse sonné chez moi. Une femme vint m'ouvrir, une bonne, une vieille petite bonne vêtue de noir, coiffée de blanc, qui ressemblait à une béguine. Il me sembla que je la connaissais aussi, cette femme.

Je lui dis : « Vous n'êtes pas Bretonne, vous ? »

Elle répondit : « Non, Monsieur, je suis de Lorraine. » Elle ajouta : « Vous venez visiter la maison ?

— Eh ! oui, parbleu. »

Et j'entrai.

Je reconnaissais tout, me semblait-il, les murs, les meubles. Je m'étonnai presque de ne pas trouver mes cannes dans le vestibule.

Je pénétrai dans le salon, un joli salon tapissé de nattes, et qui regardait la mer par trois larges fenêtres. Sur la cheminée, des potiches de Chine et une grande photographie de femme. J'allai vers elle aussitôt, persuadé que je la reconnaîtrais aussi. Et je la reconnus, bien que je fusse certain de ne l'avoir jamais rencontrée. C'était elle, elle-même, celle que j'attendais, que je désirais, que j'appelais, dont le visage hantait mes rêves. Elle, celle qu'on cherche toujours, partout, celle qu'on va voir dans la rue tout à l'heure, qu'on va trouver sur la route dans la campagne dès qu'on aperçoit une ombrelle rouge sur les blés, celle qui doit être déjà arrivée dans l'hôtel où j'entre en voyage, dans le wagon où je vais monter, dans le salon dont la porte s'ouvre devant moi.

C'était elle, assurément, indubitablement elle ! Je la reconnus à ses yeux qui me regardaient, à ses cheveux roulés à l'anglaise, à sa bouche surtout, à ce sourire que j'avais deviné depuis longtemps.

Je demandai aussitôt : « Quelle est cette femme »

La bonne à tête de béguine répondit sèchement : « C'est Madame. »

Je repris : « C'est votre maîtresse ? »

Elle répliqua avec son air dévot et dur : « Oh ! non, Monsieur. »

Je m'assis et je prononçai : « Contez-moi ça. »

Elle demeurait stupéfaite, immobile, silencieuse.

J'insistai : « C'est la propriétaire de cette maison, alors !

— Oh ! non, Monsieur.

— A qui appartient donc cette maison ?

— A mon maître, M. Tournelle. »

J'étendis le doigt vers la photographie.

« Et cette femme, qu'est-ce que c'est ?

— C'est Madame.

— La femme de votre maître ?

— Oh ! non, monsieur.

— Sa maîtresse alors ? »

La béguine ne répondit pas. Je repris, mordu par une vague jalousie, par une colère confuse contre cet homme qui avait trouvé cette femme :

« Où sont-ils maintenant ? »

La bonne murmura :

« Monsieur est à Paris, mais, pour Madame, je ne sais pas. »

Je tressaillis : « Ah ! Ils ne sont plus ensemble.

— Non, Monsieur. »

Je fus rusé ; et, d'une voix grave : « Dites-moi ce qui est arrivé, je pourrai peut-être rendre service à votre maître. Je connais cette femme, c'est une méchante ! »

La vieille servante me regarda, et devant mon air ouvert et franc, elle eut confiance.

« Oh ! Monsieur, elle a rendu mon maître bien malheureux. Il a fait sa connaissance en Italie et il l'a ramenée avec lui comme s'il l'avait épousée. Elle chantait très bien. Il l'aimait, Monsieur, que ça faisait pitié de le voir. Et ils ont été en voyage dans ce pays-ci, l'an dernier. Et ils ont trouvé cette maison qui avait été bâtie par un fou, un vrai fou pour s'installer à deux lieues du village. Madame a voulu l'acheter tout de suite, pour y rester avec mon maître. Et il a acheté la maison pour lui faire plaisir.

» Ils y sont demeurés tout l'été dernier, Monsieur, et presque tout l'hiver.

» Et puis, voilà qu'un matin, à l'heure du déjeuner, Monsieur m'appelle : « Césarine, est-ce que Madame est rentrée ?

» — Mais non, Monsieur. »

» On attendit toute la journée. Mon maître était comme un furieux. On chercha partout, on ne la trouva pas. Elle était partie, Monsieur, on n'a jamais su où ni comment. »

Oh ! quelle joie m'envahit ! J'avais envie d'embrasser la béguine, de la prendre par la taille et de la faire danser dans le salon !

Ah ! elle était partie, elle s'était sauvée, elle l'avait quitté fatiguée, dégoûtée de lui ! Comme j'étais heureux !

La vieille bonne reprit : « Monsieur a eu un chagrin à mourir, et il est retourné à Paris en me laissant avec mon mari pour vendre la maison. On en demande vingt mille francs. »

Mais je n'écoutais plus ! Je pensais à elle ! Et, tout à coup, il me sembla que je n'avais qu'à repartir pour la trouver, qu'elle avait dû revenir dans le pays, ce printemps, pour voir la maison, sa gentille maison, qu'elle aurait tant aimée, sans lui.

Je jetai dix francs dans les mains de la vieille femme ; je saisis la photographie, et je m'enfuis en courant et baisant éperdument le doux visage entré dans le carton.

Je regagnai la route et me mis à marcher, en la regardant, elle ! Quelle joie qu'elle fût libre, qu'elle se fût sauvée ! Certes, j'allais la rencontrer aujourd'hui ou demain, cette semaine ou la suivante, puisqu'elle l'avait quitté ! Elle l'avait quitté parce que mon heure était venue !

Elle était libre, quelque part dans le monde ! Je n'avais plus qu'à la trouver puisque je la connaissais.

Et je caressais toujours les têtes ployantes des blés mûrs, je buvais l'air marin qui me gonflait la poitrine, je sentais le soleil me baiser le visage. J'allais, j'allais éperdu de bonheur, enivré d'espoir. J'allais, sûr de la rencontrer bientôt et de la ramener pour habiter à notre tour dans la jolie maison *A vendre*. Comme elle s'y plairait, cette fois !

(5 janvier 1885.)

L'INCONNUE

On parlait de bonnes fortunes et chacun en racontait d'étranges : rencontres surprenantes et délicieuses, en wagon, dans un hôtel, à l'étranger, sur une plage. Les plages, au dire de Roger des Annettes, étaient singulièrement favorables à l'amour.

Gontran, qui se taisait, fut consulté.

« C'est encore Paris qui vaut le mieux, dit-il. Il en est de la femme comme du bibelot, nous l'apprécions davantage dans les endroits où nous ne nous attendons point à en rencontrer ; mais on n'en rencontre vraiment de rares qu'à Paris. »

Il se tut quelques secondes, puis reprit :

« Cristi ! c'est gentil ! Allez un matin de printemps dans nos rues. Elles ont l'air d'éclore comme des fleurs, les petites femmes qui trottent le long des maisons. Oh ! le joli, le joli, joli spectacle ! On sent la violette au bord des trottoirs ; la violette qui passe dans les voitures lentes poussées par les marchandes.

» Il fait gai par la ville ; et on regarde les femmes. Cristi de cristi, comme elles sont tentantes avec leurs toilettes claires, leurs toilettes légères qui montrent la peau. On flânc, le nez au vent et l'esprit allumé ; on flâne, et on flaire et on guette. C'est rudement bon, ces matins-là !

» On la voit de loin, on la distingue et on la reconnaît à

cent pas, celle qui va nous plaire de tout près. A la fleur de son chapeau, au mouvement de sa tête, à sa démarche, on la devine. Elle vient. On se dit : « Attention, en voilà une », et on va au-devant d'elle en la dévorant des yeux.

» Est-ce une fillette qui fait les courses du magasin, une jeune femme qui vient de l'église ou qui va chez son amant ? Qu'importe ! La poitrine est ronde sous le corsage transparent. — Oh ! si on pouvait mettre le doigt dessus ? le doigt ou la lèvre. — Le regard est timide ou hardi, la tête brune ou blonde. Qu'importe ! L'effleurement de cette femme qui trotte vous fait courir un frisson dans le dos. Et comme on la désire jusqu'au soir, celle qu'on a rencontrée ainsi ! Certes, j'ai bien gardé le souvenir d'une vingtaine de créatures vues une fois ou dix fois de cette façon et dont j'aurais été follement amoureux si je les avais connues plus intimement.

» Mais voilà, celles qu'on chérirait éperdument, on ne les connaît jamais. Avez-vous remarqué ça ? c'est assez drôle ! On aperçoit, de temps en temps, des femmes dont la seule vue nous ravage de désirs. Mais on ne fait que les apercevoir, celles-là. Moi, quand je pense à tous les êtres adorables que j'ai coudoyés dans les rues de Paris, j'ai des crises de rage à me pendre. Où sont-elles ? Qui sont-elles ? Où pourrait-on les retrouver ? les revoir ? Un proverbe dit qu'on passe souvent à côté du bonheur, eh bien ! moi je suis certain que j'ai passé plus d'une fois à côté de celle qui m'aurait pris comme un linot avec l'appât de sa chair fraîche. »

Roger des Annettes avait écouté en souriant. Il répondit :

Je connais ça aussi bien que toi. Voilà ce qui m'est arrivé, à moi. Il y a cinq ans environ, je rencontrai pour la première fois, sur le pont de la Concorde, une grande jeune femme un peu forte qui me fit un effet... mais un effet... étonnant. C'était une brune, une brune grasse, avec des cheveux luisants, mangeant le front, et des sourcils liant les deux yeux sous leur grand arc allant d'une tempe à l'autre. Un peu de moustache sur les lèvres faisait rêver... rêver... comme on rêve à des bois aimés en voyant un bouquet sur une table. Elle avait la taille très cambrée, la poitrine très saillante, présentée comme un défi, offerte comme une tentation. L'œil était pareil à une tache d'encre sur de l'émail blanc. Ce n'était pas un œil mais un trou noir, un trou profond ouvert dans sa tête, dans cette femme, par où on voyait en elle, on entrait en elle. Oh ! l'étrange regard opaque et vide, sans pensée et si beau !

J'imaginai que c'était une juive. Je la suivis. Beaucoup d'hommes se retournaient. Elle marchait en se dandinant d'une façon peu gracieuse, mais troublante. Elle prit un fiacre place de la Concorde. Et je demeurai comme une bête, à côté de l'Obélisque, je demeurai frappé par la plus forte émotion de désir qui m'eût encore assailli.

J'y pensai pendant trois semaines au moins, puis je l'oubliai.

Je la revis six mois plus tard rue de la Paix ; et je sentis, en l'apercevant, une secousse au cœur comme lorsqu'on retrouve une maîtresse follement aimée jadis. Je m'arrêtai pour bien la voir venir. Quand elle passa près de moi, à me toucher, il me sembla que j'étais devant la bouche d'un four. Puis, lorsqu'elle se fut éloignée, j'eus la sensation d'un vent frais qui me courait sur le visage. Je ne la suivis pas. J'avais peur de faire quelque sottise, peur de moi-même.

Elle hanta souvent mes rêves. Tu connais ces obsessions-là.

Je fus un an sans la retrouver ; puis un soir, au coucher du soleil, vers le mois de mai, je la reconnus qui montait devant moi l'avenue des Champs-Elysées.

L'arc de l'Etoile se dessinait sur le rideau de feu du ciel. Une poussière d'or, un brouillard de clarté rouge voltigeait, c'était un de ces soirs délicieux qui sont les apothéoses de Paris.

Je la suivais avec l'envie furieuse de lui parler, de m'agenouiller, de lui dire l'émotion qui m'étranglait.

Deux fois je la dépassai pour revenir. Deux fois j'éprouvai de nouveau, en la croisant, cette sensation de chaleur ardente qui m'avait frappé, rue de la Paix.

Elle me regarda. Puis je la vis entrer dans une maison de la rue de Presbourg. Je l'attendis deux heures sous une porte.

Elle ne sortit pas. Je me décidai alors à interroger le concierge. Il eut l'air de ne pas me comprendre : « Ça doit être une visite », dit-il.

Et je fus encore huit mois sans la revoir.

Or, un matin de janvier, par un froid de Sibérie, je suivais le boulevard Malesherbes, en courant pour m'échauffer, quand, au coin d'une rue, je heurtai si violemment une femme qu'elle laissa tomber un petit paquet.

Je voulus m'excuser. C'était elle !

Je demeurai d'abord stupide de saisissement ; puis, lui ayant rendu l'objet qu'elle tenait à la main, je lui dis brusquement :

« Je suis désolé et ravi, Madame, de vous avoir bousculée ainsi. Voilà plus de deux ans que je vous connais, que je vous admire, que j'ai le désir le plus violent de vous être présenté ; et je ne puis arriver à savoir qui vous êtes ni où vous demeurez. Excusez de semblables paroles, attribuez-les à une envie passionnée d'être au nombre de ceux qui ont le droit de vous saluer. Un pareil sentiment ne peut vous blesser, n'est-ce pas ? Vous ne me connaissez point. Je m'appelle le baron Roger des Annettes. Informez-vous, on vous dira que je suis recevable. Maintenant, si vous résistez à ma demande, vous ferez de moi un homme infiniment malheureux. Voyons, soyez bonne, donnez-moi, indiquez-moi un moyen de vous voir. »

Elle me regardait fixement, de son œil étrange et mort, et elle répondit en souriant :

« Donnez-moi votre adresse. J'irai chez vous. »

Je fus tellement stupéfait que je dus le laisser paraître. Mais je ne suis jamais longtemps à me remettre de ces surprises-là, et je m'empressai de lui donner une carte qu'elle glissa dans sa poche d'un geste rapide, d'une main habituée aux lettres escamotées.

Je balbutiai, redevenu hardi.

« Quand vous verrai-je ? »

Elle hésita, comme si elle eût fait un calcul compliqué, cherchant sans doute à se rappeler, heure par heure, l'emploi de son temps ; puis elle murmura : « Dimanche matin, voulez-vous ?

— Je crois bien que je veux. »

Et elle s'en alla, après m'avoir dévisagé, jugé, pesé, analysé de ce regard lourd et vague qui semblait vous laisser quelque chose sur la peau, une sorte de glu, comme s'il eût projeté sur les gens un de ces liquides épais dont se servent les pieuvres pour obscurcir l'eau et endormir leurs proies.

Je me livrai, jusqu'au dimanche, à un terrible travail d'esprit pour deviner ce qu'elle était et pour me fixer une règle de conduite avec elle.

Devais-je la payer ? Comment ?

Je me décidai à acheter un bijou, un joli bijou, ma foi, que je posai, dans son écrin, sur la cheminée.

Et je l'attendis, après avoir mal dormi.

Elle arriva vers dix heures, très calme, très tranquille, et elle me tendit la main comme si elle m'eût connu beaucoup. Je la fis asseoir, je la débarrassai de son chapeau, de son voile, de sa fourrure, de son manchon. Puis je commençai, avec un certain embarras, à me montrer plus galant, car je n'avais point de temps à perdre.

Elle ne se fit nullement prier d'ailleurs, et nous n'avions pas échangé vingt paroles que je commençais à la dévêtir. Elle continua toute seule cette besogne malaisée que je ne réussis jamais à achever. Je me pique aux épingles, je serre les cordons en des nœuds indéliables au lieu de les démêler ; je brouille tout, je confonds tout, je retarde tout et je perds la tête.

Oh ! mon cher ami, connais-tu dans la vie des moments plus délicieux que ceux-là, quand on regarde, d'un peu loin, par discrétion, pour ne point effaroucher cette pudeur d'autruche qu'elles ont toutes, celle qui se dépouille, pour vous, de toutes ses étoffes bruissantes tombant en rond à ses pieds, l'une après l'autre ?

Et quoi de plus joli aussi que leurs mouvements pour détacher ces doux vêtements qui s'abattent, vides et mous, comme s'ils venaient d'être frappés de mort ? Comme elle est superbe et saisissante l'apparition de la chair, des bras nus et de la gorge après la chute du corsage, et combien troublante la ligne du corps devinée sous le dernier voile !

Mais voilà que, tout à coup, j'aperçus une chose surprenante, une tache noire, entre les épaules ; car elle me tournait le dos ; une grande tache en relief, très noire. J'avais promis d'ailleurs de ne pas regarder.

Qu'était-ce ? Je n'en pouvais douter pourtant, et le souvenir de la moustache visible, des sourcils unissant les yeux, de cette toison de cheveux qui la coiffait comme un casque, aurait dû me préparer à cette surprise.

Je fus stupéfait cependant, et hanté brusquement par des visions et des réminiscences singulières. Il me sembla que je voyais une des magiciennes des *Mille et une nuits*, un de ces êtres dangereux et perfides qui ont pour mission d'entraîner les hommes en des abîmes inconnus. Je pensai à Salomon faisant passer sur une glace la reine de Saba pour s'assurer qu'elle n'avait point le pied fourchu.

Et... quand il a fallu lui chanter ma chanson d'amour, je découvris que je n'avais plus de voix, mais plus un filet, mon cher. Pardon, j'avais une voix de chanteur du Pape, ce dont elle s'étonna d'abord et se fâcha ensuite absolument, car elle prononça, en se rhabillant avec vivacité :

« Il était bien inutile de me déranger. »

Je voulus lui faire accepter la bague achetée pour elle, mais elle articula avec tant de hauteur : « Pour qui me prenez-vous, Monsieur ? » que je devins rouge jusqu'aux oreilles de cet empilement d'humiliations. Et elle partit sans ajouter un mot.

Or voilà toute mon aventure. Mais ce qu'il y a de pis, c'est que maintenant, je suis amoureux et follement amoureux.

Je ne puis plus voir une femme sans penser à elle. Toutes les autres me répugnent, me dégoûtent, à moins qu'elles ne lui ressemblent. Je ne puis poser un baiser sur une joue sans voir sa joue à elle à côté de celle que j'embrasse, et sans souffrir affreusement du désir inapaisé qui me torture.

Elle assiste à tous mes rendez-vous, à toutes mes caresses qu'elle me gâte, qu'elle me rend odieuses. Elle est toujours là, habillée ou nue, comme une vraie maîtresse ; elle est là, tout près de l'autre, debout ou couchée, visible mais insaisissable. Et je crois maintenant que c'était bien une femme ensorcelée qui portait entre ses épaules un talisman mystérieux.

Qui est-elle ? Je ne le sais pas encore. Je l'ai rencontrée de nouveau deux fois. Je l'ai saluée. Elle ne m'a point rendu mon salut, elle a feint de ne me point connaître. Qui est-elle ! Une Asiatique, peut-être ? Sans doute une juive d'Orient ? Oui, une juive ! J'ai dans l'idée que c'est une juive. Mais pourquoi ? Voilà ! Pourquoi ? Je ne sais pas !

(27 janvier 1885.)

LETTRES D'UN FOU

Mon cher docteur, je me mets entre vos mains. Faites de moi ce qu'il vous plaira.

Je vais vous dire bien franchement mon étrange état d'esprit, et vous apprécierez s'il ne vaudrait pas mieux qu'on prît soin de moi pendant quelque temps dans une maison de santé plutôt que de me laisser en proie aux hallucinations et aux souffrances qui me harcèlent.

Voici l'histoire, longue et exacte, du mal singulier de mon âme.

Je vivais comme tout le monde, regardant la vie avec les yeux ouverts et aveugles de l'homme, sans m'étonner et sans comprendre. Je vivais comme vivent les bêtes, comme nous vivons tous, accomplissant toutes les fonctions de l'existence, examinant et croyant voir, croyant savoir, croyant connaître ce qui m'entoure, quand, un jour, je me suis aperçu que tout était faux.

C'est une phrase de Montesquieu qui a éclairé brusquement ma pensée. La voici : « Un organe de plus ou de moins dans notre machine nous aurait fait une autre intelligence.

» ...Enfin toutes les lois établies sur ce que notre machine est d'une certaine façon seraient différentes si notre machine n'était pas de cette façon. »

J'ai réfléchi à cela pendant des mois, des mois et des mois, et, peu à peu, une étrange clarté est entrée en moi, et cette clarté y a fait la nuit.

En effet, — nos organes sont les seuls intermédiaires entre le monde extérieur et nous. C'est-à-dire que l'être intérieur, qui constitue *le moi*, se trouve en contact, au moyen de quelques filets nerveux, avec l'être extérieur qui constitue le monde.

Or, outre que cet être extérieur nous échappe par ses proportions, sa durée, ses propriétés innombrables et impénétrables, ses origines, son avenir ou ses fins, ses formes lointaines et ses manifestations infinies, nos organes ne nous fournissent encore sur la parcelle de lui que nous pouvons connaître que des renseignements aussi incertains que peu nombreux.

Incertains, parce que ce sont uniquement les propriétés de nos organes qui déterminent pour nous les propriétés apparentes de la matière.

Peu nombreux, parce que nos sens n'étant qu'au nombre de cinq, le champ de leurs investigations et la nature de leurs révélations se trouvent fort restreints.

Je m'explique. — L'œil nous indique les dimensions, les formes et les couleurs. Il nous trompe sur ces trois points.

Il ne peut nous révéler que les objets et les êtres de dimension moyenne, en proportion avec la taille humaine, ce qui nous a amenés à appliquer le mot grand à certaines choses et le mot petit à certaines autres, uniquement parce que sa faiblesse ne lui permet pas de connaître ce qui est trop vaste ou trop menu pour lui. D'où il résulte qu'il ne sait et ne voit presque rien, que l'univers presque entier lui demeure caché, l'étoile qui habite l'espace et l'animalcule qui habite la goutte d'eau.

S'il avait même cent millions de fois sa puissance normale, s'il apercevait dans l'air que nous respirons toutes les races d'êtres invisibles, ainsi que les habitants des planètes voisines, il existerait encore des nombres infinis de races de bêtes plus petites et des mondes tellement lointains qu'il ne les atteindrait pas.

Donc, toutes nos idées de proportion sont fausses puisqu'il n'y a pas de limite possible dans la grandeur ni dans la petitesse.

Notre appréciation sur les dimensions et les formes n'a aucune valeur absolue, étant déterminée uniquement par la puissance d'un organe et par une comparaison constante avec nous-mêmes.

Ajoutons que l'œil est encore incapable de voir le transparent. Un verre sans défaut le trompe. Il le confond avec l'air qu'il ne voit pas non plus.

Passons à la couleur.

La couleur existe parce que notre œil est constitué de telle sorte qu'il transmet au cerveau, sous forme de couleur, les diverses façons dont les corps absorbent et décomposent, suivant leur constitution chimique, les rayons lumineux qui les frappent.

Toutes les proportions de cette absorption et de cette décomposition constituent les nuances.

Donc cet organe impose à l'esprit sa manière de voir, ou mieux sa façon arbitraire de constater les dimensions et d'apprécier les rapports de la lumière et de la matière.

Examinons l'ouïe.

Plus encore qu'avec l'œil, nous sommes les jouets et les dupes de cet organe fantaisiste.

Deux corps se heurtant produisent un certain ébranlement de l'atmosphère. Ce mouvement fait tressaillir dans notre oreille une certaine petite peau qui change immédiatement en bruit ce qui n'est, en réalité, qu'une vibration.

La nature est muette. Mais le tympan possède la propriété miraculeuse de nous transmettre sous forme de sens, et de sens différents suivant le nombre des vibrations, tous les frémissements des ondes invisibles de l'espace.

Cette métamorphose accomplie par le nerf auditif dans le court trajet de l'oreille au cerveau nous a permis de créer un art étrange, la musique, le plus poétique et le plus précis des arts, vague comme un songe et exact comme l'algèbre.

Que dire du goût et de l'odorat ? Connaîtrions-nous les parfums et la qualité des nourritures sans les propriétés bizarres de notre nez et de notre palais ?

L'humanité pourrait exister cependant sans l'oreille, sans le goût et sans l'odorat, c'est-à-dire sans aucune notion du bruit de la saveur et de l'odeur.

Donc, si nous avions quelques organes de moins, nous ignorerions d'admirables et singulières choses, mais si nous avions quelques organes de plus, nous découvririons autour de nous une infinité d'autres choses que nous ne soupçonnerons jamais faute de moyen de les constater.

Donc, nous nous trompons en jugeant le Connu, et nous sommes entourés de l'Inconnu inexploré.

Donc, tout est incertain et appréciable de manières différentes.

Tout est faux, tout est possible, tout est douteux.

Formulons cette certitude en nous servant du vieux dicton : « Vérité en deçà des Pyrénées, erreur au-delà. »

Et disons : vérité dans notre organe, erreur à côté.

Deux et deux ne doivent plus faire quatre en dehors de notre atmosphère.

Vérité sur la terre, erreur plus loin, d'où je conclus que les mystères entrevus comme l'électricité, le sommeil hypnotique, la transmission de la volonté, la suggestion, tous les phénomènes magnétiques, ne nous demeurent cachés, que parce que la nature ne nous a pas fourni l'organe, ou les organes nécessaires pour les comprendre.

Après m'être convaincu que tout ce que me révèlent mes sens n'existe que pour moi tel que je le perçois et serait totalement différent pour un autre être autrement organisé, après en avoir conclu qu'une humanité diversement faite aurait sur le monde, sur la vie, sur tout, des idées absolument opposées aux nôtres, car l'accord des croyances ne résulte que de la similitude des organes humains, et les divergences d'opinions ne proviennent que des légères différences de fonctionnement de nos filets nerveux, j'ai fait un effort de pensée surhumain pour soupçonner l'impénétrable qui m'entoure.

Suis-je devenu fou ?

Je me suis dit : « Je suis enveloppé de choses inconnues. » J'ai supposé l'homme sans oreilles et soupçonnant le son comme nous soupçonnons tant de mystères cachés, l'homme constatant des phénomènes acoustiques dont il ne pourrait déterminer ni la nature, ni la provenance. Et j'ai eu peur de tout, autour de moi, peur de l'air, peur de la nuit. Du moment que nous ne pouvons connaître presque rien, et du moment que tout est sans limites, quel est le reste ? Le vide n'est pas ? Qu'y a-t-il dans le vide apparent ?

Et cette terreur confuse du surnaturel qui hante l'homme depuis la naissance du monde est légitime puisque le surnaturel n'est pas autre chose que ce qui nous demeure voilé !

Alors j'ai compris l'épouvante. Il m'a semblé que je touchais sans cesse à la découverte d'un secret de l'univers.

J'ai tenté d'aiguiser mes organes, de les exciter, de leur faire percevoir par moments l'invisible.

Je me suis dit : « Tout est un être. Le cri qui passe dans l'air est un être comparable à la bête puisqu'il naît, produit un mouvement, se transforme encore pour mourir. Or, l'esprit craintif qui croit à des êtres incorporels n'a donc pas tort. Qui sont-ils ? »

Combien d'hommes les pressentent, frémissent à leur approche, tremblent à leur inappréciable contact. On les sent auprès de soi, autour de soi, mais on ne les peut distinguer, car nous n'avons pas l'œil qui les verrait, ou plutôt l'organe inconnu qui pourrait les découvrir.

Alors, plus que personne, je les sentais, moi, ces passants surnaturels. Etres ou mystères ? Le sais-je ? Je ne pourrais dire ce qu'ils sont, mais je pourrais toujours signaler leur présence. Et j'ai vu — j'ai vu un être invisible — autant qu'on peut les voir, ces êtres.

Je demeurais des nuits entières immobile, assis devant ma table, la tête dans mes mains et songeant à cela, songeant à eux. Souvent j'ai cru qu'une main intangible, ou plutôt qu'un corps insaisissable, m'effleurait légèrement les cheveux. Il ne me touchait pas, n'étant point d'essence charnelle, mais d'essence impondérable, inconnaissable.

Or, un soir, j'ai entendu craquer mon parquet derrière moi. Il a craqué d'une façon singulière. J'ai frémi. Je me suis tourné, Je n'ai rien vu. Et je n'y ai plus songé.

Mais le lendemain, à la même heure, le même bruit s'est produit. J'ai eu tellement peur que je me suis levé, sûr, sûr, sûr, que je n'étais pas seul dans ma chambre. On ne voyait rien pourtant. L'air était limpide, transparent. Mes deux lampes éclairaient tous les coins.

Le bruit ne recommença pas et je me calmai peu à peu ; je restais inquiet cependant, je me retournais souvent.

Le lendemain je m'enfermai de bonne heure, cherchant comment je pourrais parvenir à voir l'Invisible qui me visitait.

Et je l'ai vu. J'en ai failli mourir de terreur.

J'avais allumé toutes les bougies de ma cheminée et de mon lustre. La pièce était éclairée comme pour une fête. Mes deux lampes brûlaient sur ma table.

En face de moi, mon lit, un vieux lit de chêne à colonnes. A droite, ma cheminée. A gauche, ma porte que j'avais fermée au verrou. Derrière moi, une très grande armoire à glace. Je me regardai dedans. J'avais des yeux étranges et les pupilles très dilatées.

Puis je m'assis comme tous les jours.

Le bruit s'était produit, la veille et l'avant-veille, à neuf heures vingt-deux minutes. J'attendis. Quand arriva le moment précis, je perçus une indescriptible sensation, comme si un fluide, un fluide irrésistible eût pénétré en moi par toutes les parcelles de ma chair, noyant mon âme dans une épouvante atroce et bonne. Et le craquement se fit, tout contre moi.

Je me dressai en me tournant si vite que je faillis tomber. On y voyait comme en plein jour, et je ne me vis pas dans la glace ! Elle était vide, claire, pleine de lumière. Je n'étais pas dedans, et j'étais en face, cependant. Je la regardais avec des yeux affolés. Je n'osais pas aller vers elle, sentant bien qu'il était entre nous, lui, l'Invisible, et qu'il me cachait.

Oh ! comme j'eus peur ! Et voilà que je commençai à m'apercevoir dans une brume au fond du miroir, dans une brume comme à travers de l'eau ; et il me semblait que cette eau glissait de gauche à droite, lentement, me rendant plus précis de seconde en seconde. C'était comme la fin d'une éclipse. Ce qui me cachait n'avait pas de contours, mais une sorte de transparence opaque s'éclaircissant peu à peu.

Et je pus enfin me distinguer nettement, ainsi que je le fais tous les jours en me regardant.

Je l'avais donc vu !

Et je ne l'ai pas revu.

Mais je l'attends sans cesse, et je sens que ma tête s'égare dans cette attente.

Je reste pendant des heures, des nuits, des jours, des semaines, devant ma glace, pour l'attendre ! Il ne vient plus.

Il a compris que je l'avais vu. Mais moi je sens que je l'attendrai toujours, jusqu'à la mort, que je l'attendrai sans repos, devant cette glace, comme un chasseur à l'affût.

Et, dans cette glace, je commence à voir des images folles, des monstres, des cadavres hideux, toutes sortes de bêtes effroyables, d'êtres atroces, toutes les visions invraisemblables qui doivent hanter l'esprit des fous.

Voilà ma confession, mon cher docteur. Dites-moi ce que je dois faire ?

(Inédit.)   *(17 février 1885.)*

SUR LES CHATS

Cap d'Antibes.

I

Assis sur un banc, l'autre jour, devant ma porte, en plein soleil, devant une corbeille d'anémones fleuries, je lisais un livre récemment paru, un livre honnête, chose rare, et charmant aussi, *le Tonnelier*, par Georges Duval. Un gros chat blanc, qui appartient au jardinier, sauta sur mes genoux, et, de cette secousse, ferma le livre que je posai à côté de moi pour caresser la bête.

Il faisait chaud ; une odeur de fleurs nouvelles, odeur timide encore, intermittente, légère, passait dans l'air, où passaient aussi parfois des frissons froids venus de ces grands sommets blancs que j'apercevais là-bas.

Mais le soleil était brûlant, aigu, un de ces soleils qui fouillent la terre et la font vivre, qui fendent les graines pour animer les germes endormis, et les bourgeons pour que s'ouvrent les jeunes feuilles. Le chat se roulait sur mes genoux, sur le dos, les pattes en l'air, ouvrant et fermant ses griffes, montrant sous ses lèvres ses crocs pointus et ses yeux verts dans la fente presque close de ses paupières. Je caressais et je maniais la bête molle et nerveuse, souple comme une étoffe de soie, douce, chaude, délicieuse et dangereuse. Elle ronronnait ravie et prête à mordre, car elle aime griffer autant qu'être flattée. Elle tendait son cou, ondulait, et quand je cessais de la toucher, se redressait et poussait sa tête sous ma main levée.

Je l'énervais et elle m'énervait aussi, car je les aime et je les déteste, ces animaux charmants et perfides. J'ai plaisir à les toucher, à faire glisser sous ma main leur poil soyeux qui craque, à sentir leur chaleur dans ce poil, dans cette fourrure fine, exquise. Rien n'est plus doux, rien ne donne à la peau une sensation plus délicate, plus raffinée, plus rare que la robe tiède et vibrante d'un chat. Mais elle me met aux doigts, cette robe vivante, un désir étrange et féroce d'étrangler la bête que je caresse. Je sens en elle l'envie qu'elle a de me mordre et de me déchirer, je la sens et je la prends, cette envie, comme un fluide qu'elle me communique, je la prends par le bout de mes doigts dans ce poil chaud, et elle monte, elle monte le long de mes nerfs, le long de mes membres jusqu'à mon cœur, jusqu'à ma tête, elle m'emplit, court le long de ma peau, fait se serrer mes dents. Et toujours, toujours, au bout de mes dix doigts je sens le chatouillement vif et léger qui me pénètre et m'envahit.

Et si la bête commence, si elle me mord, si elle me griffe, je la saisis par le cou, je la fais tourner et je la lance au loin comme la pierre d'une fronde, si vite et si brutalement qu'elle n'a jamais le temps de se venger.

Je me souviens qu'étant enfant, j'aimais déjà les chats avec de brusques désirs de les étrangler dans mes petites mains ; et qu'un jour, au bout du jardin, à l'entrée du bois, j'aperçus tout à coup quelque chose de gris qui se roulait dans les hautes herbes. J'allai voir ; c'était un chat pris au collet, étranglé, râlant, mourant. Il se tordait, arrachait la terre avec ses griffes, bondissait, retombait inerte, puis recommençait, et son souffle rauque, rapide, faisait un bruit de pompe, un bruit affreux que j'entends encore.

J'aurais pu prendre une bêche et couper le collet, j'aurais pu aller chercher le domestique ou prévenir mon père. — Non, je ne bougeai pas, et, le cœur battant, je le regardai

mourir avec une joie frémissante et cruelle ; c'était un chat !
C'eût été un chien, j'aurais plutôt coupé le fil de cuivre avec
mes dents que de le laisser souffrir une seconde de plus.

Et quand il fut mort, bien mort, encore chaud, j'allai le
tâter et lui tirer la queue.

II

Ils sont délicieux pourtant, délicieux surtout, parce qu'en les
caressant, alors qu'ils se frottent à notre chair, ronronnent et
se roulent sur nous en nous regardant de leurs yeux jaunes
qui ne semblent jamais nous voir, on sent bien l'insécurité de
leur tendresse, l'égoïsme perfide de leur plaisir.

Des femmes aussi nous donnent cette sensation, des femmes charmantes, douces, aux yeux clairs et faux, qui nous ont
choisis pour se frotter à l'amour. Près d'elles, quand elles
ouvrent les bras, les lèvres tendues, quand on les étreint, le
cœur bondissant, quand on goûte la joie sensuelle et savou-
reuse de leur caresse délicate, on sent bien qu'on tient une
chatte, une chatte à griffes et à crocs, une chatte perfide,
sournoise, amoureuse ennemie, qui mordra quand elle sera
lasse de baisers.

Tous les poètes ont aimé les chats. Baudelaire les a divi-
nement chantés. On connaît son admirable sonnet :

> Les amoureux fervents et les savants austères
> Aiment également, dans leur mûre saison,
> Les chats puissants et doux, orgueil de la maison,
> Qui comme eux sont frileux, et comme eux sédentaires.
>
> Amis de la science et de la volupté,
> Ils cherchent le silence et l'horreur des ténèbres.
> L'Erèbe les eût pris pour ses coursiers funèbres
> S'ils pouvaient au servage incliner leur fierté ?

Ils prennent, en songeant, les nobles attitudes
Des grands sphinx allongés au fond des solitudes
Qui semblent s'endormir dans un rêve sans fin.

Leurs reins féconds sont pleins d'étincelles magiques.
Et des parcelles d'or, ainsi qu'un sable fin,
Etoilent vaguement leurs prunelles mystiques.

III

Moi j'ai eu un jour l'étrange sensation d'avoir habité le palais enchanté de la Chatte blanche, un château magique où régnait une de ces bêtes onduleuses, mystérieuses, troublantes, le seul peut-être de tous les êtres qu'on n'entende jamais marcher.

C'était l'été dernier, sur ce même rivage de la Méditerranée.

Il faisait, à Nice, une chaleur atroce, et je m'informai si les habitants du pays n'avaient point dans la montagne au-dessus quelque vallée fraîche où ils pussent aller respirer.

On m'indiqua celle de Thorenc. Je la voulus voir.

Il fallut d'abord gagner Grasse, la ville des parfums, dont je parlerai quelque jour en racontant comment se fabriquent ces essences et quintessences de fleurs qui valent jusqu'à deux mille francs le litre. J'y passai la soirée et la nuit dans un vieil hôtel de la ville, médiocre auberge où la qualité des nourritures est aussi douteuse que la propreté des chambres. Puis je repartis au matin.

La route s'engageait en pleine montagne, longeant des ravins profonds et dominée par des pics stériles, pointus, sauvages. Je me demandais quel bizarre séjour d'été on m'avait indiqué là ; et j'hésitais presque à revenir pour regagner Nice le même soir, quand j'aperçus soudain devant moi, sur un mont qui semblait barrer tout le vallon, une immense et admirable ruine profilant sur le ciel des tours, des murs écroulés, toute une bizarre architecture de citadelle morte.

C'était une antique commanderie de Templiers qui gouvernait jadis le pays de Thorenc.

Je contournai ce mont, et soudain je découvris une longue vallée verte, fraîche et reposante. Au fond, des prairies, de l'eau courante, des saules ; et sur les versants, des sapins, jusques au ciel.

En face de la commanderie, de l'autre côté de la vallée, mais plus bas, s'élève un château habité, le château des Quatre-Tours, qui fut construit vers 1530. On n'y aperçoit encore cependant aucune trace de la Renaissance.

C'est une lourde et forte construction carrée, d'un puissant caractère, flanquée de quatre tours guerrières, comme le dit son nom.

J'avais une lettre de recommandation pour le propriétaire de ce manoir, qui ne me laissa pas gagner l'hôtel.

Toute la vallée, délicieuse en effet, est un des plus charmants séjours d'été qu'on puisse rêver. Je m'y promenai jusqu'au soir, puis, après le dîner, je montai dans l'appartement qu'on m'avait réservé.

Je traversai d'abord une sorte de salon dont les murs sont couverts de vieux cuir de Cordoue, puis une autre pièce où j'aperçus rapidement sur les murs, à la lueur de ma bougie, de vieux portraits de dames, de ces tableaux dont Théophile Gautier a dit :

> *J'aime à vous voir en vos cadres ovales*
> *Portraits jaunis des belles du vieux temps,*
> *Tenant en main des roses un peu pâles*
> *Comme il convient à des fleurs de cent ans !*

puis j'entrai dans la pièce où se trouvait mon lit.

Quand je fus seul, je la visitai. Elle était tendue d'antiques toiles peintes où l'on voyait des donjons roses au fond des paysages bleus, et de grands oiseaux fantastiques sous des feuillages de pierres précieuses.

Mon cabinet de toilette se trouvait dans une des tourelles. Les fenêtres, larges dans l'appartement, étroites à leur sortie au jour, traversant toute l'épaisseur des murs, n'étaient, en somme, que des meurtrières, de ces ouvertures par où on tuait des hommes. Je fermai ma porte, je me couchai et je m'endormis.

Et je rêvai : on rêve toujours un peu de ce qui s'est passé dans la journée. Je voyageais ; j'entrais dans une auberge où je voyais attablés devant le feu un domestique en grande livrée et un maçon, bizarre société dont je ne m'étonnais pas. Ces gens parlaient de Victor Hugo, qui venait de mourir, et je prenais part à leur causerie. Enfin j'allais me coucher dans une chambre dont la porte ne fermait point, et tout à coup j'apercevais le domestique et le maçon, armés de briques, qui venaient doucement vers mon lit.

Je me réveillai brusquement, et il me fallut quelques instants pour me reconnaître. Puis je me rappelai les événements de la veille, mon arrivée à Thorenc, l'aimable accueil du châtelain... J'allais refermer mes paupières, quand je vis, oui je vis, dans l'ombre, dans la nuit, au milieu de ma chambre, à la hauteur d'une tête d'homme à peu près, deux yeux de feu qui me regardaient.

Je saisis une allumette et, pendant que je la frottais, j'entendis un bruit, un bruit léger, un bruit mou comme la chute d'un linge humide et roulé, et quand j'eus de la lumière, je ne vis plus rien qu'une grande table au milieu de l'appartement.

Je me levai, je visitai les deux pièces, le dessous de mon lit, les armoires, rien.

Je pensai donc que j'avais continué mon rêve un peu après mon réveil, et je me rendormis non sans peine.

Je rêvai de nouveau. Cette fois je voyageais encore, mais en Orient, dans le pays que j'aime. Et j'arrivais chez un Turc qui demeurait en plein désert. C'était un Turc superbe ; pas un Arabe, un Turc, gros, aimable, charmant, habillé en Turc, avec un turban et tout un magasin de soieries sur le dos, un vrai Turc du Théâtre-Français qui me faisait des compliments en m'offrant des confitures, sur un divan délicieux.

Puis un petit nègre me conduisait à ma chambre — tous

mes rêves finissaient donc ainsi — une chambre bleu ciel, parfumée avec des peaux de bêtes par terre, et, devant le feu — l'idée de feu me poursuivait jusqu'au désert — sur une chaise basse, une femme à peine vêtue, qui m'attendait.

Elle avait le type oriental le plus pur, des étoiles sur les joues, le front et le menton, des yeux immenses, un corps admirable, un peu brun mais d'un brun chaud et capiteux.

Elle me regardait et je pensais : « Voilà comment je comprends l'hospitalité. Ce n'est pas dans nos stupides pays du Nord, nos pays de bégueulerie inepte, de pudeur odieuse, de morale imbécile qu'on recevrait un étranger de cette façon. »

Je m'approchai d'elle et je lui parlai, mais elle me répondit par signes, ne sachant pas un mot de ma langue que mon Turc, son maître, savait si bien.

D'autant plus heureux qu'elle serait silencieuse, je la pris par la main et je la conduisis vers ma couche où je m'étendis à ses côtés... Mais on se réveille toujours en ces moments-là ! Donc je me réveillai et je ne fus pas trop surpris de sentir sous ma main quelque chose de chaud et de doux que je caressais amoureusement.

Puis, ma pensée s'éclairant, je reconnus que c'était un chat, un gros chat roulé contre ma joue et qui dormait avec confiance. Je l'y laissai, et je fis comme lui, encore une fois.

Quand le jour parut, il était parti ; et je crus vraiment que j'avais rêvé ; car je ne comprenais pas comment il aurait pu entrer chez moi, et en sortir, la porte étant fermée à clef.

Quand je contai mon aventure (pas en entier) à mon aimable hôte, il se mit à rire, et me dit : « Il est venu par la chatière », et soulevant un rideau il me montra, dans le mur, un petit trou noir et rond.

Et j'appris que presque toutes les vieilles demeures de ce pays ont ainsi de longs couloirs étroits à travers les murs, qui vont de la cave au grenier, de la chambre de la servante à la chambre du seigneur, et qui font du chat le roi et le maître de céans.

Il circule comme il lui plaît, visite son domaine à son gré, peut se coucher dans tous les lits, tout voir et tout entendre, connaître tous les secrets, toutes les habitudes ou toutes les hontes de la maison. Il est chez lui partout, pouvant entrer partout, l'animal qui passe sans bruit, le silencieux rôdeur, le promeneur nocturne des murs creux.

Et je pensai à ces autres vers de Baudelaire :

> *C'est l'esprit familier du lieu,*
> *Il juge, il préside, il inspire*
> *Toutes choses dans son empire ;*
> *Peut-être est-il fée, — est-il Dieu ?*

(9 février 1886.)

UN CAS DE DIVORCE

L'avocat de Mme Chassel prit la parole :
Monsieur le Président,
Messieurs les Juges,
La cause que je suis chargé de défendre devant vous relève bien plus de la médecine que de la justice, et constitue bien plus un cas pathologique qu'un cas de droit ordinaire. Les faits semblent simples au premier abord.

Un homme jeune, très riche, d'âme noble et exaltée, de cœur généreux, devient amoureux d'une jeune fille absolument belle, plus que belle, adorable, aussi gracieuse, aussi charmante, aussi bonne, aussi tendre que jolie, et il l'épouse.

Pendant quelque temps, il se conduit envers elle en époux plein de soins et de tendresse ; puis il la néglige, la rudoie, semble éprouver pour elle une répulsion insurmontable, un dégoût irrésistible. Un jour même il la frappe, non seulement sans aucune raison, mais même sans aucun prétexte.

Je ne vous ferai point le tableau, Messieurs, de ses allures bizarres, incompréhensibles pour tous. Je ne vous dépeindrai point la vie abominable de ces deux êtres, et la douleur horrible de cette jeune femme.

Il me suffira pour vous convaincre de vous lire quelques fragments d'un journal écrit chaque jour par ce pauvre homme, par ce pauvre fou. Car c'est en face d'un fou que nous nous trouvons, Messieurs, et le cas est d'autant plus curieux, d'autant plus intéressant qu'il rappelle en beaucoup de points la démence du malheureux prince, mort récemment, du roi bizarre qui régna platoniquement sur la Bavière. J'appellerai ce cas : la folie poétique.

Vous vous rappelez tout ce qu'on raconta de ce prince étrange. Il fit construire au milieu des paysages les plus magnifiques de son royaume de vrais châteaux de féerie. La réalité même de la beauté des choses et des lieux ne lui suffisant pas, il imagina, il créa, dans ces manoirs invraisemblables, des horizons factices, obtenus au moyen d'artifices de théâtre, des changements à vue, des forêts peintes, des empires de contes où les feuilles des arbres étaient des pierres précieuses. Il eut des Alpes et des glaciers, des steppes, des déserts de sable brûlés par le soleil ; et la nuit sous les rayons de la vraie lune, des lacs qu'éclairaient par-dessous de fantastiques lueurs électriques. Sur ces lacs nageaient des cygnes et glissaient des nacelles, tandis qu'un orchestre, composé des premiers exécutants du monde, enivrait de poésie l'âme du fou royal.

Cet homme était chaste, cet homme était vierge. Il n'aima jamais qu'un rêve, son rêve, son rêve divin.

Un soir, il emmena dans sa barque une femme, jeune, belle, une grande artiste et il la pria de chanter. Elle chanta, grisée elle-même par l'admirable paysage, par la douceur tiède de l'air, par le parfum des fleurs et par l'extase de ce prince jeune et beau.

Elle chanta, comme chantent les femmes que touche l'amour, puis, éperdue, frémissante, elle tomba sur le cœur du roi en cherchant ses lèvres.

Mais il la jeta dans le lac, et prenant ses rames gagna la berge, sans s'inquiéter si on la sauvait.

Nous nous trouvons, messieurs les Juges, devant un cas tout à fait semblable. Je ne ferai plus que lire maintenant des passages du journal que nous avons surpris dans un tiroir du secrétaire.

....

Comme tout est triste et laid, toujours pareil, toujours odieux. Comme je rêve une terre plus belle, plus noble, plus variée. Comme elle serait pauvre l'imagination de leur Dieu, si leur Dieu existait ou s'il n'avait pas créé d'autres choses, ailleurs.

Toujours des bois, de petits bois, des fleuves qui ressemblent aux fleuves, des plaines qui ressemblent aux plaines, tout est pareil et monotone. Et l'homme !... L'homme ?... Quel horrible animal, méchant, orgueilleux et répugnant.

....

Il faudrait aimer, aimer éperdument, sans voir ce qu'on aime. Car voir c'est comprendre, et comprendre c'est mépriser. Il faudrait aimer, en s'enivrant d'elle comme on se grise de vin, de façon à ne plus savoir ce qu'on boit. Et boire, boire, boire sans reprendre haleine, jour et nuit !

....

J'ai trouvé, je crois. Elle a dans toute sa personne quelque chose d'idéal qui ne semble point de ce monde et qui donne des ailes à mon rêve. Ah ! mon rêve, comme il me montre les êtres différents de ce qu'ils sont. Elle est blonde, d'un blond léger, avec des cheveux qui ont des nuances inexprimables. Ses yeux sont bleus ! Seuls les yeux bleus emportent mon âme. Toute la femme, la femme qui existe au fond de mon cœur, m'apparaît dans l'œil, rien que dans l'œil.

Oh ! mystère ! Quel mystère ? L'œil... Tout l'univers est en lui, puisqu'il le voit, puisqu'il le reflète. Il contient l'univers, les choses et les êtres, les forêts et les océans, les hommes et les bêtes, les couchers de soleil, les étoiles, les arts, tout, tout, il voit, cueille et emporte tout ; et il y a plus encore en lui, il y a l'âme, il y a l'homme qui pense, l'homme qui aime, l'homme qui rit, l'homme qui souffre ! Oh ! regardez les yeux bleus des femmes, ceux qui sont profonds comme la mer, changeants comme le ciel, si doux, si doux, doux comme les brises, doux comme la musique, doux comme des baisers, et transparents, si clairs qu'on voit derrière, on voit l'âme, l'âme bleue qui les colore, qui les anime, qui les divinise.

Oui, l'âme a la couleur du regard. L'âme bleue seule porte en elle du rêve, elle a pris son azur aux flots et à l'espace.

L'œil ! Songez à lui ! L'œil ! Il boit la vie apparente pour en nourrir la pensée. Il boit le monde, la couleur, le mouvement, les livres, les tableaux, tout ce qui est beau et tout ce qui est laid, et il en fait des idées. Et quand il nous regarde, il nous donne la sensation d'un bonheur qui n'est point de cette terre. Il nous fait pressentir ce que nous ignorerons toujours ; il nous fait comprendre que les réalités de nos songes sont de méprisables ordures..
....

Je l'aime aussi pour sa démarche.

« Même quand l'oiseau marche, on sent qu'il a des ailes », a dit le poète.

Quand elle passe on sent qu'elle est d'une autre race que les femmes ordinaires, d'une race plus légère et plus divine.
....

Je l'épouse demain... J'ai peur... j'ai peur de tant de choses.
....

Deux bêtes, deux chiens, deux loups, deux renards, rôdent par les bois et se rencontrent. L'un est mâle, l'autre femelle. Ils s'accouplent. Ils s'accouplent par un instinct bestial qui les force à continuer la race, leur race, celle dont ils ont la forme, le poil, la taille, les mouvements et les habitudes.

Toutes les bêtes en font autant, sans savoir pourquoi !

Nous aussi...
....

C'est cela que j'ai fait en l'épousant, j'ai obéi à cet imbécile emportement qui nous jette vers la femelle.

Elle est ma femme. Tant que je l'ai idéalement désirée elle fut pour moi le rêve irréalisable près de se réaliser. A partir de la seconde même où je l'ai tenue dans mes bras, elle ne fut plus que l'être dont la nature s'était servie pour tromper toutes mes espérances.

Les a-t-elle trompées ? — Non. Et pourtant je suis las d'elle, las à ne pouvoir la toucher, l'effleurer de ma main ou de mes lèvres sans que mon cœur soit soulevé par un dégoût inexprimable, non peut-être le dégoût d'elle mais un dégoût plus haut, plus grand, plus méprisant, le dégoût de l'étreinte amoureuse, si vile, qu'elle est devenue, pour tous les êtres affinés, un acte honteux qu'il faut cacher, dont on ne parle qu'à voix basse, en rougissant......................................

....

Je ne peux plus voir ma femme venir vers moi, m'appelant du sourire, du regard et des bras. Je ne peux plus. J'ai cru jadis que son baiser m'emporterait dans le ciel. Elle fut souffrante, un jour, d'une fièvre passagère, et je sentis dans son haleine le souffle léger, subtil, presque insaisissable des pourritures humaines. Je fus bouleversé !

Oh ! la chair, fumier séduisant et vivant, putréfaction qui marche, qui pense, qui parle, qui regarde et qui sourit, où les nourritures fermentent, et qui est rose, jolie, tentante, trompeuse comme l'âme......................................

....

Pourquoi les fleurs, seules, sentent-elles si bon, les grandes fleurs éclatantes ou pâles, dont les tons, les nuances font frémir mon cœur et troublent mes yeux ? Elles sont si belles, de structures si fines, si variées et si sensuelles, entrouvertes comme des organes, plus tentantes que des bouches et creuses avec des lèvres retournées, dentelées, charnues, poudrées d'une semence de vie qui, dans chacune, engendre un parfum différent.

Elles se reproduisent, elles, elles seules, au monde, sans souillure pour leur inviolable race, évaporant autour d'elles l'encens divin de leur amour, la sueur odorante de leurs caresses, l'essence de leurs corps incomparables, de leurs corps parés de toutes les grâces, de toutes les élégances, de toutes les formes, qui ont la coquetterie de toutes les colorations et la séduction enivrante de toutes les senteurs............

....

Fragments choisis, six mois plus tard

J'aime les fleurs, non point comme des fleurs, mais comme des êtres matériels et délicieux ; je passe mes jours et mes nuits dans les serres où je les cache ainsi que les femmes des harems.

Qui connaît, hors moi, la douceur, l'affolement, l'extase frémissante, charnelle, idéale, surhumaine de ces tendresses ; et ces baisers sur la chair rose, sur la chair rouge, sur la chair blanche miraculeusement différente, délicate, rare, fine, onctueuse des admirables fleurs ?

J'ai des serres où personne ne pénètre que moi et celui qui en prend soin.

J'entre là comme on se glisse en un lieu de plaisir secret. Dans la haute galerie de verre, je passe d'abord entre deux foules de corolles fermées, entrouvertes ou épanouies qui vont en pente de la terre au toit. C'est le premier baiser qu'elles m'envoient.

Celles-là, ces fleurs-là, celles qui parent ce vestibule de mes passions mystérieuses sont mes servantes et non mes favorites.

Elles me saluent au passage de leur éclat changeant et de leurs fraîches exhalaisons. Elles sont mignonnes, coquettes, étagées sur huit rangs à droite et sur huit rangs à gauche, et si pressées qu'elles ont l'air de deux jardins venant jusqu'à mes pieds.

Mon cœur palpite, mon œil s'allume à les voir, mon sang s'agite dans mes veines, mon âme s'exalte, et mes mains déjà frémissent du désir de les toucher. Je passe. Trois portes sont fermées au fond de cette haute galerie. Je peux choisir. J'ai trois harems.

Mais j'entre le plus souvent chez les orchidées, mes endormeuses préférées. Leur chambre est basse, étouffante. L'air humide et chaud rend moite la peau, fait haleter la gorge et trembler les doigts. Elles viennent, ces filles étranges, de pays marécageux, brûlants et malsains. Elles sont attirantes comme des sirènes, mortelles comme des poisons, admirablement bizarres, énervantes, effrayantes. En voici qui semblent des papillons avec des ailes énormes, des pattes minces, des yeux ! Car elles ont des yeux ! Elles me regardent, elles me voient, êtres prodigieux, invraisemblables, fées, filles de la terre sacrée, de l'air impalpable et de la chaude lumière, cette mère du monde. Oui, elles ont des ailes, et des yeux et des nuances qu'aucun peintre n'imite, tous les charmes, toutes les grâces, toutes les formes qu'on peut rêver. Leur flanc se creuse, odorant et transparent, ouvert pour l'amour et plus tentant que toute la chair des femmes. Les inimaginables dessins de leurs petits corps jettent l'âme grisée dans le paradis des images et des voluptés idéales. Elles tremblent sur leurs tiges comme pour s'envoler. Vont-elles s'envoler, venir à moi ? Non, c'est mon cœur qui vole au-dessus d'elles comme un mâle mystique et torturé d'amour.

Aucune aile de bête ne peut les effleurer. Nous sommes seuls, elles et moi, dans la prison claire que je leur ai construite. Je les regarde et je les contemple, je les admire, je les adore l'une après l'autre.

Comme elles sont grasses, profondes, roses, d'un rose qui mouille les lèvres de désir ! Comme je les aime ! Le bord de leur calice est frisé, plus pâle que leur gorge et la corolle s'y cache, bouche mystérieuse, attirante, sucrée sous la langue, montrant et dérobant les organes délicats, admirables et sacrés de ces divines petites créatures qui sentent bon et ne parlent pas.

J'ai parfois pour une d'elles une passion qui dure autant que son existence, quelques jours, quelques soirs. On l'enlève alors de la galerie commune et on l'enferme dans un mignon cabinet de verre où murmure un fil d'eau contre un lit de gazon tropical venu des îles du grand Pacifique. Et je reste près d'elle, ardent, fiévreux et tourmenté, sachant sa mort si proche, et la regardant se faner, tandis que je la possède, que j'aspire, que je bois, que je cueille sa courte vie d'une inexprimable caresse.

....

Lorsqu'il eut terminé la lecture de ces fragments, l'avocat reprit :

« La décence, messieurs les Juges, m'empêche de continuer à vous communiquer les singuliers aveux de ce fou honteusement idéaliste. Les quelques fragments que je viens de vous soumettre vous suffiront, je crois, pour apprécier ce cas de maladie mentale, moins rare qu'on ne croit dans notre époque de démence hystérique et de décadence corrompue.

» Je pense donc que ma cliente est plus autorisée qu'aucune autre femme à réclamer le divorce, dans la situation exceptionnelle où la place l'étrange égarement des sens de son mari. »

(31 août 1886.)

L'AUBERGE

Pareille à toutes les hôtelleries de bois plantées dans les hautes Alpes, au pied des glaciers, dans ces couloirs rocheux et nus qui coupent les sommets blancs des montagnes, l'auberge de Schwarenbach sert de refuge aux voyageurs qui suivent le passage de la Gemmi.

Pendant six mois elle reste ouverte, habitée par la famille de Jean Hauser ; puis, dès que les neiges s'amoncellent, emplissant le vallon et rendant impraticable la descente sur Loëche, les femmes, le père et les trois fils s'en vont, et laissent pour garder la maison le vieux guide Gaspard Hari avec le jeune guide Ulrich Kunsi, et Sam le gros chien de montagne.

Les deux hommes et la bête demeurent jusqu'au printemps dans cette prison de neige, n'ayant devant les yeux que la pente immense et blanche du Balmhorn, entourés de sommets pâles et luisants, enfermés, bloqués, ensevelis sous la neige qui monte autour d'eux, enveloppe, étreint, écrase la petite maison, s'amoncelle sur le toit, atteint les fenêtres et mure la porte.

C'était le jour où la famille Hauser allait retourner à Loëche, l'hiver approchant et la descente devenant périlleuse.

Trois mulets partirent en avant, chargés de hardes et de bagages et conduits par les trois fils. Puis la mère, Jeanne

Hauser, et sa fille Louise montèrent sur un quatrième mulet, et se mirent en route à leur tour.

Le père les suivait accompagné des deux gardiens qui devaient escorter la famille jusqu'au sommet de la descente.

Ils contournèrent d'abord le petit lac, gelé maintenant au fond du grand trou de rochers qui s'étend devant l'auberge, puis ils suivirent le vallon clair comme un drap et dominé de tous côtés par des sommets de neige.

Une averse de soleil tombait sur ce désert blanc éclatant et glacé, l'allumait d'une flamme aveuglante et froide ; aucune vie n'apparaissait dans cet océan des monts ; aucun mouvement dans cette solitude démesurée ; aucun bruit n'en troublait le profond silence.

Peu à peu, le jeune guide Ulrich Kunsi, un grand Suisse aux longues jambes, laissa derrière lui le père Hauser et le vieux Gaspard Hari, pour rejoindre le mulet qui portait les deux femmes.

La plus jeune le regardait venir, semblait l'appeler d'un œil triste. C'était une petite paysanne blonde, dont les joues laiteuses et les cheveux pâles paraissaient décolorés par les longs séjours au milieu des glaces.

Quand il eut rejoint la bête qui la portait, il posa la main sur la croupe et ralentit le pas. La mère Hauser se mit à lui parler, énumérant avec des détails infinis toutes les recommandations de l'hivernage. C'était la première fois qu'il restait là-haut, tandis que le vieux Hari avait déjà passé quatorze hivers sous la neige dans l'auberge de Schwarenbach.

Ulrich Kunsi écoutait, sans avoir l'air de comprendre, et regardait sans cesse la jeune fille. De temps en temps il répondait : « Oui, madame Hauser. » Mais sa pensée semblait loin et sa figure calme demeurait impassible.

Ils atteignirent le lac de Daube, dont la longue surface gelée s'étendait, toute plate, au fond du val. A droite, le Daubenhorn montrait ses rochers noirs dressés à pic auprès des énormes moraines du glacier de Lœmmern que dominait le Wildstrubel.

Comme ils approchaient du col de la Gemmi, où commence la descente sur Loëche, ils découvrirent tout à coup l'immense horizon des Alpes du Valais dont les séparait la profonde et large vallée du Rhône.

C'était, au loin, un peuple de sommets blancs, inégaux, écrasés ou pointus et luisants sous le soleil : le Mischabel avec ses deux cornes, le puissant massif du Wissehorn, le lourd Brunnegghorn, la haute et redoutable pyramide du Cervin, ce tueur d'hommes, et la Dent-Blanche, cette monstrueuse coquette.

Puis, au-dessous d'eux, dans un trou démesuré, au fond d'un abîme effrayant, ils aperçurent Loëche, dont les maisons semblaient des grains de sable jetés dans cette crevasse énorme que finit et que ferme la Gemmi, et qui s'ouvre, là-bas, sur le Rhône.

Le mulet s'arrêta au bord du sentier qui va, serpentant, tournant sans cesse et revenant, fantastique et merveilleux, le long de la montagne droite, jusqu'à ce petit village presque invisible, à son pied. Les femmes sautèrent dans la neige.

Les deux vieux les avaient rejoints.

« Allons, dit le père Hauser, adieu et bon courage, à l'an prochain, les amis. »

Le père Hari répéta : « A l'an prochain. »

Ils s'embrassèrent. Puis Mme Hauser, à son tour, tendit ses joues ; et la jeune fille en fit autant.

Quand ce fut le tour d'Ulrich Kunsi, il murmura dans l'oreille de Louise : « N'oubliez point ceux d'en-haut. » Elle répondit « non » si bas qu'il devina sans l'entendre.

« Allons, adieu, répéta Jean Hauser, et bonne santé. »

Et, passant devant les femmes, il commença à descendre.

Ils disparurent bientôt tous les trois au premier détour du chemin.

Et les deux hommes s'en retournèrent vers l'auberge de Schwarenbach.

Ils allaient lentement, côte à côte, sans parler. C'était fini, ils resteraient seuls, face à face, quatre ou cinq mois.

Puis Gaspard Hari se mit à raconter sa vie de l'autre hiver. Il était demeuré avec Michel Canol, trop âgé maintenant

pour recommencer ; car un accident peut arriver pendant
cette longue solitude. Ils ne s'étaient pas ennuyés, d'ailleurs ;
le tout était d'en prendre son parti dès le premier jour ; et on
finissait par se créer des distractions, des jeux, beaucoup de
passe-temps.

Ulrich Kunsi l'écoutait, les yeux baissés, suivant en pensée
ceux qui descendaient vers le village par tous les festons de la
Gemmi.

Bientôt ils aperçurent l'auberge, à peine visible, si petite,
un point noir au pied de la monstrueuse vague de neige.

Quand ils ouvrirent, Sam, le gros chien frisé, se mit à
gambader autour d'eux.

« Allons, fils, dit le vieux Gaspard, nous n'avons plus de
femme maintenant, il faut préparer le dîner, tu vas éplucher
les pommes de terre. »

Et tous deux, s'asseyant sur des escabeaux de bois, commencèrent à tremper la soupe.

La matinée du lendemain sembla longue à Ulrich Kunsi. Le
vieux Hari fumait et crachait dans l'âtre, tandis que le jeune
homme regardait par la fenêtre l'éclatante montagne en face
de la maison.

Il sortit dans l'après-midi, et refaisant le trajet de la veille,
il cherchait sur le sol les traces des sabots du mulet qui avait
porté les deux femmes. Puis quand il fut au col de la Gemmi,
il se coucha sur le ventre au bord de l'abîme, et regarda
Loëche.

Le village dans son puits de rocher n'était pas encore noyé
sous la neige, bien qu'elle vînt tout près de lui, arrêtée net par
les forêts de sapins qui protégeaient ses environs. Ses maisons
basses ressemblaient, de là-haut, à des pavés, dans une prai-
rie.

La petite Hauser était là, maintenant, dans une de ces
demeures grises. Dans laquelle ? Ulrich Kunsi se trouvait trop
loin pour les distinguer séparément. Comme il aurait voulu
descendre, pendant qu'il le pouvait encore !

Mais le soleil avait disparu derrière la grande cime du
Wildstrubel ; et le jeune homme rentra. Le père Hari fumait.

En voyant revenir son compagnon, il lui proposa une partie de cartes ; et ils s'assirent en face l'un de l'autre des deux côtés de la table.

Ils jouèrent longtemps, un jeu simple qu'on nomme la brisque, puis, ayant soupé, ils se couchèrent.

Les jours qui suivirent furent pareils au premier, clairs et froids, sans neige nouvelle. Le vieux Gaspard passait ses après-midi à guetter les aigles et les rares oiseaux qui s'aventurent sur ces sommets glacés, tandis que Ulrich retournait régulièrement au col de la Gemmi pour contempler le village. Puis ils jouaient aux cartes, aux dés, aux dominos, gagnaient et perdaient de petits objets pour intéresser leur partie.

Un matin, Hari, levé le premier, appela son compagnon. Un nuage mouvant, profond et léger, d'écume blanche s'abattait sur eux, autour d'eux, sans bruit, les ensevelissait peu à peu sous un épais et sourd matelas de mousse. Cela dura quatre jours et quatre nuits. Il fallut dégager la porte et les fenêtres, creuser un couloir et tailler des marches pour s'élever sur cette poudre de glace que douze heures de gelée avait rendue plus dure que le granit des moraines.

Alors, ils vécurent comme des prisonniers, ne s'aventurant plus guère en dehors de leur demeure. Ils s'étaient partagé les besognes qu'ils accomplissaient régulièrement. Ulrich Kunsi se chargeait des nettoyages, des lavages, de tous les soins et de tous les travaux de propreté. C'était lui aussi qui cassait le bois, tandis que Gaspard Hari faisait la cuisine et entretenait le feu. Leurs ouvrages, réguliers et monotones, étaient interrompus par de longues parties de cartes ou de dés. Jamais ils ne se querellaient, étant tous deux calmes et placides. Jamais même ils n'avaient d'impatiences, de mauvaise humeur, ni de paroles aigres, car ils avaient fait provision de résignation pour cet hivernage sur les sommets.

Quelquefois, le vieux Gaspard prenait son fusil et s'en allait à la recherche des chamois ; il en tuait de temps en temps. C'était alors fête dans l'auberge de Schwarenbach et grand festin de chair fraîche.

Un matin, il partit ainsi. Le thermomètre du dehors marquait dix-huit au-dessous de glace. Le soleil n'étant pas encore levé, le chasseur espérait surprendre les bêtes aux abords du Wildstrubel.

Ulrich, demeuré seul, resta couché jusqu'à dix heures. Il était d'un naturel dormeur ; mais il n'eût point osé s'abandonner ainsi à son penchant en présence du vieux guide toujours ardent et matinal.

Il déjeuna lentement avec Sam, qui passait aussi ses jours et ses nuits à dormir devant le feu ; puis il se sentit triste, effrayé même de la solitude, et saisi par le besoin de la partie de cartes quotidienne, comme on l'est par le désir d'une habitude invincible.

Alors il sortit pour aller au-devant de son compagnon qui devait rentrer à quatre heures.

La neige avait nivelé toute la profonde vallée, comblant les crevasses, effaçant les deux lacs, capitonnant les rochers ; ne faisant plus, entre les sommets immenses, qu'une immense cuve blanche régulière, aveuglante et glacée.

Depuis trois semaines, Ulrich n'était pas revenu au bord de l'abîme d'où il regardait le village. Il y voulut retourner avant de gravir les pentes qui conduisaient au Wildstrubel. Loëche maintenant était assis sous la neige, et les demeures ne se reconnaissaient plus guère, ensevelies sous ce manteau pâle.

Puis, tournant à droite, il gagna le glacier de Lœmmern. Il allait de son pas allongé de montagnard, en frappant de son bâton ferré la neige aussi dure que la pierre. Et il cherchait avec son œil perçant le petit point noir et mouvant, au loin, sur cette nappe démesurée.

Quand il fut au bord du glacier, il s'arrêta, se demandant si le vieux avait bien pris ce chemin ; puis il se mit à longer les moraines d'un pas plus rapide et plus inquiet.

Le jour baissait ; les neiges devenaient roses ; un vent sec et gelé courait par souffles brusques sur leur surface de cristal. Ulrich poussa un cri d'appel aigu, vibrant, prolongé. La voix s'envola dans le silence de mort où dormaient les montagnes ; elle courut au loin, sur les vagues immobiles et profondes d'écume glaciale, comme un cri d'oiseau sur les vagues de la mer ; puis elle s'éteignit et rien ne lui répondit.

Il se remit à marcher. Le soleil s'était enfoncé, là-bas, derrière les cimes que les reflets du ciel empourpraient encore ; mais les profondeurs de la vallée devenaient grises. Et le jeune homme eut peur tout à coup. Il lui sembla que le silence, le froid, la solitude, la mort hivernale de ces monts entraient en lui, allaient arrêter et geler son sang, raidir ses membres, faire de lui un être immobile et glacé. Et il se mit à courir, s'enfuyant vers sa demeure. Le vieux, pensait-il, était rentré pendant son absence. Il avait pris un autre chemin ; il serait assis devant le feu, avec un chamois mort à ses pieds.

Bientôt il aperçut l'auberge. Aucune fumée n'en sortait. Ulrich courut plus vite, ouvrit la porte. Sam s'élança pour le fêter, mais Gaspard Hari n'était point revenu.

Effaré, Kunsi tournait sur lui-même, comme s'il se fût attendu à découvrir son compagnon caché dans un coin. Puis il ralluma le feu et fit la soupe, espérant toujours voir revenir le vieillard.

De temps en temps, il sortait pour regarder s'il n'apparaissait pas. La nuit était tombée, la nuit blafarde des montagnes, la nuit pâle, la nuit livide qu'éclairait, au bord de l'horizon, un croissant jaune et fin prêt à tomber derrière les sommets.

Puis le jeune homme rentrait, s'asseyait, se chauffait les pieds et les mains en rêvant aux accidents possibles.

Gaspard avait pu se casser une jambe, tomber dans un trou, faire un faux pas qui lui avait tordu la cheville. Et il restait étendu dans la neige, saisi, raidi par le froid, l'âme en détresse, perdu, criant peut-être au secours, appelant de toute la force de sa gorge dans le silence de la nuit.

Mais où ? La montagne était si vaste, si rude, si périlleuse aux environs, surtout en cette saison, qu'il aurait fallu être dix ou vingt guides et marcher pendant huit jours dans tous les sens pour trouver un homme en cette immensité.

Ulrich Kunsi, cependant, se résolut à partir avec Sam si Gaspard Hari n'était point revenu entre minuit et une heure du matin.

Et il fit ses préparatifs.

Il mit deux jours de vivres dans un sac, prit ses crampons d'acier, roula autour de sa taille une corde longue, mince et forte, vérifia l'état de son bâton ferré et de la hachette qui sert à tailler des degrés dans la glace. Puis il attendit. Le feu brûlait dans la cheminée ; le gros chien ronflait sous la clarté de la flamme ; l'horloge battait comme un cœur ses coups réguliers dans sa gaine de bois sonore.

Il attendait, l'oreille éveillée aux bruits lointains, frissonnant quand le vent léger frôlait le toit et les murs.

Minuit sonna ; il tressaillit. Puis, comme il se sentait frémissant et apeuré, il posa de l'eau sur le feu, afin de boire du café bien chaud avant de se mettre en route.

Quand l'horloge fit tinter une heure, il se dressa, réveilla Sam, ouvrit la porte et s'en alla dans la direction du Wildstrubel. Pendant cinq heures, il monta, escaladant des rochers au moyen de ses crampons, taillant la glace, avançant toujours et parfois halant, au bout de sa corde, le chien resté au bas d'un escarpement trop rapide. Il était six heures environ, quand il atteignit un des sommets où le vieux Gaspard venait souvent à la recherche des chamois.

Et il attendit que le jour se levât.

Le ciel pâlissait sur sa tête ; et soudain une lueur bizarre, née on ne sait d'où, éclaira brusquement l'immense océan des cimes pâles qui s'étendaient à cent lieues autour de lui. On eût dit que cette clarté vague sortait de la neige elle-même pour se répandre dans l'espace. Peu à peu les sommets lointains les plus hauts devinrent tous d'un rose tendre comme de la chair, et le soleil rouge apparut derrière les lourds géants des Alpes bernoises.

Ulrich Kunzi se remit en route. Il allait comme un chasseur, courbé, épiant des traces, disant au chien : « Cherche, mon gros, cherche. »

Il redescendait la montagne à présent, fouillant de l'œil les gouffres, et parfois, appelant, jetant un cri prolongé, mort bien vite dans l'immensité muette. Alors, il collait à terre l'oreille, pour écouter ; il croyait distinguer une voix, se mettait à courir, appelait de nouveau, n'entendait plus rien et s'asseyait, épuisé, désespéré. Vers midi, il déjeuna et fit manger Sam, aussi las que lui-même. Puis il recommença ses recherches.

Quand le soir vint, il marchait encore, ayant parcouru cinquante kilomètres de montagne. Comme il se trouvait trop loin de sa maison pour y rentrer, et trop fatigué pour se traîner plus longtemps, il creusa un trou dans la neige et s'y blottit avec son chien, sous une couverture qu'il avait apportée. Et ils se couchèrent l'un contre l'autre, l'homme et la bête, chauffant leurs corps l'un à l'autre et gelés jusqu'aux moelles cependant.

Ulrich ne dormit guère, l'esprit hanté de visions, les membres secoués de frissons.

Le jour allait paraître quand il se releva. Ses jambes étaient raides comme des barres de fer, son âme faible à le faire crier d'angoisse, son cœur palpitant à le laisser choir d'émotion dès qu'il croyait entendre un bruit quelconque.

Il pensa soudain qu'il allait aussi mourir de froid dans cette solitude, et l'épouvante de cette mort, fouettant son énergie, réveilla sa vigueur.

Il descendait maintenant vers l'auberge, tombant, se relevant, suivi de loin par Sam, qui boitait sur trois pattes.

Ils atteignirent Schwarenbach seulement vers quatre heures de l'après-midi. La maison était vide. Le jeune homme fit du feu, mangea et s'endormit, tellement abruti qu'il ne pensait plus à rien.

Il dormit longtemps, très longtemps, d'un sommeil invincible. Mais soudain, une voix, un cri, un nom : « Ulrich », secoua son engourdissement profond et le fit se dresser. Avait-il rêvé ? Etait-ce un de ces appels bizarres qui traversent les rêves des âmes inquiètes ? Non, il l'entendait encore, ce cri vibrant, entré dans son oreille et resté dans sa chair jusqu'au bout de ses doigts nerveux. Certes, on avait crié ; on avait appelé : « Ulrich ! » Quelqu'un était là, près de la maison. Il n'en pouvait douter. Il ouvrit donc la porte et hurla : « C'est toi, Gaspard ! » de toute la puissance de sa gorge.

Rien ne répondit ; aucun son, aucun murmure, aucun gémissement, rien. Il faisait nuit. La neige était blême.

Le vent s'était levé, le vent glacé qui brise les pierres et ne laisse rien de vivant sur ces hauteurs abandonnées. Il passait par souffles brusques plus desséchants et plus mortels que le vent de feu du désert. Ulrich, de nouveau, cria : « Gaspard ! — Gaspard ! — Gaspard ! »

Puis il attendit. Tout demeura muet sur la montagne ! Alors, une épouvante le secoua jusqu'aux os. D'un bond il rentra dans l'auberge, ferma la porte et poussa les verrous ; puis il tomba grelottant sur une chaise, certain qu'il venait d'être appelé par son camarade au moment où il rendait l'esprit.

De cela il était sûr, comme on est sûr de vivre ou de manger du pain. Le vieux Gaspard Hari avait agonisé pendant deux jours et trois nuits quelque part, dans un trou, dans un de ces profonds ravins immaculés dont la blancheur est plus sinistre que les ténèbres des souterrains. Il avait agonisé pendant deux jours et trois nuits, et il venait de mourir tout à l'heure en pensant à son compagnon. Et son âme, à peine libre, s'était envolée vers l'auberge où dormait Ulrich, et elle l'avait appelé de par la vertu mystérieuse et terrible qu'ont les âmes des morts de hanter les vivants. Elle avait crié, cette âme sans voix, dans l'âme accablée du dormeur ; elle avait crié son adieu dernier, ou son reproche, ou sa malédiction sur l'homme qui n'avait point assez cherché.

Et Ulrich la sentait là, tout près, derrière le mur, derrière la porte qu'il venait de refermer. Elle rôdait, comme un oiseau de nuit qui frôle de ses plumes une fenêtre éclairée ; et le jeune homme éperdu était prêt à hurler d'horreur. Il voulait s'enfuir et n'osait point sortir ; il n'osait point et n'oserait plus désormais, car le fantôme resterait là, jour et nuit, autour de l'auberge, tant que le corps du vieux guide n'aurait pas été retrouvé et déposé dans la terre bénite d'un cimetière.

Le jour vint et Kunsi reprit un peu d'assurance au retour brillant du soleil. Il prépara son repas, fit la soupe de son chien, puis il demeura sur une chaise, immobile, le cœur torturé, pensant au vieux couché sur la neige.

Puis, dès que la nuit recouvrit la montagne, des terreurs nouvelles l'assaillirent. Il marchait maintenant dans la cuisine noire, éclairée à peine par la flamme d'une chandelle, il marchait d'un bout à l'autre de la pièce, à grands pas, écoutant, écoutant si le cri effrayant de l'autre nuit n'allait pas encore traverser le silence morne du dehors. Et il se sentait seul, le misérable, comme aucun homme n'avait jamais été seul ! Il était seul dans cet immense désert de neige, seul à deux mille mètres au-dessus de la terre habitée, au-dessus des maisons humaines, au-dessus de la vie qui s'agite, bruit et palpite, seul dans le ciel glacé ! Une envie folle le tenaillait de se sauver n'importe où, n'importe comment, de descendre à Loëche en se jetant dans l'abîme ; mais il n'osait seulement pas ouvrir la porte, sûr que l'autre, le mort, lui barrerait la route, pour ne pas rester seul non plus là-haut.

Vers minuit, las de marcher, accablé d'angoisse et de peur, il s'assoupit enfin sur une chaise, car il redoutait son lit comme on redoute un lieu hanté.

Et soudain le cri strident de l'autre soir lui déchira les oreilles, si suraigu qu'Ulrich étendit le bras pour repousser le revenant, et il tomba sur le dos avec son siège.

Sam, réveillé par le bruit, se mit à hurler comme hurlent les chiens effrayés, et il tournait autour du logis cherchant d'où venait le danger. Parvenu près de la porte, il flaira dessous, soufflant et reniflant avec force, le poil hérissé, la queue droite et grognant.

Kunsi, éperdu, s'était levé et, tenant par un pied sa chaise, il cria : « N'entre pas, n'entre pas ou je te tue. » Et le chien, excité par cette menace, aboyait avec fureur contre l'invisible ennemi que défiait la voix de son maître.

Sam, peu à peu, se calma et revint s'étendre auprès du foyer, mais il demeurait inquiet, la tête levée, les yeux brillants et grondant entre ses crocs.

Ulrich, à son tour, reprit ses sens, mais comme il se sentait défaillir de terreur, il alla chercher une bouteille d'eau-de-vie dans le buffet, et il en but, coup sur coup, plusieurs verres. Ses idées devenaient vagues ; son courage s'affermissait ; une fièvre de feu glissait dans ses veines.

Il ne mangea guère le lendemain, se bornant à boire de l'alcool. Et pendant plusieurs jours de suite il vécut, saoul comme une brute. Dès que la pensée de Gaspard Hari lui revenait, il recommençait à boire jusqu'à l'instant où il tombait sur le sol, abattu par l'ivresse. Et il restait là, sur la face, ivre mort, les membres rompus, ronflant, le front par terre. Mais à peine avait-il digéré le liquide affolant et brûlant, que le cri toujours le même « Ulrich ! » le réveillait comme une balle qui lui aurait percé le crâne ; et il se dressait chancelant encore, étendant les mains pour ne point tomber, appelant Sam à son secours. Et le chien, qui semblait devenir fou comme son maître, se précipitait sur la porte, la grattait de ses griffes, la rongeait de ses longues dents blanches, tandis que le jeune homme, le col renversé, la tête en l'air, avalait à pleines gorgées, comme de l'eau fraîche après une course, l'eau-de-vie qui tout à l'heure endormirait de nouveau sa pensée, et son souvenir, et sa terreur éperdue.

En trois semaines, il absorba toute sa provision d'alcool. Mais cette saoulerie continue ne faisait qu'assoupir son épouvante qui se réveilla plus furieuse dès qu'il fut impossible de la calmer. L'idée fixe alors, exaspérée par un mois d'ivresse, et grandissant sans cesse dans l'absolue solitude, s'enfonçait en lui à la façon d'une vrille. Il marchait maintenant dans sa demeure ainsi qu'une bête en cage, collant son oreille à la porte pour écouter si l'autre était là, et le défiant, à travers le mur.

Puis, dès qu'il sommeillait, vaincu par la fatigue, il entendait la voix qui le faisait bondir sur ses pieds.

Une nuit enfin, pareil aux lâches poussés à bout, il se précipita sur la porte et l'ouvrit pour voir celui qui l'appelait et pour le forcer à se taire.

Il reçut en plein visage un souffle d'air froid qui le glaça jusqu'aux os et il referma le battant et poussa les verrous, sans remarquer que Sam s'était élancé dehors. Puis, frémissant, il jeta du bois au feu, et s'assit devant pour se chauffer ; mais soudain il tressaillit, quelqu'un grattait le mur en pleurant.

Il cria éperdu : « Va-t'en. » Une plainte lui répondit, longue et douloureuse.

Alors tout ce qui lui restait de raison fut emporté par la terreur. Il répétait « Va-t'en » en tournant sur lui-même pour trouver un coin où se cacher. L'autre, pleurant toujours, passait le long de la maison en se frottant contre le mur. Ulrich s'élança vers le buffet de chêne plein de vaisselle et de provisions, et, le soulevant avec une force surhumaine, il le traîna jusqu'à la porte, pour s'appuyer d'une barricade. Puis, entassant les uns sur les autres tout ce qui restait de meubles, les matelas, les paillasses, les chaises, il boucha la fenêtre comme on fait lorsqu'un ennemi vous assiège.

Mais celui du dehors poussait maintenant de grands gémissements lugubres auxquels le jeune homme se mit à répondre par des gémissements pareils.

Et des jours et des nuits se passèrent sans qu'ils cessassent de hurler l'un et l'autre. L'un tournait sans cesse autour de la maison et fouillait la muraille de ses ongles avec tant de force qu'il semblait vouloir la démolir ; l'autre, au-dedans, suivait tous ses mouvements, courbé, l'oreille collée contre la pierre, et il répondait à tous ses appels par d'épouvantables cris.

Un soir, Ulrich n'entendit plus rien ; et il s'assit tellement brisé de fatigue qu'il s'endormit aussitôt.

Il se réveilla sans un souvenir, sans une pensée, comme si toute sa tête se fût vidée pendant ce sommeil accablé. Il avait faim, il mangea.

. . . .

L'hiver était fini. Le passage de la Gemmi redevenait praticable ; et la famille Hauser se mit en route pour rentrer dans son auberge.

Dès qu'elles eurent atteint le haut de la montée les femmes grimpèrent sur leur mulet, et elles parlèrent des deux hommes qu'elles allaient retrouver tout à l'heure.

Elles s'étonnaient que l'un d'eux ne fût pas descendu

quelques jours plus tôt, dès que la route était devenue possible, pour donner des nouvelles de leur long hivernage.

On aperçut enfin l'auberge encore couverte et capitonnée de neige. La porte et la fenêtre étaient closes ; un peu de fumée sortait du toit, ce qui rassura le père Hauser. Mais en approchant, il aperçut, sur le seuil, un squelette d'animal dépecé par les aigles, un grand squelette couché sur le flanc.

Tous l'examinèrent. « Ça doit être Sam », dit la mère. Et elle appela : « Hé, Gaspard. » Un cri répondit à l'intérieur, un cri aigu, qu'on eût dit poussé par une bête. Le père Hauser répéta : « Hé, Gaspard. » Un autre cri pareil au premier se fit entendre.

Alors, les trois hommes, le père et les deux fils, essayèrent d'ouvrir la porte. Elle résista. Ils prirent dans l'étable vide une longue poutre comme bélier, et la lancèrent à toute volée. Le bois cria, céda, les planches volèrent en morceaux ; puis un grand bruit ébranla la maison et ils aperçurent, dedans, derrière le buffet écroulé, un homme debout, avec des cheveux qui lui tombaient aux épaules, une barbe qui lui tombait sur la poitrine, des yeux brillants et des lambeaux d'étoffe sur le corps.

Ils ne le reconnaissaient point, mais Louise Hauser s'écria : « C'est Ulrich, maman. » Et la mère constata que c'était Ulrich, bien que ses cheveux fussent blancs.

Il les laissa venir ; il se laissa toucher ; mais il ne répondit point aux questions qu'on lui posa ; et il fallut le conduire à Loëche où les médecins constatèrent qu'il était fou.

Et personne ne sut jamais ce qu'était devenu son compagnon.

La petite Hauser faillit mourir, cet été-là, d'une maladie de langueur qu'on attribua au froid de la montagne.

(1ᵉʳ septembre 1886.)

LE HORLA

(Première version)

Le docteur Marrande, le plus illustre et le plus éminent des aliénistes, avait prié trois de ses confrères et quatre savants, s'occupant de sciences naturelles, de venir passer une heure chez lui, dans la maison de santé qu'il dirigeait, pour leur montrer un de ses malades.

Aussitôt que ses amis furent réunis, il leur dit : « Je vais vous soumettre le cas le plus bizarre et le plus inquiétant que j'aie jamais rencontré. D'ailleurs je n'ai rien à vous dire de mon client. Il parlera lui-même. » Le docteur alors sonna. Un domestique fit entrer un homme. Il était fort maigre, d'une maigreur de cadavre, comme sont maigres certains fous que ronge une pensée, car la pensée malade dévore la chair du corps plus que la fièvre ou la phtisie.

Ayant salué et s'étant assis, il dit :

— Messieurs, je sais pourquoi on vous a réunis ici et je suis prêt à vous raconter mon histoire, comme m'en a prié mon ami le docteur Marrande. Pendant longtemps il m'a cru fou. Aujourd'hui il doute. Dans quelque temps, vous saurez tous que j'ai l'esprit aussi sain, aussi lucide, aussi clairvoyant que les vôtres, malheureusement pour moi, et pour vous, et pour l'humanité tout entière.

Mais je veux commencer par les faits eux-mêmes, par les faits tout simples. Les voici :

J'ai quarante-deux ans. Je ne suis pas marié, ma fortune est suffisante pour vivre avec un certain luxe. Donc j'habitais une propriété sur les bords de la Seine, à Biessard, auprès de Rouen. J'aime la chasse et la pêche. Or j'avais derrière moi, au-dessus des grands rochers qui dominaient ma maison, une des plus belles forêts de France, celle de Roumare, et devant moi un des plus beaux fleuves du monde.

Ma demeure est vaste, peinte en blanc à l'extérieur, jolie, ancienne, au milieu d'un grand jardin planté d'arbres magnifiques et qui monte jusqu'à la forêt, en escaladant les énormes rochers dont je vous parlais tout à l'heure.

Mon personnel se compose, ou plutôt se composait d'un cocher, un jardinier, un valet de chambre, une cuisinière et une lingère qui était en même temps une espèce de femme de charge. Tout ce monde habitait chez moi depuis dix à seize ans, me connaissait, connaissait ma demeure, le pays, tout l'entourage de ma vie. C'étaient de bons et tranquilles serviteurs. Cela importe pour ce que je vais dire.

J'ajoute que la Seine, qui longe mon jardin, est navigable jusqu'à Rouen, comme vous le savez sans doute ; et que je voyais passer chaque jour de grands navires soit à voiles, soit à vapeur, venant de tous les coins du monde.

Donc, il y a eu un an l'automne dernier, je fus pris tout à coup de malaises bizarres et inexplicables. Ce fut d'abord une sorte d'inquiétude nerveuse qui me tenait en éveil des nuits entières, une telle surexcitation que le moindre bruit me faisait tressaillir. Mon humeur s'aigrit. J'avais des colères subites inexplicables. J'appelai un médecin qui m'ordonna du bromure de potassium et des douches.

Je me fis donc doucher matin et soir, et je me mis à boire du bromure. Bientôt, en effet, je recommençai à dormir, mais d'un sommeil plus affreux que l'insomnie. A peine couché, je fermais les yeux et m'anéantissais. Oui, je tombais dans le néant, dans un néant absolu, dans une mort de l'être entier dont j'étais tiré brusquement, horriblement par l'épouvantable sensation d'un poids écrasant sur ma poitrine, et d'une bouche qui mangeait ma vie, sur ma bouche. Oh ! ces secousses-là ! je ne sais rien de plus épouvantable.

Figurez-vous un homme qui dort, qu'on assassine, et qui se réveille avec un couteau dans la gorge ; et qui râle couvert de sang, et qui ne peut plus respirer, et qui va mourir, et qui ne comprend pas — voilà !

Je maigrissais d'une façon inquiétante, continue ; et je m'aperçus soudain que mon cocher, qui était fort gros, commençait à maigrir comme moi.

Je lui demandai enfin :

« Qu'avez-vous donc, Jean ? Vous êtes malade. »

Il répondit :

« Je crois bien que j'ai gagné la même maladie que monsieur. C'est mes nuits qui perdent mes jours. »

Je pensai donc qu'il y avait dans la maison une influence fiévreuse due au voisinage du fleuve et j'allais m'en aller pour deux ou trois mois, bien que nous fussions en pleine saison de chasse, quand un petit fait très bizarre, observé par hasard, amena pour moi une telle suite de découvertes invraisemblables, fantastiques, effrayantes, que je restai.

Ayant soif un soir, je bus un demi-verre d'eau et je remarquai que ma carafe, posée sur la commode en face de mon lit, était pleine jusqu'au bouchon de cristal.

J'eus, pendant la nuit, un de ces sommeils affreux dont je viens de vous parler. J'allumai ma bougie, en proie à une épouvantable angoisse, et, comme je voulus boire de nouveau, je m'aperçus avec stupeur que ma carafe était vide. Je n'en pouvais croire mes yeux. Ou bien on était entré dans ma chambre, ou bien j'étais somnambule.

Le soir suivant, je voulus faire la même épreuve. Je fermai donc ma porte à clef pour être certain que personne ne pourrait pénétrer chez moi. Je m'endormis et je me réveillai comme chaque nuit. On avait bu toute l'eau que j'avais vue deux heures plus tôt.

Qui avait bu cette eau ? Moi, sans doute, et pourtant je me croyais sûr, absolument sûr, de n'avoir pas fait un mouvement dans mon sommeil profond et douloureux.

Alors j'eus recours à des ruses pour me convaincre que je n'accomplissais point ces actes inconscients. Je plaçai un soir, à côté de la carafe, une bouteille de vieux bordeaux, une tasse de lait dont j'ai horreur, et des gâteaux au chocolat que j'adore.

Le vin et les gâteaux demeurèrent intacts. Le lait et l'eau disparurent. Alors, chaque jour, je changeai les boissons et les nourritures. Jamais *on* ne toucha aux choses solides, compactes, et on ne but, en fait de liquide, que du laitage frais et de l'eau surtout.

Mais ce doute poignant restait dans mon âme. N'était-ce pas moi qui me levais sans en avoir conscience, et qui buvais même les choses détestées, car mes sens engourdis par le sommeil somnambulique pouvaient être modifiés, avoir perdu leurs répugnances ordinaires et acquis des goûts différents.

Je me servis alors d'une ruse nouvelle contre moi-même. J'enveloppai tous les objets auxquels il fallait infailliblement toucher avec des bandelettes de mousseline blanche et je les recouvris encore avec une serviette de batiste.

Puis, au moment de me mettre au lit, je me barbouillai les mains, les lèvres et les moustaches avec de la mine de plomb.

A mon réveil, tous les objets étaient demeurés immaculés bien qu'on y eût touché, car la serviette n'était point posée comme je l'avais mise ; et, de plus, on avait bu de l'eau et du lait. Or ma porte fermée avec une clef de sûreté et mes volets cadenassés n'avaient pu laisser pénétrer personne.

Alors, je me posai cette redoutable question : Qui donc était là, toutes les nuits, près de moi ?

Je sens, Messieurs, que je vous raconte cela trop vite. Vous souriez, votre opinion est déjà faite : « C'est un fou. » J'aurais dû vous décrire longuement cette émotion d'un homme qui, enfermé chez lui, l'esprit sain, regarde, à travers le verre d'une carafe, un peu d'eau disparue pendant qu'il a dormi. J'aurais dû vous faire comprendre cette torture renouvelée chaque soir et chaque matin, et cet invincible sommeil, et ces réveils plus épouvantables encore.

Mais je continue.

Tout à coup, le miracle cessa. *On* ne touchait plus à rien dans ma chambre. C'était fini. J'allais mieux d'ailleurs. La gaieté me revenait, quand j'appris qu'un de mes voisins, M. Legite, se trouvait exactement dans l'état où j'avais été moi-même. Je crus de nouveau à une influence fiévreuse dans le pays. Mon cocher m'avait quitté depuis un mois, fort malade.

L'hiver était passé, le printemps commençait. Or, un matin, comme je me promenais près de mon parterre de rosiers, je vis, je vis distinctement, tout près de moi, la tige d'une des plus belles roses se casser comme si une main invisible l'eût cueillie ; puis la fleur suivit la courbe qu'aurait décrite un bras en la portant vers une bouche, et resta suspendue dans l'air transparent, toute seule, immobile, effrayante, à trois pas de mes yeux.

Saisi d'une épouvante folle, je me jetai sur elle pour la saisir. Je ne trouvai rien. Elle avait disparu. Alors, je fus pris d'une colère furieuse contre moi-même. Il n'est pas permis à un homme raisonnable et sérieux d'avoir de pareilles hallucinations !

Mais était-ce bien une hallucination ? Je cherchai la tige. Je la retrouvai immédiatement sur l'arbuste, fraîchement cassée, entre deux autres roses demeurées sur la branche ; car elles étaient trois que j'avais vues parfaitement.

Alors je rentrai chez moi, l'âme bouleversée. Messieurs, écoutez-moi, je suis calme ; je ne croyais pas au surnaturel, je n'y crois pas même aujourd'hui ; mais, à partir de ce moment-là, je fus certain, certain comme du jour et de la nuit, qu'il existait près de moi un être invisible qui m'avait hanté, puis m'avait quitté, et qui revenait.

Un peu plus tard j'en eus la preuve.

Entre mes domestiques d'abord éclataient tous les jours des querelles furieuses pour mille causes futiles en apparence, mais pleines de sens pour moi désormais.

Un verre, un beau verre de Venise se brisa tout seul, sur le dressoir de ma salle à manger, en plein jour.

Le valet de chambre accusa la cuisinière, qui accusa la

lingère, qui accusa je ne sais qui.

Des portes fermées le soir étaient ouvertes le matin. On volait du lait, chaque nuit, dans l'office. — Ah !

Quel était-il ? De quelle nature ? Une curiosité énervée, mêlée de colère et d'épouvante, me tenait jour et nuit dans un état d'extrême agitation.

Mais la maison redevint calme encore une fois ; et je croyais de nouveau à des rêves quand se passa la chose suivante :

C'était le 20 juillet, à neuf heures du soir. Il faisait très chaud ; j'avais laissé ma fenêtre toute grande ouverte, ma lampe allumée sur ma table, éclairant un volume de Musset ouvert à la *Nuit de Mai* ; et je m'étais étendu dans un grand fauteuil où je m'endormis.

Or, ayant dormi environ quarante minutes, je rouvris les yeux, sans faire un mouvement, réveillé par je ne sais quelle émotion confuse et bizarre. Je ne vis rien d'abord, puis tout à coup il me sembla qu'une page du livre venait de tourner toute seule. Aucun souffle d'air n'était entré par la fenêtre. Je fus surpris : et j'attendis. Au bout de quatre minutes environ, je vis, je vis, oui, je vis, Messieurs, de mes yeux, une autre page se soulever et se rabattre sur la précédente comme si un doigt l'eût feuilletée. Mon fauteuil semblait vide, mais je compris qu'il était là, lui ! Je traversai ma chambre d'un bond pour le prendre, pour le toucher, pour le saisir, si cela se pouvait... Mais mon siège, avant que je l'eusse atteint, se renversa comme si on eût fui devant moi ; ma lampe aussi tomba et s'éteignit, le verre brisé ; et ma fenêtre brusquement poussée comme si un malfaiteur l'eût saisie en se sauvant alla frapper sur son arrêt... Ah !...

Je me jetai sur la sonnette et j'appelai. Quand mon valet de chambre parut, je lui dis :

« J'ai tout renversé et tout brisé. Donnez-moi de la lumière. »

Je ne dormis plus cette nuit-là. Et cependant j'avais pu encore le jouet d'une illusion. Au réveil les sens demeurent troubles. N'était-ce pas moi qui avais jeté bas mon fauteuil et ma lumière en me précipitant comme un fou ?

Non, ce n'était pas moi ! je le savais à n'en point douter une seconde. Et cependant je le voulais croire.

Attendez. L'Etre ! Comment le nommerai-je ? L'Invisible. Non, cela ne suffit pas. Je l'ai baptisé le Horla. Pourquoi ? Je ne sais point. Donc le Horla ne me quittait plus guère. J'avais jour et nuit la sensation, la certitude de la présence de cet insaisissable voisin, et la certitude aussi qu'il prenait ma vie, heure par heure, minute par minute.

L'impossibilité de le voir m'exaspérait et j'allumais toutes les lumières de mon appartement, comme si j'eusse pu, dans cette clarté, le découvrir.

Je le vis, enfin.

Vous ne me croyez pas. Je l'ai vu cependant.

J'étais assis devant un livre quelconque, ne lisant pas, mais guettant, avec tous mes organes surexcités, guettant celui que je sentais près de moi. Certes, il était là. Mais où ? Que faisait-il ? Comment l'atteindre ?

En face de moi mon lit, un vieux lit de chêne à colonnes. A droite ma cheminée. A gauche ma porte que j'avais fermée avec soin. Derrière moi une très grande armoire à glace qui me servait chaque jour pour me raser, pour m'habiller, où j'avais coutume de me regarder de la tête aux pieds chaque fois que je passais devant.

Donc je faisais semblant de lire, pour le tromper, car il m'épiait lui aussi ; et soudain je sentis, je fus certain qu'il lisait par-dessus mon épaule, qu'il était là, frôlant mon oreille.

Je me dressai, en me tournant si vite que je faillis tomber. Eh bien !... On y voyait comme en plein jour... et je ne me vis pas dans la glace ! Elle était vide, claire, pleine de lumière. Mon image n'était pas dedans... Et j'étais en face... Je voyais le grand verre, limpide du haut en bas ! Et je regardais cela avec des yeux affolés, et je n'osais plus avancer, sentant bien qu'il se trouvait entre nous, lui, et qu'il m'échapperait encore, mais que son corps imperceptible avait absorbé mon reflet.

Comme j'eus peur ! Puis voilà que tout à coup je commençai à m'apercevoir dans une brume au fond du miroir, dans une brume comme à travers une nappe d'eau ; et il me semblait que cette eau glissait de gauche à droite, lentement, rendant plus précise mon image de seconde en seconde. C'était comme la fin d'une éclipse. Ce qui me cachait ne paraissait point posséder de contours nettement arrêtés, mais une sorte de transparence opaque s'éclaircissant peu à peu.

Je pus enfin me distinguer complètement ainsi que je fais chaque jour en me regardant.

Je l'avais vu. L'épouvante m'en est restée qui me fait encore frissonner.

Le lendemain j'étais ici, où je priai qu'on me gardât.

Maintenant, Messieurs, je conclus.

Le docteur Marrande, après avoir longtemps douté, se décida à faire, seul, un voyage dans mon pays.

Trois de mes voisins, à présent, sont atteints comme je l'étais. Est-ce vrai ?

Le médecin répondit : « C'est vrai ! »

Vous leur avez conseillé de laisser de l'eau et du lait chaque nuit dans leur chambre pour voir si ces liquides disparaissaient. Ils l'ont fait. Ces liquides ont-ils disparu comme chez moi ?

Le médecin répondit avec une gravité solennelle : « Ils ont disparu. »

Donc, Messieurs, un Etre, un Etre nouveau, qui sans doute se multipliera bientôt comme nous nous sommes multipliés, vient d'apparaître sur la terre.

Ah ! vous souriez ! Pourquoi ? parce que cet Etre demeure invisible. Mais notre œil, Messieurs, est un organe tellement élémentaire qu'il peut distinguer à peine ce qui est indispensable à notre existence. Ce qui est trop petit lui échappe, ce qui est trop grand lui échappe, ce qui est trop loin lui échappe. Il ignore les milliards de petites bêtes qui vivent dans une goutte d'eau. Il ignore les habitants, les plantes et le sol des étoiles voisines ; il ne voit pas même le transparent…

Placez devant lui une glace sans tain parfaite, il ne la distinguera pas et nous jettera dessus, comme l'oiseau pris dans une maison qui se casse la tête aux vitres. Donc, il ne voit pas les corps solides et transparents qui existent pourtant ; il ne voit pas l'air dont nous nous nourrissons, ne voit pas le vent qui est la plus grande force de la nature, qui renverse les hommes, abat les édifices, déracine les arbres, soulève la mer en montagnes d'eau qui font crouler les falaises de granit.

Quoi d'étonnant à ce qu'il ne voie pas un corps nouveau, à qui manque sans doute la seule propriété d'arrêter les rayons lumineux.

Apercevez-vous l'électricité ? Et cependant elle existe !

Cet être, que j'ai nommé le Horla, existe aussi.

Qui est-ce ? Messieurs, c'est celui que la terre attend, après l'homme ! Celui qui vient nous détrôner, nous asservir, nous dompter, et se nourrir de nous peut-être, comme nous nous nourrissons des bœufs et des sangliers.

Depuis des siècles, on le pressent, on le redoute et on l'annonce ! La peur de l'Invisible a toujours hanté nos pères.

Il est venu.

Toutes les légendes des fées, des gnomes, des rôdeurs de l'air insaisissables et malfaisants, c'était de lui qu'elles parlaient, de lui pressenti par l'homme inquiet et tremblant déjà.

Et tout ce que vous faites vous-mêmes, Messieurs, depuis quelques ans, ce que vous appelez l'hypnotisme, la suggestion, le magnétisme — c'est lui que vous annoncez, que vous prophétisez !

Je vous dis qu'il est venu. Il rôde inquiet lui-même comme les premiers hommes, ignorant encore sa force et sa puissance qu'il connaîtra bientôt, trop tôt.

Et voici, Messieurs, pour finir, un fragment de journal qui m'est tombé sous la main et qui vient de Rio de Janeiro. Je lis : « Une sorte d'épidémie de folie semble sévir depuis quelque temps dans la province de San Paulo. Les habitants de plusieurs villages se sont sauvés abandonnant leurs terres et leurs maisons et se prétendent poursuivis et mangés par des vampires invisibles qui se nourrissent de leur souffle pendant leur sommeil et qui ne boiraient, en outre, que de l'eau, et quelquefois du lait ! »

J'ajoute : « Quelques jours avant la première atteinte du mal dont j'ai failli mourir, je me rappelle parfaitement avoir vu passer un grand trois-mâts brésilien avec son pavillon déployé… Je vous ai dit que ma maison est au bord de l'eau… Toute blanche… Il était caché sur ce bateau sans doute… »

Je n'ai plus rien à ajouter, Messieurs.

Le docteur Marrande se leva et murmura :

« Moi non plus. Je ne sais si cet homme est fou ou si nous le sommes tous les deux…, ou si… si notre successeur est réellement arrivé. »

(26 octobre 1886).

LE HORLA

(Deuxième version)

....

8 mai. — Quelle journée admirable ! J'ai passé toute la
matinée étendu sur l'herbe, devant ma maison, sous l'énorme
platane qui la couvre, l'abrite et l'ombrage tout entière.
J'aime ce pays, et j'aime y vivre parce que j'y ai mes racines,
ces profondes et délicates racines, qui attachent un homme à
la terre où sont nés et morts ses aïeux, qui l'attachent à ce
qu'on pense et à ce qu'on mange, aux usages comme aux
nourritures, aux locutions locales, aux intonations des paysans, aux odeurs du sol, des villages et de l'air lui-même.

J'aime ma maison où j'ai grandi. De mes fenêtres, je vois la
Seine qui coule, le long de mon jardin, derrière la route,
presque chez moi, la grande et large Seine, qui va de Rouen
au Havre, couverte de bateaux qui passent.

A gauche, là-bas, Rouen, la vaste ville aux toits bleus, sous
le peuple pointu des clochers gothiques. Ils sont innombrables, frêles ou larges, dominés par la flèche de fonte de la
cathédrale, et pleins de cloches qui sonnent dans l'air bleu des
belles matinées, jetant jusqu'à moi leur doux et lointain
bourdonnement de fer, leur chant d'airain que la brise m'apporte, tantôt plus fort et tantôt plus affaibli, suivant qu'elle

s'éveille ou s'assoupit.

Comme il faisait bon ce matin !

Vers onze heures, un long convoi de navires, traînés par un remorqueur, gros comme une mouche, et qui râlait de peine en vomissant une fumée épaisse, défila devant ma grille.

Après deux goélettes anglaises, dont le pavillon rouge ondoyait sur le ciel, venait un superbe trois-mâts brésilien tout blanc, admirablement propre et luisant. Je le saluai, je ne sais pourquoi, tant ce navire me fit plaisir à voir.

12 mai. — J'ai un peu de fièvre depuis quelques jours ; je me sens souffrant, ou plutôt je me sens triste.

D'où viennent ces influences mystérieuses qui changent en découragement notre bonheur et notre confiance en détresse ? On dirait que l'air, l'air invisible est plein d'inconnaissables Puissances, dont nous subissons les voisinages mystérieux. Je m'éveille plein de gaieté, avec des envies de chanter dans la gorge. — Pourquoi ? — Je descends le long de l'eau ; et soudain, après une courte promenade, je rentre désolé, comme si quelque malheur m'attendait chez moi. — Pourquoi ? — Est-ce un frisson de froid qui, frôlant ma peau, a ébranlé mes nerfs et assombri mon âme ? Est-ce la forme des nuages, ou la couleur du jour, la couleur des choses, si variable, qui, passant par mes yeux, a troublé ma pensée ? Sait-on ? Tout ce qui nous entoure, tout ce que nous voyons sans le regarder, tout ce que nous frôlons sans le connaître, tout ce que nous touchons sans le palper, tout ce que nous rencontrons sans le distinguer, a sur nous, sur nos organes et, par eux, sur nos idées, sur notre cœur lui-même, des effets rapides, surprenants et inexplicables ?

Comme il est profond ce mystère de l'Invisible ! Nous ne le pouvons sonder avec nos sens misérables, avec nos yeux qui ne savent apercevoir ni le trop petit, ni le trop grand, ni le trop près, ni le trop loin, ni les habitants d'une étoile, ni les habitants d'une goutte d'eau... avec nos oreilles qui nous trompent, car elles nous transmettent les vibrations de l'air en notes sonores. Elles sont des fées qui font ce miracle de changer en bruit ce mouvement et par cette métamorphose donnent naissance à la musique, qui rend chantante l'agitation muette de la nature... avec notre odorat, plus faible que celui du chien... avec notre goût, qui peut à peine discerner l'âge d'un vin !

Ah ! si nous avions d'autres organes qui accompliraient en notre faveur d'autres miracles, que de choses nous pourrions découvrir encore autour de nous !

16 mai. — Je suis malade, décidément ! Je me portais si bien le mois dernier ! J'ai la fièvre, une fièvre atroce, ou plutôt un énervement fiévreux, qui rend mon âme aussi souffrante que mon corps. J'ai sans cesse cette sensation affreuse d'un danger menaçant, cette appréhension d'un malheur qui vient ou de la mort qui approche, ce pressentiment qui est sans doute l'atteinte d'un mal inconnu, germant dans le sang et dans la chair.

18 mai. — Je viens d'aller consulter mon médecin, car je ne pouvais plus dormir. Il m'a trouvé le pouls rapide, l'œil dilaté, les nerfs vibrants, mais sans aucun symptôme alarmant. Je dois me soumettre aux douches et boire du bromure de potassium.

25 mai. — Aucun changement ! Mon état, vraiment, est bizarre. A mesure qu'approche le soir, une inquiétude incompréhensible m'envahit, comme si la nuit cachait pour moi une menace terrible. Je dîne vite, puis j'essaye de lire ; mais je ne comprends pas les mots ; je distingue à peine les lettres. Je marche alors dans mon salon de long en large, sous l'oppression d'une crainte confuse et irrésistible, la crainte du sommeil et la crainte du lit.

Vers dix heures, je monte dans ma chambre. A peine entré, je donne deux tours de clef, et je pousse les verrous ; j'ai peur... de quoi ?... Je ne redoutais rien jusqu'ici... j'ouvre mes armoires, je regarde sous mon lit ; j'écoute... j'écoute... quoi ?... Est-ce étrange qu'un simple malaise, un trouble de la circulation peut-être, l'irritation d'un filet nerveux, un peu de congestion, une toute petite perturbation dans le fonctionnement si imparfait et si délicat de notre machine vivante, puisse faire un mélancolique du plus joyeux des hommes, et un poltron du plus brave ? Puis je me couche, et j'attends le sommeil comme on attendrait le bourreau. Je l'attends avec l'épouvante de sa venue, et mon cœur bat, et mes jambes frémissent ; et tout mon corps tressaille dans la chaleur des draps, jusqu'au moment où je tombe tout à coup dans le repos, comme on tomberait pour s'y noyer, dans un gouffre d'eau stagnante. Je ne le sens pas venir, comme autrefois, ce sommeil perfide, caché près de moi, qui me guette, qui va me saisir par la tête, me fermer les yeux, m'anéantir.

Je dors — longtemps — deux ou trois heures — puis un rêve — non — un cauchemar m'étreint. Je sens bien que je suis couché et que je dors... je le sens et je le sais... et je sens aussi que quelqu'un s'approche de moi, me regarde, me palpe, monte sur mon lit, s'agenouille sur ma poitrine, me prend le cou entre ses mains et serre... serre... de toute sa force pour m'étrangler.

Moi, je me débats, lié par cette impuissance atroce, qui nous paralyse dans les songes ; je veux crier, — je ne peux pas ; — je veux remuer, — je ne peux pas ; — j'essaye avec des efforts affreux, en haletant, de me tourner, de rejeter cet être qui m'écrase et qui m'étouffe, — je ne peux pas !

Et soudain, je m'éveille, affolé, couvert de sueur. J'allume une bougie. Je suis seul.

Après cette crise, qui se renouvelle toutes les nuits, je dors enfin, avec calme, jusqu'à l'aurore.

2 juin. — Mon état s'est encore aggravé. Qu'ai-je donc ? Le bromure n'y fait rien ; les douches n'y font rien. Tantôt, pour fatiguer mon corps, si las pourtant, j'allai faire un tour dans la forêt de Roumare. Je crus d'abord que l'air frais, léger et doux, plein d'odeur d'herbes et de feuilles, me versait aux veines un sang nouveau, au cœur une énergie nouvelle. Je pris une grande avenue de chasse, puis je tournai vers La Bouille, par une allée étroite, entre deux armées d'arbres démesurément hauts qui mettaient un toit vert, épais, presque noir, entre le ciel et moi.

Un frisson me saisit soudain, non pas un frisson de froid, mais un étrange frisson d'angoisse.

Je hâtai le pas, inquiet d'être seul dans ce bois, apeuré sans raison, stupidement, par la profonde solitude. Tout à coup, il me sembla que j'étais suivi, qu'on marchait sur mes talons, tout près, à me toucher.

Je me retournai brusquement. J'étais seul. Je ne vis derrière moi que la droite et large allée vide, haute, redoutablement vide ; et de l'autre côté elle s'étendait aussi à perte de vue, toute pareille, effrayante.

Je fermai les yeux. Pourquoi ? Et je me mis à tourner sur un talon, très vite, comme une toupie. Je faillis tomber ; je rouvris les yeux ; les arbres dansaient, la terre flottait ; je dus m'asseoir. Puis, ah ! je ne savais plus par où j'étais venu ! Bizarre idée ! Bizarre ! Bizarre idée ! Je ne savais plus du tout. Je partis par le côté qui se trouvait à ma droite, et je revins dans l'avenue qui m'avait amené au milieu de la forêt.

3 juin. — La nuit a été horrible. Je vais m'absenter pendant quelques semaines. Un petit voyage, sans doute, me remettra.

2 juillet. — Je rentre. Je suis guéri. J'ai fait d'ailleurs une excursion charmante. J'ai visité le mont Saint-Michel que je ne connaissais pas.

Quelle vision, quand on arrive, comme moi à Avranches vers la fin du jour ! Le ville est sur une colline ; et on me conduisit dans le jardin public, au bout de la cité. Je poussai un cri d'étonnement. Une baie démesurée s'étendait devant moi, à perte de vue, entre deux côtes écartées se perdant au loin dans les brumes ; et au milieu de cette immense baie jaune, sous un ciel d'or et de clarté, s'élevait sombre et pointu un mont étrange, au milieu des sables. Le soleil venait de disparaître, et sur l'horizon encore flamboyant se dessinait le profil de ce fantastique rocher qui porte sur son sommet un fantastique monument.

Dès l'aurore, j'allai vers lui. La mer était basse, comme la veille au soir, et je regardais se dresser devant moi, à mesure que j'approchais d'elle, la surprenante abbaye. Après plusieurs heures de marche, j'atteignis l'énorme bloc de pierres qui porte la petite cité dominée par la grande église. Ayant gravi la rue étroite et rapide, j'entrai dans la plus admirable demeure gothique construite pour Dieu sur la terre, vaste comme une ville, pleine de salles basses écrasées sous des voûtes et de hautes galeries que soutiennent de frêles colonnes. J'entrai dans ce gigantesque bijou de granit, aussi léger qu'une dentelle, couvert de tours, de sveltes clochetons, où montent des escaliers tordus, et qui lancent dans le ciel bleu des jours, dans le ciel noir des nuits, leurs têtes bizarres, hérissées de chimères, de diables, de bêtes fantastiques, de fleurs monstrueuses, et reliés l'un à l'autre par de fines arches ouvragées.

Quand je fus sur le sommet, je dis au moine qui m'accompagnait : « Mon Père, comme vous devez être bien ici ! »

Il répondit : « Il y a beaucoup de vent, Monsieur » ; et nous nous mîmes à causer en regardant monter la mer, qui courait sur le sable et le couvrait d'une cuirasse d'acier.

Et le moine me conta des histoires, toutes les vieilles histoires de ce lieu, des légendes, toujours des légendes.

Une d'elles me frappa beaucoup. Les gens du pays, ceux du mont, prétendent qu'on entend parler la nuit dans les sables, puis qu'on entend bêler deux chèvres, l'une avec une voix forte, l'autre avec une voix faible. Les incrédules affirment que ce sont les cris des oiseaux de mer, qui ressemblent tantôt à des bêlements, et tantôt à des plaintes humaines ; mais les pêcheurs attardés jurent avoir rencontré, rôdant sur les dunes, entre deux marées, autour de la petite ville jetée ainsi loin du monde, un vieux berger, dont on ne voit jamais la tête couverte de son manteau, et qui conduit, en marchant devant eux, un bouc à figure d'homme et une chèvre à figure de femme, tous deux avec de longs cheveux blancs et parlant sans cesse, se querellant dans une langue inconnue, puis cessant soudain de crier pour bêler de toute leur force.

Je dis au moine : « Y croyez-vous ? »

Il murmura : « Je ne sais pas. »

Je repris : « S'il existait sur la terre d'autres êtres, que nous, comment ne les connaîtrions-nous point depuis longtemps ; comment ne les auriez-vous pas vus, vous ? comment ne les aurais-je pas vus, moi ? »

Il répondit : « Est-ce que nous voyons la cent millième partie de ce qui existe ? Tenez, voici le vent, qui est la plus grande force de la nature, qui renverse les hommes, abat les édifices, déracine les arbres, soulève la mer en montagnes d'eau, détruit les falaises, et jette aux brisants les grands navires, le vent qui tue, qui siffle, qui gémit, qui mugit, — l'avez-vous vu, et pouvez-vous le voir ? Il existe, pourtant. »

Je me tus devant ce simple raisonnement. Cet homme était un sage ou peut-être un sot. Je ne l'aurais pu affirmer au juste ; mais je me tus. Ce qu'il disait là, je l'avais pensé souvent.

3 juillet. — J'ai mal dormi ; certes, il y a ici une influence fiévreuse, car mon cocher souffre du même mal que moi. En rentrant hier, j'avais remarqué sa pâleur singulière. Je lui demandai :

« Qu'est-ce que vous avez, Jean ?

— J'ai que je ne peux plus me reposer, Monsieur, ce sont mes nuits qui mangent mes jours. Depuis le départ de Monsieur, cela me tient comme un sort. »

Les autres domestiques vont bien cependant, mais j'ai grand-peur d'être repris, moi.

4 juillet. — Décidément, je suis repris. Mes cauchemars anciens reviennent. Cette nuit, j'ai senti quelqu'un accroupi sur moi, et qui, sa bouche sur la mienne, buvait ma vie entre mes lèvres. Oui, il la puisait dans ma gorge, comment aurait fait une sangsue. Puis il s'est levé, repu, et moi je me suis réveillé, tellement meurtri, brisé, anéanti, que je ne pouvais plus remuer. Si cela continue encore quelques jours, je repartirai certainement.

5 juillet. — Ai-je perdu la raison ? Ce qui s'est passé, ce que j'ai vu la nuit dernière est tellement étrange, que ma tête s'égare quand j'y songe !

Comme je le fais maintenant chaque soir, j'avais fermé ma porte à clef ; puis, ayant soif, je bus un demi-verre d'eau, et je remarquai par hasard que ma carafe était pleine jusqu'au bouchon de cristal.

Je me couchai ensuite et je tombai dans un de mes sommeils épouvantables, dont je fus tiré au bout de deux heures environ par une secousse plus affreuse encore.

Figurez-vous un homme qui dort, qu'on assassine, et qui se réveille avec un couteau dans le poumon, et qui râle couvert de sang, et qui ne peut plus respirer, et qui va mourir, et qui ne comprend pas — voilà.

Ayant enfin reconquis ma raison, j'eus soif de nouveau ; j'allumai une bougie et j'allai vers la table où était posée ma carafe. Je la soulevai en la penchant sur mon verre ; rien ne coula. — Elle était vide ! Elle était vide complètement ! D'abord je n'y compris rien ; puis, tout à coup, je ressentis une émotion si terrible, que je dus m'asseoir, ou plutôt que je tombai sur une chaise ! puis, je me redressai d'un saut pour regarder autour de moi ! puis je me rassis, éperdu d'étonnement et de peur, devant le cristal transparent ! Je le contemplais avec des yeux fixes, cherchant à deviner. Mes mains tremblaient ! On avait donc bu cette eau ? Qui ? Moi ? moi, sans doute ? Ce ne pouvait être que moi ? Alors, j'étais somnambule, je vivais, sans le savoir, de cette double vie mystérieuse qui fait douter s'il y a deux êtres en nous, ou si un être étranger, inconnaissable et invisible, anime, par moments, quand notre âme est engourdie, notre corps captif qui obéit à cet autre, comme à nous-mêmes, plus qu'à nous-mêmes.

Ah ! qui comprendra mon angoisse abominable ? Qui comprendra l'émotion d'un homme, sain d'esprit, bien éveillé,

plein de raison et qui regarde épouvanté, à travers le verre
d'une carafe, un peu d'eau disparue pendant qu'il a dormi !
Et je restai là jusqu'au jour, sans oser regagner mon lit.

6 juillet. — Je deviens fou. On a encore bu toute ma carafe
cette nuit ; — ou plutôt, je l'ai bue !
    Mais, est-ce moi ? Est-ce moi ? Qui serait-ce ? Qui ? Oh !
mon Dieu ! Je deviens fou ? Qui me sauvera ?

10 juillet. — Je viens de faire des épreuves surprenantes.
    Décidément, je suis fou ! Et pourtant.
    Le 6 juillet, avant de me coucher, j'ai placé sur ma table
du vin, du lait, de l'eau, du pain et des fraises.
    On a bu — j'ai bu — toute l'eau, et un peu de lait. On n'a
touché ni au vin, ni aux fraises.
    Le 7 juillet, j'ai renouvelé la même épreuve, qui a donné le
même résultat.
    Le 8 juillet, j'ai supprimé l'eau et le lait. On n'a touché à
rien.
    Le 9 juillet enfin, j'ai remis sur ma table l'eau et le lait
seulement, en ayant soin d'envelopper les carafes en des
linges de mousseline blanche et de ficeler les bouchons. Puis,
j'ai frotté mes lèvres, ma barbe, mes mains avec de la mine
de plomb, et je me suis couché.
    L'invincible sommeil m'a saisi, suivi bientôt de l'atroce
réveil. Je n'avais point remué ; mes draps eux-mêmes ne
portaient pas de taches. Je m'élançai vers ma table. Les linges
enfermant les bouteilles étaient demeurés immaculés. Je déliai
les cordons, en palpitant de crainte. On avait bu toute l'eau !
on avait bu tout le lait ! Ah ! mon Dieu !...
    Je vais partir tout à l'heure pour Paris.

12 juillet. — Paris. J'avais donc perdu la tête les jours
derniers ! J'ai dû être le jouet de mon imagination énervée, à
moins que je ne sois vraiment somnambule, ou que j'aie subi
une de ces influences constatées, mais inexplicables jusqu'ici,
qu'on appelle suggestions. En tout cas, mon affolement tou-

chait à la démence, et vingt-quatre heures de Paris ont suffi pour me remettre d'aplomb.

Hier, après des courses et des visites, qui m'ont fait passer dans l'âme de l'air nouveau et vivifiant, j'ai fini ma soirée au Théâtre-Français. On y jouait une pièce d'Alexandre Dumas fils ; et cet esprit alerte et puissant a achevé de me guérir. Certes, la solitude est dangereuse pour les intelligences qui travaillent. Il nous faut autour de nous, des hommes qui pensent et qui parlent. Quand nous sommes seuls longtemps, nous peuplons le vide de fantômes.

Je suis rentré à l'hôtel très gai, par les boulevards. Au coudoiement de la foule, je songeais, non sans ironie, à mes terreurs, à mes suppositions de l'autre semaine, car j'ai cru, oui, j'ai cru qu'un être invisible habitait sous mon toit. Comme notre tête est faible et s'effare, et s'égare vite, dès qu'un petit fait incompréhensible nous frappe !

Au lieu de conclure par ces simples mots : « Je ne comprends pas parce que la cause m'échappe », nous imaginons aussitôt des mystères effrayants et des puissances surnaturelles.

14 juillet. — Fête de la République. Je me suis promené par les rues. Les pétards et les drapeaux m'amusaient comme un enfant. C'est pourtant fort bête d'être joyeux, à date fixe, par décret du gouvernement. Le peuple est un troupeau imbécile, tantôt stupidement patient et tantôt férocement révolté. On lui dit : « Amuse-toi. » Il s'amuse. On lui dit : « Va te battre avec le voisin. » Il va se battre. On lui dit : « Vote pour l'Empereur. » Il vote pour l'Empereur. Puis, on lui dit : « Vote pour la République. » Et il vote pour la République.

Ceux qui le dirigent sont aussi sots ; mais au lieu d'obéir à des hommes, ils obéissent à des principes, lesquels ne peuvent être que niais, stériles et faux, par cela même qu'ils sont des principes, c'est-à-dire des idées réputées certaines et immuables, en ce monde où l'on n'est sûr de rien, puisque la lumière est une illusion, puisque le bruit est une illusion.

16 juillet. — J'ai vu hier des choses qui m'ont beaucoup troublé.

Je dînais chez ma cousine, Mme Sablé, dont le mari commande le 76ᵉ chasseurs à Limoges. Je me trouvais chez elle avec deux jeunes femmes, dont l'une a épousé un médecin, le docteur Parent, qui s'occupe beaucoup des maladies nerveuses et des manifestations extraordinaires auxquelles donnent lieu en ce moment les expériences sur l'hypnotisme et la suggestion.

Il nous raconta longtemps les résultats prodigieux obtenus par des savants anglais et par les médecins de l'école de Nancy.

Les faits qu'il avança me parurent tellement bizarres, que je me déclarai tout à fait incrédule.

« Nous sommes, affirmait-il, sur le point de découvrir un des plus importants secrets de la nature, je veux dire, un de ses plus importants secrets sur cette terre ; car elle en a certes d'autrement importants, là-bas, dans les étoiles. Depuis que l'homme pense, depuis qu'il sait dire et écrire sa pensée, il se sent frôlé par un mystère impénétrable pour ses sens grossiers et imparfaits, et il tâche de suppléer, par l'effort de son intelligence, à l'impuissance de ses organes. Quand cette intelligence demeurait encore à l'état rudimentaire, cette hantise des phénomènes invisibles a pris des formes banalement effrayantes. De là sont nées les croyances populaires au surnaturel, les légendes des esprits rôdeurs, des fées, des gnomes, des revenants, je dirai même la légende de Dieu, car nos conceptions de l'ouvrier-créateur, de quelque religion qu'elles nous viennent, sont bien les inventions les plus médiocres, les plus stupides, les plus inacceptables sorties du cerveau apeuré des créatures. Rien de plus vrai que cette parole de Voltaire. « Dieu a fait l'homme à son image, mais l'homme le lui a bien rendu. »

» Mais, depuis un peu plus d'un siècle, on semble pressentir quelque chose de nouveau. Mesmer et quelques autres nous ont mis sur une voie inattendue, et nous sommes arrivés vraiment, depuis quatre ou cinq ans surtout, à des résultats surprenants. »

Ma cousine, très incrédule aussi, souriait. Le docteur Parent lui dit : « Voulez-vous que j'essaie de vous endormir, Madame ?

— Oui, je veux bien. »

Elle s'assit dans un fauteuil et il commença à la regarder fixement en la fascinant. Moi, je me sentis soudain un peu troublé, le cœur battant, la gorge serrée. Je voyais les yeux de Mme Sablé s'alourdir, sa bouche se crisper, sa poitrine haleter.

Au bout de dix minutes, elle dormait.

« Mettez-vous derrière elle », dit le médecin.

Et je m'assis derrière elle. Il lui plaça entre les mains une carte de visite en lui disant : « Ceci est un miroir ; que voyez-vous dedans ? »

Elle répondit :

« Je vois mon cousin.

— Que fait-il ?

— Il se tord la moustache.

— Et maintenant ?

— Il tire de sa poche une photographie.

— Quelle est cette photographie ?

— La sienne. »

C'était vrai ! Et cette photographie venait de m'être livrée, le soir même, à l'hôtel.

« Comment est-il sur ce portrait ?

— Il se tient debout avec son chapeau à la main. »

Donc elle voyait dans cette carte, dans ce carton blanc, comme elle eût vu dans une glace.

Les jeunes femmes, épouvantées, disaient : « Assez ! Assez ! Assez ! »

Mais le docteur ordonna : « Vous vous lèverez demain à huit heures ; puis vous irez trouver à son hôtel votre cousin, et vous le supplierez de vous prêter cinq mille francs que votre mari vous demande et qu'il vous réclamera à son prochain voyage. »

Puis il la réveilla.

En rentrant à l'hôtel, je songeais à cette curieuse séance et des doutes m'assaillirent, non point sur l'absolue, sur l'insoupçonnable bonne foi de ma cousine, que je connaissais comme une sœur, depuis l'enfance, mais sur une supercherie possible du docteur. Ne dissimulait-il pas dans sa main une glace qu'il montrait à la jeune femme endormie, en même temps que sa carte de visite ? Les prestidigitateurs de profession font des choses autrement singulières.

Je rentrai donc et je me couchai.

Or, ce matin, vers huit heures et demie, je fus réveillé par mon valet de chambre, qui me dit :

« C'est Mme Sablé qui demande à parler à Monsieur tout de suite. »

Je m'habillai à la hâte et je la reçus.

Elle s'assit fort troublée, les yeux baissés, et, sans lever son voile, elle me dit :

« Mon cher cousin, j'ai un gros service à vous demander.

— Lequel, ma cousine ?

— Cela me gêne beaucoup de vous le dire, et pourtant, il le faut. J'ai besoin, absolument besoin, de cinq mille francs.

— Allons donc, vous ?

— Oui, moi, ou plutôt mon mari, qui me charge de les trouver.

J'étais tellement stupéfait, que je balbutiai mes réponses. Je me demandais si vraiment elle ne s'était pas moquée de moi avec le docteur Parent, si ce n'était pas là une simple farce préparée d'avance et fort bien jouée.

Mais, en la regardant avec attention, tous mes doutes se dissipèrent. Elle tremblait d'angoisse, tant cette démarche lui était douloureuse, et je compris qu'elle avait la gorge pleine de sanglots.

Je la savais fort riche et je repris :

« Comment ! votre mari n'a pas cinq mille francs à sa disposition ! Voyons, réfléchissez. Etes-vous sûre qu'il vous a chargée de me les demander ? »

Elle hésita quelques secondes comme si elle eût fait un grand effort pour chercher dans son souvenir, puis elle répondit :

« Oui…, oui… j'en suis sûre.

— Il vous a écrit ? »

Elle hésita encore, réfléchissant. Je devinai le travail torturant de sa pensée. Elle ne savait pas. Elle savait seulement qu'elle devait m'emprunter cinq mille francs pour son mari. Donc elle osa mentir.

« Oui, il m'a écrit.

— Quand donc ? Vous ne m'avez parlé de rien, hier.

— J'ai reçu sa lettre ce matin.

— Pouvez-vous me la montrer ?

— Non… non… non… elle contenait des choses intimes… trop personnelles… je l'ai… je l'ai brûlée.

— Alors, c'est que votre mari fait des dettes. »

Elle hésita encore, puis murmura :

« Je ne sais pas. »

Je déclarai brusquement :

« C'est que je ne puis disposer de cinq mille francs en ce moment, ma chère cousine. »

Elle poussa une sorte de cri de souffrance.

« Oh ! oh ! je vous en prie, je vous en prie, trouvez-les… »

Elle s'exaltait, joignait les mains comme si elle m'eût prié ! J'entendais sa voix changer de ton ; elle pleurait et bégayait, harcelée, dominée par l'ordre irrésistible qu'elle avait reçu.

« Oh ! oh ! je vous en supplie… si vous saviez comme je souffre… il me les faut aujourd'hui. »

J'eus pitié d'elle.

« Vous les aurez tantôt, je vous le jure. »

Elle s'écria :

« Oh ! merci ! merci ! Que vous êtes bon. »

Je repris : « Vous rappelez-vous ce qui s'est passé hier chez vous ?

— Oui.

— Vous rappelez-vous que le docteur Parent vous a endormie ?

— Oui.

— Eh bien ! il vous a ordonné de venir m'emprunter ce matin cinq mille francs, et vous obéissez en ce moment à cette suggestion. »

Elle réfléchit quelques secondes et répondit :

« Puisque c'est mon mari qui les demande. »

Pendant une heure, j'essayai de la convaincre, mais je ne pus y parvenir.

Quand elle fut partie, je courus chez le docteur. Il allait sortir ; et il m'écouta en souriant. Puis il dit :

« Croyez-vous maintenant ?

— Oui, il le faut bien.

— Allons chez votre parente. »

Elle sommeillait déjà sur une chaise longue, accablée de fatigue. Le médecin lui prit le pouls, la regarda quelque temps, une main levée vers ses yeux qu'elle ferma peu à peu sous l'effort insoutenable de cette puissance magnétique.

Quand elle fut endormie :

« Votre mari n'a plus besoin de cinq mille francs. Vous allez donc oublier que vous avez prié votre cousin de vous les prêter, et, s'il vous parle de cela, vous ne comprendrez pas. »

Puis il la réveilla. Je tirai de ma poche un portefeuille :

« Voici, ma chère cousine, ce que vous m'avez demandé ce matin. »

Elle fut tellement surprise que je n'osai pas insister. J'essayai cependant de ranimer sa mémoire, mais elle nia avec force, crut que je me moquais d'elle, et faillit, à la fin, se fâcher.

. . . .

Voilà ! je viens de rentrer ; et je n'ai pas pu déjeuner, tant cette expérience m'a bouleversé.

19 juillet. — Beaucoup de personnes à qui j'ai raconté cette aventure se sont moquées de moi. Je ne sais plus que penser. Le sage dit : Peut-être ?

21 juillet. — J'ai été dîner à Bougival, puis j'ai passé la soirée au bal des canotiers. Décidément, tout dépend des lieux et des milieux. Croire au surnaturel dans l'île de la Grenouillère, serait le comble de la folie... mais au sommet du mont Sain-

Michel ?... mais dans les Indes ? Nous subissons effroyablement l'influence de ce~qui nous entoure. Je rentrerai chez
moi la semaine prochaine.

30 juillet. — Je suis revenu dans la maison depuis hier. Tout
va bien.

2 août. — Rien de nouveau ; il fait un temps superbe. Je
passe mes journées à regarder couler la Seine.

4 août. — Querelles parmi les domestiques. Ils prétendent
qu'on casse les verres, la nuit, dans les armoires. Le valet de
chambre accuse la cuisinière, qui accuse la lingère, qui accuse
les deux autres. Quel est le coupable ? Bien fin qui le dirait ?

6 août. — Cette fois, je ne suis pas fou. J'ai vu... J'ai vu...
J'ai vu !... Je ne puis plus douter... j'ai vu !... J'ai encore
froid jusque dans les ongles... j'ai encore peur jusque dans les
moelles... j'ai vu !...
Je me promenais à deux heures, en plein soleil dans mon
parterre de rosiers... dans l'allée des rosiers d'automne qui
commencent à fleurir.

Comme je m'arrêtais à regarder un *géant des batailles*, qui
portait trois fleurs magnifiques, je vis, je vis distinctement,
tout près de moi, la tige d'une de ces roses se plier, comme si
une main invisible l'eût tordue, puis se casser, comme si cette
main l'eût cueillie ! Puis la fleur s'éleva, suivant la courbe
qu'aurait décrite un bras en la portant vers une bouche, et
elle resta suspendue dans l'air transparent, toute seule, immobile, effrayante tache rouge à trois pas de mes yeux.

Eperdu, je me jetai sur elle pour la saisir ! Je ne trouvai
rien ; elle avait disparu. Alors je fus pris d'une colère furieuse
contre moi-même ; car il n'est pas permis à un homme
raisonnable et sérieux d'avoir de pareilles hallucinations.

Mais était-ce bien une hallucination ? Je me retournai pour
chercher la tige, et je la retrouvai immédiatement sur l'arbuste, fraîchement brisée, entre les deux autres roses demeu-

rées à la branche.

Alors, je rentrai chez moi l'âme bouleversée ; car je suis certain, maintenant, certain comme de l'alternance des jours et des nuits, qu'il existe près de moi un être invisible, qui se nourrit de lait et d'eau, qui peut toucher aux choses, les prendre et les changer de place, doué par conséquent d'une nature matérielle, bien qu'imperceptible pour nos sens, et qui habite comme moi, sous mon toit...

7 août. — J'ai dormi tranquille. Il a bu l'eau de ma carafe, mais n'a point troublé mon sommeil.

Je me demande si je suis fou. En me promenant, tantôt au grand soleil, le long de la rivière, des doutes me sont venus sur ma raison, non point des doutes vagues comme j'en avais jusqu'ici, mais des doutes précis, absolus. J'ai vu des fous ; j'en ai connu qui restaient intelligents, lucides, clairvoyants même sur toutes les choses de la vie, sauf sur un point. Ils parlaient de tout avec clarté, avec souplesse, avec profondeur et soudain leur pensée, touchant l'écueil de leur folie, s'y déchirait en pièces, s'éparpillait et sombrait dans cet océan effrayant et furieux, plein de vagues bondissantes, de brouillards, de bourrasques, qu'on nomme « la démence ».

Certes, je me croirais fou, absolument fou, si je n'étais conscient, si je ne connaissais parfaitement mon état, si je ne le sondais en l'analysant avec une complète lucidité. Je ne serais donc, en somme, qu'un halluciné raisonnant. Un trouble inconnu se serait produit dans mon cerveau, un de ces troubles qu'essayent de noter et de préciser aujourd'hui les physiologistes ; et ce trouble aurait déterminé dans mon esprit, dans l'ordre et la logique de mes idées, une crevasse profonde. Des phénomènes semblables ont lieu dans le rêve qui nous promène à travers les fantasmagories les plus invraisemblables, sans que nous en soyons surpris, parce que l'appareil vérificateur, parce que le sens du contrôle est endormi ; tandis que la faculté imaginative veille et travaille. Ne se peut-il pas qu'une des imperceptibles touches du clavier cérébral se trouve paralysée chez moi ? Des hommes, à la suite d'accidents, perdent la mémoire des noms propres ou des verbes ou des chiffres, ou seulement des dates. Les localisations de toutes les parcelles de la pensée sont aujourd'hui prouvées. Or, quoi d'étonnant à ce que ma faculté de contrôler l'irréalité de certaines hallucinations, se trouve engourdie chez moi en ce moment.

Je songeais à tout cela en suivant le bord de l'eau. Le soleil couvrait de clarté la rivière, faisait la terre délicieuse, emplissait mon regard d'amour pour la vie, pour les hirondelles, dont l'agilité est une joie de mes yeux, pour les herbes de la rive, dont le frémissement est un bonheur pour mes oreilles.

Peu à peu, cependant un malaise inexplicable me pénétrait. Une force, me semblait-il, une force occulte m'engourdissait, m'arrêtait, m'empêchait d'aller plus loin, me rappelait en arrière. J'éprouvais ce besoin douloureux de rentrer qui vous oppresse, quand on a laissé au logis un malade aimé, et que le pressentiment vous saisit d'une aggravation de son mal.

Donc, je revins malgré moi, sûr que j'allais trouver, dans ma maison, une mauvaise nouvelle, une lettre ou une dépêche. Il n'y avait rien ; et je demeurai plus surpris et plus inquiet que si j'avais eu de nouveau quelque vision fantastique.

8 août. — J'ai passé hier une affreuse soirée. Il ne se manifeste plus, mais je le sens près de moi, m'épiant, me regardant, me pénétrant, me dominant et plus redoutable, en se cachant ainsi, que s'il signalait par des phénomènes surnaturels sa présence invisible et constante.

J'ai dormi, pourtant.

9 août. — Rien, mais j'ai peur.

10 août. — Rien ; qu'arrivera-t-il demain ?

11 août. — Toujours rien ; je ne puis plus rester chez moi avec cette crainte et cette pensée en mon âme ; je vais partir.

12 août, 10 heures du soir. — Tout le jour j'ai voulu m'en aller ; je n'ai pas pu. J'ai voulu accomplir cet acte de liberté si facile, si simple, — sortir — monter dans ma voiture pour gagner Rouen — je n'ai pas pu. Pourquoi ?

13 août. — Quand on est atteint par certaines maladies, tous les ressorts de l'être physique semblent brisés, toutes les énergies anéanties, tous les muscles relâchés, les os devenus mous comme la chair et la chair liquide comme de l'eau. J'éprouve cela dans mon être moral d'une façon étrange et désolante. Je n'ai plus aucune force, aucun courage, aucune domination sur moi, aucun pouvoir même de mettre en mouvement ma volonté. Je ne peux plus vouloir ; mais quelqu'un veut pour moi ; et j'obéis.

14 août. — Je suis perdu ! Quelqu'un possède mon âme et la gouverne ! quelqu'un ordonne tous mes actes, tous mes mouvements, toutes mes pensées. Je ne suis plus rien en moi, rien qu'un spectateur esclave et terrifié de toutes les choses que j'accomplis. Je désire sortir, Je ne peux pas. Il ne veut pas ; et je reste, éperdu, tremblant, dans le fauteuil où il me tient assis. Je désire seulement me lever, me soulever, afin de me croire maître de moi. Je ne peux pas ! Je suis rivé à mon siège ; et mon siège adhère au sol, de telle sorte qu'aucune force ne nous soulèverait.

Puis, tout d'un coup, il faut, il faut, il faut que j'aille au fond de mon jardin cueillir des fraises et les manger. Et j'y vais. Je cueille des fraises et je les mange ! Oh ! mon Dieu ! Mon Dieu ! Mon Dieu ! Est-il un Dieu ? S'il en est un, délivrez-moi, sauvez-moi ! secourez-moi ! Pardon ! Pitié ! Grâce ! Sauvez-moi ! Oh ! quelle souffrance ! quelle torture ! quelle horreur !

15 août. — Certes, voilà comment était possédée et dominée ma pauvre cousine, quand elle est venue m'emprunter cinq mille francs. Elle subissait un vouloir étranger entré en elle, comme une autre âme, comme une autre âme parasite et dominatrice. Est-ce que le monde va finir ?

Mais celui qui me gouverne, quel est-il, cet invisible ? cet inconnaissable, ce rôdeur d'une race surnaturelle ?

Donc les Invisibles existent ! Alors, comment, depuis l'origine du monde ne se sont-ils pas encore manifestés d'une façon précise comme ils le font pour moi ? Je n'ai jamais rien lu qui ressemble à ce qui s'est passé dans ma demeure. Oh ! si je pouvais la quitter, si je pouvais m'en aller, fuir et ne pas revenir. Je serais sauvé, mais je ne peux pas.

16 août. — J'ai pu m'échapper aujourd'hui pendant deux heures, comme un prisonnier qui trouve ouverte, par hasard, la porte de son cachot. J'ai senti que j'étais libre tout à coup et qu'il était loin. J'ai ordonné d'atteler bien vite et j'ai gagné Rouen. Oh ! quelle joie de pouvoir dire à un homme qui obéit : « Allez à Rouen ! »

Je me suis fait arrêter devant la bilbiothèque et j'ai prié qu'on me prêtât le grand traité du docteur Hermann Herestauss sur les habitants inconnus du monde antique et moderne.

Puis, au moment de remonter dans mon coupé, j'ai voulu dire : « A la gare ! » et j'ai crié, — je n'ai pas dit, j'ai crié — d'une voix si forte que les passants se sont retournés : « A la maison », et je suis tombé, affolé d'angoisse, sur le coussin de ma voiture. Il m'avait retrouvé et repris.

17 août. — Ah ! Quelle nuit ! quelle nuit ! Et pourtant il me semble que je devrais me réjouir. Jusqu'à une heure du matin, j'ai lu ! Hermann Herestauss, docteur en philosophie et en théogonie, a écrit l'histoire et les manifestations de tous les êtres invisibles rôdant autour de l'homme ou rêvés par lui. Il décrit leurs origines, leur domaine, leur puissance. Mais aucun d'eux ne ressemble à celui qui me hante. On dirait que l'homme, depuis qu'il pense, a pressenti et redouté un être nouveau, plus fort que lui, son successeur en ce monde, et que, le sentant proche et ne pouvant prévoir la nature de ce maître, il a créé, dans sa terreur, tout le peuple fantastique des êtres occultes, fantômes vagues nés de la peur.

Donc, ayant lu jusqu'à une heure du matin, j'ai été m'asseoir ensuite auprès de ma fenêtre ouverte pour rafraîchir mon front et ma pensée au vent calme de l'obscurité.

Il faisait bon, il faisait tiède ! Comme j'aurais aimé cette nuit-là autrefois !

Pas de lune. Les étoiles avaient au fond du ciel noir des scintillements frémissants. Qui habite ces mondes ? Quelles formes, quels vivants, quels animaux, quelles plantes sont là-bas ? Ceux qui pensent dans ces univers lointains, que savent-ils plus que nous ? Que peuvent-ils plus que nous ? Que voient-ils que nous ne connaissons point ? Un d'eux, un jour ou l'autre, traversant l'espace, n'apparaîtra-t-il pas sur notre terre pour la conquérir, comme les Normands jadis traversaient la mer pour asservir des peuples plus faibles ?

Nous sommes si infirmes, si désarmés, si ignorants, si petits, nous autres, sur ce grain de boue qui tourne délayé dans une goutte d'eau.

Je m'assoupis en rêvant ainsi au vent frais du soir.

Or, ayant dormi environ quarante minutes, je rouvris les yeux sans faire un mouvement, réveillé par je ne sais quelle émotion confuse et bizarre. Je ne vis rien d'abord, puis, tout à coup, il me sembla qu'une page du livre resté ouvert sur ma table venait de tourner toute seule. Aucun souffle d'air n'était entré par ma fenêtre. Je fus surpris et j'attendis. Au bout de quarante minutes environ, je vis, je vis, oui je vis de mes yeux une autre page se soulever et se rabattre sur la précédente, comme si un doigt l'eût feuilletée. Mon fauteuil était vide, semblait vide ; mais je compris qu'il était là, assis à ma place, et qu'il lisait. D'un bond furieux, d'une bond de bête révoltée, qui va éventrer son dompteur, je traversai ma chambre, pour le saisir, pour l'étreindre, pour le tuer !... Mais mon siège, avant que je l'eusse atteint, se renversa comme si on eût fui devant moi... ma table oscilla, ma lampe tomba et s'éteignit, et ma fenêtre se ferma comme si un malfaiteur surpris se fût lancé dans la nuit, en prenant à pleines mains les battants.

Donc, il s'était sauvé ; il avait eu peur, peur de moi, lui !

Alors... alors... demain... ou après... ou un jour quelconque, je pourrai donc le tenir sous mes poings, et l'écraser contre le sol ! Est-ce que les chiens, quelquefois, ne mordent point et n'étranglent pas leurs maîtres ?

18 août. — J'ai songé toute la journée. Oh ! oui, je vais lui obéir, suivre ses impulsions, accomplir toutes ses volontés, me faire humble, soumis, lâche. Il est le plus fort. Mais une heure viendra…

19 août. — Je sais… Je sais… je sais tout ! Je viens de lire ceci dans la *Revue du Monde Scientifique* : « Une nouvelle assez curieuse nous arrive de Rio de Janeiro. Une folie, une épidémie de folie, comparable aux démences contagieuses qui atteignirent les peuples d'Europe au moyen âge, sévit en ce moment dans la province de San Paulo. Les habitants éperdus quittent leurs maisons, désertant leurs villages, abandonnent leurs cultures, se disant poursuivis, possédés, gouvernés comme un bétail humain par des êtres invisibles bien que tangibles, des sortes de vampires qui se nourrissent de leur vie pendant leur sommeil, et qui boivent en outre de l'eau et du lait sans paraître toucher à aucun autre aliment.

» M. le professeur Don Pedro Henriquez, accompagné de plusieurs savants médecins, est parti pour la province de San Paulo, afin d'étudier sur place les origines et les manifestations de cette surprenante folie, et de proposer à l'Empereur les mesures qui lui paraîtront les plus propres à rappeler à la raison ces populations en délire. »

Ah ! Ah ! je me rappelle, je me rappelle le beau trois-mâts brésilien qui passa sous mes fenêtres en remontant la Seine, le 8 mai dernier ! Je le trouvai si joli, si blanc, si gai ! L'Etre était dessus, venant de là-bas, où sa race était née ! Et il m'a vu ! Il a vu ma demeure blanche aussi ; et il a sauté du navire sur la rive. Oh ! mon Dieu !

A présent, je sais, je devine. Le règne de l'homme est fini.

Il est venu, Celui que redoutaient les premières terreurs des peuples naïfs, Celui qu'exorcisaient les prêtres inquiets, que les sorciers évoquaient par les nuits sombres, sans le voir apparaître encore, à qui les pressentiments des maîtres passagers du monde prêtèrent toutes les formes monstrueuses ou gracieuses des gnomes, des esprits, des génies, des fées, des farfadets. Après les grossières conceptions de l'épouvante primitive, des hommes plus perspicaces l'ont pressenti plus clairement. Mesmer l'avait deviné, et les médecins, depuis dix ans déjà, ont découvert, d'une façon précise, la nature de sa puissance avant qu'il l'eût exercée lui-même. Ils ont joué avec cette arme du Seigneur nouveau, la domination d'un mystérieux vouloir sur l'âme humaine devenue esclave. Ils ont appelé cela magnétisme, hypnotisme, suggestion... que sais-je ? Je les ai vus s'amuser comme des enfants imprudents avec cette terrible puissance ! Malheur à nous ! Malheur à l'homme ! Il est venu, le... le... comment se nomme-t-il... le... il semble qu'il me crie son nom, et je ne l'entends pas... le... oui... il le crie... J'écoute... Je ne peux pas... répète... le... Horla... J'ai entendu... le Horla... c'est lui... le Horla... il est venu !...

Ah ! le vautour a mangé la colombe ; le loup a mangé le mouton ; le lion a dévoré le buffle aux cornes aiguës ; l'homme a tué le lion avec la flèche, avec le glaive, avec la poudre ; mais le Horla va faire de l'homme ce que nous avons fait du cheval et du bœuf : sa chose, son serviteur et sa nourriture, par la seule puissance de sa volonté. Malheur à nous !

Pourtant, l'animal, quelquefois, se révolte et tue celui qui l'a dompté... moi aussi je veux... je pourrai... mais il faut le connaître, le toucher, le voir ! Les savants disent que l'œil de la bête, différent du nôtre, ne distingue point comme le nôtre... Et mon œil à moi ne peut distinguer le nouveau venu qui m'opprime.

Pourquoi ? Oh ! je me rappelle à présent les paroles du moine du mont Saint-Michel : « Est-ce que nous voyons la cent millième partie de ce qui existe ? Tenez, voici le vent qui est la plus grande force de la nature, qui renverse les hommes, abat les édifices, déracine les arbres, soulève la mer en montagnes d'eau, détruit les falaises et jette aux brisants les grands navires, le vent qui tue, qui siffle, qui gémit, qui mugit, l'avez-vous vu et pouvez-vous le voir : il existe pourtant ! »

Et je songeais encore : mon œil est si faible, si imparfait, qu'il ne distingue même point les corps durs, s'ils sont transparents comme le verre !... Qu'une glace sans tain barre mon chemin, il me jette dessus comme l'oiseau entré dans une chambre se casse la tête aux vitres. Mille choses en outre le trompent et l'égarent ! Quoi d'étonnant, alors, à ce qu'il ne sache point apercevoir un corps nouveau que la lumière traverse.

Un être nouveau ! pourquoi pas ? Il devait venir assurément ! pourquoi serions-nous les derniers ! Nous ne le distinguons point, ainsi que tous les autres créés avant nous ? C'est que sa nature, ainsi que tous les autres créés avant nous ? C'est que sa nature est plus parfaite, son corps plus fin et plus fini que le nôtre, que le nôtre si faible, si maladroitement conçu, encombré d'organes toujours fatigués, toujours forcés comme des ressorts trop complexes, que le nôtre, qui vit comme une plante et comme une bête, en se nourrissant péniblement d'air, d'herbe et de viande, machine animale en proie aux maladies, aux déformations, aux putréfactions, poussive, mal réglée, naïve et bizarre, ingénieusement mal faite, œuvre grossière et délicate, ébauche d'être qui pourrait devenir intelligent et superbe.

Nous sommes quelques-uns, si peu sur ce monde, depuis l'huître jusqu'à l'homme. Pourquoi pas un de plus, une fois accomplie la période qui sépare les apparitions successives de toutes les espèces diverses ?

Pourquoi pas un de plus ? Pourquoi pas aussi d'autres arbres aux fleurs immenses, éclatantes et parfumant des régions entières ? Pourquoi pas d'autres éléments que le feu, l'air, la terre et l'eau ? — Ils sont quatre, rien que quatre, ces pères nourriciers des êtres ! Quelle pitié ! Pourquoi ne sont-ils pas quarante, quatre cents, quatre mille ! Comme tout est pauvre, mesquin, misérable ! avarement donné, sèchement inventé, lourdement fait ! Ah ! l'éléphant, l'hippopotame, que de grâce ! Le chameau, que d'élégance !

Mais direz-vous, le papillon ! une fleur qui vole ! J'en rêve un qui serait grand comme cent univers, avec des ailes dont je ne puis même exprimer la forme, la beauté, la couleur et le mouvement. Mais je le vois... il va d'étoile en étoile, les rafraîchissant et les embaumant au souffle harmonieux et léger de sa course !... Et les peuples de là-haut le regardent passer, extasiés et ravis !...

....

Qu'ai-je donc ? C'est lui, lui, le Horla, qui me hante, qui me fait penser ces folies ! Il est en moi, il devient mon âme ; je le tuerai !

19 août. — Je le tuerai. Je l'ai vu ! je me suis assis hier soir, à ma table ; et je fis semblant d'écrire avec une grande attention. Je savais bien qu'il viendrait rôder autour de moi, tout près, si près que je pourrais peut-être le toucher, le saisir ? Et alors !... alors, j'aurais la force des désespérés ; j'aurais mes mains, mes genoux, ma poitrine, mon front, mes dents pour l'étrangler, l'écraser, le mordre, le déchirer.

Et je le guettais avec tous mes organes surexcités.

J'avais allumé mes deux lampes et les huit bougies de ma cheminée, comme si j'eusse pu, dans cette clarté, le découvrir.

En face de moi, mon lit, un vieux lit de chêne à colonnes ; à droite, ma cheminée ; à gauche, ma porte fermée avec soin, après l'avoir laissée longtemps ouverte, afin de l'attirer ; derrière moi, une très haute armoire à glace, qui me servait chaque jour pour me raser, pour m'habiller, et où j'avais coutume de me regarder, de la tête aux pieds, chaque fois que je passais devant.

Donc, je faisais semblant d'écrire, pour le tromper, car il m'épiait lui aussi ; et soudain, je sentis, je fus certain qu'il lisait par-dessus mon épaule, qu'il était là, frôlant mon oreille.

Je me dressai, les mains tendues, en me tournant si vite que je faillis tomber. Eh bien ?... on y voyait comme en plein jour, et je ne me vis pas dans ma glace !... Elle était vide, claire, profonde, pleine de lumière ! Mon image n'était pas dedans... et j'étais en face, moi ! Je voyais le grand verre limpide du haut en bas. Et je regardais cela avec des yeux affolés ; et je n'osais plus avancer, je n'osais plus faire un mouvement, sentant bien pourtant qu'il était là, mais qu'il m'échappait encore, lui dont le corps imperceptible avait dévoré mon reflet.

Comme j'eus peur ! Puis voilà que tout à coup je commençai à m'apercevoir dans une brume, au fond du miroir, dans une brume comme à travers une nappe d'eau ; et il me semblait que cette eau glissait de gauche à droite, lentement, rendant plus précise mon image, de seconde en seconde. C'était comme la fin d'une éclipse. Ce qui me cachait me paraissait point posséder de contours nettement arrêtés, mais une sorte de transparence opaque, s'éclaircissant peu à peu.

Je pus enfin me distinguer complètement, ainsi que je le fais chaque jour en me regardant.

Je l'ai vu ! L'épouvante m'en est restée, qui me fait encore frissonner.

20 août. — Le tuer, comment ? puisque je ne peux l'atteindre ? Le poison ? mais il me verrait le mêler à l'eau ; et nos poisons, d'ailleurs, auraient-ils un effet sur son corps imperceptible ? Non... non... sans aucun doute... Alors ?... alors ?...

21 août. — J'ai fait venir un serrurier de Rouen, et lui ai commandé pour ma chambre des persiennes de fer, comme en ont, à Paris, certains hôtels particuliers, au rez-de-chaussée, par crainte des voleurs. Il me fera, en outre, une porte pareille. Je me suis donné pour un poltron, mais je m'en moque !...

....

10 septembre. — Rouen, hôtel Continental. C'est fait... c'est fait... mais est-il mort ? J'ai l'âme bouleversée de ce que j'ai vu.

Hier donc, le serrurier ayant posé ma persienne et ma porte de fer, j'ai laissé tout ouvert jusqu'à minuit, bien qu'il commençât à faire froid.

Tout à coup, j'ai senti qu'il était là, et une joie, une joie folle m'a saisi. Je me suis levé lentement, et j'ai marché à droite, à gauche, longtemps pour qu'il ne devinât rien ; puis j'ai ôté mes bottines et mis mes savates avec négligence ; puis j'ai fermé ma persienne de fer, et revenant à pas tranquilles vers la porte, j'ai fermé la porte aussi à double tour. Retournant alors vers la fenêtre, je la fixai par un cadenas, dont j'ai mis la clef dans ma poche.

Tout à coup, je compris qu'il s'agitait autour de moi, qu'il avait peur à son tour, qu'il m'ordonnait d'ouvrir. Je faillis céder ; je ne cédai pas, mais m'adossant à la porte, je l'entrebâillai, tout juste assez pour passer, moi, à reculons ; et comme je suis très grand ma tête touchait au linteau. J'étais sûr qu'il n'avait pu s'échapper et je l'enfermai, tout seul, tout seul. Quelle joie ! Je le tenais ! Alors, je descendis, en courant ; je pris dans mon salon, sous ma chambre, mes deux lampes et je renversai toute l'huile sur le tapis, sur les meubles, partout ; puis j'y mis le feu, et je me sauvai, après avoir bien refermé, à double tour, la grande porte d'entrée.

Et j'allai me cacher au fond de mon jardin, dans un massif de lauriers. Comme ce fut long ! comme ce fut long ! Tout était noir, muet, immobile ; pas un souffle d'air, pas une étoile, des montagnes de nuages qu'on ne voyait point, mais qui pesaient sur mon âme si lourds, si lourds.

Je regardais ma maison, et j'attendais. Comme ce fut long ! Je croyais déjà que le feu s'était éteint tout seul, ou qu'il l'avait éteint, Lui, quand une des fenêtres d'en bas creva sous la poussée de l'incendie, et une flamme, une grande flamme rouge et jaune, longue, molle, caressante, monta le long du mur blanc et le baisa jusqu'au toit. Une lueur courut dans les arbres, dans les branches, dans les feuilles, et un frisson, un frisson de peur aussi. Les oiseaux se réveillaient ; un chien se mit à hurler ; il me sembla que le jour se levait ! Deux autres fenêtres éclatèrent aussitôt, et je vis que tout le bas de ma demeure n'était plus qu'un effrayant brasier. Mais un cri, un cri horrible, suraigu, déchirant, un cri de femme passa dans la nuit, et deux mansardes s'ouvrirent ! J'avais oublié mes domestiques ! Je vis leurs faces affolées, et leurs bras qui s'agitaient !...

Alors, éperdu d'horreur, je me mis à courir vers le village en hurlant : « Au secours ! au secours ! au feu ! au feu ! » Je rencontrai des gens qui s'en venaient déjà et je retournai avec eux, pour voir !

La maison, maintenant, n'était plus qu'un bûcher horrible et magnifique, un bûcher monstrueux, éclairant toute la terre, un bûcher où brûlaient des hommes, et où il brûlait aussi, Lui, Lui, mon prisonnier, l'Etre nouveau, le nouveau maître, le Horla !

Soudain le toit tout entier s'engloutit entre les murs, et un volcan de flammes jaillit jusqu'au ciel. Par toutes les fenêtres ouvertes sur la fournaise, je voyais la cuve de feu, et je pensais qu'il était là, dans ce four, mort...

— Mort ? Peut-être... Son corps ? son corps que le jour traversait n'était-il pas indestructible par les moyens qui tuent les nôtres ?

S'il n'était pas mort ?... seul peut-être le temps a prise sur l'Etre Invisible et Redoutable. Pourquoi ce corps transparent, ce corps inconnaissable, ce corps d'Esprit, s'il devait craindre, lui aussi, les maux, les blessures, les infirmités, la destruction prématurée ?

La destruction prématurée ? toute l'épouvante humaine vient d'elle ! Après l'homme, le Horla. — Après celui qui peut mourir tous les jours, à toutes les heures, à toutes les minutes, par tous les accidents, est venu celui qui ne doit mourir qu'à son jour, à son heure, à sa minute, parce qu'il a touché la limite de son existence !

Non... non... sans aucun doute, sans aucun doute... il n'est pas mort... Alors... alors... il va donc falloir que je me tue, moi !...

....

(1887.)

MADAME HERMET

Les fous m'attirent. Ces gens-là vivent dans un pays mystérieux de songes bizarres, dans ce nuage impénétrable de la
démence où tout ce qu'ils ont vu sur la terre, tout ce qu'ils
ont aimé, tout ce qu'ils ont fait recommence pour eux dans
une existence imaginée en dehors de toutes les lois qui
gouvernent les choses et régissent la pensée humaine.

Pour eux l'impossible n'existe plus, l'invraisemblable disparaît, le féerique devient constant et le surnaturel familier.
Cette vieille barrière, la logique, cette vieille muraille, la
raison, cette vieille rampe des idées, le bon sens, se brisent,
s'abattent, s'écroulent devant leur imagination lâchée en liberté, échappée dans le pays illimité de la fantaisie, et qui va
par bonds fabuleux sans que rien l'arrête. Pour eux tout
arrive et tout peut arriver. Ils ne font point d'efforts pour
vaincre les événements, dompter les résistances, renverser les
obstacles. Il suffit d'un caprice de leur volonté illusionnante
pour qu'ils soient princes, empereurs ou dieux, pour qu'ils
possèdent toutes les richesses du monde, toutes les choses
savoureuses de la vie, pour qu'ils jouissent de tous les plaisirs,
pour qu'ils soient toujours forts, toujours beaux, toujours
jeunes, toujours chéris ! Eux seuls peuvent être heureux sur la
terre, car, pour eux, la Réalité n'existe plus. J'aime à me
pencher sur leur esprit vagabond, comme on se penche sur un

gouffre où bouillonne tout au fond un torrent inconnu, qui vient on ne sait d'où et va on ne sait où.

Mais à rien ne sert de se pencher sur ces crevasses, car jamais on ne pourra savoir d'où vient cette eau, où va cette eau. Après tout, ce n'est que de l'eau pareille à celle qui coule au grand jour, et la voir ne nous apprendrait pas grand-chose.

A rien ne sert non plus de se pencher sur l'esprit des fous, car leurs idées les plus bizarres ne sont, en somme, que des idées déjà connues, étranges seulement, parce qu'elles ne sont pas enchaînées par la Raison. Leur source capricieuse nous confond de surprise parce qu'on ne la voit pas jaillir. Il a suffi sans doute d'une petite pierre tombée dans son cours pour produire ces bouillonnements. Pourtant les fous m'attirent toujours, et toujours je reviens vers eux, appelé malgré moi par ce mystère banal de la démence.

Or, un jour, comme je visitais un de leurs asiles, le médecin qui me conduisait me dit :

« Tenez, je vais vous montrer un cas intéressant. »

Et il fit ouvrir une cellule où une femme âgée d'environ quarante ans, encore belle, assise dans un grand fauteuil, regardait avec obstination son visage dans une petite glace à main.

Dès qu'elle nous aperçut, elle se dressa, courut au fond de l'appartement chercher un voile jeté sur une chaise, s'enveloppa la figure avec grand soin, puis revint, en répondant d'un signe de tête à nos saluts.

« Eh bien ! dit le docteur, comment allez-vous, ce matin ? »

Elle poussa un profond soupir.

« Oh ! mal, très mal, Monsieur, les marques augmentent tous les jours. »

Il répondit avec un air convaincu :

« Mais non, mais non, je vous assure que vous vous trompez. »

Elle se rapprocha de lui pour murmurer :

« Non. J'en suis certaine. J'ai compté dix trous de plus ce

matin, trois sur la joue droite, quatre sur la joue gauche et trois sur le front. C'est affreux, affreux ! Je n'oserai plus me laisser voir à personne, pas même à mon fils, non, pas même à lui ! Je suis perdue, je suis défigurée pour toujours. »

Elle retomba sur son fauteuil et se mit à sangloter.

Le médecin prit une chaise, s'assit près d'elle, et d'une voix douce, consolante :

« Voyons, montrez-moi ça, je vous assure que ce n'est rien. Avec une petite cautérisation je ferai tout disparaître. »

Elle répondit « non » de la tête, sans une parole. Il voulut toucher son voile, mais elle le saisit à deux mains si fort que ses doigts entrèrent dedans.

Il se remit à l'exhorter et à la rassurer.

« Voyons, vous savez bien que je vous les enlève toutes les fois, ces vilains trous, et qu'on ne les aperçoit plus du tout quand je les ai soignés. Si vous ne me les montrez pas, je ne pourrai point vous guérir. »

Elle murmura :

« A vous encore je veux bien, mais je ne connais pas ce monsieur qui vous accompagne.

— C'est aussi un médecin, qui vous soignera encore bien mieux que moi. »

Alors elle se laissa découvrir la figure, mais sa peur, son émotion, sa honte d'être vue la rendaient rouge jusqu'à la chair du cou qui s'enfonçait dans sa robe. Elle baissait les yeux, tournait son visage, tantôt à droite, tantôt à gauche, pour éviter nos regards, et balbutiait :

« Oh ! Je souffre affreusement de me laisser voir ainsi ! C'est horrible, n'est-ce pas ? C'est horrible ? »

Je la contemplais fort surpris, car elle n'avait rien sur la face, pas une marque, pas une tache, pas un signe ni une cicatrice.

Elle se tourna vers moi, les yeux toujours baissés et me dit :

« C'est en soignant mon fils que j'ai gagné cette épouvantable maladie, Monsieur. Je l'ai sauvé, mais je suis défigurée. Je lui ai donné ma beauté, à mon pauvre enfant. Enfin, j'ai fait mon devoir, ma conscience est tranquille. Si je souffre, il n'y a que Dieu qui le sait. »

Le docteur avait tiré de sa poche un mince pinceau d'aquarelliste.

« Laissez faire, dit-il, je vais vous arranger tout cela. »

Elle tendit sa joue droite et il commença à la toucher par coups légers, comme s'il eût posé dessus de petits points de couleur. Il en fit autant sur la joue gauche, puis sur le menton, puis sur le front ; puis il s'écria :

« Regardez, il n'y a plus rien, plus rien ! »

Elle prit la glace, se contempla longtemps avec une attention profonde, une attention aiguë, avec un effort violent de tout son esprit, pour découvrir quelque chose, puis elle soupira :

« Non. Ça ne se voit plus beaucoup. Je vous remercie infiniment. »

Le médecin s'était levé. Il la salua, me fit sortir puis me suivit ; et, dès que la porte fut refermée :

« Voici l'histoire atroce de cette malheureuse », dit-il.

Elle s'appelle Mme Hermet. Elle fut très belle, très coquette, très aimée et très heureuse de vivre.

C'était une de ces femmes qui n'ont au monde que leur beauté et leur désir de plaire pour les soutenir, les gouverner ou les consoler dans l'existence. Le souci constant de sa fraîcheur, les soins de son visage, de ses mains, de ses dents, de toutes les parcelles de son corps qu'elle pouvait montrer prenaient toutes ses heures et toute son attention.

Elle devint veuve, avec un fils. L'enfant fut élevé comme le sont tous les enfants des femmes du monde très admirées. Elle l'aima pourtant.

Il grandit ; et elle vieillit. Vit-elle venir la crise fatale, je n'en sais rien. A-t-elle, comme tant d'autres, regardé chaque matin pendant des heures et des heures la peau si fine jadis, si transparente et si claire, qui maintenant se plisse un peu sous les yeux, se fripe de mille traits encore imperceptibles, mais qui se creuseront davantage jour par jour, mois par mois ? A-t-elle vu s'agrandir aussi, sans cesse, d'une façon lente et sûre les longues rides du front, ces minces serpents que rien n'arrête ? A-t-elle subi la torture, l'abominable torture du miroir, du petit miroir à poignée d'argent qu'on ne peut se décider à reposer sur la table, puis qu'on rejette avec rage et qu'on reprend aussitôt, pour revoir, de tout près, de plus près, l'odieux et tranquille ravage de la vieillesse qui s'approche ? S'est-elle enfermée dix fois, vingt fois en un jour, quittant sans raison le salon où causent des amies, pour remonter dans sa chambre et, sous la protection des verrous et des serrures, regarder encore le travail de destruction de la chair mûre qui se fane, pour constater avec désespoir le progrès léger du mal que personne encore ne semble voir, mais qu'elle connaît bien, elle ? Elle sait où sont ses attaques les plus graves, les plus profondes morsures de l'âge. Et le miroir, le petit miroir tout rond dans son cadre d'argent ciselé, lui dit d'abominables choses car il parle, il semble rire, il raille et lui annonce tout ce qui va venir, toutes les misères de son corps, et l'atroce supplice de sa pensée jusqu'au jour de sa mort, qui sera celui de sa délivrance.

A-t-elle pleuré, éperdue, à genoux, le front par terre, et prié, prié, prié Celui qui tue ainsi les êtres et ne leur donne la jeunesse que pour leur rendre plus dure la vieillesse, et ne leur prête la beauté que pour la reprendre aussitôt ; l'a-t-elle prié, supplié de faire pour elle ce que jamais il n'a fait pour personne, de lui laisser jusqu'à son dernier jour, le charme, la fraîcheur et la grâce ? Puis, comprenant qu'elle implore en vain l'inflexible Inconnu qui pousse les ans, l'un après l'autre, s'est-elle roulée, en se tordant les bras, sur les tapis de sa chambre, a-t-elle heurté son front aux meubles en retenant dans sa gorge des cris affreux de désespoir ?

Sans doute elle a subi ces tortures. Car voici ce qui arriva :

Un jour (elle avait alors trente-cinq ans) son fils, âgé de quinze, tomba malade.

Il prit le lit sans qu'on pût encore déterminer d'où provenait sa souffrance et quelle en était la nature.

Un abbé, son précepteur, veillait près de lui et ne le quittait guère, tandis que Mme Hermet, matin et soir, venait prendre de ses nouvelles.

Elle entrait, le matin, en peignoir de nuit, souriante, toute parfumée déjà, et demandait, dès la porte :

« Eh bien ! Georges, allons-nous mieux ? »

Le grand enfant, rouge, la figure gonflée, et rongé par la fièvre, répondait :

« Oui, petite mère, un peu mieux. »

Elle demeurait quelques instants dans la chambre, regardait les bouteilles de drogues en faisant « pouah » du bout des lèvres, puis soudain s'écriait : « Ah ! j'oubliais une chose très urgente » ; et elle se sauvait en courant et laissant derrière elle de fines odeurs de toilette.

Le soir, elle apparaissait en robe décolletée, plus pressée encore, car elle était toujours en retard ; et elle avait juste le temps de demander :

« Eh bien, qu'a dit le médecin ? »

L'abbé répondait :

« Il n'est pas encore fixé, Madame. »

Or, un soir, l'abbé répondit : « Madame, votre fils est atteint de la petite vérole. »

Elle poussa un grand cri de peur, et se sauva.

Quand sa femme de chambre entra chez elle le lendemain, elle sentit d'abord dans la pièce une forte odeur de sucre brûlé, et elle trouva sa maîtresse, les yeux grands ouverts, le visage pâli par l'insomnie et grelottant d'angoisse dans son lit.

Mme Hermet demanda, dès que ses contrevents furent ouverts :

« Comment va Georges ?

— Oh ! pas bien du tout aujourd'hui, Madame. »

Elle ne se leva qu'à midi, mangea deux œufs avec une tasse de thé, comme si elle-même eût été malade, puis elle sortit et s'informa chez un pharmacien des méthodes préservatrices contre la contagion de la petite vérole.

Elle ne rentra qu'à l'heure du dîner, chargée de fioles, et s'enferma aussitôt dans sa chambre, où elle s'imprégna de désinfectants.

L'abbé l'attendait dans la salle à manger.

Dès qu'elle l'aperçut, elle s'écria, d'une voix pleine d'émotion :

« Eh bien ?

— Oh ! pas mieux. Le docteur est fort inquiet. »

Elle se mit à pleurer, et ne put rien manger tant elle se sentait tourmentée.

Le lendemain, dès l'aurore, elle fit prendre des nouvelles, qui ne furent pas meilleures, et elle passa tout le jour dans sa chambre où fumaient de petits brasiers en répandant de fortes odeurs. Sa domestique, en outre, affirma qu'on l'entendit gémir pendant toute la soirée.

Une semaine entière se passa ainsi sans qu'elle fît autre chose que sortir une heure ou deux pour prendre l'air, vers le milieu de l'après-midi.

Elle demandait maintenant des nouvelles toutes les heures, et sanglotait quand elles étaient plus mauvaises.

Le onzième jour au matin, l'abbé, s'étant fait annoncer, entra chez elle, le visage grave et pâle et il dit, sans prendre le siège qu'elle lui offrait.

« Madame, votre fils est fort mal, et il désire vous voir. »

Elle se jeta sur les genoux en s'écriant :

« Ah ! Mon Dieu ! Ah ! mon Dieu ! Je n'oserai jamais ! Mon Dieu ! Mon Dieu ! secourez-moi ! »

Le prêtre reprit :

« Le médecin garde peu d'espoir, Madame, et Georges vous attend ! »

Puis il sortit.

Deux heures plus tard, comme le jeune homme, se sentant mourir, demandait sa mère de nouveau, l'abbé rentra chez elle et la trouva toujours à genoux, pleurant toujours et répétant :

« Je ne veux pas... je ne veux pas... j'ai trop peur... je ne veux pas... »

Il essaya de la décider, de la fortifier, de l'entraîner. Il ne parvint qu'à lui donner une crise de nerfs qui dura longtemps et la fit hurler.

Le médecin étant revenu vers le soir, fut informé de cette lâcheté, et déclara qu'il l'amènerait, lui, de gré ou de force. Mais après avoir essayé de tous les arguments, comme il la soulevait par la taille pour l'emporter près de son fils, elle saisit la porte et s'y cramponna avec tant de force qu'on ne put l'en arracher. Puis, lorsqu'on l'eut lâchée, elle se prosterna aux pieds du médecin, en demandant pardon, en s'excusant d'être une misérable. Et elle criait : « Oh ! il ne va pas mourir, dites-moi qu'il ne va pas mourir, je vous en prie, dites-lui que je l'aime, que je l'adore... »

Le jeune homme agonisait. Se voyant à ses derniers moments, il supplia qu'on décidât sa mère à lui dire adieu. Avec cette espèce de pressentiment qu'ont parfois les moribonds, il avait tout compris, tout deviné et il disait : « Si elle n'ose pas entrer, priez-la seulement de venir par le balcon jusqu'à ma fenêtre pour que je la voie, au moins, pour que je lui dise adieu d'un regard puisque je ne puis pas l'embrasser. »

Le médecin et l'abbé retournèrent encore vers cette femme : « Vous ne risquerez rien, affirmaient-ils, puisqu'il y aura une vitre entre vous et lui. »

Elle consentit, se couvrit la tête, prit un flacon de sels, fit trois pas sur le balcon, puis soudain, cachant sa figure dans ses mains, elle gémit : « Non... non... je n'oserai jamais le voir... jamais... j'ai trop honte... j'ai trop peur... non, je ne peux pas. »

On voulut la traîner, mais elle tenait à pleines mains les barreaux et poussait de telles plaintes que les passants, dans la rue, levaient la tête.

Et le mourant attendait, les yeux tournés vers cette fenêtre, il attendait, pour mourir, qu'il eût vu une dernière fois la figure douce et bien-aimée, le visage sacré de sa mère.

Il attendit longtemps, et la nuit vint. Alors il se retourna vers le mur et ne prononça plus une parole.

Quand le jour parut, il était mort. Le lendemain, elle était folle.

(18 janvier 1887.)

LA MORTE

Je l'avais aimée éperdument ! Pourquoi aime-t-on ? Est-ce bizarre de ne plus voir dans le monde qu'un être, de n'avoir plus dans l'esprit qu'une pensée, dans le cœur qu'un désir, et dans la bouche qu'un nom : un nom qui monte incessamment, qui monte, comme l'eau d'une source, des profondeurs de l'âme, qui monte aux lèvres, et qu'on dit, qu'on redit, qu'on murmure sans cesse, partout, ainsi qu'une prière.

Je ne conterai point notre histoire. L'amour n'en a qu'une, toujours la même. Je l'avais rencontrée et aimée. Voilà tout. Et j'avais vécu pendant un an dans sa tendresse, dans ses bras, dans sa caresse, dans son regard, dans ses robes, dans sa parole, enveloppé, lié, emprisonné dans tout ce qui venait d'elle, d'une façon si complète que je ne savais plus s'il faisait jour ou nuit, si j'étais mort ou vivant, sur la vieille terre ou ailleurs.

Et voilà qu'elle mourut. Comment ? Je ne sais pas, je ne sais plus.

Elle rentra mouillée, un soir de pluie, et le lendemain, elle toussait. Elle toussa pendant une semaine environ et prit le lit.

Que s'est-il passé ? Je ne sais plus.

Des médecins venaient, écrivaient, s'en allaient. On apportait des remèdes ; une femme les lui faisait boire. Ses mains étaient chaudes, son front brûlant et humide, son regard brillant et triste. Je lui parlais, elle me répondait. Que nous sommes-nous dit ? Je ne sais plus. J'ai tout oublié, tout, tout ! Elle mourut, je me rappelle très bien son petit soupir, son petit soupir si faible, le dernier. La garde dit : « Ah ! » Je compris, je compris !

Je n'ai plus rien su. Rien. Je vis un prêtre qui prononça ce mot : « Votre maîtresse. » Il me sembla qu'il l'insultait. Puisqu'elle était morte on n'avait plus le droit de savoir cela. Je le chassai. Un autre vint qui fut très bon, très doux. Je pleurai quand il me parla d'elle.

On me consulta sur mille choses pour l'enterrement. Je ne sais plus. Je me rappelle cependant très bien le cercueil, le bruit des coups de marteau quand on la cloua dedans. Ah ! mon Dieu !

Elle fut enterrée ! enterrée ! Elle ! dans ce trou ! Quelques personnes étaient venues, des amies. Je me sauvai. Je courus. Je marchai longtemps à travers les rues. Puis je rentrai chez moi. Le lendemain je partis pour un voyage.

Hier, je suis rentré à Paris.

Quand je revis ma chambre, notre chambre, notre lit, nos meubles, toute cette maison où était resté tout ce qui reste de la vie d'un être après sa mort, je fus saisi par un retour de chagrin si violent que je faillis ouvrir la fenêtre et me jeter dans la rue. Ne pouvant plus demeurer au milieu de ces choses, de ces murs qui l'avaient enfermée, abritée, et qui devaient garder dans leurs imperceptibles fissures mille atomes d'elle, de sa chair et de son souffle, je pris mon chapeau, afin de me sauver. Tout à coup, au moment d'atteindre la porte, je passai devant la grande glace du vestibule qu'elle avait fait poser là pour se voir, des pieds à la tête, chaque jour, en sortant, pour voir si toute sa toilette allait bien, était correcte et jolie, des bottines à la coiffure.

Et je m'arrêtai net en face de ce miroir qui l'avait si souvent reflétée. Si souvent, si souvent, qu'il avait dû garder aussi son image.

J'étais là debout, frémissant, les yeux fixés sur le verre, sur le verre plat, profond, vide, mais qui l'avait contenue tout entière, possédée autant que moi, autant que mon regard passionné. Il me sembla que j'aimais cette glace, — je la touchai, — elle était froide ! Oh ! le souvenir ! le souvenir ! miroir douloureux, miroir brûlant, miroir vivant, miroir horrible, qui fait souffrir toutes les tortures ! Heureux les hommes dont le cœur, comme une glace où glissent et s'effacent les reflets, oublie tout ce qu'il a contenu, tout ce qui a passé devant lui, tout ce qui s'est contemplé, miré, dans son affection, dans son amour ! Comme je souffre !

Je sortis et, malgré moi, sans savoir, sans le vouloir, j'allai vers le cimetière. Je trouvai sa tombe toute simple, une croix de marbre avec ces quelques mots : « Elle aima, fut aimée, et mourut. »

Elle était là, là-dessous, pourrie ! Quelle horreur ! Je sanglotais, le front sur le sol.

J'y restai longtemps, longtemps. Puis je m'aperçus que le soir venait. Alors un désir bizarre, fou, un désir d'amant désespéré s'empara de moi. Je voulus passer la nuit près d'elle, dernière nuit, à pleurer sur sa tombe. Mais on me verrait, on me chasserait. Comment faire ? Je fus rusé. Je me levai et me mis à errer dans cette ville des disparus. J'allais, j'allais. Comme elle est petite cette ville à côté de l'autre, celle où l'on vit ! Et pourtant comme ils sont plus nombreux que les vivants, ces morts. Il nous faut de hautes maisons, des rues, tant de place, pour les quatre générations qui regardent le jour en même temps, boivent l'eau des sources, le vin des vignes et mangent le pain des plaines.

Et pour toutes les générations des morts, pour toute l'échelle de l'humanité descendue jusqu'à nous, presque rien, un champ, presque rien ! La terre les reprend, l'oubli les efface. Adieu !

Au bout du cimetière habité, j'aperçus tout à coup le cimetière abandonné, celui où les vieux défunts achèvent de se mêler au sol, où les croix elles-mêmes pourrissent, où l'on mettra demain les derniers venus. Il est plein de roses libres, de cyprès vigoureux et noirs, un jardin triste et superbe, nourri de chair humaine.

J'étais seul, bien seul. Je me blottis dans un arbre vert. Je m'y cachai tout entier, entre ces branches grasses et sombres.

Et j'attendis, cramponné au tronc comme un naufragé sur une épave.

Quand la nuit fut noire, très noire, je quittai mon refuge et me mis à marcher doucement, à pas lents, à pas sourds, sur cette terre pleine de morts.

J'errai longtemps, longtemps, longtemps. Je ne la retrouvais pas. Les bras étendus, les yeux ouverts, heurtant des tombes avec mes mains, avec mes pieds, avec mes genoux, avec ma poitrine, avec ma tête elle-même, j'allais sans la trouver. Je touchais, je palpais comme un aveugle qui cherche sa route, je palpais des pierres, des croix, des grilles de fer, des couronnes de verre, des couronnes de fleurs fanées ! Je lisais les noms avec mes doigts, en les promenant sur les lettres. Quelle nuit ! quelle nuit ! Je ne la retrouvais pas !

Pas de lune ! Quelle nuit ! J'avais peur, une peur affreuse dans ces étroits sentiers, entre deux lignes de tombes ! Des tombes ! des tombes ! des tombes. Toujours des tombes ! A droite, à gauche, devant moi, autour de moi, partout, des tombes ! Je m'assis sur une d'elles, car je ne pouvais plus marcher tant mes genoux fléchissaient. J'entendais battre mon cœur ! Et j'entendais autre chose aussi ! Quoi ? un bruit confus, innommable ! Etait-ce dans ma tête affolée, dans la nuit impénétrable, ou sous la terre mystérieuse, sous la terre ensemencée de cadavres humains, ce bruit ? Je regardais autour de moi !

Combien de temps suis-je resté là ? Je ne sais pas. J'étais paralysé par la terreur, j'étais ivre d'épouvante, prêt à hurler, prêt à mourir.

Et soudain il me sembla que la dalle de marbre sur laquelle j'étais assis remuait. Certes, elle remuait, comme si on l'eût soulevée. D'un bond je me jetai sur le tombeau voisin, et je vis, oui, je vis la pierre que je venais de quitter se dresser

toute droite ; et le mort apparut, un squelette nu qui, de son
dos courbé la rejetait. Je voyais, je voyais très bien, quoique
la nuit fût profonde. Sur la croix je pus lire :

« Ici repose Jacques Olivant, décédé à l'âge de cinquante et
un ans. Il aimait les siens, fut honnête et bon, et mourut dans
la paix du Seigneur. »

Maintenant le mort aussi lisait les choses écrites sur son
tombeau. Puis il ramassa une pierre dans le chemin, une
petite pierre aiguë, et se mit à les gratter avec soin, ces
choses. Il les effaça tout à fait, lentement, regardant de ses
yeux vides la place où tout à l'heure elles étaient gravées ; et
du bout de l'os qui avait été son index, il écrivit en lettres
lumineuses comme ces lignes qu'on trace aux murs avec le
bout d'une allumette :

« Ici repose Jacques Olivant, décédé à l'âge de cinquante et
un ans. Il hâta par ses duretés la mort de son père dont il
désirait hériter, il tortura sa femme, tourmenta ses enfants,
trompa ses voisins, vola quand il le put et mourut misérable-
ment. »

Quand il eut achevé d'écrire, le mort immobile contempla
son œuvre. Et je m'aperçus, en me retournant, que toutes les
tombes étaient ouvertes, que tous les cadavres en étaient
sortis, que tous avaient effacé les mensonges inscrits par les
parents sur la pierre funéraire, pour y rétablir la vérité.

Et je voyais que tous avaient été les bourreaux de leurs
proches, haineux, déshonnêtes, hypocrites, menteurs, fourbes,
calomniateurs, envieux, qu'ils avaient volé, trompé, accompli
tous les actes honteux, tous les actes abominables, ces bons
pères, ces épouses fidèles, ces fils dévoués, ces jeunes filles
chastes, ces commerçants probes, ces hommes et ces femmes
dits irréprochables.

Ils écrivaient tous en même temps, sur le seuil de leur
demeure éternelle, la cruelle, terrible et sainte vérité que tout
le monde ignore ou feint d'ignorer sur la terre.

Je pensai qu'elle aussi avait dû la tracer sur sa tombe. Et
sans peur maintenant, courant au milieu des cercueils
entrouverts, au milieu des cadavres, au milieu des squelettes,

j'allai vers elle, sûr que je la trouverais aussitôt.

Je la reconnus de loin, sans voir le visage enveloppé du suaire.

Et sur la croix de marbre où tout à l'heure j'avais lu :

« Elle aima, fut aimée, et mourut. »

J'aperçus :

« Etant sortie un jour pour tromper son amant, elle eut froid sous la pluie, et mourut. »

Il paraît qu'on me ramassa, inanimé, au jour levant, auprès d'une tombe.

....

(31 mai 1887.)

LA NUIT

CAUCHEMAR

J'aime la nuit avec passion. Je l'aime comme on aime son pays ou sa maîtresse, d'un amour instinctif, profond, invincible. Je l'aime avec tous mes sens, avec mes yeux qui la voient, avec mon odorat qui la respire, avec mes oreilles qui en écoutent le silence, avec toute ma chair que les ténèbres caressent. Les alouettes chantent dans le soleil, dans l'air bleu, dans l'air chaud, dans l'air léger des matinées claires. Le hibou fuit dans la nuit, tache noire qui passe à travers l'espace noir, et, réjoui, grisé par la noire immensité, il pousse son cri vibrant et sinistre.

Le jour me fatigue et m'ennuie. Il est brutal et bruyant. Je me lève avec peine, je m'habille avec lassitude, je sors avec regret, et chaque pas, chaque mouvement, chaque geste, chaque parole, chaque pensée me fatigue comme si je soulevais un écrasant fardeau.

Mais quand le soleil baisse, une joie confuse, une joie de tout mon corps m'envahit. Je m'éveille, je m'anime. A mesure que l'ombre grandit, je me sens tout autre, plus jeune, plus fort, plus alerte, plus heureux. Je la regarde s'épaissir, la grande ombre douce tombée du ciel : elle noie la ville, comme une onde insaisissable et impénétrable, elle cache, efface, détruit les couleurs, les formes, étreint les maisons, les êtres, les monuments de son imperceptible toucher.

Alors j'ai envie de crier de plaisir comme les chouettes, de courir sur les toits comme les chats ; et un impétueux, un invincible désir d'aimer s'allume dans mes veines.

Je vais, je marche, tantôt dans les faubourgs assombris, tantôt dans les bois voisins de Paris, où j'entends rôder mes sœurs les bêtes et mes frères les braconniers.

Ce qu'on aime avec violence finit toujours par vous tuer. Mais comment expliquer ce qui m'arrive ? Comment même faire comprendre que je puisse le raconter ? Je ne sais pas, je ne sais plus, je sais seulement que cela est. — Voilà.

Donc hier — était-ce hier ? — oui, sans doute, à moins que ce ne soit auparavant, un autre jour, un autre mois, une autre année, — je ne sais pas. Ce doit être hier pourtant, puisque le jour ne s'est plus levé, puisque le soleil n'a pas reparu. Mais depuis quand la nuit dure-t-elle ? Depuis quand ?... Qui le dira ? qui le saura jamais ?

Donc, hier, je sortis comme je fais tous les soirs, après mon dîner. Il faisait très beau, très doux, très chaud. En descendant vers les boulevards, je regardais au-dessus de ma tête le fleuve noir et plein d'étoiles découpé dans le ciel par les toits de la rue qui tournait et faisait onduler comme une vraie rivière ce ruisseau roulant des astres.

Tout était clair dans l'air léger, depuis les planètes jusqu'aux becs de gaz. Tant de feux brillaient là-haut et dans la ville que les ténèbres en semblaient lumineuses. Les nuits luisantes sont plus joyeuses que les grands jours de soleil.

Sur le boulevard, les cafés flamboyaient ; on riait, on passait, on buvait. J'entrai au théâtre, quelques instants ; dans quel théâtre ? je ne sais plus. Il y faisait si clair que cela m'attrista et je ressortis le cœur un peu assombri par ce choc de lumière brutale sur les ors du balcon, par le scintillement factice du lustre énorme de cristal, par la barrière du feu de la rampe, par la mélancolie de cette clarté fausse et crue. Je gagnai les Champs-Élysées où les cafés-concerts semblaient des foyers d'incendie dans les feuillages. Les marronniers frottés de lumière jaune avaient l'air peints, un air d'arbres phosphorescents. Et les globes électriques, pareils à des lunes éclatantes et pâles, à des œufs de lune tombés du ciel, à des perles monstrueuses, vivantes, faisaient pâlir sous leur clarté nacrée, mystérieuse et royale les filets de gaz, de vilain gaz sale, et les guirlandes de verres de couleur.

Je m'arrêtai sous l'Arc de triomphe pour regarder l'avenue, la longue et admirable avenue étoilée, allant vers Paris entre deux lignes de feux, et les astres ! Les astres là-haut, les astres inconnus jetés au hasard dans l'immensité où ils dessinent ces figures bizarres, qui font tant rêver, qui font tant songer.

J'entrai dans le Bois de Boulogne et j'y restai longtemps, longtemps. Un frisson singulier m'avait saisi, une émotion imprévue et puissante, une exaltation de ma pensée qui touchait à la folie.

Je marchai longtemps, longtemps. Puis je revins.

Quelle heure était-il quand je repassai sous l'Arc de triomphe ? Je ne sais pas. La ville s'endormait, et des nuages, de gros nuages noirs s'étendaient lentement sur le ciel.

Pour la première fois je sentis qu'il allait arriver quelque chose d'étrange, de nouveau. Il me sembla qu'il faisait froid, que l'air s'épaississait, que la nuit, que ma nuit bien-aimée, devenait lourde sur mon cœur. L'avenue était déserte, maintenant. Seuls, deux sergents de ville se promenaient auprès de la station des fiacres, et, sur la chaussée à peine éclairée par les becs de gaz qui paraissaient mourants, une file de voitures de légumes allait aux Halles. Elles allaient lentement, chargées de carottes, de navets, et de choux. Les conducteurs dormaient, invisibles, les chevaux marchaient d'un pas égal, suivant la voiture précédente, sans bruit, sur le pavé de bois. Devant chaque lumière du trottoir, les carottes s'éclairaient en rouge, les navets s'éclairaient en blanc, les choux s'éclairaient en vert ; et elles passaient l'une derrière l'autre, ces voitures rouges, d'un rouge de feu, blanches d'un blanc d'argent, vertes d'un vert d'émeraude. Je les suivis, puis je tournai par la rue Royale et revins sur les boulevards. Plus personne, plus de cafés éclairés, quelques attardés seulement qui se hâtaient.

Je n'avais jamais vu Paris aussi mort, aussi désert. Je tirai ma montre. Il était deux heures.

Une force me poussait, un besoin de marcher. J'allai donc jusqu'à la Bastille. Là, je m'aperçus que je n'avais jamais vu une nuit si sombre, car je ne distinguais pas même la colonne de Juillet, dont le génie d'or était perdu dans l'impénétrable obscurité. Une voûte de nuage, épaisse comme l'immensité, avait noyé les étoiles, et semblait s'abaisser sur la terre pour l'anéantir.

Je revins. Il n'y avait plus personne autour de moi. Place du Château-d'Eau, pourtant, un ivrogne faillit me heurter, puis il disparut. J'entendis quelque temps son pas inégal et sonore. J'allais. A la hauteur du faubourg Montmartre un fiacre passa, descendant vers la Seine. Je l'appelai. Le cocher ne répondit pas. Une femme rôdait près de la rue Drouot : « Monsieur, écoutez donc. » Je hâtai le pas pour éviter sa main tendue. Puis plus rien. Devant le Vaudeville, un chiffonnier fouillait le ruisseau. Sa petite lanterne flottait au ras du sol. Je lui demandai : « Quelle heure est-il, mon brave ? »

Il grogna : « Est-ce que je sais ! J'ai pas de montre. »

Alors je m'aperçus tout à coup que les becs de gaz étaient éteints. Je sais qu'on les supprime de bonne heure, avant le jour, en cette saison, par économie ; mais le jour était encore loin, si loin de paraître !

« Allons, aux Halles pensai-je, là au moins je trouverai la vie. »

Je me mis en route, mais je n'y voyais même pas pour me conduire. J'avançais lentement, comme on fait dans un bois, reconnaissant les rues en les comptant.

Devant le Crédit Lyonnais, un chien grogna. Je tournai par la rue de Grammont, je me perdis ; j'errai, puis je reconnus la Bourse aux grilles de fer qui l'entourent. Paris entier dormait, d'un sommeil profond, effrayant. Au loin pourtant un fiacre roulait, un seul fiacre, celui peut-être qui avait passé devant moi tout à l'heure. Je cherchais à le joindre, allant vers le bruit de ses roues, à travers les rues solitaires et noires, noires, noires comme la mort.

Je me perdis encore. Où étais-je ? Quelle folie d'éteindre si tôt le gaz ! Pas un passant, pas un attardé, pas un rôdeur, pas un miaulement de chat amoureux. Rien.

Où donc étaient les sergents de ville ? Je me dis :« Je vais crier, ils viendront. » Je criai. Personne ne me répondit.

J'appelai plus fort. Ma voix s'envola, sans écho, faible, étouffée, écrasée par la nuit, par cette nuit impénétrable.

Je hurlai : « Au secours ! au secours ! au secours ! »

Mon appel désespéré resta sans réponse. Quelle heure était-il donc ? Je tirai ma montre, mais je n'avais point d'allumettes. J'écoutai le tic-tac léger de la petite mécanique avec une joie inconnue et bizarre. Elle semblait vivre. J'étais moins seul. Quel mystère ! Je me remis en marche comme un aveugle, en tâtant les murs de ma canne, et je levais à tout moment les yeux vers le ciel, espérant que le jour allait enfin paraître ; mais l'espace était noir, tout noir, plus profondément noir que la ville.

Quelle heure pouvait-il être ? Je marchais, me semblait-il, depuis un temps infini, car mes jambes fléchissaient sous moi, ma poitrine haletait, et je souffrais de la faim horriblement.

Je me décidai à sonner à la première porte cochère. Je tirai le bouton de cuivre, et le timbre tinta dans la maison sonore ; il tinta étrangement comme si ce bruit vibrant eût été seul dans cette maison.

J'attendis, on ne répondit pas, on n'ouvrit point la porte. Je sonnai de nouveau ; j'attendis encore, — rien !

J'eus peur ! Je courus à la demeure suivante, et vingt fois de suite je fis résonner la sonnerie dans le couloir obscur où devait dormir le concierge. Mais il ne s'éveilla pas, — et j'allai plus loin, tirant de toutes mes forces les anneaux ou les boutons, heurtant de mes pieds, de ma canne et de mes mains les portes obstinément closes.

Et tout à coup, je m'aperçus que j'arrivais aux Halles. Les Halles étaient désertes, sans un bruit, sans un mouvement, sans une voiture, sans un homme, sans une botte de légumes ou de fleurs. — Elles étaient vides, immobiles, abandonnées, mortes !

Une épouvante me saisit, — horrible. Que se passait-il ?
Oh ! mon Dieu ! que se passait-il ?

Je repartis. Mais l'heure ? l'heure ? qui me dirait l'heure ?
Aucune horloge ne sonnait dans les clochers ou dans les
monuments. Je pensai : « Je vais ouvrir le verre de ma
montre et tâter l'aiguille avec mes doigts. » Je tirai ma
montre... elle ne battait plus... elle était arrêtée. Plus rien,
plus rien, plus un frisson dans la ville, pas une lueur, pas un
frôlement de son dans l'air. Rien ! plus rien ! plus même le
roulement lointain du fiacre, — plus rien !

J'étais aux quais, et une fraîcheur glaciale montait de la
rivière.

La Seine coulait-elle encore ?

Je voulus savoir, je trouvai l'escalier, je descendis... Je
n'entendais pas le courant bouillonner sous les arches du
pont... Des marches encore... puis du sable... de la vase...
puis de l'eau... j'y trempai mon bras... elle coulait... elle
coulait... froide... froide... froide... presque gelée... presque
tarie... presque morte.

Et je sentais bien que je n'aurais plus jamais la force de
remonter... et que j'allais mourir là... moi aussi, de faim —
de fatigue — et de froid.

(14 juin 1887.)

UN PORTRAIT

« Tiens, Milial ! » dit quelqu'un près de moi.

Je regardai l'homme qu'on désignait, car depuis longtemps j'avais envie de connaître ce Don Juan.

Il n'était plus jeune. Les cheveux gris, d'un gris trouble, ressemblaient un peu à ces bonnets à poil dont se coiffent certains peuples du Nord, et sa barbe fine, assez longue, tombant sur la poitrine, avait aussi des airs de fourrure. Il causait avec une femme, penché vers elle, parlant à voix basse, en la regardant avec un œil doux, plein d'hommages et de caresses.

Je savais sa vie, ou du moins ce qu'on en connaissait. Il avait été follement aimé, plusieurs fois ; et des drames avaient eu lieu où son nom se trouvait mêlé. On parlait de lui comme d'un homme très séduisant, presque irrésistible. Lorsque j'interrogeais les femmes qui faisaient le plus son éloge, pour savoir d'où lui venait cette puissance, elles répondaient toujours, après avoir quelque temps cherché :

« Je ne sais pas... c'est du charme. »

Certes, il n'était pas beau. Il n'avait rien des élégances dont nous supposons doués les conquérants de cœurs féminins. Je me demandais, avec intérêt, où était cachée sa séduction. Dans l'esprit ?... On ne m'avait jamais cité ses mots ni même célébré son intelligence... Dans le regard ?... Peut-être... Ou dans la voix ?... La voix de certains êtres a des grâces sensuelles, irrésistibles, la saveur des choses exquises à manger. On a faim de les entendre, et le son de leurs paroles pénètre en nous comme une friandise.

Un ami passait. Je lui demandai :

« Tu connais M. Milial ?

— Oui.

— Présente-nous donc l'un à l'autre. »

Une minute plus tard, nous échangions une poignée de main et nous causions entre deux portes. Ce qu'il disait était juste, agréable à entendre, sans contenir rien de supérieur. La voix, en effet, était belle, douce, caressante, musicale ; mais j'en avais entendu de plus prenantes, de plus remuantes. On l'écoutait avec plaisir, comme on regarderait couler une jolie source. Aucune tension de pensée n'était nécessaire pour le suivre, aucun sous-entendu ne surexcitait la curiosité, aucune attente ne tenait en éveil l'intérêt. Sa conversation était plutôt reposante et n'allumait point en nous soit un vif désir de répondre et de contredire, soit une approbation ravie.

Il était d'ailleurs aussi facile de lui donner la réplique que de l'écouter. La réponse venait aux lèvres d'elle-même, dès qu'il avait fini de parler, et les phrases allaient vers lui comme si ce qu'il avait dit les faisait sortir de la bouche naturellement.

Une réflexion me frappa bientôt. Je le connaissais depuis un quart d'heure, et il me semblait qu'il était un de mes anciens amis, que tout, de lui, m'était familier depuis longtemps : sa figure, ses gestes, sa voix, ses idées.

Brusquement, après quelques instants de causerie, il me paraissait installé dans mon intimité. Toutes les portes étaient ouvertes entre nous, et je lui aurais fait peut-être, sur moi-même, s'il les avait sollicitées, ces confidences que, d'ordinaire, on ne livre qu'aux plus anciens camarades.

Certes, il y avait là un mystère. Ces barrières fermées entre tous les êtres, et que le temps pousse une à une, lorsque la sympathie, les goûts pareils, une même culture intellectuelle et des relations constantes les ont décadenassées peu à peu, semblaient ne pas exister entre lui et moi, et, sans doute, entre lui et tous ceux, hommes et femmes, que le hasard jetait sur sa route.

Au bout d'une demi-heure, nous nous séparâmes en nous promettant de nous revoir souvent, et il me donna son adresse après m'avoir invité à déjeuner, le surlendemain.

Ayant oublié l'heure, j'arrivai trop tôt ; il n'était pas rentré. Un domestique correct et muet ouvrit devant moi un beau salon un peu sombre, intime, recueilli. Je m'y sentis à l'aise, comme chez moi. Que de fois j'ai remarqué l'influence des appartements sur le caractère et sur l'esprit ! Il y a des pièces où on se sent toujours bête ; d'autres, au contraire, où on se sent toujours verveux. Les unes attristent, bien que claires, blanches et dorées ; d'autres égayent, bien que tenturées d'étoffes calmes. Notre œil, comme notre cœur, a ses haines et ses tendresses, dont souvent il ne nous fait point part, et qu'il impose secrètement, furtivement, à notre humeur. L'harmonie des meubles, des murs, le style d'un ensemble agissent instantanément sur notre nature intellectuelle comme l'air des bois, de la mer ou de la montagne modifie notre nature physique.

Je m'assis sur un divan disparu sous les coussins, et je me sentis soudain soutenu, porté, capitonné par ces petits sacs de plume couverts de soie, comme si la forme et la place de mon corps eussent été marquées d'avance sur ce meuble.

Puis je regardai. Rien d'éclatant dans la pièce ; partout de belles choses modestes, des meubles simples et rares, des rideaux d'Orient qui ne semblaient pas venir du Louvre, mais de l'intérieur d'un harem, et, en face de moi, un portrait de femme. C'était un portrait de moyenne grandeur montrant la tête et le haut du corps, et les mains qui tenaient un livre. Elle était jeune, nu-tête, coiffée de bandeaux plats, souriant un peu tristement. Est-ce parce qu'elle avait la tête nue, ou bien par l'impression de son allure si naturelle, mais jamais portrait de femme ne me parut être chez lui autant que celui-là, dans ce logis. Presque tous ceux que je connais sont en représentation, soit que la dame ait des vêtements d'apparat, une coiffure seyante, un air de bien savoir qu'elle pose devant le peintre d'abord, et ensuite devant tous ceux qui la regarderont, soit qu'elle ait pris une attitude abandonnée dans un négligé bien choisi.

Les unes sont debout, majestueuses, en pleine beauté, avec un air de hauteur qu'elles n'ont pas dû garder longtemps dans l'ordinaire de la vie. D'autres minaudent, dans l'immobilité de la toile ; et toutes ont un rien, une fleur ou un bijou, un pli de robe ou de lèvre qu'on sent posé par le peintre, pour l'effet. Qu'elles portent un chapeau, une dentelle sur la tête, ou leurs cheveux seulement, on devine en elles quelque chose qui n'est point tout à fait naturel. Quoi ? On l'ignore, puisqu'on ne les a pas connues, mais on le sent. Elles semblent en visite quelque part, chez des gens à qui elles veulent plaire, à qui elles veulent se montrer avec tout leur avantage ; et elles ont étudié leur attitude, tantôt modeste, tantôt hautaine.

Que dire de celle-là ? Elle était chez elle, et seule. Oui, elle était seule, car elle souriait comme on sourit quand on pense solitairement à quelque chose de triste et de doux, et non comme on sourit, quand on est regardée. Elle était tellement seule, et chez elle, qu'elle faisait le vide en tout ce grand appartement, le vide absolu. Elle l'habitait, l'emplissait, l'animait seule ; il y pouvait entrer beaucoup de monde, et tout ce monde pouvait parler, rire, même chanter ; elle y serait toujours seule, avec un sourire solitaire, et, seule, elle le rendrait vivant, de son regard de portrait.

Il était unique aussi, ce regard. Il tombait sur moi tout droit, caressant et fixe, sans me voir. Tous les portraits savent qu'ils sont contemplés, et ils répondent avec les yeux, avec des yeux qui voient, qui pensent, qui nous suivent, sans nous quitter, depuis notre entrée jusqu'à notre sortie de l'appartement qu'ils habitent.

Celui-là ne me voyait pas, ne voyait rien, bien que son regard fût planté sur moi, tout droit. Je me rappelai le vers surprenant de Baudelaire :

Et tes yeux attirants comme ceux d'un portrait.

Ils m'attiraient, en effet, d'une façon irrésistible, jetaient en moi un trouble étrange, puissant, nouveau, ces yeux peints, qui avaient vécu, ou qui vivaient encore, peut-être. Oh ! quel charme infini et amollissant comme une brise qui passe, séduisant comme un ciel mourant de crépuscule lilas, rose et bleu, et un peu mélancolique comme la nuit qui vient derrière, sortait de ce cadre sombre et de ces yeux impénétrables ! Ces yeux, ces yeux créés par quelques coups de pinceau, cachaient en eux le mystère de ce qui semble être et n'existe pas, de ce qui peut apparaître en un regard de femme, de ce qui fait germer l'amour en nous.

La porte s'ouvrit. M. Milial entrait. Il s'excusa d'être en retard. Je m'excusai d'être en avance. Puis je lui dis :

« Est-il indiscret de vous demander quelle est cette femme ? »

Il répondit :

« C'est ma mère, morte toute jeune. »

Et je compris alors d'où venait l'inexplicable séduction de cet homme !

(29 octobre 1888.)

L'ENDORMEUSE

La Seine s'étalait devant ma maison, sans une ride, et vernie par le soleil du matin. C'était une belle, large, lente, longue coulée d'argent, empourprée par places ; et de l'autre côté du fleuve, de grands arbres alignés étendaient sur toute la berge une immense muraille de verdure.

La sensation de la vie qui recommence chaque jour, de la vie fraîche, gaie, amoureuse, frémissait dans les feuilles, palpitait dans l'air, miroitait sur l'eau.

On me remit les journaux que le facteur venait d'apporter et je m'en allai sur la rive, à pas tranquilles, pour les lire.

Dans le premier que j'ouvris, j'aperçus ces mots : « Statistiques des suicides » et j'appris que, cette année, plus de huit mille cinq cents êtres humains se sont tués.

Instantanément, je les vis ! Je vis ce massacre, hideux et volontaire, des désespérés las de vivre. Je vis des gens qui saignaient, la mâchoire brisée, le crâne crevé, la poitrine trouée par une balle, agonisant lentement, seuls dans une petite chambre d'hôtel, et sans penser à leur blessure, pensant toujours à leur malheur.

J'en vis d'autres, la gorge ouverte ou le ventre fendu, tenant encore dans leur main le couteau de cuisine ou le rasoir.

J'en vis d'autres, assis tantôt devant un verre où trempaient des allumettes, tantôt devant une petite bouteille qui portait une étiquette rouge.

Ils regardaient cela avec des yeux fixes, sans bouger ; puis ils buvaient, puis ils attendaient ; puis une grimace passait sur leurs joues, crispait leurs lèvres ; une épouvante égarait leurs yeux, car ils ne savaient pas qu'on souffrait tant avant la fin.

Ils se levaient, s'arrêtaient, tombaient et, les deux mains sur le ventre, ils sentaient leurs organes brûlés, leurs entrailles rongées par le feu du liquide, avant que leur pensée fût seulement obscurcie.

J'en vis d'autres pendus au clou du mur, à l'espagnolette de la fenêtre, au crochet du plafond, à la poutre du grenier, à la branche d'arbre, sous la pluie du soir. Et je devinais tout ce qu'ils avaient fait avant de rester là, la langue tirée, immobiles. Je devinais l'angoisse de leur cœur, leurs hésitations dernières, leurs mouvements pour attacher la corde, constater qu'elle tenait bien, se la passer au cou et se laisser tomber.

J'en vis d'autres couchés sur des lits misérables, des mères avec leurs petits enfants, des vieillards crevant la faim, des jeunes filles déchirées par des angoisses d'amour, tous rigides, étouffés, asphyxiés, tandis qu'au milieu de la chambre fumait encore le réchaud de charbon.

Et j'en aperçus qui se promenaient dans la nuit sur les ponts déserts. C'étaient les plus sinistres. L'eau coulait sous les arches avec un bruit mou. Ils ne la voyaient pas... ils la devinaient en aspirant son odeur froide ! Ils en avaient envie et ils en avaient peur. Ils n'osaient point ! Pourtant, il le fallait. L'heure sonnait au loin à quelque clocher, et soudain, dans le large silence des ténèbres, passaient, vite étouffés, le claquement d'un corps tombant dans la rivière, quelques cris, un clapotement d'eau battue avec des mains. Ce n'était parfois aussi que le plouf de leur chute, quand ils s'étaient lié les bras ou attaché une pierre aux pieds.

Oh ! les pauvres gens, les pauvres gens, les pauvres gens, comme j'ai senti leurs angoisses, comme je suis mort de leur mort ! J'ai passé par toutes leurs misères ; j'ai subi, en une heure, toutes leurs tortures. J'ai su tous les chagrins qui les ont conduits là ; car je sens l'infamie trompeuse de la vie, comme personne, plus que moi, ne l'a sentie.

Comme je les ai compris, ceux qui, faibles, harcelés par la malchance, ayant perdu les êtres aimés, réveillés du rêve d'une récompense tardive, de l'illusion d'une autre existence où Dieu serait juste enfin, après avoir été féroce, et désabusés des mirages du bonheur, en ont assez et veulent finir ce drame sans trêve ou cette honteuse comédie.

Le suicide ! mais c'est la force de ceux qui n'en ont plus, c'est l'espoir de ceux qui ne croient plus, c'est le sublime courage des vaincus ! Oui, il y a au moins une porte à cette vie, nous pouvons toujours l'ouvrir et passer de l'autre côté. La nature a eu un mouvement de pitié ; elle ne nous a pas emprisonnés. Merci pour les désespérés !

Quant aux simples désabusés, qu'ils marchent devant eux l'âme libre et le cœur tranquille. Ils n'ont rien à craindre, puisqu'ils peuvent s'en aller ; puisque derrière eux est toujours cette porte que les dieux rêvés ne peuvent même fermer.

Je songeais à cette foule de morts volontaires : plus de huit mille cinq cents en une année. Et il me semblait qu'ils s'étaient réunis pour jeter au monde une prière, pour crier un vœu, pour demander quelque chose, réalisable plus tard, quand on comprendra mieux. Il me semblait que tous ces suppliciés, ces égorgés, ces empoisonnés, ces pendus, ces asphyxiés, ces noyés, s'en venaient, horde effroyable, comme des citoyens qui votent, dire à la société : « Accordez-nous au moins une mort douce ! Aidez-nous à mourir, vous qui ne nous avez pas aidés à vivre ! Voyez, nous sommes nombreux, nous avons le droit de parler en ces jours de liberté, d'indépendance philosophique et de suffrage populaire. Faites à ceux qui renoncent à vivre l'aumône d'une mort qui ne soit point répugnante ni effroyable. »

....

Je me mis à rêvasser, laissant ma pensée vagabonder sur ce sujet en des songeries bizarres et mystérieuses.

Je me crus, à un moment, dans une belle ville. C'était Paris ; mais à quelle époque ? J'allais par les rues, regardant les maisons, les théâtres, les établissements publics, et voilà que, sur une place, j'aperçus un grand bâtiment, fort élégant, coquet et joli.

Je fus surpris, car on lisait sur la façade, en lettres d'or : « Œuvre de la mort volontaire. »

Oh ! étrangeté des rêves éveillés où l'esprit s'envole dans un monde irréel et possible ! Rien n'y étonne ; rien n'y choque ; et la fantaisie débridée ne distingue plus le comique et le lugubre.

Je m'approchai de cet édifice, où des valets en culotte courte étaient assis dans un vestibule, devant un vestiaire, comme à l'entrée d'un cercle.

J'entrai pour voir. Un d'eux, se levant, me dit :

« Monsieur désire ?

— Je désire savoir ce que c'est que cet endroit.

— Pas autre chose ?

— Mais non.

— Alors, Monsieur veut-il que je le conduise chez le secrétaire de l'œuvre ? »

J'hésitais. J'interrogeai encore :

« Mais, cela ne le dérangera pas ?

— Oh non, Monsieur, il est ici pour recevoir les personnes qui désirent des renseignements.

— Allons, je vous suis. »

Il me fit traverser des couloirs où quelques vieux messieurs causaient ; puis je fus introduit dans un beau cabinet, un peu sombre, tout meublé de bois noir. Un jeune homme, gras, ventru, écrivait une lettre en fumant un cigare dont le parfum me révéla la qualité supérieure.

Il se leva, nous nous saluâmes, et quand le valet fut parti, il demanda :

« Que puis-je pour votre service ?

— Monsieur, lui répondis-je, pardonnez-moi mon indiscrétion. Je n'avais jamais vu cet établissement. Les quelques mots inscrits sur la façade m'ont fortement étonné ; et je désirerais savoir ce qu'on y fait. »

Il sourit avant de répondre, puis, à mi-voix, avec un air de satisfaction :

« Mon Dieu, Monsieur, on tue proprement et doucement, je n'ose pas dire agréablement, les gens qui désirent mourir. »

Je ne me sentis pas très ému, car cela me parut en somme naturel et juste. J'étais surtout étonné qu'on eût pu, sur cette planète à idées basses, utilitaires, humanitaires, égoïstes et coercitives de toute liberté réelle, oser une pareille entreprise, digne d'une humanité émancipée.

Je repris :

« Comment en êtes-vous arrivé là ? »

Il répondit :

« Monsieur, le chiffre des suicides s'est tellement accru pendant les cinq années qui ont suivi l'Exposition universelle de 1889 que des mesures sont devenues urgentes. On se tuait dans les rues, dans les fêtes, dans les restaurants, au théâtre, dans les wagons, dans les réceptions du président de la République, partout. C'était non seulement un vilain spectacle pour ceux qui aiment bien vivre comme moi, mais aussi un mauvais exemple pour les enfants. Alors il a fallu centraliser les suicides.

— D'où venait cette recrudescence ?

— Je n'en sais rien. Au fond, je crois que le monde vieillit. On commence à y voir clair, et on en prend mal son parti. Il en est aujourd'hui de la destinée comme du gouvernement, on sait ce que c'est ; on constate qu'on est floué partout, et on s'en va. Quand on a reconnu que la providence ment, triche, vole, trompe les humains comme un simple député ses électeurs, on se fâche, et comme on ne peut en nommer une autre tous les trois mois, ainsi que nous faisons pour nos représentants concessionnaires, on quitte la place, qui est décidément mauvaise.

— Vraiment !

— Oh ! moi, je ne me plains pas.

— Voulez-vous me dire comment fonctionne votre œuvre ?

— Très volontiers. Vous pouvez d'ailleurs en faire partie quand il vous plaira. C'est un cercle.

— Un cercle !!...

— Oui, Monsieur, fondé par les hommes les plus éminents du pays, par les plus grands esprits et les plus claires intelligences. »

Il ajouta, en riant de tout cœur :

« Et je vous jure qu'on s'y plaît beaucoup.

— Ici ?

— Oui, ici.

— Vous m'étonnez.

— Mon Dieu ! on s'y plaît parce que les membres du cercle n'ont pas cette peur de la mort qui est la grande gâcheuse des joies sur la terre.

— Mais alors, pourquoi sont-ils membres de ce cercle, s'ils ne se tuent pas ?

— On peut être membre du cercle sans se mettre pour cela dans l'obligation de se tuer.

— Mais alors ?

— Je m'explique. Devant le nombre démesurément croissant des suicides, devant les spectacles hideux qu'ils nous donnaient, s'est formée une société de pure bienfaisance, protectrice des désespérés, qui a mis à leur disposition une mort calme et insensible, sinon imprévue.

— Qui donc a pu autoriser une pareille œuvre ?

— Le général Boulanger, pendant son court passage au pouvoir. Il ne savait rien refuser. Il n'a fait que cela de bon, d'ailleurs. Donc, une société s'est formée d'hommes clairvoyants, désabusés, sceptiques, qui ont voulu ériger en plein Paris une sorte de temple du mépris de la mort. Elle fut d'abord, cette maison, un endroit redouté, dont personne n'approchait. Alors les fondateurs, qui s'y réunissaient, y ont donné une grande soirée d'inauguration avec Mmes Sarah Bernhardt, Judic, Théo, Granier et vingt autres ; MM. de Reszké, Coquelin, Mounet-Sully, Paulus, etc ; puis des concerts, des comédies de Dumas, de Meilhac, d'Halévy, de Sardou. Nous n'avons eu qu'un four, une pièce de M. Becque, qui a semblé triste, mais qui a eu ensuite un très grand succès à la Comédie-Française. Enfin, tout Paris est venu. L'affaire était lancée.

— Au milieu des fêtes ! Quelle macabre plaisanterie !

— Pas du tout. Il ne faut pas que la mort soit triste, il faut qu'elle soit indifférente. Nous avons égayé la mort, nous l'avons fleurie, nous l'avons parfumée, nous l'avons faite facile. On apprend à secourir par l'exemple ; on peut voir, ça n'est rien.

— Je comprends fort bien qu'on soit venu pour les fêtes ; mais est-on venu pour... Elle ?

— Pas tout de suite, on se méfiait.

— Et plus tard ?

— On est venu.

— Beaucoup ?

— En masse. Nous en avons plus de quarante par jour. On ne trouve presque plus de noyés dans la Seine.

— Qui est-ce qui a commencé ?

— Un membre du cercle.

— Un dévoué ?

— Je ne crois pas. Un embêté, un décavé, qui avait eu des différences énormes au baccara, pendant trois mois.

— Vraiment ?

— Le second a été un Anglais, un excentrique. Alors, nous avons fait de la réclame dans les journaux, nous avons raconté notre procédé, nous avons inventé des morts capables d'attirer. Mais le grand mouvement a été donné par les pauvres gens.

— Comment procédez-vous ?

— Voulez-vous visiter ? Je vous expliquerai en même temps.

— Certainement. »

Il prit son chapeau, ouvrit la porte, me fit passer puis entrer dans une salle de jeu où des hommes jouaient comme on joue dans tous les tripots. Il traversait ensuite divers salons. On y causait vivement, gaiement. J'avais rarement vu un cercle aussi vivant, aussi animé, aussi rieur.

Comme je m'en étonnais :

« Oh ! reprit le secrétaire, l'œuvre a une vogue inouïe. Tout le monde chic de l'univers entier en fait partie pour avoir l'air de mépriser la mort. Puis, une fois qu'ils sont ici, ils se croient obligés d'être gais afin de ne pas paraître effrayés. Alors, on plaisante, on rit, on blague, on a de l'esprit et on apprend à en avoir. C'est certainement aujourd'hui l'endroit le mieux fréquenté et le plus amusant de Paris. Les femmes mêmes s'occupent en ce moment de créer une annexe pour elles.

— Et malgré cela, vous avez beaucoup de suicides dans la maison ?

— Comme je vous l'ai dit, environ quarante ou cinquante par jour. Les gens du monde sont rares ; mais les pauvres diables abondent. La classe moyenne aussi donne beaucoup.

— Et comment... fait-on ?

— On asphyxie... très doucement.

— Par quel procédé ?

— Un gaz de notre invention. Nous avons un brevet. De l'autre côté de l'édifice, il y a les portes du public. Trois petites portes donnant sur de petites rues. Quand un homme ou une femme se présente, on commence à l'interroger ; puis on lui offre un secours, de l'aide, des protections. Si le client accepte, on fait une enquête et souvent nous en avons sauvé.

— Où trouvez-vous l'argent ?

— Nous en avons beaucoup. La cotisation des membres est fort élevée. Puis il est de bon ton de donner à l'œuvre. Les noms de tous les donateurs sont imprimés dans le *Figaro*. Or, tout suicide d'homme riche coûte mille francs. — Et ils meurent à la pose. Ceux des pauvres sont gratuits.

— Comment reconnaissez-vous les pauvres ?

— Oh ! oh ! Monsieur, on les devine ! Et puis ils doivent apporter un certificat d'indigents du commissaire de police de leur quartier. Si vous saviez comme c'est sinistre, leur entrée ! J'ai visité une fois seulement cette partie de notre établissement, je n'y retournerai jamais. Comme local, c'est aussi bien qu'ici, presque aussi riche et confortable ; mais eux... Eux !!! Si vous les voyiez arriver, les vieux en guenilles qui viennent mourir ; des gens qui crèvent de misère depuis des mois, nourris au coin des bornes, comme les chiens des rues ; des femmes en haillons, décharnées, qui sont malades, paralysées, incapables de trouver leur vie et qui nous disent, après avoir raconté leur cas : « Vous voyez bien que ça ne peut pas continuer, puisque je ne peux plus rien faire et rien gagner, moi. »

» J'en ai vu venir une de quatre-vingt-sept ans, qui avait perdu tous ses enfants et petits-enfants, et qui, depuis six semaines, couchait dehors. J'en ai été malade d'émotion. Puis, nous avons tant de cas différents, sans compter les gens qui ne disent rien et qui demandent simplement : « Où est-ce ? » Ceux-là, on les fait entrer, et c'est fini tout de suite. »

Je répétai, le cœur crispé :

« Et... où est-ce ?

— Ici. »

Il ouvrit une porte en ajoutant :

« Entrez, c'est la partie spécialement réservée aux membres du cercle, et celle qui fonctionne le moins. Nous n'y avons eu encore que onze anéantissements.

— Ah ! vous appelez cela un... anéantissement.

— Oui, Monsieur. Entrez donc. »

J'hésitais. Enfin j'entrai. C'était une délicieuse galerie, une sorte de serre, que des vitraux d'un bleu pâle, d'un rose tendre, d'un vert léger, entouraient poétiquement de paysages de tapisseries. Il y avait dans ce joli salon des divans, de superbes palmiers, des fleurs, des roses surtout, embaumantes, des livres sur des tables, la *Revue des Deux Mondes,* des cigares en des boîtes de la régie, et, ce qui me surprit, des pastilles de Vichy dans une bonbonnière.

Comme je m'en étonnais :

« Oh ! on vient souvent causer ici », dit mon guide.

Il reprit :

« Les salles du public sont pareilles, mais plus simplement meublées. »

Je demandai :

« Et comment opérez-vous ? »

Il désigna du doigt une chaise longue, couverte de crêpe de Chine crémeux, à broderie blanche, sous un grand arbuste

inconnu, au pied duquel s'arrondissait une plate-bande de
réséda.

Le secrétaire ajouta d'une voix plus basse :

« On change à volonté la fleur et le parfum, car notre gaz,
tout à fait imperceptible, donne à la mort l'odeur de la fleur
qu'on aima. On le volatilise avec des essences. Voulez-vous
que je vous le fasse aspirer une seconde ?

— Merci, lui dis-je vivement, pas encore... »

Il se mit à rire.

« Oh ! Monsieur, il n'y a aucun danger. Je l'ai moi-même
constaté plusieurs fois. »

J'eus peur de lui paraître lâche. Je repris :

« Je veux bien.

— Etendez-vous sur l'*Endormeuse*. »

Un peu inquiet, je m'assis sur la chaise basse en crêpe de
Chine, puis je m'allongeai, et presque aussitôt je fus enveloppé par une odeur délicieuse de réséda. J'ouvris la bouche
pour la mieux boire, car mon âme s'était engourdie, oubliait,
savourait, dans le premier trouble de l'asphyxie, l'ensorcelante
ivresse d'un opium enchanteur et foudroyant.

Je fus secoué par le bras.

« Oh ! Oh ! Monsieur, disait en riant le secrétaire, il me
semble que vous vous y laissez prendre. »

....

Mais une voix, une vraie voix, et non plus celle des songeries,
me saluait avec un timbre paysan :

« Bonjour, M'sieu. Ça va-t-il ? »

Mon rêve s'envola. Je vis la Seine claire sous le soleil, et,
arrivant par un sentier, le garde-champêtre du pays, qui
touchait de sa main droite son képi noir galonné d'argent. Je
répondis :

« Bonjour, Marinel. Où allez-vous donc ?

— Je vais constater un noyé qu'on a repêché près des
Morillons. Encore un qui s'a jeté dans le bouillon. Même qu'il
avait retiré sa culotte pour s'attacher les jambes avec. »

(16 septembre 1889.)

L'HOMME DE MARS

J'étais en train de travailler quand mon domestique annonça :

« Monsieur, c'est un monsieur qui demande à parler à Monsieur.

— Faites entrer. »

J'aperçus un petit homme qui saluait. Il avait l'air d'un chétif maître d'études à lunettes, dont le corps fluet n'adhérait de nulle part à ses vêtements trop larges.

Il balbutia :

« Je vous demande pardon, Monsieur, bien pardon de vous déranger. »

Je dis :

« Asseyez-vous, Monsieur. »

Il s'assit et reprit :

« Mon Dieu, Monsieur, je suis très troublé par la démarche que j'entreprends. Mais il fallait absolument que je visse quelqu'un, il n'y avait que vous... que vous... Enfin, j'ai pris du courage... mais vraiment... je n'ose plus.

— Osez donc, Monsieur.

— Voilà, Monsieur, c'est que, dès que j'aurai commencé à parler, vous allez me prendre pour un fou.

— Mon Dieu, Monsieur, cela dépend de ce que vous allez me dire.

— Justement, Monsieur, ce que je vais vous dire est

bizarre. Mais je vous prie de considérer que je ne suis pas fou, précisément par cela même que je constate l'étrangeté de ma confidence.

— Eh bien, Monsieur, allez.

— Non, Monsieur, je ne suis pas fou, mais j'ai l'air fou des hommes qui ont réfléchi plus que les autres et qui ont franchi un peu, si peu, les barrières de la pensée moyenne. Songez donc, Monsieur, que personne ne pense à rien dans ce monde. Chacun s'occupe de *ses* affaires, de *sa* fortune, de *ses* plaisirs, de *sa* vie enfin, ou de petites bêtises amusantes comme le théâtre, la peinture, la musique ou de la politique, la plus vaste des niaiseries, ou de questions industrielles. Mais qui donc pense ? Qui donc ? Personne ! Oh ! je m'emballe ! Pardon. Je retourne à mes moutons.

» Voilà cinq ans que je viens ici, Monsieur. Vous ne me connaissez pas, mais moi je vous connais très bien... Je ne me mêle jamais au public de votre plage ou de votre casino. Je vis sur les falaises, j'adore positivement ces falaises d'Etretat. Je n'en connais pas de plus belles, de plus saines. Je veux dire saines pour l'esprit. C'est une admirable route entre le ciel et la mer, une route de gazon, qui court sur cette grande muraille, au bord de la terre, au-dessus de l'Océan. Mes meilleurs jours sont ceux que j'ai passés, étendu sur une pente d'herbes, en plein soleil, à cent mètres au-dessus des vagues, à rêver. Me comprenez-vous ?

— Oui, Monsieur, parfaitement.

— Maintenant, voulez-vous me permettre de vous poser une question ?

— Posez, Monsieur.

— Croyez-vous que les autres planètes soient habitées ? »

Je répondis sans hésiter et sans paraître surpris :

« Mais, certainement, je le crois. »

Il fut ému d'une joie véhémente, se leva, se rassit, saisi par l'envie évidente de me serrer dans ses bras, et il s'écria :

« Ah ! ah ! quelle chance ! quel bonheur ! je respire ! Mais comment ai-je pu douter de vous ? Un homme ne serait pas intelligent s'il ne croyait pas les mondes habités. Il faut être un sot, un crétin, un idiot, une brute, pour supposer que les milliards d'univers brillent et tournent uniquement pour amuser et étonner l'homme, cet insecte imbécile, pour ne pas comprendre que la terre n'est rien qu'une poussière invisible dans la poussière des mondes, que notre système tout entier n'est rien que quelques molécules de vie sidérale qui mourront bientôt. Regardez la voie lactée, ce fleuve d'étoiles, et songez que ce n'est rien qu'une tache dans l'étendue qui est *infinie*. Songez à cela seulement dix minutes et vous comprendrez pourquoi nous ne savons rien, nous ne devinons rien, nous ne comprenons rien. Nous ne connaissons qu'un point, nous ne savons rien au-delà, rien au-dehors, rien de nulle part, et nous croyons, et nous affirmons. Ah ! ah ! ah !!! S'il nous était révélé tout à coup, ce secret de la grande vie ultra-terrestre, quel étonnement ! Mais non... mais non... je suis une bête à mon tour, nous ne le comprendrions pas, car notre esprit n'est fait que pour comprendre les choses de cette terre ; il ne peut s'étendre plus loin, il est limité, comme notre vie, enchaîné sur cette petite boule, qui nous porte, et il juge tout par comparaison. Voyez donc, Monsieur, comme tout le monde est sot, étroit et persuadé de la puissance de notre intelligence, qui dépasse à peine l'instinct des animaux. Nous n'avons même pas la faculté de percevoir notre infirmité, nous sommes faits pour savoir le prix du beurre et du blé, et, au plus, pour discuter sur la valeur de deux chevaux, de deux bateaux, de deux ministres ou de deux artistes.

» C'est tout. Nous sommes aptes tout juste à cultiver la terre et à nous servir maladroitement de ce qui est dessus. A peine commençons-nous à construire des machines qui marchent, nous nous étonnons comme des enfants à chaque découverte que nous aurions dû faire depuis des siècles, si nous avions été des êtres supérieurs. Nous sommes encore entourés d'inconnu, même en ce moment où il a fallu des milliers d'années de vie intelligente pour soupçonner l'électricité. Sommes-nous du même avis ? »

Je répondis en riant :

« Oui, Monsieur.

— Très bien, alors. Eh bien, Monsieur, vous êtes-vous quelquefois occupé de Mars ?

— De Mars ?

— Oui, de la planète Mars ?

— Non, Monsieur.

— Voulez-vous me permettre de vous en dire quelques mots ?

— Mais oui, Monsieur, avec grand plaisir.

— Vous savez sans doute que les mondes de notre système, de notre petite famille, ont été formés par la condensation en globes d'anneaux gazeux primitifs, détachés l'un après l'autre de la nébuleuse solaire ?

— Oui, Monsieur.

— Il résulte de cela que les planètes les plus éloignées sont les plus vieilles, et doivent être, par conséquent, les plus civilisées. Voici l'ordre de leur naissance : Uranus, Saturne, Jupiter, Mars, la Terre, Vénus, Mercure. Voulez-vous admettre que ces planètes soient habitées comme la terre ?

— Mais certainement. Pourquoi croire que la terre est une exception ?

— Très bien. L'homme de Mars étant plus ancien que l'homme de la Terre... Mais je vais trop vite. Je veux d'abord vous prouver que Mars est habité. Mars présente à nos yeux à peu près l'aspect que la Terre doit présenter aux observateurs martiaux. Les océans y tiennent moins de place et y sont plus éparpillés. On les reconnaît à leur teinte noire parce que l'eau absorbe la lumière, tandis que les continents la réfléchissent. Les modifications géographiques sont fréquentes sur cette planète et prouvent l'activité de sa vie. Elle a des saisons semblables aux nôtres, des neiges aux pôles que l'on voit croître et diminuer suivant les époques. Son année est très longue, six cent quatre-vingt-sept jours terrestres, soit six cent soixante-huit jours martiaux, décomposés comme suit : cent quatre-vingt-onze pour le printemps, cent quatre-vingt-un pour l'été, cent quarante-neuf pour l'automne et cent quarante-sept pour l'hiver. On y voit moins de nuages que chez nous. Il doit y faire par conséquent plus froid et plus chaud. »

Je l'interrompis.

« Pardon, Monsieur, Mars étant beaucoup plus loin que nous du soleil, il doit y faire toujours plus froid, me semble-t-il. »

Mon bizarre visiteur s'écria avec une grande véhémence :

« Erreur, Monsieur ! Erreur, erreur absolue ! Nous sommes, nous autres, plus loin du soleil en été qu'en hiver. Il fait plus froid sur le sommet du Mont Blanc qu'à son pied. Je vous renvoie d'ailleurs à la théorie mécanique de la chaleur de Helmotz et de Schiaparelli. La chaleur du sol dépend principalement de la quantité de vapeur d'eau que contient l'atmosphère. Voici pourquoi : le pouvoir absorbant d'une molécule de vapeur aqueuse est seize mille fois supérieur à celui d'une molécule d'air sec, donc la vapeur d'eau est notre magasin de chaleur ; et Mars ayant moins de nuages doit être en même temps beaucoup plus chaud et beaucoup plus froid que la terre.

— Je ne le conteste plus.

— Fort bien. Maintenant, Monsieur, écoutez-moi avec une grande attention. Je vous prie.

— Je ne fais que cela, Monsieur.

— Vous avez entendu parler des fameux canaux découverts en 1884 par M. Schiaparelli ?

— Très peu.

— Est-ce possible ! Sachez donc qu'en 1884, Mars se trouvant en opposition et séparée de nous par une distance de vingt-quatre millions de lieues seulement, M. Schiaparelli, un des plus éminents astronomes de notre siècle et un des observateurs les plus sûrs, découvrit tout à coup une grande quantité de lignes noires droites ou brisées suivant des formes géométriques constantes, et qui unissaient, à travers les continents, les mers de Mars ! Oui, oui, Monsieur, des canaux rectilignes, des canaux géométriques, d'une largeur égale sur tout leur parcours, des canaux construits par des êtres ! Oui, Monsieur, la preuve que Mars est habitée, qu'on y vit, qu'on y pense, qu'on y travaille, qu'on nous regarde : comprenez-vous, comprenez-vous ?

» Vingt-six mois plus tard, lors de l'opposition suivante on a revu ces canaux, plus nombreux, oui, Monsieur. Et ils sont gigantesques, leur largeur n'ayant pas moins de cent kilomètres. »

Je souris en répondant :

« Cent kilomètres de largeur. Il a fallu de rudes ouvriers pour les creuser.

— Oh, Monsieur, que dites-vous là ? Vous ignorez donc que ce travail est infiniment plus aisé sur Mars que sur la Terre puisque la densité de ses matériaux constitutifs ne dépasse pas le soixante-neuvième des nôtres ! L'intensité de la pesanteur y atteint à peine le trente-septième de la nôtre.

» Un kilogramme d'eau n'y pèse que trois cent soixante-dix grammes ! »

Il me jetait ces chiffres avec une telle assurance, avec une telle confiance de commerçant qui sait la valeur d'un nombre, que je ne pus m'empêcher de rire tout à fait et j'avais envie de lui demander ce que pèsent, sur Mars, le sucre et le beurre.

Il remua la tête.

« Vous riez, Monsieur, vous me prenez pour un imbécile après m'avoir pris pour un fou. Mais les chiffres que je vous cite sont ceux que vous trouverez dans tous les ouvrages spéciaux d'astronomie. Le diamètre de Mars est presque moitié plus petit que le nôtre ; sa surface n'a que les vingt-six centièmes de celle du globe ; son volume est six fois et demie plus petit que celui de la Terre et la vitesse de ses deux satellites prouve qu'il pèse dix fois moins que nous. Or, Monsieur, l'intensité de la pesanteur dépendant de la masse et du volume, c'est-à-dire du poids et de la distance de la surface au centre, il en résulte indubitablement sur cette planète un état de légèreté qui y rend la vie toute différente, règle d'une façon inconnue pour nous les actions mécaniques et doit y faire prédominer les espèces ailées. Oui, Monsieur, l'Etre Roi sur Mars a des ailes.

» Il vole, passe d'un continent à l'autre, se promène, comme un esprit, autour de son univers auquel le lie cependant l'atmosphère qu'il ne peut franchir, bien que...

» Enfin, Monsieur, vous figurez-vous cette planète couverte de plantes, d'arbres et d'animaux dont nous ne pouvons même soupçonner les formes et habitée par de grands êtres ailés comme on nous a dépeint les anges ? Moi je les vois voltigeant au-dessus des plaines et des villes dans l'air doré qu'ils ont là-bas. Car on a cru autrefois que l'atmosphère de Mars était rouge comme la nôtre est bleue, mais elle est jaune, Monsieur, d'un beau jaune doré.

» Vous étonnez-vous maintenant que ces créatures-là aient pu creuser des canaux larges de cent kilomètres ? Et puis songez seulement à ce que la science a fait chez nous depuis un siècle... depuis un siècle... et dites-vous que les habitants de Mars sont peut-être supérieurs à nous... »

Il se tut brusquement, baissa les yeux, puis murmura d'une voix très basse :

« C'est maintenant que vous allez me prendre pour un fou... quand je vous aurai dit que j'ai failli les voir... moi... l'autre soir. Vous savez, ou vous ne savez pas, que nous sommes dans la saison des étoiles filantes. Dans la nuit du 18 au 19 surtout, on en voit tous les ans d'innombrables quantités ; il est probable que nous passons à ce moment-là à travers les épaves d'une comète.

» J'étais donc assis sur la Mane-Porte, sur cette énorme jambe de falaise qui fait un pas dans la mer et je regardais cette pluie de petits mondes sur ma tête. Cela est plus amusant et plus joli qu'un feu d'artifice, Monsieur. Tout à coup j'en aperçus un au-dessus de moi, tout près, globe lumineux, transparent entouré d'ailes immenses et palpitantes ou du moins j'ai cru voir des ailes dans les demi-ténèbres de la nuit. Il faisait des crochets comme un oiseau blessé, tournait sur lui-même avec un grand bruit mystérieux, semblait haletant, mourant, perdu. Il passa devant moi. On eût dit un monstrueux ballon de cristal, plein d'êtres affolés, à peine distincts mais agités comme l'équipage d'un navire en détresse qui ne gouverne plus et roule de vague en vague. Et le globe étrange, ayant décrit une courbe immense, alla s'abattre au loin dans la mer, où j'entendis sa chute profonde pareille au bruit d'un coup de canon.

» Tout le monde, d'ailleurs, dans le pays entendit ce choc formidable qu'on prit pour un éclat de tonnerre. Moi seul j'ai vu... j'ai vu... S'ils étaient tombés sur la côte près de moi, nous aurions connu les habitants de Mars. Ne dites pas un mot, Monsieur, songez, songez longtemps et puis racontez cela un jour si vous voulez. Oui, j'ai vu... j'ai vu... le premier navire aérien, le premier navire sidéral lancé dans l'infini par des êtres pensants... à moins que je n'aie assisté simplement à la mort d'une étoile filante capturée par la Terre. Car vous n'ignorez pas, Monsieur, que les planètes chassent les mondes errants de l'espace comme nous poursuivons ici-bas les vagabonds. La Terre qui est légère et faible ne peut arrêter dans leur route que les petits passants de l'immensité. »

Il s'était levé, exalté, délirant, ouvrant les bras pour figurer la marche des astres.

« Les comètes, Monsieur, qui rôdent sur les frontières de la grande nébuleuse dont nous sommes des condensations, les comètes, oiseaux libres et lumineux, viennent vers le soleil des profondeurs de l'Infini.

» Elles viennent traînant leur queue immense de lumière vers l'astre rayonnant ; elles viennent, accélérant si fort leur course éperdue qu'elles ne peuvent joindre celui qui les appelle ; après l'avoir seulement frôlé elles sont rejetées à travers l'espace par la vitesse même de leur chute.

» Mais si, au cours de leurs voyages prodigieux, elles ont passé près d'une puissante planète, si elles ont senti, déviées de leur route, son influence irrésistible, elles reviennent alors à ce maître nouveau qui les tient désormais captives. Leur parabole illimitée se transforme en une courbe fermée et c'est ainsi que nous pouvons calculer le retour des comètes périodiques. Jupiter a huit esclaves, Saturne une, Neptune aussi en a une, et sa planète extérieure une également, plus une armée d'étoiles filantes... Alors... Alors... j'ai peut-être vu seulement la Terre arrêter un petit monde errant...

» Adieu, Monsieur, ne me répondez rien, réfléchissez, réfléchissez, et racontez tout cela un jour si vous voulez... »

C'est fait. Ce toqué m'ayant paru moins bête qu'un simple rentier.

(Inédit.)
(10 octobre 1889.)

QUI SAIT ?

I

Mon Dieu ! Mon Dieu ! Je vais donc écrire enfin ce qui m'est arrivé ! Mais le pourrai-je ? l'oserai-je ? cela est si bizarre, si inexplicable, si incompréhensible, si fou !

Si je n'étais sûr de ce que j'ai vu, sûr qu'il n'y a eu, dans mes raisonnements, aucune défaillance, aucune erreur dans mes constatations, pas de lacune dans la suite inflexible de mes observations, je me croirais un simple halluciné, le jouet d'une étrange vision. Après tout, qui sait ?

Je suis aujourd'hui dans une maison de santé ; mais j'y suis entré volontairement, par prudence, par peur ! Un seul être connaît mon histoire. Le médecin d'ici. Je vais l'écrire. Je ne sais pas trop pourquoi ? Pour m'en débarrasser, car je la sens en moi comme un intolérable cauchemar.

La voici :

J'ai toujours été un solitaire, un rêveur, une sorte de philosophe isolé, bienveillant, content de peu, sans aigreur contre les hommes et sans rancune contre le ciel. J'ai vécu seul, sans cesse, par suite d'une sorte de gêne qu'insinue en moi la présence des autres. Comment expliquer cela ? Je ne le pourrais. Je ne refuse pas de voir le monde, de causer, de dîner avec des amis, mais lorsque je les sens depuis longtemps près de moi, même les plus familiers, ils me lassent, me fatiguent, m'énervent, et j'éprouve une envie grandissante, harcelante, de les voir partir ou de m'en aller, d'être seul.

Cette envie est plus qu'un besoin, c'est une nécessité irrésistible. Et si la présence des gens avec qui je me trouve continuait, si je devais, non pas écouter, mais entendre longtemps encore leurs conversations, il m'arriverait, sans aucun doute, un accident. Lequel ? Ah ! qui sait ? Peut-être une simple syncope ? oui ! probablement !

J'aime tant être seul que je ne puis même supporter le voisinage d'autres êtres dormant sous mon toit ; je ne puis habiter Paris parce que j'y agonise indéfiniment. Je meurs moralement, et suis aussi supplicié dans mon corps et dans mes nerfs par cette immense foule qui grouille, qui vit autour de moi, même quand elle dort. Ah ! le sommeil des autres m'est plus pénible encore que leur parole. Et je ne peux jamais me reposer, quand je sais, quand je sens, derrière un mur, des existences interrompues par ces régulières éclipses de la raison.

Pourquoi suis-je ainsi ? Qui sait ? La cause en est peut-être fort simple : je me fatigue très vite de tout ce qui ne se passe pas en moi. Et il y a beaucoup de gens dans mon cas.

Nous sommes deux races sur la terre. Ceux qui ont besoin des autres, que les autres distraient, occupent, reposent, et que la solitude harasse, épuise, anéantit, comme l'ascension d'un terrible glacier ou la traversée du désert, et ceux que les autres, au contraire, lassent, ennuient, gênent, courbaturent, tandis que l'isolement les calme, les baigne de repos dans l'indépendance et la fantaisie de leur pensée.

En somme, il y a là un normal phénomène psychique. Les uns sont doués pour vivre en dehors, les autres pour vivre en dedans. Moi, j'ai l'attention extérieure courte et vite épuisée, et, dès qu'elle arrive à ses limites, j'en éprouve, dans tout mon corps et dans toute mon intelligence, un intolérable malaise.

Il en est résulté que je m'attache, que je m'étais attaché

beaucoup aux objets inanimés qui prennent, pour moi, une importance d'êtres, et que ma maison est devenue, était devenue, un monde où je vivais d'une vie solitaire et active, au milieu de choses, de meubles, de bibelots familiers, sympathiques à mes yeux comme des visages. Je l'en avais emplie peu à peu, je l'en avais parée, et je me sentais dedans, content et satisfait, bien heureux comme entre les bras d'une femme aimable dont la caresse accoutumée est devenue un calme et doux besoin.

J'avais fait construire cette maison dans un beau jardin qui l'isolait des routes, et à la porte d'une ville où je pouvais trouver, à l'occasion, les ressources de société dont je sentais, par moments, le désir. Tous mes domestiques couchaient dans un bâtiment éloigné, au fond du potager, qu'entourait un grand mur. L'enveloppement obscur des nuits, dans le silence de ma demeure perdue, cachée, noyée sous les feuilles des grands arbres, m'était si reposant et si bon, que j'hésitais chaque soir, pendant plusieurs heures, à me mettre au lit pour le savourer plus longtemps.

Ce jour-là, on avait joué *Sigurd* au théâtre de la ville. C'était la première fois que j'entendais ce beau drame musical et féérique, et j'y avais pris un vif plaisir.

Je revenais à pied, d'un pas allègre, la tête pleine de phrases sonores, et le regard hanté par de jolies visions. Il faisait noir, noir, mais noir au point que je distinguais à peine la grande route, et que je faillis, plusieurs fois, culbuter dans le fossé. De l'octroi chez moi, il y a un kilomètre environ, peut-être un peu plus, soit vingt minutes de marche lente. Il était une heure du matin, une heure ou une heure et demie ; le ciel s'éclaircit un peu devant moi et le croissant parut, le triste croissant du dernier quartier de lune. Le croissant du premier quartier, celui qui se lève à quatre ou cinq heures du soir, est clair, gai, frotté d'argent, mais celui qui se lève après minuit est rougeâtre, morne, inquiétant ; c'est le vrai croissant du Sabbat. Tous les noctambules ont dû faire cette remarque. Le premier, fût-il mince comme un fil, jette une petite lumière joyeuse qui réjouit le cœur, et dessine sur la terre des ombres nettes ; le dernier répandit à peine une lueur mourante si terne qu'elle ne fait presque pas d'ombres.

J'aperçus au loin la masse sombre de mon jardin, et je ne sais d'où me vint une sorte de malaise à l'idée d'entrer là-dedans. Je ralentis le pas. Il faisait très doux. Le gros tas d'arbres avait l'air d'un tombeau où ma maison était ensevelie.

J'ouvris ma barrière et je pénétrai dans la longue allée de sycomores, qui s'en allait vers le logis, arquée en voûte comme un haut tunnel, traversant des massifs opaques et contournant des gazons où les corbeilles de fleurs plaquaient, sous les ténèbres pâlies, des taches ovales aux nuances indistinctes.

En approchant de la maison, un trouble bizarre me saisit. Je m'arrêtai. On n'entendait rien. Il n'y avait pas dans les feuilles un souffle d'air. « Qu'est-ce que j'ai donc ? » pensai-je. Depuis dix ans je rentrais ainsi sans que jamais la moindre inquiétude m'eût effleuré. Je n'avais pas peur. Je n'ai jamais eu peur, la nuit. La vue d'un homme, d'un maraudeur, d'un voleur m'aurait jeté une rage dans le corps, et j'aurais sauté dessus sans hésiter. J'étais armé, d'ailleurs. J'avais mon revolver. Mais je n'y touchai point, car je voulais résister à cette influence de crainte qui germait en moi.

Qu'était-ce ? Un pressentiment ? Le pressentiment mystérieux qui s'empare des sens des hommes quand ils vont voir de l'inexplicable ? Peut-être ? Qui sait ?

A mesure que j'avançais, j'avais dans la peau des tressaillements, et quand je fus devant le mur, aux auvents clos, de ma vaste demeure, je sentis qu'il me faudrait attendre quelques minutes avant d'ouvrir la porte et d'entrer dedans. Alors, je m'assis sur un banc, sous les fenêtres de mon salon. Je restai là, un peu vibrant, la tête appuyée contre la muraille, les yeux ouverts sur l'ombre des feuillages. Pendant ces premiers instants, je ne remarquai rien d'insolite autour de moi. J'avais dans les oreilles quelques ronflements ; mais cela m'arrive souvent. Il me semble parfois que j'entends passer des trains, que j'entends sonner des cloches, que j'entends marcher une foule.

Puis, bientôt ces ronflements devinrent plus distincts, plus précis, plus reconnaissables. Je m'étais trompé. Ce n'était pas le bourdonnement ordinaire de mes artères qui mettait dans mes oreilles ces rumeurs, mais un bruit très particulier, très confus cependant, qui venait, à n'en point douter, de l'intérieur de ma maison.

Je le distinguais à travers le mur, ce bruit continu, plutôt une agitation qu'un bruit, un remuement vague d'un tas de choses, comme si on eût secoué, déplacé, traîné doucement tous mes meubles.

Oh ! je doutai, pendant un temps assez long encore, de la sûreté de mon oreille. Mais l'ayant collée contre un auvent pour mieux percevoir ce trouble étrange de mon logis, je demeurai convaincu, certain, qu'il se passait chez moi quelque chose d'anormal et d'incompréhensible. Je n'avais pas peur, mais j'étais... comment exprimer cela... effaré d'étonnement. Je n'armai pas mon revolver — devinant fort bien que je n'en avais nul besoin. J'attendis.

J'attendis longtemps, ne pouvant me décider à rien, l'esprit lucide, mais follement anxieux. J'attendis, debout, écoutant toujours le bruit qui grandissait, qui prenait, par moments, une intensité violente, qui semblait devenir un grondement d'impatience, de colère, d'émeute mystérieuse.

Puis soudain, honteux de ma lâcheté, je saisis mon trousseau de clefs, je choisis celle qu'il me fallait, je l'enfonçai dans la serrure, je la fis tourner deux fois, et poussant la porte de toute ma force, j'envoyai le battant heurter la cloison.

Le coup sonna comme une détonation de fusil, et voilà qu'à ce bruit d'explosion répondit, du haut en bas de ma demeure, un formidable tumulte. Ce fut si subit, si terrible, si assourdissant que je reculai de quelques pas, et que, bien que le sentant toujours inutile, je tirai de sa gaine mon revolver.

J'attendis encore, oh ! peu de temps. Je distinguais, à présent un extraordinaire piétinement sur les marches de mon escalier, sur les parquets, sur les tapis, un piétinement, non pas de chaussures, de souliers humains, mais de béquilles, de béquilles de bois et de béquilles de fer qui vibraient comme des cymbales. Et voilà que j'aperçus tout à coup, sur le seuil de ma porte, un fauteuil, mon grand fauteuil de lecture, qui sortait en se dandinant. Il s'en alla par le jardin. D'autres le suivaient, ceux de mon salon, puis les canapés bas se traînant comme des crocodiles sur leurs courtes pattes, puis toutes mes chaises, avec des bonds de chèvres, et les petits tabourets qui trottaient comme des lapins.

Oh ! quelle émotion ! Je me glissai dans un massif où je demeurai accroupi, contemplant toujours ce défilé de mes meubles, car ils s'en allaient tous, l'un derrière l'autre, vite ou lentement, selon leur taille et leur poids. Mon piano, mon grand piano à queue, passa avec un galop de cheval emporté et un murmure de musique dans le flanc, les moindres objets glissaient sur le sable comme des fourmis, les brosses, les cristaux, les coupes, où le clair de lune accrochait des phosphorescences de vers luisants. Les étoffes rampaient, s'étalaient en flaques à la façon des pieuvres de la mer. Je vis paraître mon bureau, un rare bibelot du dernier siècle, et qui contenait toutes les lettres que j'ai reçues, toute l'histoire de mon cœur, une vieille histoire dont j'ai tant souffert ! Et dedans étaient aussi des photographies.

Soudain, je n'eus plus peur, je m'élançai sur lui et je le saisis comme on saisit un voleur, comme on saisit une femme qui fuit ; mais il allait d'une course irrésistible, et malgré mes efforts, et malgré ma colère, je ne pus même ralentir sa marche. Comme je résistais en désespéré à cette force épouvantable, je m'abattis par terre en luttant contre lui. Alors, il me roula, me traîna sur le sable, et déjà les meubles, qui le suivaient, commençaient à marcher sur moi, piétinant mes jambes et les meurtrissant ; puis, quand je l'eus lâché, les autres passèrent sur mon corps ainsi qu'une charge de cavalerie sur un soldat démonté.

Fou d'épouvante enfin, je pus me traîner hors de la grande allée et me cacher de nouveau dans les arbres, pour regarder disparaître les plus infimes objets, les plus petits, les plus modestes, les plus ignorés de moi, qui m'avaient appartenu.

Puis j'entendis, au loin, dans mon logis sonore à présent comme les maisons vides, un formidable bruit de portes refermées. Elles claquèrent du haut en bas de la demeure, jusqu'à ce que celle du vestibule que j'avais ouverte moi-même, insensé, pour ce départ, se fût close, enfin, la dernière.

Je m'enfuis aussi, courant vers la ville, et je ne repris mon sang-froid que dans les rues, en rencontrant des gens attardés. J'allai sonner à la porte d'un hôtel où j'étais connu. J'avais battu, avec mes mains, mes vêtements, pour en détacher la poussière, et je racontai que j'avais perdu mon trousseau de clefs, qui contenait aussi celle du potager, où couchaient mes domestiques en une maison isolée, derrière le mur de clôture qui préservait mes fruits et mes légumes de la visite des maraudeurs.

Je m'enfonçai jusqu'aux yeux dans le lit qu'on me donna. Mais je ne pus dormir, et j'attendis le jour en écoutant bondir mon cœur. J'avais ordonné qu'on prévînt mes gens dès l'aurore, et mon valet de chambre heurta ma porte à sept heures du matin.

Son visage semblait bouleversé.

« Il est arrivé cette nuit un grand malheur, Monsieur, dit-il.

— Quoi donc ?

— On a volé tout le mobilier de Monsieur, tout, tout, jusqu'aux plus petits objets. »

Cette nouvelle me fit plaisir. Pourquoi ? qui sait ? J'étais fort maître de moi, sûr de dissimuler, de ne rien dire à personne de ce que j'avais vu, de le cacher, de l'enterrer dans ma conscience comme un effroyable secret. Je répondis :

« Alors, ce sont les mêmes personnes qui m'ont volé mes clefs. Il faut prévenir tout de suite la police. Je me lève et je vous y rejoindrai dans quelques instants. »

L'enquête dura cinq mois. On ne découvrit rien, on ne trouva ni le plus petit de mes bibelots, ni la plus légère trace des voleurs. Parbleu ! Si j'avais dit ce que je savais... Si je l'avais dit... on m'aurait enfermé, moi, pas les voleurs, mais l'homme qui avait pu voir une pareille chose.

Oh ! je sus me taire. Mais je ne remeublai pas ma maison. C'était bien inutile. Cela aurait recommencé toujours. Je n'y voulais plus rentrer. Je n'y rentrai pas. Je ne la revis point.

Je vins à Paris, à l'hôtel, et je consultai des médecins sur mon état nerveux qui m'inquiétait beaucoup depuis cette nuit déplorable.

Ils m'engagèrent à voyager. Je suivis leur conseil.

II

Je commençai par une excursion en Italie. Le soleil me fit du bien. Pendant six mois, j'errai de Gênes à Venise, de Venise à Florence, de Florence à Rome, de Rome à Naples. Puis je parcourus la Sicile, terre admirable par sa nature et ses monuments, reliques laissées par les Grecs et les Normands. Je passai en Afrique, je traversai pacifiquement ce grand désert jaune et calme, où errent des chameaux, des gazelles et des Arabes vagabonds, où, dans l'air léger et transparent, ne flotte aucune hantise, pas plus la nuit que le jour.

Je rentrai en France par Marseille, et malgré la gaieté provençale, la lumière diminuée du ciel m'attrista. Je ressentis, en revenant sur le continent, l'étrange impression d'un malade qui se croit guéri et qu'une douleur sourde prévient que le foyer du mal n'est pas éteint.

Puis je revins à Paris. Au bout d'un mois, je m'y ennuyai. C'était à l'automne, et je voulus faire, avant l'hiver, une excursion à travers la Normandie, que je ne connaissais pas.

Je commençai par Rouen, bien entendu, et pendant huit jours, j'errai distrait, ravi, enthousiasmé dans cette ville du Moyen Age, dans ce surprenant musée d'extraordinaires monuments gothiques.

Or, un soir, vers quatre heures, comme je m'engageais dans une rue invraisemblable où coule une rivière noire comme de l'encre nommée « Eau de Robec », mon attention, toute fixée sur la physionomie bizarre et antique des maisons, fut détournée tout à coup par la vue d'une série de boutiques de brocanteurs qui se suivaient de porte en porte.

Ah ! ils avaient bien choisi leur endroit, ces sordides trafiquants de vieilleries, dans cette fantastique ruelle, au-dessus de ce cours d'eau sinistre, sous ces toits pointus de tuiles et d'ardoises où grinçaient encore les girouettes du passé !

Au fond des noirs magasins, on voyait s'entasser les bahuts sculptés, les faïences de Rouen, de Nevers, de Moustiers, des statues peintes, d'autres en chêne, des Christ, des vierges, des saints, des ornements d'église, des chasubles, des chapes, même des vases sacrés et un vieux tabernacle en bois doré d'où Dieu avait déménagé. Oh ! les singulières cavernes en ces hautes maisons, en ces grandes maisons, pleines, des caves aux greniers, d'objets de toute nature, dont l'existence semblait finie, qui survivaient à leurs naturels possesseurs, à leur siècle, à leur temps, à leurs modes, pour être achetés, comme curiosités, par les nouvelles générations.

Ma tendresse pour les bibelots se réveillait dans cette cité d'antiquaires. J'allais de boutique en boutique, traversant, en deux enjambées, les ponts de quatre planches pourries jetées sur le courant nauséabond de l'Eau de Robec.

Miséricorde ! Quelle secousse ! Une de mes plus belles armoires m'apparut au bord d'une voûte encombrée d'objets et qui semblait l'entrée des catacombes d'un cimetière de meubles anciens. Je m'approchai tremblant de tous mes membres, tremblant tellement que je n'osais pas la toucher. J'avançais la main, j'hésitais. C'était bien elle, pourtant : une armoire Louis XIII unique, reconnaissable par quiconque avait pu la voir une seule fois. Jetant soudain les yeux un peu plus loin, vers les profondeurs plus sombres de cette galerie, j'aperçus trois de mes fauteuils couverts de tapisserie au petit point, puis, plus loin encore, mes deux tables Henri II, si rares qu'on venait les voir de Paris.

Songez ! songez à l'état de mon âme !

Et j'avançai, perclus, agonisant d'émotion, mais j'avançai, car je suis brave, j'avançai comme un chevalier des époques ténébreuses pénétrait en un séjour de sortilèges. Je retrouvais, de pas en pas, tout ce qui m'avait appartenu, mes lustres, mes livres, mes tableaux, mes étoffes, mes armes, tout, sauf le bureau plein de mes lettres, et que je n'aperçus point.

J'allais, descendant à des galeries obscures pour remonter ensuite aux étages supérieurs. J'étais seul. J'appelais, on ne répondait point. J'étais seul ; il n'y avait personne en cette maison vaste et tortueuse comme un labyrinthe.

La nuit vint, et je dus m'asseoir, dans les ténèbres, sur une de mes chaises, car je ne voulais point m'en aller. De temps en temps je criais : « Holà ! holà ! quelqu'un ! »

J'étais là, certes, depuis plus d'une heure quand j'entendis des pas, des pas légers, lents, je ne sais où. Je faillis me sauver ; mais me raidissant, j'appelai de nouveau, et, j'aperçus une lueur dans la chambre voisine.

« Qui est là ? » dit une voix.

Je répondis :

« Un acheteur. »

On répliqua :

« Il est bien tard pour entrer ainsi dans les boutiques. »

Je repris :

« Je vous attends depuis plus d'une heure.

— Vous pouviez revenir demain.

— Demain, j'aurai quitté Rouen. »

Je n'osais point avancer, et il ne venait pas. Je voyais toujours la lueur de sa lumière éclairant une tapisserie où deux anges volaient au-dessus des morts d'un champ de bataille. Elle m'appartenait aussi. Je dis :

« Eh bien ! Venez-vous ? »

Il répondit :

« Je vous attends. »

Je me levai et j'allai vers lui.

Au milieu d'une grande pièce était un tout petit homme, tout petit et très gros, gros comme un phénomène, un hideux phénomène.

Il avait une barbe rare, aux poils inégaux, clairsemés et jaunâtres, et pas un cheveu sur la tête ! Pas un cheveu ! Comme il tenait sa bougie élevée à bout de bras pour m'apercevoir, son crâne m'apparut comme une petite lune dans cette vaste chambre encombrée de vieux meubles. La figure était ridée et bouffie, les yeux imperceptibles.

Je marchandai trois chaises qui étaient à moi, et les payai sur-le-champ une grosse somme, en donnant simplement le numéro de mon appartement à l'hôtel. Elles devaient être livrées le lendemain avant neuf heures.

Puis je sortis. Il me reconduisit jusqu'à sa porte avec beaucoup de politesse.

Je me rendis ensuite chez le commissaire central de la police à qui je racontai le vol de mon mobilier et la découverte que je venais de faire.

Il demanda séance tenante des renseignements par télégraphe au parquet qui avait instruit l'affaire de ce vol, en me priant d'attendre la réponse. Une heure plus tard elle lui parvint tout à fait satisfaisante pour moi.

« Je vais faire arrêter cet homme et l'interroger tout de suite, me dit-il, car il pourrait avoir conçu quelque soupçon et faire disparaître ce qui vous appartient. Voulez-vous aller dîner et revenir dans deux heures, je l'aurai ici et je lui ferai subir un nouvel interrogatoire, devant vous.

— Très volontiers, Monsieur. Je vous remercie de tout mon cœur. »

J'allai dîner à mon hôtel, et je mangeai mieux que je n'aurais cru. J'étais assez content tout de même. On le tenait.

Deux heures plus tard, je retournai chez le fonctionnaire de la police qui m'attendait.

« Eh bien ! Monsieur, me dit-il en m'apercevant. On n'a pas trouvé votre homme. Mes agents n'ont pu mettre la main dessus.

— Ah ! » Je me sentis défaillir.

« Mais... Vous avez bien trouvé sa maison ? demandai-je.

— Parfaitement. Elle va même être surveillée et gardée jusqu'à son retour. Quant à lui, disparu.

— Disparu ?

— Disparu. Il passe ordinairement ses soirées chez sa voisine, une brocanteuse aussi, une drôle de sorcière, la veuve

Bidoin, Elle ne l'a pas vu ce soir et ne peut donner sur lui aucun renseignement. Il faut attendre demain. »

Je m'en allai. Ah ! que les rues de Rouen me semblèrent sinistres, troublantes, hantées.

Je dormis si. mal, avec des cauchemars à chaque bout de sommeil.

Comme je ne voulais pas paraître trop inquiet ou pressé, j'attendis dix heures, le lendemain, pour me rendre à la police.

Le marchand n'avait pas reparu. Son magasin demeurait fermé.

Le commissaire me dit :

« J'ai fait toutes les démarches nécessaires. Le parquet est au courant de la chose ; nous allons aller ensemble à cette boutique et la faire ouvrir, vous m'indiquerez tout ce qui est à vous. »

Un coupé nous emporta. Des agents stationnaient, avec un serrurier, devant la porte de la boutique, qui fut ouverte.

Je n'aperçus, en entrant, ni mon armoire, ni mes fauteuils, ni mes tables, ni rien, rien, de ce qui avait meublé ma maison, mais rien, alors que la veille au soir je ne pouvais faire un pas sans rencontrer un de mes objets.

Le commissaire central, surpris, me regarda d'abord avec méfiance.

« Mon Dieu, Monsieur, lui dis-je, la disparition de ces meubles coïncide étrangement avec celle du marchand. »

Il sourit :

« C'est vrai ! Vous avez eu tort d'acheter et de payer des bibelots à vous, hier. Cela lui a donné l'éveil. »

Je repris :

« Ce qui me paraît incompréhensible, c'est que toutes les places occupées par mes meubles sont maintenant remplies par d'autres.

— Oh ! répondit le commissaire, il a eu toute la nuit, et des complices sans doute. Cette maison doit communiquer avec les voisines. Ne craignez rien, Monsieur, je vais m'occuper très activement de cette affaire. Le brigand ne nous échappera pas longtemps puisque nous gardons la tanière. »

....

Ah ! mon cœur, mon cœur, mon pauvre cœur, comme il battait ! Je demeurai quinze jours à Rouen. L'homme ne revint pas. Parbleu ! parbleu ! Cet homme-là qui est-ce qui aurait pu l'embarrasser ou le surprendre ?

Or, le seizième jour, au matin, je reçus de mon jardinier, gardien de ma maison pillée et demeurée vide, l'étrange lettre que voici :

« Monsieur,

» J'ai l'honneur d'informer Monsieur qu'il s'est passé, la nuit dernière, quelque chose que personne ne comprend, et la police pas plus que nous. Tous les meubles sont revenus, tous sans exception, tous, jusqu'aux plus petits objets. La maison est maintenant toute pareille à ce qu'elle était la veille du vol. C'est à en perdre la tête. Cela s'est fait dans la nuit de vendredi à samedi. Les chemins sont défoncés comme si on avait traîné tout de la barrière à la porte. Il en était ainsi le jour de la disparition.

» Nous attendons Monsieur, dont je suis le très humble serviteur

»Raudin, Philippe. »

Ah ! mais non, ah ! mais non, ah ! mais non. Je n'y retournerai pas !

Je portai la lettre au commissaire de Rouen.

« C'est une restitution très adroite, dit-il. Faisons les morts. Nous pincerons l'homme un de ces jours. »

....

Mais on ne l'a pas pincé. Non. Ils ne l'ont pas pincé, et j'ai peur de lui, maintenant, comme si c'était une bête féroce lâchée derrière moi.

Introuvable ! il est introuvable, ce monstre à crâne de lune ! On ne le prendra jamais. Il ne reviendra point chez lui. Que lui importe à lui. Il n'y a que moi qui peux le rencontrer, et je ne veux pas.

Je ne veux pas ! je ne veux pas ! je ne veux pas !

Et s'il revient, s'il rentre dans sa boutique, qui pourra prouver que mes meubles étaient chez lui ? Il n'y a contre lui que mon témoignage ; et je sens bien qu'il devient suspect.

Ah ! mais non ! cette existence n'était plus possible. Et je ne pouvais pas garder le secret de ce que j'ai vu. Je ne pouvais pas continuer à vivre comme tout le monde avec la crainte que des choses pareilles recommençassent.

Je suis venu trouver le médecin qui dirige cette maison de santé, et je lui ai tout raconté.

Après m'avoir interrogé longtemps, il m'a dit :

« Consentiriez-vous, Monsieur, à rester quelque temps ici ?

— Très volontiers, Monsieur.

— Vous avez de la fortune ?

— Oui, Monsieur.

— Voulez-vous un pavillon isolé ?

— Oui, Monsieur.

— Voudrez-vous recevoir des amis ?

— Non, Monsieur, non, personne. L'homme de Rouen pourrait oser, par vengeance, me poursuivre ici. »

....

Et je suis seul, tout seul, depuis trois mois. Je suis tranquille à peu près. Je n'ai qu'une peur... Si l'antiquaire devenait fou... et si on l'amenait en cet asile... Les prisons elles-mêmes ne sont pas sûres.

(6 avril 1890.)

Source des contes

1. **La main d'écorché.** 1875, dans *L'almanach lorrain de Pont-à-Mousson*, signé Joseph Prunier. Recueilli parmi les œuvres posthumes *(Misti)*.

2. **Le docteur Héraclius Gloss.** 1876 (date incertaine). Publié pour la première fois dans *La revue de Paris*, 15 novembre-1er décembre 1921. N'a jamais été retenu par Maupassant pour la publication en volume.

3. **Sur l'eau.** Mars 1876, dans *Le bulletin français*, titre : *En canot.* Recueilli dans *La maison Tellier*.

4. **Magnétisme.** 5 avril 1882, dans *Le Gil Blas*, signé Maufrigneuse. Recueilli parmi les œuvres posthumes *(Le père Milon)*.

5. **Rêves.** 8 juillet 1882, dans *Le Gil Blas*. Recueilli parmi les œuvres posthumes *(Le père Milon)*.

6. **La peur.** 23 octobre 1882, dans *Le Gaulois*. Recueilli dans *Les contes de la Bécasse*.

7. **Le loup.** 14 novembre 1882, dans *Le Gaulois*. Recueilli dans *Clair de lune*.

8. **Menuet.** 20 novembre 1882, dans *Le Gaulois*. Recueilli dans *Les contes de la Bécasse*.

9. **La légende du Mont Saint-Michel.** 19 décembre 1882, dans *Le Gil Blas*. Recueilli dans *Clair de lune*.

10. **Conte de Noël.** 25 décembre 1882, dans *Le Gaulois*. Recueilli dans *Clair de lune*.

11. **La mère aux monstres.** 12 janvier 1883, dans *Le Gil Blas*. Recueilli dans *Toine*.

12. **Auprès d'un mort.** 30 janvier 1883, dans *Le Gil Blas*. Recueilli dans *Boule-de-suif*.

13. **Apparition.** 4 avril 1883, dans *Le Gaulois*. Recueilli dans *Clair de lune*.

14. **Lui ?** 3 juillet 1883, dans *Le Gil Blas*, signé Maufrigneuse. Recueilli dans *Les sœurs Rondoli*.

15. **La main.** 23 décembre 1883, dans *Le Gaulois*. Recueilli dans *Les contes du jour et de la nuit*.

16. **La chevelure.** 13 mai 1884, dans *Le Gil Blas*. Recueilli dans *Boulc-de-suif*.

17. **Le tic.** 14 juillet 1884, dans *Le Gaulois*. Recueilli dans *Toine*.

18. **La peur.** 25 juillet 1884, dans *Le Figaro*. Recueilli dans *La petite Roque*.

19. **Un fou ?** 1ᵉʳ septembre 1884, dans *Le Figaro*. Recueilli parmi les œuvres posthumes *(Misti)*.

20. **A vendre.** 5 janvier 1885, dans *Le Figaro*. Recueilli dans *Monsieur Parent*.

21. **L'inconnue.** 27 janvier 1885, dans *Le Gil Blas*. Recueilli dans *Monsieur Parent*.

22. **Lettre d'un fou.** 17 février 1885, dans *Le Gil Blas*. Repris presque intégralement dans les deux versions de la nouvelle *Le horla*.

23. **Sur les chats.** 9 février 1886, dans *Le Gil Blas*. Recueilli dans *La petite Roque*.

24. **Un cas de divorce.** 31 août 1886, dans *Le Gil Blas*. Recueilli dans *Le horla*.

25. **L'auberge.** 1ᵉʳ septembre 1886, dans *Les arts et les lettres*. Recueilli dans *Le horla*.

26. **Le horla.** Première version : 26 octobre 1886, dans *Le Gil Blas*.

27. **Le horla.** Deuxième version : 1887. recueilli dans *Le horla*.

28. **Madame Hermet.** 12 janvier 1887, dans *Le Gil Blas*. Recueilli parmi les œuvres posthumes *(Misti)*.

29. **La morte.** 31 mai 1887, dans *Le Gil Blas*. Recueilli dans *La main gauche*.

30. **La nuit.** 14 juin 1887, dans *Le Gil Blas*, sous le titre : *Cauchemar*. Recueilli dans *Clair de lune*.

31. **Un portrait.** 2 octobre 1888, dans *Le Gaulois*. Recueilli dans *L'inutile beauté*.

32. **L'endormeuse.** 16 septembre 1889, dans *L'écho de Paris*. Recueilli parmi les œuvres posthumes *(Misti)*.

33. **L'homme de Mars.** 10 octobre 1889, dans le supplément littéraire de *La lanterne*. N'a pas été retenu par Maupassant pour la publication en volume.

34. **Qui sait ?** 6 août 1890, dans *L'écho de Paris*. Recueilli dans *L'inutile beauté*.

APPENDICE CRITIQUE

LA MAIN D'ÉCORCHÉ

Comme le révèle un récit postérieur, *L'Anglais d'Etretat*, la nouvelle est née d'un souvenir précis : la rencontre avec le poète Swinburne et son ami, le jeune esquire gallois G.E.J. Powel. L'Anglais possédait une collection d'objets étranges, dont la fameuse main d'écorché que Maupassant racheta quelques années plus tard, lorsque la maison de Powel fut mise en vente. Il accrocha le débris humain dans son appartement, rue de Moncey et, selon un de ses amis, Léon Fontaine, il plaisantait volontiers à ce sujet ; il aurait même manifesté l'intention de pendre l'appendice au cordon de sa porte. L'objet lui inspira plusieurs contes fantastiques (*La main d'écorché, La main, Fou*) et il lui accorda des origines diverses : il prétendit qu'il s'agissait de « la main d'un célèbre criminel supplicié en 1736 » (*La main d'écorché*), mais assura aussi autre part qu'elle avait été détachée « du corps encore vivant d'une sorte de colosse » (*La main*). Quoi qu'il en soit, le thème n'est pas nouveau : la main enchantée inspira Nerval, Sheridan Le Fanu (*Le siège de la maison rouge*), Harvey (*La bête à cinq doigts*), Thomas Owen (*Le destin des mains*), pour ne citer que ceux-là.

SUR L'EAU

Le thème de cette nouvelle correspond à une mode de l'époque autant qu'à des souvenirs personnels. Les canotiers firent fureur, vers la fin du siècle, à Paris, tant en peinture qu'en littérature. La fameuse *Grenouillère* que fréquenta assidûment Maupassant a inspiré également Renoir qui y a peint un de ses meilleurs tableaux. Maupassant fut un canotier « enragé » et ses amis ont évoqué à plusieurs reprises les interminables parties qu'il animait de sa verve endiablée. L'un d'eux rapporte qu'« un jour, il descendit la Seine, de Paris à Rouen, en ramant et en portant deux amis dans sa yole ».

René Maizeroy précise que « Maupassant avait loué sur le chemin de halage une petite maison blanche qu'entouraient les tilleuls. A dix pas de la grille fleurie de vigne vierge, parmi les nénuphars, les joncs souples, les aigrettes roses des salicaires, trois yoles longues et fines se balançaient, amarrées aux chaines d'un lavoir. Le torse et les bras nus, nous partions sans bruit, descendant et remontant le courant, glissant durant des heures, au bruit cadencé des avirons. Oh, les belles choses que Maupassant me disait alors, avec de la ferveur et de l'angoisse, sur l'enchantement et le mystère de l'eau, le regard de vertige qu'il avait en s'exaltant ! ».

Maupassant avait effectivement, en compagnie de quatre amis, acheté une yole que l'on appela « La feuille à l'envers ». Les quatre jeunes gens se donnèrent des surnoms, Maupassant prit celui de Joseph Prunier, sous lequel il signa ses premiers contes. « Il nous arrivait parfois de passer la nuit en yole sur la Seine », rapporte Léon Fontaine. Maupassant confirme le fait dans une lettre à sa mère (juillet 1875) : « Les rats et les grenouilles ont tellement l'habitude de me voir passer à toute heure de la nuit avec ma lanterne à l'avant de mon canot qu'ils viennent me dire bonsoir. »

A la lumière de ces détails concrets, *Sur l'eau* apparaît comme l'expression à peine transposée de faits réellement vécus. Seule, la fin semble inventée, voire même un peu forcée. Nous ne croyons pas néanmoins, comme P.G. Castex, que « le dénouement importe peu » et qu'il a été imaginé « uniquement pour corser l'aventure ». Cette fin nous apparaît plutôt déjà comme la manifestation contraignante d'une obsession naissante, un vertige face à la vision de la « belle, calme, variée et puante rivière, pleine de mirages et d'immondices » *(Mouche)*.

MAGNÉTISME

Certains récits de Maupassant, dont celui-ci, s'inspirent directement des hypothèses qui ont cours, à l'époque, dans le monde scientifique. Le positivisme avait déclaré la chasse au mystère ; en 1829, le docteur Alexandre Bertrand expose aux lecteurs du *Globe* les résultats de ses recherches sur le somnambulisme, la sorcellerie, la lycanthropie, la possession, les transes et l'extase mystique. Eusèbe Salverte publie un essai sur la magie, les prodiges et les miracles, où il cherche à rendre compte par la science des phénomènes réputés surnaturels. Des théories naissent, concernant les phénomènes magnétiques ; le magnétisme animal, défini comme le cas particulier d'une force primordiale qui relie entre eux tous les corps de l'univers et produit l'équilibre de celui-ci par le jeu des courants opposés, était connu depuis la plus haute antiquité. Il fit beaucoup parler de lui dès 1775, date de la première publication de Mesmer. En 1843, à Manchester, le médecin anglais James Braid cherche une explication scientifique aux phénomènes de l'action à distance. Dès 1873, le magnétisme acquit droit de cité à l'Académie pour un de ses dérivés, l'hypnotisme. Le magnétisme animal fut enseigné dès 1893 à l'Ecole pratique de magnétisme et de massage dirigée par H. Durville.

RÊVES

On sait que, très tôt, Maupassant a demandé aux stupéfiants de calmer les douleurs qui l'accablaient. Dès 1876, pour apaiser de violentes migraines, il absorbe de la digitale et du bromure ; il en vient ensuite rapidement à l'arsenic, l'iode de potassium et la teinture de colchique. (Lettre à Robert Pinchon, datée du 11 mars 1876.)

A partir de 1880, sa logeuse, Mme Levanneur, assure que la chambre de son locataire empeste l'éther. Il utilise cette drogue pour atténuer ses névralgies. Il essayera aussi le hachisch, et, vers la fin de sa vie, s'est même piqué à la morphine. Nous tenons le fait de Maupassant lui-même et les docteurs René Giffart et Maurice de Fleury ont confirmé cet aveu.

Maupassant affirma avoir écrit plusieurs textes sous l'influence de la drogue et prétendit, à propos de *Pierre et Jean*, « qu'il n'en avait pas écrit une ligne sans s'être enivré à l'éther ». *Rêves* aurait été rédigé dans de semblables conditions. Maupassant y reprend presque intégralement certain passage de son récit de voyage intitulé *Sur l'eau* ; au cours d'une nuit sans sommeil passée à bord du *Bel-Ami*, au large de la côte méditerranéenne, il avait été saisi d'une atroce migraine : « Je dus m'étendre dans ma couchette, écrit-il, un flacon d'éther sous les narines. » Aussitôt, des visions fantastiques commencèrent à l'assaillir.

UN FOU ?

Maupassant reprend ici un thème qu'il avait déjà illustré dans *Magnétisme*. Il l'aborde néanmoins différemment et son opinion concernant le magnétisme a complètement changé. Alors qu'il s'en moquait auparavant, il y croit fermement à présent, et sa conviction est empreinte d'une terreur non dissimulée. Entre *Un fou ?* et *Le horla*, il deviendra un assidu de la Salpêtrière ; il se renseigne sur l'hypnotisme, sur le magnétisme. Il interroge les psychiatres. Il s'initie aux travaux de l'école de Nancy (mais c'est Léon Hennique qui lui fournira l'idée première de *Un fou ?*) Il cite abondamment dans son œuvre le nom de Charcot. Charcot, professeur d'anatomie pathologie à la faculté de médecine de Paris, entre en 1862 à l'hôpital de la Salpêtrière, où il étudie les phénomènes de l'hystérie qui, jusqu'à cette époque, n'avaient pas été pris en considération. Il réunit ses observations dans un ouvrage en cinq volumes : *Leçons sur les maladies du système nerveux, faites à la Salpêtrière* (1872-1893) qui est traduit en plusieurs langues. Son laboratoire devient le lieu de rencontre des plus grands noms de la neuropsychiatrie de l'époque, de Janet à Freud. Membre de l'Académie de médecine dès 1873, il est élu en 1883 membre de l'Académie des sciences.

Se fondant sur de profondes connaissances anatomo-pathologiques, Charcot classa et interpréta définitivement l'aspect chimique et pathogénétique de nombreuses maladies, en étudiant systématiquement tous les troubles nerveux. Il est surtout célèbre pour avoir démontré l'importance des chocs émotifs dans les manifestations de l'hystérie et prouvé l'absence de lésions anatomiques du système nerveux.

LA PEUR

Une autre nouvelle, à laquelle Maupassant attribua le même titre, est publiée par lui deux ans plus tard (1884). Les deux nouvelles offrent une certaine similitude de construction, mais envisagent le thème de façon différente. L'horreur glaçante et l'explication positiviste des faits sont remplacées, dans le deuxième récit, par la louange, une attirance irraisonnée, invincible et mystérieuse. Le récit suivant, premier en date, fait allusion au voyage en Afrique effectué par le romancier en 1881. Maupassant y évoque une expédition accomplie par lui dans le Zar'ez, le pays des fantasmagories, « le vaste lac de sel figé », dégageant « une phosphorescence fantastique... une brume lumineuse de féerie, quelque chose de si surnaturel, de si doux, de si captivant » *(Au soleil)*. Parti avec deux officiers et leurs hommes, Maupassant avait partagé leur vie dans le désert. Une légende de l'endroit avait retenu son attention, légende qu'il rapporte dans ses notes de voyage *(Au soleil)*. Il intercalera presque intégralement ce fragment dans sa nouvelle : « Parfois, dit-on, on est surpris dans ces vallons de sable par un incompréhensible phénomène que les Arabes considèrent comme un signe assuré de mort. Quelque part, près de soi, dans une direction indéterminée, un tambour bat, le mystérieux tambour des dunes. Il bat distinctement, tantôt plus vibrant, tantôt affaibli, arrêtant puis reprenant son roulement fantastique. On ne connaît point, paraît-il, la cause de ce bruit surprenant. On l'attribue généralement à l'écho grossi, multiplié, démesurément enflé par les ondulations des dunes, d'une grêle de grains de sable emportés par le vent et heurtant des touffes d'herbes sèches, car on a toujours remarqué que le phénomène se produit dans le voisinage de petites plantes brûlées par le soleil et dures comme du parchemin. Ce tambour ne serait donc qu'une sorte de mirage du son. »

LE LOUP

On y retrouve la transposition fantastique de souvenirs de chasse en Normandie, auxquels se mêle l'écho de vieilles légendes recueillies en Bretagne, ainsi que la réminiscence de terreurs d'enfance. Tous les hivers, Maupassant revenait chasser aux environs de Goderville. L'ouverture d'automne était pour lui un grand événement. Il écrit à M. Amic, le 17 août 1885 : « Mon premier mois de chasse est pris par 6 ouvertures successives en Normandie. » L'ombre du loup maléfique y trouble les forêts, de même qu'on la retrouve dans les régions sauvages de Bretagne dont Maupassant s'est plu à rechercher les récits mythiques. Dans « les îles druidiques, mystérieuses, hantées », il retrouve le goût familier de la peur, « comme une réminiscence des terreurs fantastiques d'autrefois », s'incarnant en « ce loup légendaire, qui terrifia notre enfance, le loup blanc, le grand loup blanc que tous les chasseurs ont vu et que personne n'a jamais tué. Jamais on ne l'aperçoit au matin, c'est vers cinq heures en hiver, au moment où le soleil se couche, qu'il apparaît filant sur une cime dénudée, traînant sur le ciel sa longue silhouette qui passe et fuit. » *(La vie errante.)*

AUPRÈS D'UN MORT

Schopenhauer est lu partout, en France, vers 1880. Les théories de Maupassant concernant l'amour, la femme, le mariage, la religion, la société et la politique furent fortement influencées par celles du maître qu'il ne lut cependant que très superficiellement, utilisant surtout les citations et les commentaires qu'on en avait déjà fait. Dans *Le colporteur*, il décrit son nihilisme corrosif auquel il dit adhérer sans restriction :
« Jouisseur désabusé, il (Schopenhauer) a renversé les croyances, les espoirs, les poésies, les chimères, détruit les aspirations, ravagé la confiance des âmes, tué l'amour, abattu le culte idéal de la femme, crevé les illusions du cœur, accompli la plus gigantesque besogne de sceptique qui ait jamais été faite. »

APPARITION

Le thème de la hantise est-il repris ici à l'auteur des *Histoires extraordinaires* ? L'œuvre d'Edgar Poe contient plusieurs récits de mortes qui se survivent (Morella, Ligeia, Eleonora...) De 1856 à 1865, les œuvres d'Edgar Poe traduites par Baudelaire connaissent en France un grand succès et supplantent, dans l'esprit du lecteur, les nouvelles d'Hoffmann. Le conte macabre est à la mode à l'époque et Maupassant n'est pas le seul nouvelliste à évoquer des hallucinations nées de troubles de la personnalité : Claude

Vignon, Henri Rivière, Erckmann-Chatrian en avaient fait autant — ainsi que Théophile Gautier et Villiers de l'Isle-Adam.

LUI ?

D'après M. Maynial, trois nouvelles posent le problème de l'autoscopie chez Maupassant : ce sont *Lui ?*, *Le horla*, et *Qui sait ?* qui décrivent trois degrés différents de l'hallucination ; ces trois récits, « s'espaçant de trois en trois ans, présentent les symptômes principaux d'une lente désorganisation, notée scupuleusement, avec l'exactitude impassible d'un observateur désintéressé ». André Vial ajoute à la trilogie *Un fou ?*. Quant à Pierre Cogny, il affirme qu'il faut également verser au dossier les nouvelles *Fou ?* et *Fou*, la similitude des titres révélant la virulence d'une hantise qui se révèle d'ailleurs antérieurement à *Lui ?* Dans le tout premier recueil de poèmes de Maupassant, intitulé *Des vers* (1880), on trouve déjà en effet une préfiguration du *Horla* : les vers développent de façon indubitable le thème du double :

> *Alors il me sembla sentir derrière moi*
> *Quelqu'un qui se tenait debout, dont la figure*
> *Riait d'un rire atroce, immobile et nerveux.*

Lui ? décrit une forme caractéristique d'hallucination, le phénomène appelé autoscopie externe ; il consiste dans le fait de se voir soi-même devant soi. Maupassant évoque de la sorte un cas personnel qu'il a observé sur lui-même cinq ans auparavant et dont il a fait le récit à un ami : le fait est rapporté par le docteur Sollier (*Les phénomènes d'autoscopie*) : « Étant à sa table de travail, il lui sembla entendre sa porte s'ouvrir. Son domestique avait ordre de ne jamais entrer pendant qu'il écrivait. Maupassant se retourna et ne fut pas peu surpris de voir entrer sa propre personne qui vint s'asseoir en face de lui, la tête dans la main, et se mit à dicter tout ce qu'il écrivait. Quand il eut fini et se leva, l'hallucination disparut. »

Cette hallucination coïncide avec l'époque où Maupassant présentait les symptômes caractéristiques de la paralysie générale.

LA PEUR

La nouvelle contient une critique implicite du positivisme, de la chasse au mystère à laquelle savants, critiques et artistes se livrèrent avec acharnement. Maupassant y évoque le visage de Tourgueniev qu'il rencontra à plusieurs reprises chez Flaubert et dont il appréciait beaucoup le talent de conteur. Il y reprend également le thème d'une vieille croyance bretonne et utilise un souvenir de voyage, une réminiscence de la randonnée à travers la Bretagne qu'il effectua dès 1879. L'atmosphère hantée de Carnac le fascina particulièrement : « J'aperçus devant moi les champs de pierres de Carnac », écrit-il dans *La vie errante*. « Elles me semblent vivantes, ces pierres alignées interminablement, géantes ou toutes petites, carrées, longues, plates, avec des aspects de grands corps minces ou ventrus. Quand on les regarde longtemps, on les voit remuer, se pencher, vivre... Comme je restais immobile, stupéfait et ravi, un bruit subit derrière moi me donna une telle secousse que je me retournai d'un bond, et un vieil homme vêtu de noir, avec un livre sous le bras, m'ayant salué, me dit : « Ainsi, monsieur, vous visitez notre Carnac ». Je lui racontai mon enthousiasme et la frayeur qu'il m'avait faite. Il continua : « Ici, monsieur, il y a dans l'air tant de légendes que tout le monde a peur sans savoir pourquoi. »

Maupassant fait également allusion, dans *La peur*, à un événement de l'époque qui émut fortement l'opinion publique : il s'agit de l'épidémie de choléra qui sévit à Toulon en 1884 et se répandit rapidement au loin. Cette épidémie avait été importée par mer ; le premier cas de choléra avait été signalé à Toulon, le 13 juin, chez un matelot du *Montebello*, qui succomba le 20 après avoir présenté dès le début tous les symptômes du choléra asphyxique. Les jours suivants, l'hôpital maritime reçut encore quelques hommes du même navire ; le 23 juin, le choléra occasionnait déjà treize décès dans la ville.

UN CAS DE DIVORCE

L'appartement de Maupassant, dans la rue Montchanin, était meublé de façon à la fois disparate et luxueuse : « un logement de souteneur caraïbe ». déclarait avec dédain Edmond de Goncourt. L'écrivain y avait fait installer une serre semblable à celle qu'il décrit dans sa nouvelle. François Tassart l'évoque dans ses *Souvenirs* : « cette serre, sorte de petit jardin d'hiver, où il y avait toujours des palmiers, des plantes et des fleurs, lui plaisait beaucoup ; il s'y tenait presque constamment. Là, il trouvait la clarté et le calme nécessaires pour composer ses ouvrages ».

LE HORLA

En août 1887, aussitôt après avoir envoyé le manuscrit du *Horla* à Paris, Maupassant aurait dit à Tassart : « Avant huit jours, vous verrez que tous les journaux publieront que je suis fou. A leur aise, ma foi, car je suis sain d'esprit, et je savais très bien, en écrivant cette nouvelle, ce que je faisais. C'est une œuvre d'imagination qui frappera le lecteur et lui fera passer plus d'un frisson dans le dos, car c'est étrange. Je vous dirai, du reste, que bien des choses qui nous entourent nous échappent. » *(Souvenirs.)*

L'origine du titre est discutée : diverses hypothèses ont été avancées. S'agit-il de l'adaptation d'une forme déjà existante ? Est-ce une création phonétique réussie, issue de la seule imagination de l'auteur ? A-t-il cherché « une combinaison de syllabes sonores, étranges, mais ne correspondant à aucune appellation connue » ? A-t-il prétendu donner un nom logique à un être fantastique, en l'appelant *le hors-là* ? Peu nous importe, en réalité, cette querelle de linguistes. La question des variantes est plus importante ; le conte présente en effet deux états successifs. Dans la première version. l'auteur examine un cas clinique ; la deuxième version le met en cause personnellement. Les symptômes de maladie décrits par Maupassant sont ceux-là mêmes dont il souffrait vers la même époque ; ce sont les signes avant-coureurs de la paralysie générale, un ensemble de phénomènes qui s'annonçaient déjà dans *Lui* ? Comme son héros, Maupassant se soignait à l'époque au moyen de douches et de bromure. Le cadre même du récit n'a pas été inventé : la propriété hantée par le horla, c'est celle que Flaubert possédait à Biessard, au bord de la Seine.

MADAME HERMET

Cette nouvelle illustre de façon troublante la singulière attirance que Maupassant manifesta pour toutes les formes de délire et de folie, bien avant d'en avoir subi lui-même les premières atteintes. On sait qu'il fréquenta la Salpêtrière, qu'il en interrogea longuement les médecins et qu'il observa *de visu* plusieurs cas. Ses voyages furent aussi autant d'occasions de satisfaire sa curiosité ; à Tunis, notamment, il tint à visiter l'asile d'aliénés et décrit dans *La vie errante* ses impressions ultérieures : « Je m'en vais troublé d'une émotion confuse, plein de pitié, peut-être d'envie, pour quelques-uns de ces hallucinés qui contiennent dans cette prison, ignorée d'eux, le rêve trouvé un jour au fond de la petite pipe bourrée de quelques feuilles jaunes. »

L'ENDORMEUSE

Les intentions satiriques de la nouvelle sont manifestes ; Maupassant, pratiquant l'humour noir avec une verve corrosive, évoque avec une sombre férocité le Paris de la « boulange », parti démagogique dont le chef apparaît bientôt plein de duplicité. Le général Boulanger, « syndic des mécontents », exploitant le profond malaise occasionné par la crise économique, les ruines et les conflits sociaux marquant la III⁰ République, l'emporta en 1888 dans plusieurs élections partielles, faisant sur son nom l'union des voix radicales et conservatrices, et démissionnant, une fois élu, pour attendre une nouvelle occasion. Sa campagne culmine à Paris, en janvier 1889. Boulanger, dans la citadelle du radicalisme, écrasa le candidat des républicains unis. Le général comptait être porté au pouvoir, lors des élections générales de l'automne 1889. *L'endormeuse* de Maupassant est publié en septembre de la même année. Le centenaire de 1789, célébré par de multiples manifestations dont la principale était l'Exposition Universelle, avec l'inauguration de la tour Eiffel, réchauffa le loyalisme des citoyens. Si le comité radical contrôlait les quartiers populaires de Paris, il manquait au parti boulangiste des candidats enracinés dans les bourgs et les campagnes. Aux élections de 1889, les « révisionnistes » n'enlevèrent pas quarante sièges. Boulanger se suicida à Bruxelles, en 1891.

QUI SAIT ?

E. Maynial (*La vie et l'œuvre de Guy de Maupassant*) a vu dans cette nouvelle les signes caractérisés d'une maladie envahissante : « une dernière forme d'hallucination... un symptôme de folie nettement prononcé. Dans les deux cas que nous avons déjà présentés (*Lui ? Le horla*), l'homme demeure conscient au milieu des faits inexplicables, il fait l'effort pour se les expliquer et pour échapper à la suggestion. Ici, l'homme est presque passif, il semble définitivement entré, sans résistance, dans le domaine de l'anormal... ces pages fantastiques reflètent l'épouvante d'un homme entré vivant dans l'irrémédiable nuit ».

TABLE DES MATIERES

GROUPE CPI

Achevé d'imprimer
en novembre 2001 par
BUSSIÈRE
à Saint-Amand-Montrond (Cher)

N° D'IMP. : 16104.
D. L. N° 16928 – NOVEMBRE 2001.
ISBN 2-501-00948-7
Imprimé en France